U0137742

金圣叹批评本水浒传

上

〔明〕施耐庵　著
〔清〕金圣叹　批评

岳麓書社·长沙

史大郎夜走华阴县 鲁提辖拳打镇关西 （赵成伟 绘）

九纹龙剪径赤松林　鲁智深火烧瓦罐寺（赵成伟 绘）

林教头刺配沧州道 鲁智深大闹野猪林（赵成伟 绘）

林教头风雪山神庙 陆虞候火烧草料场 （赵成伟 绘）

青面兽北京斗武 急先锋东郭争功 （赵成伟 绘）

杨志押送金银担 吴用智取生辰纲 （赵成伟 绘）

林冲水寨大并火 晁盖梁山小夺泊 （赵成伟 绘）

横海郡柴进留宾 景阳冈武松打虎 （赵成伟 绘）

前　言

一

前辈学者早已传示今人，水浒故事未被编撰成书正式刊行之前，已喧腾众口，流播民间。故事的主角宋江，历史上实有其人，梁山起义的事迹，并非全是小说家的凭空虚构。宋江领导的起义发生在北宋末年，活动在河北、河南、山东、山西、陕西、江苏等地，见诸史书记载的，如《宋史》的《徽宗本纪》《侯蒙传》《张叔夜传》、王偁《东都事略·侯蒙传》、李真《十朝纲要》、徐莘《三朝北盟会编》等。尽管这些材料芜杂，汇勘起来彼此抵牾，但说明宋江的起义故事已轰动一时。再证以南宋周密在《癸辛杂识续集》中转述当时画家龚开《宋江三十六人赞》序中所云："宋江事见于街谈巷语。"可知宋江三十六人的姓名和绰号，在口头传说中已经确定，成为"说话"的一种热门话题。据南宋罗烨《醉翁谈录》所列说话篇目，就有属朴刀类的《青面兽》、杆棒类的《花和尚》与《武行者》、公案类的《石头孙立》。不过，此类"说话"名目，系各自独立的段子，属"小说"（又名银字儿）范畴。只有宋元间的话本《大宋宣和遗事》，其中前集第四节，描述了梁山起义军发展壮大到受招安的全过程，可以说已经具有水浒故事的轮廓，为后来长篇小说《水浒传》的创作奠定了基础。然此书系钞撮旧籍而成，夹杂文言与白话语体，参差不一。

元杂剧中却不提招安字眼。也许是由于尖锐的民族矛盾，包公与水浒中的梁山义士，为当时作家热烈歌颂的人物，是人民心目中两面正义的旗帜，寄托着他们的希望和理想，并借此向统治者控诉与抗争。据元钟嗣成《录鬼簿》、明贾仲明《录鬼簿续编》和朱权《太和正音谱》所载水浒剧目，总计二十五种，今人傅惜华《元代杂剧全目》考订，有三十余种，其中近半是写李逵的戏。但大多数已亡佚，今存高文秀《黑旋风双献功》、康进之《梁山泊李逵负荆》、李文蔚《燕青搏鱼》、李致远《都孔目风雨牢未》、无名氏《争报恩三虎下山》。这几种杂剧的情节同《大宋宣和遗事》和今本《水浒传》没有太多的渊源关系，和说话源流的水浒传说也不相同，杂剧水浒与小说水浒彼此间是一种什么关系，谁影响了谁，还有待进一步考索。

二

令人惊诧的是，小说类水浒同长篇讲史类平话叙事体制融合，创作出长篇白话小说《水浒传》，竟然经历了三百多年的酝酿过程。由于文献无征，我们至今都不能确切说明《水浒传》最初的写定时间。明嘉靖二十年（1541）中进士的晁瑮编《宝文堂书目》“子杂”类列有《忠义水浒传》和《水浒传》二目，目下注云：“武定版。”这是现存明代书目中关于“武定版”的最早记载。万历十七年（1589）刊本《忠义水浒传》卷首的天都外臣序，也称嘉靖时由郭武定重刻其书。郭武定即为郭勋，袭父郭良武定侯爵，故云。所谓“重刻其书”，即是说郭本之前另有其他的《水浒传》刊本存在。现存的明人笔记对此也有记述。田汝成《西湖游览志余》说：“钱塘罗贯中本者，南宋时人，编撰小说数十种，而《水浒传》叙宋江等事，奸盗脱骗机械甚详。”胡应麟《少室山房笔丛》也说：“今世传街谈巷语，有所谓演义者，盖尤在传奇、杂剧下。然元人武林施某所编《水浒传》特为盛行。”天都外臣（汪道昆）在《水浒传》序中亦云：“故老传闻：洪武初越人罗贯中，诙诡多智，为此书共一百回。”这些记述虽然都是根据传闻而来，但都说明嘉靖前有《水浒传》刊本；与此同时，也指出了作者是罗贯中，或是施耐庵，或是标署施耐庵、罗贯中两人共同编写。可惜嘉靖前没有留下任何本子可资足证，就连武定版原本《水浒传》也久已失传。不过当代学者倾向于施耐庵撰。

关于施耐庵的生平，可靠的文献资料非常缺乏，我们只知明初贾仲明在《录鬼簿续编》中称“至正甲辰复会”过罗贯中。至正甲辰为元末至正二十四年（1364）。既然罗贯中参与《水浒传》的成书工作，罗贯中为元末明初人，那么也间接证明施耐庵也是元末明初人。至于 1952 年到 1966 年，1981 年底和 1982 年初的调查，在江苏兴化、大丰地区发现的所谓《施耐庵墓志》《故处士施公墓志铭》《施氏族谱》《施氏长门谱》，以及《兴化县续志》之《文苑》所载《施耐庵小传》等文献资料，许多学者认为有许多抵牾不可信之处，不足为据。

三

《水浒传》留存今世的版本也很繁杂，有百回、一百十五回、百廿回及七十回本。根据文字的繁缛和简约，又分繁本和简本两大类。容与堂刊本《李卓吾先生批评水浒传》、天都外臣序本《忠义水浒传》、郑振铎藏《忠义水浒传》残本、袁无涯刊本《新镌李氏藏本忠义水浒全传》，以及贯华堂刊本《第五才子书施耐庵水浒传》属繁本系统。简本系统为双峰堂刊本《京本增补校正全像忠义水浒志传评林》、雄飞馆合刻《英雄谱》本《水浒传》。

不仅如此，各本中又存在有无增插田虎、王庆与征辽国的区别，于是简本先于繁本，繁本由简本加工改造而来，抑或简本出于繁本，删自繁本；还有，哪个本子增插了征辽国、田虎、王庆，就成了学术界争论不休的课题。

笔者感兴趣的是七十回本与百回本两种不同的主题思想。因为明嘉靖、万历时人王圻《稗史汇编》卷一百三《文史门·天牍类·院本》条说："今读罗《水浒传》，从空中放出许多罡煞，又从梦里收拾一场怪诞。其与王实甫《西厢记》始以蒲东遘会，终以草桥扬灵，是二梦语，殆同机局。总之，惟虚故活耳。"王圻所说的"从梦里收拾一场怪诞"，应指在一个恶梦里把梁山泊英雄都一网打尽，可这只是一场梦，"惟虚故活耳"，不是真实的结局。而百回本的梁山英雄并不是在宋徽宗的梦中被一网打尽的，因为在徽宗梦游梁山泊之前，就有人阵亡、病死、坐化；宋江、卢俊义已被御赐毒酒害死，李逵又被宋江毒死，吴用、花荣也在宋江坟旁自缢。因此王圻所说的梦和宋徽宗之梦，并非是同一个梦；换言之，在嘉靖本之前的古本《水浒传》似是七十回本。比王圻晚三十年的明代著名戏曲理论家徐复祚在《三家村老委谈》的《宋江》条中也说："征辽、征腊，后人增入，不尽君美（施耐庵）笔也。"至于金圣叹七十回本《贯华堂水浒传》，并非如他所自许是什么古本，据郑振铎、王利器、吴晓铃先生的校勘，金圣叹不过是依据袁无涯刻的《忠义水浒全传》百二十回本为底本，砍掉了七十一回以后部分，将原本第一回改为"楔子"，七十回虚构了卢俊义惊恶梦，让嵇康收拾梁山泊一百单八将英雄。

不过，无论原本是否为七十回本，或嘉靖前是否有七十回古本，但就以《贯华堂水浒传》存在的事实而言，既然有两种不同的结局，就必然有两个截然不同的主题思想。即七十回揭示"官逼民反"，用武力反抗官府的主题。百回或百二十回，则是以梁山起义的发生、发展到失败过程为中心线索，以宋江为小说描写的中心，通过宋江悲剧的一生，以及林冲、鲁智深、武松等被逼上梁山的过程，表现出身下层的忠义之士，想替天行道而不能替天行道的悲剧。

四

自金圣叹的贯华堂《水浒传》七十回本推出之后，正如郑振铎先生在《水浒传演化》一文中所说："更不料他这一部腰斩的《水浒传》，却打倒了、淹没了一切流行于明代的繁本、简本……使世间不知有《水浒传》全书者几百年。"其原因既不是"《水浒》诸种版本的陆续出现，却使金圣叹已圆了三百年的谎话再也圆不住了”，也不是今人所谓“革命文艺无悲剧”，企望永远是胜利者，而喜欢看到梁山泊大聚义，英雄排座次为止。其实是金圣叹在金本《水浒传》所作的三篇序，托名施耐庵的序、《宋史纲》、《宋史目》批语，《读第五才子书法》，以及每回前总评、夹批和眉批中展露出特立独行的叛逆人格，吸引了读者。

本质地说，金圣叹（1608—1661）是一个有叛逆意识的文化离轨者。他深受佛家禅宗和老庄的影响，效法魏晋阮籍、嵇康的风度，倡导“性即自然”，率性任情，不信权威，甚或“诋斥君权”“背弃礼教”。顺治十八年（1661），苏州市民反对新任知县任吞常平仓粮和酷刑逼税仗毙一人的残暴行为，引起市民抗议，鸣钟击鼓，跪进揭帖，巡抚朱国治却百般包庇，逮捕五名秀才，次日诸生哭于文庙，这就是当时有名的“哭庙案”。此时顺治刚逝世不久，朱国治便以“震惊先帝之灵”为口实，又逮捕了金圣叹在内的十三人。传说揭帖与哭庙文为金圣叹所写，金圣叹被判斩刑。可以想见，像金圣叹这类“愤世嫉俗”“放诞玩世”的文人，自然赞赏武松的“光明磊落”“豪杰至性”，鲁达的“遇弱便扶，遇硬便打”的风雷性格，李逵的“不晓阿谀，不可以威劫，不可以名服，不可以利动，不可以智取”的胸襟。反之，他对宋江虽然时有“真乃人中俊杰”的赞誉，但又认为宋江奸猾、伪善，不时玩弄权术，不如李逵、鲁智深真诚。这与其说是对农民起义军领袖的攻击，倒不如说是他如同李卓吾一类知识分子，讲究真心至性，并以此来划分人的品级，带有点人文主义的色彩，未必全是政治性的计量。与此同理，金圣叹对权豪势要、贪官污吏，以及各类群小的批判，非是一般性的指点，而是痛斥、怨恨。于是金圣叹在评宋徽宗宠用高俅，而高俅又以姻亲关系为纽带，上下勾结，形成庞大的统治集团时，尖锐地指出：“夫一高俅，乃有百高廉；而一高廉，各有百殷直阁，然则少亦不下千殷直阁矣！每一人又各自养其狐群狗党二三百人，然则普天之下，其又复有宁宇乎哉！”正是这些狐群狗党，凭借政治特权，随心所欲地欺压百姓，所谓：“纵不可限之虎狼，张不可限之馋吻，夺不可限之几肉，填不可限之溪壑，而欲民之不畔，国之不亡，胡可得也。”在金圣叹看来，是上自乱作，官逼民反，“驱却英雄入水泊”，“非生而为盗”，作者也是“怨毒而著书”的。这些观点，与其说是金圣叹站在农民革命的立场上支持梁山起义，倒不如说是梁山众豪杰的言语作为暗含了他追求自我、众生平等的观念。他讥刺宋徽宗是个玩闹皇帝，甚或主张对权豪势要、贪官污吏把持的政府可以使用暴力，但并不等于说金圣叹赞成否定皇权统治。反昏君与反皇权是两码事。古人云“天下者乃天下人之天下，唯有德者居之”，他并没有超出地主阶级民主派的观点，否则金圣叹何必幻出卢俊义一梦，一网打尽梁山英雄呢?

五

比较地说，金圣叹的小说批评在理论上要比哲学思想深刻、系统、有创见。

明代的李卓吾以他的“童心”论突破文体尊卑的界限，把小说传奇文提高到和正统诗文相同的地位，无疑是开创了小说家的自觉意识，给小说批评带来了革命性的变革，可是李卓吾对小说文本理论的建树还很肤浅，没有形成系统的理论体系。而金圣叹恰恰补充了李卓吾的不足，开创了小说文本的新话语。因为由话本小说与讲史融合而形成的《水浒传》，显然是一种新的文体。新的小说文体需要新的小说话语。金圣叹对《水浒传》文体和艺术性的独具慧眼的批评，是同时代或后代批评家难以比肩的。

西方小说家判断小说形态时较多突出故事、人物、观点与意义。其实金圣叹早在三百多年以前，就以小说家的眼光论证过小说文本诸要素。他在《读第五才子书法》区别史传与小说创作时明确指出："《史记》是以文运事，《水浒》是因文生事。以文运事，是先有事生成如此如此，却要算计出一篇文字来，虽是史公高才，也毕竟是吃苦事。因文生事即不然，只是顺着笔性去，削高补低都由我。"尽管司马迁为了突出人物的个性和特点，增加可读性，使用了一些文学性的叙事手法，如细节描写、情节安排、加强人物对话等，但仍以记史传真，传述价值判断为主。而小说创作则是"因文生事"，即作家遵循小说创作的规律（顺着笔性），发挥作家的想象和虚构，"削高补低"地构织小说。而在小说意象的形成过程中，作家或是反观自省，探寻人物性格与作家性格相近和相通的契合点，充分利用作家本身的生活经验；倘若描写的人物及其性格同作家不相近或根本不熟悉时，作家应采用"设身处地法"，"亲动心而为淫妇，亲动心而为偷儿"，才能"写淫妇居然淫妇，写偷儿居然偷儿"。无独有偶，这正是俄罗斯戏剧家斯坦尼斯拉夫斯基的体验派理论，而金圣叹则早已将自我观照与设身处地的理论命之为“因缘生法”说。

经过如此创造性的想象而塑造出来的人物必然具有鲜明的性格。所以金圣叹特别推崇《水浒传》塑造了生动的人物性格，并且正是金圣叹第一次把“性格”作为一种概念，引入小说创作和批评中：“别一部书，看过一篇即休，独有《水浒传》，只是看不厌，无非为他把一百八个人性格都写出来。”强调人物性格塑造是小说创作的中心，故事情节安排服从于人物塑造，这无疑是小说批评走向文本批评的重要标志。但金圣叹所欣赏的人物性格塑造，不只是写出“每一等人有一等人”身份的共同的心理性格特征，而是写出性格的个别性，所谓“《水浒传》写一百八个人性格，真是一百八样。若别一部书，任他写一千人，也只是一样，便只写两人，也只是一样”。“《水浒传》只是写人粗鲁处，便有许多写法。如鲁达粗鲁是性急，史进粗鲁是少年任气，李逵粗鲁是蛮，武松粗鲁是豪杰不受羁靮，阮小七粗鲁是悲愤无说处，焦挺粗鲁是气质不好”。这种区别是由于人物性格的内在特质所决定的，也就是金圣叹多次论说的“人有其性情，人有其气质，人有其形状，人有其声口”的个性区别。而要表露人物的个性特质，主要是通过言语动作，特别是富有个性化的语言，也就是金圣叹所说的声口。金圣叹对《水浒传》在这方面的艺术创作经验，给予了很高评价，也是他小说批评中分析得最细致、最精彩的部分。

由于《水浒传》汇集了民间说书中小本水浒的艺术成就，也就必然保存了说话艺术注重故事情节，长于细节描写，讲究叙事的顺序和连贯性。金圣叹之所以不喜欢《西游记》，其原因就在于“太无脚地了，只是逐段捏捏撮撮……中间全没贯穿”，小说肌理不够严密，缺少《水浒传》情节结构上的关联、穿插、照应，以及人物和情节之间的宾主、起伏、轻重、转承等安排。

不过，明末清初，话本小说、长篇白话小说转向书面阅读的小说，必然要逐渐摆脱说书体小说叙事模式的影响，向写和读的审美关系转换。金圣叹评改《水浒传》，为促进传统小说叙事格局的转型，无疑是提供了有理论依据的实践范本。金氏以小说家的眼光，从看小说的角度，删剪每回的开篇诗，以及文中“但见”“有诗为证”后的韵文，使得叙事流畅，文气连贯，读者不必在体验小说世界的人物和事件时，不断被叙述者的“有诗为证”拉出局外，去欣赏并不高明的诗句；并且如此往复的“有诗为证”，使读者不断跳进跳出，文气多处被截断，读者情绪记忆多处受挫，不能维护心理节奏的贯通和注意力的集中，必然减弱艺术效果。

值得注意的是，金圣叹特别论证了《水浒传》叙述者的移位和主观眼的运用。因为传统白话小说的说话人以全知全能的观点叙述故事，可在叙事中又常常借用人物的“只见”“但见”转换情节和空间场面。金圣叹删去小说中的韵文，力图减弱百回本、百二十回本全知全能的声口，力图转换为客观的第三人称的叙事角度，在中国古代小说形态发展史上是个突出贡献。与此同时，他在夹批中多处强调《水浒传》内视点的笔法，如“是李小二眼中事”“武松眼中看出”“非作者自置一笔”；如“本是杨志看十四个人也，却反看出十四人看杨志，两个‘看’字，写得睁睁可笑”；等等。人物的内视点与叙述者客观描写交融为一，人物的行动与内心活动同时展露，由视线转移带动叙事观点的转换，形成流动多视角组合的内视点，这不能不说是中国古代小说一种独特的叙事方法，而这一方法由金圣叹作出了理论上的说明，他对中国小说叙事学的贡献，是不可磨灭的。

鲁德才

二〇〇五年四月于南开大学古稀堂

* 编者注：金圣叹于夹批之外，偶有眉批。本书中凡置于正文旁边之文字，均为金圣叹之眉批。

目 录

中册

下 册

读第五才子书法

大凡读书，先要晓得作书之人是何心胸。如《史记》，须是太史公一肚皮宿怨发挥出来，所以他于《游侠》《货殖传》特地着精神，乃至其余诸记传中，凡遇挥金杀人之事，他便啧啧赏叹不置。一部《史记》，只是“缓急人所时有”六个字，是他一生著书旨意。《水浒传》却不然，施耐庵本无一肚皮宿怨要发挥出来，只是饱暖无事，又值心闲，不免伸纸弄笔，寻个题目，写出自家许多锦心绣口，故其是非皆不谬于圣人。后来人不知，却于《水浒》上加“忠义”字，遂并比于史公发愤著书一例，正是使不得。

《水浒传》有大段正经处，只是把宋江深恶痛绝，使人见之，真有犬彘不食之恨。从来人却是不晓得。

《水浒传》独恶宋江，亦是歼厥渠魁之意，其余便饶恕了。

或问：施耐庵寻题目写出自家锦心绣口，题目尽有，何苦定要写此一事？答曰：只是贪他三十六个人，便有三十六样出身，三十六样面孔，三十六样性格，中间便结撰得来。

题目是作书第一件事。只要题目好，便书也作得好。

或问：题目如《西游》《三国》如何？答曰：这个都不好。《三国》人物事体说话太多了，笔下拖不动，踅不转，分明如官府传话奴才，只是把小人声口替得这句出来，其实何曾自敢添减一字。《西游》又太无脚地了，只是逐段捏捏撮撮，譬如大年夜放烟火一阵一阵过，中间全没贯串，便使人读之，处处可住。

《水浒传》方法，都从《史记》出来，却有许多胜似《史记》处。若《史记》妙处，《水浒》已是件件有。

凡人读一部书，须要把眼光放得长。如《水浒传》七十回，只用一目俱下，便知其二千余纸，只是一篇文字，中间许多事体，便是文字起承转合之法。若是拖长看去，却都不见。

《水浒传》不是轻易下笔。只看宋江出名，直在第十七回，便知他胸中已算过百十来遍。若使轻易下笔，必要第一回就写宋江，文字便一直帐，无擒放。

某尝道《水浒》胜似《史记》，人都不肯信，殊不知某却不是乱说。其实《史记》是以文运事，《水浒》是因文生事。以文运事，是先有事生成如此如此，却要算计出一篇文字来，虽是史公高才，也毕竟是吃苦事。因文生事即不然，只是顺着笔性去，削高补低都由我。

作《水浒传》者，真是识力过人。某看他一部书，要写一百单八个强盗，却为头推出一个孝子来做门面，一也；三十六员天罡，七十二座地煞，却倒是三座地煞先做强盗，显见逆天而行，二也；盗魁是宋江了，却偏不许他便出头，另又幻一晁盖盖住在上，三也；天罡地煞，都置第二，不使出现，四也；临了收到“天下太平”四字作结，五也。

三个“石碣”字，是一部《水浒传》大段落。

《水浒传》不说鬼神怪异之事，是他气力过人处。《西游记》每到弄不来时，便是南海观音救了。

《水浒传》并无“之乎者也”等字，一样人便还他一样说话，真是绝奇本事。

《水浒传》一个人出来，分明便是一篇列传。至于中间事迹，又逐段逐段自成文字，亦有两三卷成一篇者，亦有五六句成一篇者。

别一部书，看过一遍即休，独有《水浒传》，只是看不厌。无非为他把一百八个人性格，都写出来。

《水浒传》写一百八个人性格，真是一百八样。若别一部书，任他写一千个人也只是一样，便只写得两个人也只是一样。

《水浒传》章有章法，句有句法，字有字法。人家子弟稍识字，便当教令反复细看，看得《水浒传》出时，他书便如破竹。

江州城劫法场一篇，奇绝了；后面却又有大名府劫法场一篇，一发奇绝。潘金莲偷汉一篇，奇绝了；后面却又有潘巧云偷汉一篇，一发奇绝。景阳冈打虎一篇，奇绝了；后面却又有沂水县杀虎一篇，一发奇绝。真正其才如海。

劫法场、偷汉、打虎，都是极难题目，直是没有下笔处，他偏不怕，定要写出两篇。

《宣和遗事》具载三十六人姓名，可见三十六人是实有。只是七十回中许多事迹，须知都是作书人凭空造谎出来。如今却因读此七十回，反把三十六个人物都认得了，任凭提起一个，都似旧时熟识，文字有气力如此。

一百八人中，定考武松上上。时迁、宋江是一流人，定考下下。

鲁达自然是上上人物，写得心地厚实，体格阔大。论粗卤处，他也有些粗卤；论精细处，他亦甚是精细。然不知何故，看来便有不及武松处，想鲁达已是人中绝顶，若武松直是天神，有大段及不得处。

《水浒传》只是写人粗卤处，便有许多写法。如鲁达粗卤是性急，史进粗卤是少年任气，李逵粗卤是蛮，武松粗卤是豪杰不受羁靮，阮小七粗卤是悲愤无说处，焦挺粗卤是气质不好。

李逵是上上人物，写得真是一片天真烂漫到底。看他意思，便是山泊中一百七人，无一个入得他眼。《孟子》“富贵不能淫，贫贱不能移，威武不能屈”，正是他好批语。

看来，作文全要胸中先有缘故。若有缘故时，便随手所触，都成妙笔；若无缘故时，直是无动手处，便作得来，也是嚼蜡。

只如写李逵，岂不段段都是妙绝文字，却不知正为段段都在宋江事后，故便妙不可言。盖作者只是痛恨宋江奸诈，故处处紧接出一段李逵朴诚来，做个形击。其意思自在显宋江之恶，却不料反成李逵之妙也。此譬如刺枪，本要杀人，反使出一身家数。

近世不知何人，不晓此意，却节出李逵事来，另作一册，题曰“寿张文集”，可谓咬人屎撅，不是好狗。

写李逵色色绝倒，真是化工肖物之笔。他都不必具论，只如逵还有兄李达，便定然排行第二也，他却偏要一生自叫李大，直等急切中移名换姓时反称作李二，谓之乖觉。试想他肚里，是何等没分晓。

任是真正大豪杰好汉子，也还有时将银子买得他心肯。独有李逵，便银子也买他不得，须要等他自肯，真又是一样人。

林冲自然是上上人物，写得只是太狠。看他算得到，熬得住，把得牢，做得彻，都使人怕。这般人在世上，定做得事业来，然琢削元气也不少。

吴用定然是上上人物，他奸猾便与宋江一般，只是比宋江却心地端正。

宋江是纯用术数去笼络人，吴用便明明白白驱策群力，有军师之体。

吴用与宋江差处，只是吴用却肯明白说自家是智多星，宋江定要说自家志诚质朴。

宋江只道自家笼罩吴用，吴用却又实实笼罩宋江。两个人心里各各自知，外面又各各只做不知，写得真是好看煞人。

花荣自然是上上人物，写得恁地文秀。

阮小七是上上人物，写得另是一样气色。一百八人中，真要算做第一个快人。心快口快，使人对之，龌龊都销尽。

杨志、关胜是上上人物。杨志写来是旧家子弟，关胜写来全是云长变相。

秦明、索超是上中人物。

史进只算上中人物，为他后半写得不好。

呼延灼却是出力写得来的，然只是上中人物。

卢俊义、柴进只是上中人物。卢俊义传，也算极力将英雄员外写出来了，然终不免带些呆气。譬如画骆驼，虽是庞然大物，却到底看来觉道不俊。柴进无他长，只有好客一节。

朱仝与雷横，是朱仝写得好，然两人都是上中人物。

杨雄与石秀，是石秀写得好，然石秀便是中上人物，杨雄竟是中下人物。

公孙胜便是中上人物，备员而已。

李应只是中上人物，然也是体面上定得来，写处全不见得。

阮小二、阮小五、张横、张顺，都是中上人物。燕青是中上人物，刘唐是中上人物，徐宁、董平是中上人物。

戴宗是中下人物，除却神行，一件不足取。

吾最恨人家子弟，凡遇读书，都不理会文字，只记得若干事迹，便算读过一部书了，虽《国策》《史记》都作事迹搬过去，何况《水浒传》。

《水浒传》有许多文法，非他书所曾有，略点几则于后：

有倒插法。谓将后边要紧字，蓦地先插放前边。如五台山下铁匠间壁父子客店，又大相国寺岳庙间壁菜园，又武大娘子要同王干娘去看虎，又李逵去买枣糕，收得汤隆等是也。

有夹叙法。谓急切里两个人一齐说话，须不是一个说完了，又一个说，必要一笔夹写出来。如瓦官寺崔道成说“师兄息怒，听小僧说”，鲁智深说“你说你说”等是也。

有草蛇灰线法。如景阳冈勤叙许多“哨棒”字，紫石街连写若干“帘子”字等是也。骤看之，有如无物，及至细寻，其中便有一条线索，拽之通体俱动。

有大落墨法。如吴用说三阮，杨志北京斗武，王婆说风情，武松打虎，还道村捉宋江，二打祝家庄等是也。

有绵针泥刺法。如花荣要宋江开枷，宋江不肯；又晁盖番番要下山，宋江番番劝住，至最后一次便不劝是也。笔墨外，便有利刃直戳进来。

有背面铺粉法。如要衬宋江奸诈，不觉写作李逵真率；要衬石秀尖利，不觉写作杨雄糊涂是也。

有弄引法。谓有一段大文字，不好突然便起，且先作一段小文字在前引之。如索超前，先写周谨；十分光前，先说五事等是也。《庄子》云：“始于青苹之末，盛于土囊之口。”《礼》云：“鲁人有事于泰山，必先有事于配林。”

有獭尾法。谓一段大文字后，不好寂然便住，更作余波演漾之。如梁中书东郭演武归去后，知县时文彬升堂；武松打虎下冈来，遇着两个猎户；血溅鸳鸯楼后，写城壕边月色等是也。

有正犯法。如武松打虎后，又写李逵杀虎，又写二解争虎；潘金莲偷汉后，又写潘巧云偷汉；江州城劫法场后，又写大名府劫法场；何涛捕盗后，又写黄安捕盗；林冲起解后，又写卢俊义起解；朱仝、雷横放晁盖后，又写朱仝、雷横放宋江等。正是要故意把题目犯了，却有本事出落得无一点一画相借，以为快乐是也。真是浑身都是方法。

有略犯法。如林冲买刀与杨志卖刀，唐牛儿与郓哥，郑屠肉铺与蒋门神快活林，瓦官寺试禅杖与蜈蚣岭试戒刀等是也。

有极不省法。如要写宋江犯罪，却先写招文袋金子，却又先写阎婆惜和张三有事，却又先写宋江讨阎婆惜，却又先写宋江舍棺材等。凡有若干文字，都非正文是也。

有极省法。如武松迎入阳谷县，恰遇武大也搬来，正好撞着；又如宋江琵琶亭吃鱼汤后，连日破腹等是也。

有欲合故纵法。如白龙庙前，李俊、二张、二童、二穆等救船已到，却写李逵重要杀入城去；还道村玄女庙中，赵能、赵得都已出去，却有树根绊跌，土兵叫喊等。令人到临了，又加倍吃吓是也。

有横云断山法。如两打祝家庄后，忽插出解珍、解宝争虎越狱事；又正打大名城时，忽插出截江鬼、油里鳅谋财倾命事等是也。

只为文字太长了，便恐累坠，故从半腰间暂时闪出，以间隔之。

有鸾胶续弦法。如燕青往梁山泊报信，路遇杨雄、石秀，彼此须互不相识，且由梁山泊到大名府，彼此既同取小径，又岂有止一小径之理？看他便顺手借如意子打鹊求卦，先斗出巧来，然后用一拳打倒石秀，逗出姓名来等是也。都是刻苦算得出来。

旧时《水浒传》，子弟读了，便晓得许多闲事。此本虽是点阅得粗略，子弟读了，便晓得许多文法。不惟晓得《水浒传》中有许多文法，他便将《国策》《史记》等书，中间但有若干文法，也都看得出来。旧时子弟读《国策》《史记》等书，都只看了闲事，煞是好笑。

《水浒传》到底只是小说，子弟极要看，及至看了时，却凭空使他胸中添了若干文法。

人家子弟只是胸中有了这些文法，他便《国策》《史记》等书都肯不释手看，《水浒传》有功于子弟不少。

旧时《水浒传》，贩夫皂隶都看；此本虽不曾增减一字，却是与小人没分之书，必要真正有锦绣心肠者，方解说道好。

序 一

原夫书契之作，昔者圣人所以同民心而出治道也。其端肇于结绳，而其盛淆而为六经。其秉简载笔者，则皆在圣人之位而又有其德者也。在圣人之位则有其权，有圣人之德则知其故。有其权而知其故，则得作而作，亦不得不作而作也。是故《易》者，导之使为善也;《礼》者，坊之不为恶也;《书》者，纵以尽天运之变;《诗》者，衡以会人情之通也。故《易》之为书，行也;《礼》之为书，止也;《书》之为书，可畏;《诗》之为书，可乐也。故曰《易》圆而《礼》方,《书》久而《诗》大。又曰《易》不赏而民劝,《礼》不怒而民避,《书》为庙外之几筵,《诗》为未朝之明堂也。若有《易》而可以无《书》也者，则不复为《书》也。有《易》有《书》而可以无《诗》也者，则不复为《诗》也。有《易》有《书》有《诗》而可以无《礼》也者，则不复为《礼》也。有圣人之德，则知其故；知其故，则知《易》与《书》与《诗》与《礼》各有其一故，而不可以或废也。有圣人之德而又在圣人之位，则有其权；有其权，而后作《易》，之后又欲作《书》，又欲作《诗》，又欲作《礼》，咸得奋笔而遂为之，而人不得而议其罪也。

无圣人之位则无其权，无其权而不免有作，此仲尼是也。仲尼无圣人之位，而有圣人之德；有圣人之德，则知其故；知其故而不能已于作，此《春秋》是也。顾仲尼必曰："知我者，其惟《春秋》乎？罪我者，其惟《春秋》乎？"斯其故何哉？知我惟《春秋》者，《春秋》一书，以天自处学《易》，以事系日学《书》，罗列与国学《诗》，扬善禁恶学《礼》，皆所谓有其德而知其故，知其故而不能已于作，不能已于作而遂兼四经之长，以合为一书，则是未尝作也。夫未尝作者，仲尼之志也。罪我惟《春秋》者，古者非天子不考文，自仲尼以庶人作《春秋》，而后世巧言之徒，无不纷纷以作。纷纷以作既久，庞言无所不有，君读之而旁皇于上，民读之而惑乱于下，势必至于拉杂燔烧，祸连六经。夫仲尼非不知者，而终不已于作，是则仲尼所为引罪自悲者也。或问曰：然则仲尼真有罪乎？答曰：仲尼无罪也。仲尼心知其故，而又自以庶人不敢辄有所作，于是因史成经，不别立文，而但于首大书"春王正月"。若曰其旧，则诸侯之书也，其新则天子之书也。取诸侯之书，手治而成天子之书者，仲尼不予诸侯以作书之权也。仲尼不肯以作书之权予诸侯，其又乌肯以作书之权予庶人哉！是故作书，圣人之事也。非圣人而作书，其人可诛，其书可烧也。作书，圣人而天子之事也。非天子而作书，其人可诛，其书可烧也。何也？非圣人而作书，其书破道；非天子而作书，其书破治。破道与治，是横议也。横议，则乌得不烧？横议之人，则乌得不诛？故秦人烧书之举，非直始皇之志，亦仲尼之志。乃仲尼不烧而始皇烧者，仲尼不但无作书之权，是亦无烧书之权者也。若始皇烧书而并烧圣经，则是虽有其权而实无其德；实无其德，则不知其故；不知其故，斯尽烧矣。故并烧圣经者，始皇之罪也；烧书，始皇之功也。

无何汉兴，又大求遗书。当时在廷诸臣，以献书进者多有，于是四方功名之士，无人不言有书，一时得书之多，反更多于未烧之日。今夫自古至今，人则知烧书之为祸至烈，又岂知求书之为祸之尤烈哉！烧书，而天下无书；天下无书，圣人之书所以存也。求书，而天下有书；天下有书，圣人之书所以亡也。烧书，是禁天下之人作书也。求书，是纵天下之人作书也。至于纵天下之人作书矣，其又何所不至之与！有明圣人之教者，其书有之；叛圣人之教者，其书亦有之。申天子之令者，其书有之；犯天子之令者，其书亦有之。夫诚以三代之治治之，则彼明圣人之教与申天子之令者，犹在所不许。何则？恶其破道与治，黔首不得安也。如之何而至于叛圣人之教，犯天子之令，而亦公然自为其书也？原其由来，实惟上有好者，下必尤甚。父子兄弟，聚族撰著，经营既久，才思溢矣。夫应诏固须美言，自娱何所不可？刻画魑魅，诋讪圣贤，笔墨既酣，胡可忍也？是故乱民必诛，而“游侠”立传；市侩辱人，而“货殖”名篇。意在穷奇极变，皇惜刳心呕血，所谓上薄苍天，下彻黄泉，不尽不快，不快不止也。如是者，当其初时，犹尚私之于下，彼此传观而已，惟畏其上之禁之者也。殆其既久，而上亦稍稍见之，稍稍见之而不免喜之，不惟不之禁也。夫叛教犯令之书，至于上不复禁而反喜之，而天下之人岂其复有忌惮乎哉！其作者，惊相告也；其读者，惊相告也。惊告之后，转相祖述，而无有一人不作，无有一人不读也。于是而圣人之遗经，一二篇而已；诸家之书，坏牛折轴不能载，连阁复室不能庋也。天子之教诏，土苴之而已；诸家之书，非缥缃不为其题，非金玉不为其签也。积渐至于今日，祸且不可复言。民不知偷，读诸家之书则无不偷也；民不知淫，读诸家之书则无不淫也；民不知诈，读诸家之书则无不诈也；民不知乱，读诸家之书则无不乱也。夫吾向所谓非圣人而作书，其书破道，非天子而作书，其书破治者，不过忧其附会经义，示民以杂；测量治术，示民以明。示民以杂，民则难信；示民以明，民则难治。故遂断之破道与治，是为横议，其人可诛，其书可烧耳，非真有所大诡于圣经，极害于王治也，而然且如此，若夫今日之书，则岂复苍帝造字之时之所得料，亦岂复始皇燔烧之时之所得料哉？是真一诛不足以蔽其辜，一烧不足以灭其迹者。而祸首罪魁，则汉人诏求遗书，实开之衅。故曰烧书之祸烈，求书之祸尤烈也。烧书之祸，祸在并烧圣经。圣经烧，而民不兴于善，是始皇之罪万世不得而原之也。求书之祸，祸在并行私书。私书行而民之于恶乃至无所不有，此汉人之罪亦万世不得而原之也。然烧圣经，而圣经终大显于后世，是则始皇之罪犹可逭也。若行私书，而私书遂至灾害蔓延不可复救，则是汉人之罪终不活也。

呜呼！君子之至于斯也，听之则不可，禁之则不能，其又将以何法治之与哉？曰：吾闻之，圣人之作书也以德，古人之作书也以才。知圣人之作书以德，则知六经皆圣人之糟粕，读者贵乎神而明之，而不得栉比字句，以为从事于经学也。知古人之作书以才，则知诸家皆鼓舞其菁华，览者急须搴裳去之，而不得捃拾齿牙以为谭言之微中也。于圣人之书而能神而明之者，吾知其而今而后始不敢于《易》之下作《易》传，《书》之下作《书》传，《诗》之下作《诗》传，《礼》之下作《礼》传，《春秋》之下作《春秋》传也。何也？诚愧其德之不合，而惧章句之未安，皆当大拂于圣人之心也。于诸家之书而诚能搴裳去之者，吾知其而今而后始不肯于《庄》之后作广《庄》，《骚》之后作续《骚》，《史》之后作后《史》，《诗》之后作拟《诗》，稗官之后作新稗官也。何也？诚耻其才之不逮，而徒唾沫之相袭，是真不免于古人之奴也。夫扬汤而不得冷，则不如且莫进薪；避影而影愈多，则不如教之勿趋也。恶人作书，而示之以圣人之德，与夫古人之才者，盖为游于圣门者难为言，观于才子之林者难为文，是亦止薪勿趋之道也。

然圣人之德，实非夫人之能事；非夫人之能事，则非予小子今日之所敢及也。彼古人之才，或犹夫人之能事；犹夫人之能事，则庶几予小子不揣之所得及也。夫古人之才也者，世不相延，人不相及。庄周有庄周之才，屈平有屈平之才，马迁有马迁之才，杜甫有杜甫之才，降而至于施耐庵有施耐庵之才，董解元有董解元之才。才之为言材也。凌云蔽日之姿，其初本于破核分荚，于破核分荚之时，具有凌云蔽日之势，于凌云蔽日之时，不出破核分荚之势，此所谓材之说也。又才之为言裁也。有全锦在手，无全锦在目；无全衣在目，有全衣在心；见其领，知其袖；见其襟，知其帔也。夫领则非袖，而襟则非帔，然左右相就，前后相合，离然各异，而宛然共成者，此所谓裁之说也。今天下之人，徒知有才者始能构思，而不知古人用才乃绕乎构思以后；徒知有才者始能立局，而不知古人用才乃绕乎立局以后；徒知有才者始能琢句，而不知古人用才乃绕乎琢句以后；徒知有才者始能安字，而不知古人用才乃绕乎安字以后。此苟且与慎重之辩也。言有才始能构思、立局、琢句而安字者，此其人，外未尝矜式于珠玉，内未尝经营于惨淡，隤然放笔，自以为是，而不知彼之所为才实非古人之所为才，正是无法于手而又无耻于心之事也。言其才绕乎构思以前构思以后，乃至绕乎布局、琢句、安字以前以后者，此其人，笔有左右，墨有正反，用左笔不安换右笔，用右笔不安换左笔，用正墨不现换反墨，用反墨不现换正墨。心之所至，手亦至焉；心之所不至，手亦至焉；心之所不至，手亦不至焉。心之所至手亦至焉者，文章之圣境也。心之所不至手亦至焉者，文章之神境也。心之所不至手亦不至焉者，文章之化境也。夫文章至于心手皆不至，则是其纸上无字、无句、无局、无思者也。而独能令千万世下人之读吾文者，其心头眼底乃窅窅有思，乃摇摇有局，乃铿铿有句，而烨烨有字，则是其提笔临纸之时，才以绕其前，才以绕其后，而非徒然卒然之事也。故依世人之所谓才，则是文成于易者，才子也；依古人之所谓才，则必文成于难者，才子也。依文成于易之说，则是迅疾挥扫，神气扬扬者，才子也。依文成于难之说，则必心绝气尽，面犹死人者，才子也。故若庄周、屈平、马迁、杜甫，以及施耐庵、董解元之书，是皆所谓心绝气尽，面犹死人，然后其才前后缭绕，得成一书者也。庄周、屈平、马迁、杜甫，其妙如彼，不复具论。若夫施耐庵之书，而亦必至于心尽气绝，面犹死人，而后其才前后缭绕，始得成书，夫而后知古人作书，真非苟且也者。而世之人犹尚不肯审己量力，废然歇笔，然则其人真不足诛，其书真不足烧也。

夫身为庶人，无力以禁天下之人作书，而忽取牧猪奴手中之一编，条分而节解之，而反能令未作之书不敢复作，已作之书一旦尽废，是则圣叹廓清天下之功，为更奇于秦人之火。故于其首篇叙述古今经书兴废之大略如此。虽不敢自谓斯文之功臣，亦庶几封关之丸泥也。

序二

观物者审名，论人者辨志。施耐庵传宋江，而题其书曰《水浒》，恶之至，迸之至，不与同中国也。而后世不知何等好乱之徒，乃谬加以“忠义”之目。

呜呼，忠义而在《水浒》乎哉？忠者，事上之盛节也；义者，使下之大经也。忠以事其上，义以使其下，斯宰相之材也。忠者，与人之大道也；义者，处己之善物也。忠以与乎人，义以处乎己，则圣贤之徒也。若夫耐庵所云“水浒”也者，王土之滨则有水，又在水外则曰浒，远之也。远之也者，天下之凶物，天下之所共击也；天下之恶物，天下之所共弃也。若使忠义而在水浒，忠义为天下之凶物、恶物乎哉！且水浒有忠义，国家无忠义耶？夫君则犹是君也，臣则犹是臣也，夫何至于国而无忠义？此虽恶其臣之辞，而已难乎为吾之君解也。父则犹是父也，子则犹是子也，夫何至于家而无忠义？此虽恶其子之辞，而已难乎为吾之父解也。故夫以忠义予《水浒》者，斯人必有怼其君父之心，不可以不察也。且亦不思宋江等一百八人，则何为而至于水浒者乎？其幼，皆豺狼虎豹之姿也；其壮，皆杀人夺货之行也；其后，皆敲朴劓刖之余也；其卒，皆揭竿斩木之贼也。有王者作，比而诛之，则千人亦快万人亦快者也。如之何而终亦幸免于宋朝之斧锧？彼一百八人而得幸免于宋朝者，恶知不将有若干百千万人，思得复试于后世者乎？耐庵有忧之，于是奋笔作传题曰《水浒》，意若以为之一百八人，即得逃于及身之诛僇，而必不得逃于身后之放逐者，君子之志也。而又妄以忠义予之，是则将为戒者而反将为劝耶？豺狼虎豹而有祥麟威凤之目，杀人夺货而有伯夷、颜渊之誉，劓刖之余而有上流清节之荣，揭竿斩木而有忠顺不失之称，既已名实牴牾，是非乖错，至于如此之极，然则几乎其不胥天下后世之人，而惟宋江等一百八人，以为高山景行，其心向往者哉！是故由耐庵之《水浒》言之，则如史氏之有《梼杌》是也，备书其外之权诈，备书其内之凶恶，所以诛前人既死之心者，所以防后人未然之心也。由今日之《忠义水浒》言之，则直与宋江之赚入伙、吴用之说撞筹无以异也。无恶不归朝廷，无美不归绿林，已为盗者读之而自豪，未为盗者读之而为盗也。

呜呼！名者物之表也，志者人之表也。名之不辨，吾以疑其书也；志之不端，吾以疑其人也。削忠义而仍《水浒》者，所以存耐庵之书其事小，所以存耐庵之志其事大。虽在稗官，有当世之忧焉。后世之恭慎君子，苟能明吾之志，庶几不易吾言矣哉！

序 三

施耐庵《水浒》正传七十卷，又楔子一卷，原序一篇亦作一卷，共七十二卷。今与汝释弓。序曰：

吾年十岁，方入乡塾，随例读《大学》《中庸》《论语》《孟子》等书，意惛如也。每与同塾儿窃作是语：不知习此将何为者？又窥见大人彻夜吟诵，其意乐甚，殊不知其何所得乐？又不知尽天下书当有几许？其中皆何所言，不雷同耶？如是之事，总未能明于心。明年十一岁，身体时时有小病。病作，辄得告假出塾。吾既不好弄，大人又禁不许弄，仍以书为消息而已。吾最初得见者，是《妙法莲华经》。次之，则见屈子《离骚》。次之，则见太史公《史记》。次之，则见俗本《水浒传》。是皆十一岁病中之创获也。《离骚》苦多生字，好之而不甚解，记其一句两句吟唱而已。《法华经》《史记》解处为多，然而胆未坚刚，终亦不能常读。其无晨无夜不在怀抱者，吾于《水浒传》可谓无间然矣。吾每见今世之父兄，类不许其子弟读一切书，亦未尝引之见于一切大人先生，此皆大错。夫儿子十岁，神智生矣，不纵其读一切书，且有他好，又不使之列于大人先生之间，是驱之与婢仆为伍也。汝昔五岁时，吾即容汝出坐一隅，今年始十岁，便以此书相授者，非过有所宠爱，或者教汝之道当如是也。

吾犹自记十一岁读《水浒》后，便有于书无所不窥之势。吾实何曾得见一书，心知其然，则有之耳。然就今思之，诚不谬矣。天下之文章无有出《水浒》右者，天下之格物君子无有出施耐庵先生右者。学者诚能澄怀格物，发皇文章，岂不一代文物之林！然但能善读《水浒》，而已为其人绰绰有余也。《水浒》所叙，叙一百八人，人有其性情，人有其气质，人有其形状，人有其声口。夫以一手而画数面，则将有兄弟之形；一口而吹数声，斯不免再映也。施耐庵以一心所运，而一百八人各自入妙者，无他，十年格物而一朝物格，斯以一笔而写百千万人，固不以为难也。格物亦有法，汝应知之。格物之法，以忠恕为门。何谓忠？天下因缘生法，故忠不必学而至于忠。天下自然，无法不忠。火亦忠，眼亦忠，故吾之见忠；钟忠，耳忠，故闻无不忠。吾既忠，则人亦忠，盗贼亦忠，犬鼠亦忠。盗贼犬鼠无不忠者，所谓恕也。夫然后物格，夫然后能尽人之性，而可以赞化育，参天地。今世之人，吾知之，是先不知因缘生法。不知因缘生法，则不知忠。不知忠，乌知恕哉！是人生二子而不能自解也，谓其妻曰：眉犹眉也，目犹目也，鼻犹鼻，口犹口，而大儿非小儿，小儿非大儿者，何故？而不自知实与其妻亲造作之也。夫不知子，问之妻。夫妻因缘，是生其子。天下之忠，无有过于夫妻之事者；天下之忠，无有过于其子之面者。审知其理，而睹天下人之面，察天下夫妻之事，彼万面不同，岂不甚宜哉！忠恕，量万物之斗斛也；因缘生法，裁世界之刀尺也。施耐庵左手握如是斗斛，右手持如是刀尺，而仅乃叙一百八人之性情、气质、形状、声口者，是犹小试其端也。若其文章，字有字法，句有句法，章有章法，部有部法，又何异哉！

吾既喜读《水浒》，十二岁便得贯华堂所藏古本，吾日夜手钞，谬自评释，历四五六七八月，而其事方竣，即今此本是已。如此者，非吾有读《水浒》之法，若《水浒》固自为读一切书之法矣。吾旧闻有人言：庄生之文放浪，《史记》之文雄奇。始亦以之为然，至是忽哑然其笑。古今之人，以瞽语瞽，真可谓一无所知，徒令小儿肠痛耳！夫庄生之文何尝放浪？《史记》之文何尝雄奇？彼殆不知庄生之所云，而徒见其忽言化鱼，忽言解牛，寻之不得其端，则以为放浪；徒见《史记》所记皆刘项争斗之事，其他又不出于杀人报仇、捐金重义为多，则以为雄奇也。若诚以吾读《水浒》之法读之，正可谓庄生之文精严，《史记》之文亦精严。不宁惟是而已，盖天下之书，诚欲藏之名山，传之后人，即无有不精严者。何谓之精严？字有字法，句有句法，章有章法，部有部法是也。夫以庄生之文杂之《史记》不似《史记》，以《史记》之文杂之庄生不似庄生者，庄生意思欲言圣人之道，《史记》摅其怨愤而已。其志不同，不相为谋，有固然者，毋足怪也。若复置其中之所论，而直取其文心，则惟庄生能作《史记》，惟子长能作《庄子》。吾恶乎知之？吾读《水浒》而知之矣。夫文章小道，必有可观，吾党斐然，尚须裁夺。古来至圣大贤，无不以其笔墨为身光耀。只如《论语》一书，岂非仲尼之微言，洁净之篇节？然而善论道者论道，善论文者论文，吾尝观其制作，又何其甚妙也！《学而》一章，三唱“不亦”；叹“觚”之篇，有四“觚”字，余者一“不”、两“哉”而已。“质胜文则野，文胜质则史”，其文交互而成。“知之者不如好之者，好之者不如乐之者”，其法传接而出。“山”“水”“动”“静”“乐”“寿”，譬禁树之对生。“子路问闻斯行”，如晨鼓之频发。其他不可悉数，约略皆佳构也。彼《庄子》《史记》，各以其书独步万年，万年之人，莫不叹其何处得来。若自吾观之，彼亦岂能有其多才者乎？皆不过以此数章引而伸之，触类而长之者也。《水浒》所叙，叙一百八人，其人不出绿林，其事不出劫杀，失教丧心，诚不可训。然而吾独欲略其形迹，伸其神理者，盖此书七十回、数十万言，可谓多矣，而举其神理，正如《论语》之一节两节，浏然以清，湛然以明，轩然以轻，濯然以新，彼岂非《庄子》《史记》之流哉！不然，何以有此？如必欲苛其形迹，则夫十五《国风》，淫污居半；《春秋》所书，弑夺十九。不闻恶神奸而弃禹鼎，憎《梼杌》而诛倚相，此理至明，亦易晓矣。

嗟乎！人生十岁，耳目渐吐，如日在东，光明发挥。如此书，吾即欲禁汝不见，亦岂可得？今知不可相禁，而反出其旧所批释，脱然授之于手也。夫固以为《水浒》之文精严，读之即得读一切书之法也。汝真能善得此法，而明年经业既毕，便以之遍读天下之书，其易果如破竹也者，夫而后叹施耐庵《水浒传》真为文章之总持。不然，而犹如常儿之泛览者而已。是不惟负施耐庵，亦殊负吾。汝试思之，吾如之何其不郁郁乎哉！

皇帝崇祯十四年二月十五日

宋史断

《宋史纲》:

淮南盗宋江掠京东诸郡，知海州张叔夜击降之。

史臣断曰：赦罪者，天子之大恩；定罪者，君子之大法。宋江掠京东诸郡，其罪应死，此书“降”而不书“诛”，则是当时已赦之也。盖盗之初，非生而为盗也。父兄失教于前，饥寒驱迫于后，而其才与其力，又不堪以郁郁让人，于是无端入草，一啸群聚，始而夺货，既而称兵，皆有之也。然其实谁致之失教，谁致之饥寒，谁致之有才与力而不得自见？“万方有罪，罪在朕躬。”成汤所云，不其然乎？孰非赏之亦不窃者？而上既陷之，上又刑之，仁人在位，而罔民可为，即岂称代天牧民之意哉！故夫降之而不诛，为天子之大恩，处盗之善法也。若在君子，则又必不可不大正其罪，而书之曰盗者。君子非不知盗之初非生而为盗，与夫既赦以后之乐与更始亦不复为盗也。君子以为天子之职，在养万民，养万民者，爱民之命，虽蜎飞蠕动，动关上帝生物之心。君子之职，在教万民，教万民者，爱民之心，惟一朝一夕，必廑履霜为冰之惧。故盗之后，诚能不为盗者，天子力能出之汤火而置之衽席，所谓九重之上，大开迁善之门也。乃盗之后未必遂无盗者，君子先能图其神奸而镇以禹鼎，所谓三尺之笔，真有雷霆之怒也。盖一朝而赦者，天子之恩；

百世不改者，君子之法。宋江虽降而必书曰盗，此《春秋》谨严之志，所以昭往戒、防未然、正人心、辅王化也。后世之人不察于此，而裒然于其外史，冠之以忠义之名，而又从而节节称叹之。呜呼！彼何人斯，毋乃有乱逆之心矣夫。

张叔夜之击宋江而降之也，《宋史》大书之曰知海州者何？予之也。何予乎张叔夜？予其真能知海州者也。何也？盖君子食君之食，受君之命，分君之地，牧君之民，则曰知某州。知之为言司其事也。老者未安，尔知其安；少者未育，尔知其育；饥者未食，尔知树畜；寒者未衣，尔知蚕桑；劳者未息，尔知息之；病者未愈，尔知愈之；愚者未教，尔知教之；贤者未举，尔知举之。夫如是，然后谓之不废厥职。三年报政，而其君劳之，锡之以燕享，赠之以歌诗，处之以不次，延之以黄阁。盖知州，真为天子股肱心膂之臣，非苟且而已也。自官箴既坠，而肉食者多，民废田业，官亦不知；民学游手，官亦不知；民多饥馁，官亦不知；民渐行劫，官亦不知。如是，即不免至于盗贼蜂起也。而问其城郭，官又不知；问其兵甲，官又不知；问其粮草，官又不知；问其马匹，官又不知。嗟乎！既已一无所知，而又欺其君曰吾知某州，夫尔知某州何事者哉？《宋史》于张叔夜击降宋江，而独大书知海州者，重予之也。

史臣之为此言也，是犹宽厚言之者也。若夫官知某州，则实何事不知者乎！关节，则知通也；权要，则知跪也；催科，则知加耗也；对簿，则知罚赎也；民户殷富，则知波连以逮之也；吏胥狡狯，则知心膂以托之也。其所不知者，诚一无所知；乃其所知者，且无一而不知也。嗟乎，嗟乎！一无所知，仅不可以为官；若无一不知，不且俨然为盗乎哉！诚安得张叔夜其人，以击宋江之余力而遍击之也!

《宋史目》:

宋江起为盗，以三十六人横行河朔，转掠十郡，官军莫敢婴其锋。知亳州侯蒙上书，言江才必有大过人者，不若赦之，使讨方腊以自赎。帝命蒙知东平府，未赴而卒。又命张叔夜知海州。江将至海州，叔夜使间者觇所向。江径趋海滨，劫巨舟十余，载卤获。叔夜募死士得千人，设伏近城，而出轻兵距海诱之战。先匿壮卒海旁，伺兵合，举火焚其舟。贼闻之，皆无斗志。伏兵乘之，擒其副贼，江乃降。

史臣断曰：观此而知天下之事无不可为，而特无为事之人。夫当宋江以三十六人起于河朔，转掠十郡，而十郡官军莫之敢婴也。此时，岂复有人谓其饥兽可缚野火可扑者哉！一旦以朝廷之灵，而有张叔夜者至。夫张叔夜，则犹之十郡之长官耳，非食君父之食独多，非蒙国家之知遇独厚也者。且宋江，则亦非独雄于十郡而独怯于海州者也。然而前则恣其劫杀，无敢如何，后则一朝成擒，如风迅扫者，此无他，十郡之长官，各有其妻子，各有其赀重，各有其禄位，各有其性命，而转顾既多，大计不决，贼骤乘之，措手莫及也；张叔夜不过无妻子可恋，无赀重可忧，无禄位可求，无性命可惜。所谓为与不为，维臣之责；济与不济，皆君之灵，不过如是。而彼宋江三十六人者，已悉絷其臂而投麾下。呜呼！史书叔夜募死士得千人，夫岂知叔夜固为第一死士乎哉！《传》曰："见危致命。"又曰："临事而惧，好谋而成。"又曰："我战则克。"又曰："可以寄百里之命。"张叔夜有焉，岂不矫矫社稷之臣也乎！

侯蒙欲赦宋江使讨方腊，一语而八失焉。以皇皇大宋，不能奈何一贼，而计出于赦之使赎。夫美其辞则曰“赦”曰“赎”，其实正是温语求息，失朝廷之尊，一也。杀人者死，造反者族，法也。劫掠至于十郡，肆毒实惟不小，而轻与议赦，坏国家之法，二也。方腊所到残破，不闻皇师震怒，而仰望扫除于绿林之三十六人，显当时之无人，三也。诱一贼攻一贼，以冀两斗一伤，乌知贼中无人不窥此意而大笑乎？势将反教之合，而令猖狂愈甚，四也。武功者，天下豪杰之士捐其头颅肢体而后得之，今忽以为盗贼出身之地，使壮夫削色，五也。《传》言：“四郊多垒，大夫之辱。”今更无人出手犯难，为君解忧，而徒欲以诏书为弭乱之具，有负养士百年之恩，六也。有罪者可赦，无罪者生心，从此无治天下之术，七也。若谓其才有过人者，则何不用之未为盗之先，而顾荐之既为盗之后，当时宰相为谁，颠倒一至于是，八也。呜呼！君子一言以为智，一言以为不智，如侯蒙其人者，亦幸而遂死耳。脱真得知东平，恶知其不大败公事为世僇笑者哉！何罗贯中不达，犹祖其说，而有《续水浒传》之恶札也！

贯华堂所藏古本《水浒传》前自有序一篇今录之

人生三十而未娶，不应更娶，四十而未仕不应更仕，五十不应为家，六十不应出游。何以言之？用违其时，事易尽也。朝日初出，苍苍凉凉，澡头面，裹巾帻，进盘飧，嚼杨木。诸事甫毕，起问可中，中已久矣！中前如此，中后可知。一日如此，三万六千日何有！以此思忧，竟何所得乐矣？每怪人言某甲于今若干岁。夫若干者，积而有之之谓。今其岁积在何许，可取而数之否？可见已往之吾，悉已变灭。不宁如是，吾书至此句，此句以前已疾变灭，是以可痛也！

快意之事莫若友，快友之快莫若谈，其谁曰不然？然亦何曾多得！有时风寒，有时泥雨，有时卧病，有时不值，如是等时，真住牢狱矣。舍下薄田不多，多种秫米，身不能饮，吾友来需饮也。舍下门临大河，嘉树有荫，为吾友行立蹲坐处也。舍下执炊爨、理盘槅者，仅老婢四人，其余凡畜童子大小十有余人，便于驰走迎送、传接简帖也。舍下童婢稍闲，便课其缚帚织席。缚帚所以扫地，织席供吾友坐也。吾友毕来，当得十有六人，然而毕来之日为少，非甚风雨而尽不来之日亦少。大率日以六七人来为常矣。吾友来，亦不便饮酒，欲饮则饮，欲止先止，各随其心，不以酒为乐，以谈为乐也。吾友谈不及朝廷，非但安分，亦以路遥，传闻为多。传闻之言无实，无实即唐丧唾津矣。亦不及人过失者，天下之人本无过失，不应吾诋诬之也。所发之言，不求惊人，人亦不惊；未尝不欲人解，而人卒亦不能解者，事在性情之际，世人多忙，未曾尝闻也。吾友既皆绣淡通阔之士，其所发明，四方可遇。然而每日言毕即休，无人记录。有时亦思集成一书，用赠后人，而至今阙如者，名心既尽，其心多懒，一；微言求乐，著书心苦，二；身死之后，无能读人，三；今年所作，明年必悔，四也。是《水浒传》七十一卷，则吾友散后，灯下戏墨为多；风雨甚，无人来之时半之。然而经营于心，久而成习，不必伸纸执笔，然后发挥。盖薄莫篱落之下，五更卧被之中，垂首撚带，睇目观物之际，皆有所遇矣。或若问：言既已未尝集为一书，云何独有此传？则岂非此传成之无名，不成无损，一；心闲试弄，舒卷自恣，二；无贤无愚，无不能读，三；文章得失，小不足悔，四也。呜呼哀哉！吾生有涯，吾呜乎知后人之读吾书者谓何？但取今日以示吾友，吾友读之而乐，斯亦足耳。且未知吾之后身读之谓何，亦未知吾之后身得读此书者乎！吾又安所用其眷念哉！

东都施耐庵序。

楔子
张天师祈禳瘟疫
洪太尉误走妖魔

洪太尉悞走妖魔
伏魔
遇洪而開

试看书林隐处，几多俊逸儒流。虚名薄利不关愁，裁冰及剪雪，谈笑看吴钩。评议前王并后帝，分真伪、占据中州，七雄扰扰乱春秋。兴亡如脆柳，身世类虚舟。见成名无数，图名无数，更有那逃名无数。霎时新月下长川，沧海变桑田古路。讶求鱼缘木，拟穷猿择木，又恐是伤弓曲木。不如且覆掌中杯，再听取新声曲度。

哀哉乎！此书既成，而命之曰《水浒》也。是一百八人者，为有其人乎，为无其人乎？诚有其人也，即何心而至于水浒也。为无其人也，则是为此书者之胸中，吾不知其有何等冤苦，而必设言一百八人，而又远托之于水涯。吾闻率土之滨，莫非王臣；普天之下，莫非王土也。一百八人而无其人，犹已耳；一百八人而有其人，彼岂真欲以宛子城、蓼儿洼者，为非复赵宋之所覆载乎哉！吾读《孟子》，至“伯夷避纣，居北海之滨”，“太公避纣，居东海之滨”二语，未尝不叹。纣虽不善，不可避也，海滨虽远，犹纣地也。二老倡众去故就新，虽以圣人，非盛节也。彼孟子者，自言愿学孔子，实未离于战国游士之习，故犹有此言，未能满于后人之心。若孔子，其必不出于此。今一百八人而有其人，殆不止于伯夷、太公居海避纣之志矣。大义灭绝，其何以训！若一百八人而无其人也，则是为此书者之设言也。为此书者，吾则不知其胸中有何等冤苦而为如此设言。然以贤如孟子，犹未免于大醇小疵之讥，其何责于稗官？后之君子，亦读其书，哀其心可也。

古人著书，每每若干年布想，若干年储材，又复若干年经营点窜，而后得脱于稿，裒然成为一书也。今人不会看书，往往将书容易混帐过去，于是古人书中所有得意处，不得意处，转笔处，难转笔处，趁水生波处，翻空出奇处，不得不补处，不得不省处，顺添在后处，倒插在前处，无数方法，无数筋节，悉付之于茫然不知，而仅仅粗记前后事迹，是否成败，以助其酒前茶后，雄谭快笑之旗鼓。呜呼！《史记》称五帝之文尚不雅驯，而为荐绅之所难言，奈何乎今忽取绿林豪猾之事，而为士君子之所雅言乎？吾特悲读者之精神不生，将作者之意思尽没，不知心苦，实负良工，故不辞不敏，而有此批也。

此一回，古本题曰"楔子"。楔子者，以物出物之谓也。以瘟疫为楔，楔出祈禳；以祈禳为楔，楔出天师；以天师为楔，楔出洪信；以洪信为楔，楔出游山；以游山为楔，楔出开碣；以开碣为楔，楔出三十六天罡、七十二地煞，此所谓正楔也。中间又以康节、希夷二先生，楔出劫运定数；以武德皇帝、包拯、狄青，楔出星辰名字；以山中一虎一蛇，楔出陈达、杨春；以洪信骄情傲色，楔出高俅、蔡京；以道童猥猥难认，直楔出第七十回皇甫相马作结尾，此所谓奇楔也。

纷纷五代乱离间，一旦云开复见天。草木百年新雨露，车书万里旧江山。

寻常巷陌陈罗绮，几处楼台奏管弦。天下太平无事日，莺花无限日高眠。好诗。〇一部大书，诗起诗结，"天下太平"起，"天下太平"结。

话说这八句诗，乃是故宋神宗天子朝中一个名儒，姓邵，讳尧夫，道号康节先生所作。一个算数先生。为叹五代残唐，天下干戈不息。那时朝属梁，暮属晋，正谓是：“朱李石刘郭，梁唐晋汉周；都来十五帝，播乱五十秋！”“十五”“五十”，颠倒大衍河图中宫二数，便妙。后来感得天道循环，向甲马营中生下太祖武德皇帝来。大书武德皇帝，见此一朝，不用掉文袋子。这朝圣人出世，红光满天，圣人出世，红光满天，妖魔出世，黑气一道。异香经宿不散，乃是上界霹雳大仙下降。为天罡地煞先作映衬。英雄勇猛，智量宽洪，自古帝王都不及这朝天子。一条杆棒等身齐，打四百座军州都姓赵。绝妙好辞。可见全部枪棒，悉从一王之制矣。那天子扫清寰宇，荡静中原，国号大宋，建都汴梁。九朝八帝班头，四百年开基帝主。因此上邵尧夫先生赞道：“一旦云开复见天！”正如教百姓再见天日之面一般。那时西岳华山，有个陈抟处士，又一个算数先生。○两位先生胸中，算定有六六三十六员，重之七十二座矣。是个道高有德之人，能辨风云气色。一日骑驴下山，向那华阴道中正行之间，听得路上客人传说：藏下一大部评话。“如今东京柴世宗让位与赵检点登基。”那陈抟先生听得，心中欢喜，以手加额，在驴背上大笑，攧下驴来。人问其故，那先生道：“天下从此定矣：正乃上合天心，下合地理，中合人和。”自庚申年间受禅，开基即位，在位一十七年，天下太平，传位与御弟太宗。立乎元，指乎宋，传位御弟，传疑也。太宗皇帝在位二十二年，传位与真宗皇帝；真宗又传位与仁宗。

这仁宗皇帝乃是上界赤脚大仙，又为天罡地煞先作映衬。降生之时昼夜啼哭不止。朝廷出给黄榜，召人医治，感动天庭，差遣太白金星下界，忽然转出一座星辰，为一百单八座星辰作引。化作一老叟，前来揭了黄榜，自言能止太子啼哭。看榜官员引至殿下，朝见真宗。天子圣旨，教进内苑看视太子。那老叟直至宫中，抱着太子，耳边低低说了八个字，太子便不啼哭。奇事奇文。那老叟不言姓名，只见化阵清风而去。耳边道八个甚字？道是：“文有文曲，武有武曲。”忽然从一座星辰，又转出两座星辰，为一百单八座作引，妙妙。〇八个字，只是四个字，奇情奇文。端的是玉帝差遣紫微宫中两座星辰下来辅佐这朝天子。星辰以座论，奇事。星辰可以下来，奇事。星辰被玉帝差遣下来，奇事。玉帝差遣星辰下来辅佐天子，奇事。文曲星乃是南衙开封府主龙图阁大学士包拯，武曲星乃是征西夏国大元帅狄青。申吕岳降，传说列星，变用得好。这两个贤臣，出来辅佐。

这朝皇帝，在位四十二年，改了九个年号。自天圣元年癸亥登基，至天圣九年，那时天下太平，五谷丰登，万民乐业，路不拾遗，户不夜闭，这九年谓之一登；一登、二登、三登，有据无据，撰成妙语。自明道元年至皇祐三年，这九年亦是丰富，谓之二登；自皇祐四年至嘉祐二年，这九年田禾大熟，谓之三登：一连三九二十七年，号为三登之世。九年一登，又九年二登。又九年三登，一连三九二十七年，号为三登之世。笔意都从康节、希夷两先生来。那时，百姓受了些快乐，谁道乐极悲生，嘉祐三年春间，天下瘟疫盛行。自江南直至两京，无一处人民不染此症，天下各州各府，雪片也似申奏将来。

且说东京城里城外，军民死亡大半。开封府主包待制亲将惠民和济局方，自出俸资合药，救治万民。那里医治得？自是正事，不可不先补出。瘟疫越盛。文武百官商议，都向待漏院中聚会，伺候早朝，奏闻天子。是日嘉祐三年三月三日，合成九数，阳极于九，数之穷也。《易》："穷则变。"变出一部《水浒传》来。五更三点，天子驾坐紫宸殿，受百官朝贺已毕，当有殿头官喝道："有事出班早奏，无事卷帘退朝。"只见班部丛中，宰相赵哲、参政文彦博出班奏道："目今京师瘟疫盛行，伤损军民甚多。伏望陛下，释罪宽恩，省刑薄税，自是正论，不可不先补出。祈禳天灾，救济万民。"天子听奏，急敕翰林院随即草诏。一面降赦天下罪囚，应有民间税赋，悉皆赦免，一面命在京宫观寺院，修设好事禳灾。不料其年瘟疫转盛，仁宗天子闻知，龙体不安，复会百官计议。向那班部中，有一大臣越班启奏。天子看时，乃是参知政事范仲淹。拜罢起居，奏道："今天灾盛行，军民涂炭，日夕不能聊生。以臣愚意：要禳此灾，可宣嗣汉天师星夜临朝，就京禁院，修设三千六百分罗天大醮，奏闻上帝，可以禳保民间瘟疫。"不必真出希文，只是临文相借耳。○先是药局，次是修省，第三段方转出祈禳来。仁宗天子准奏，急令翰林学士草诏一道，天子御笔亲书，诏。并降御香一炷，香。钦差内外提点殿前太尉洪信为天使，前往江西信州龙虎山，宣请嗣汉天师张真人星夜来朝，祈禳瘟疫。就金殿上焚起御香，香。亲将丹诏付与洪太尉，诏。即便登程前去。

洪信领了圣敕，辞别天子，背了诏书，诏。盛了御香，香。带了数十人，上了铺马，一行部从离了东京，取路径投信州贵溪县来。不止一日，省。来到江西信州，大小官员出郭迎接，随即差人，报知龙虎山上清宫住持道众准备接诏。是日官员接诏，报知道众。次日，众位官同送太尉到于龙虎山下。只见上清宫许多道众，鸣钟击鼓，香花灯烛，幢幡宝盖，一派仙乐，都下山来迎接丹诏。次日官员送太尉，道众接诏。直至上清宫前下马。当下上至住持真人，下及道童侍从，前迎后引，接至三清殿上，请将诏书居中供养着。上下前后，诏书居中，锦心绣口，随笔成妙。洪太尉便问监宫真人道："天师今在何处？"住持真人向前禀道："好教太尉得知：这代祖师号曰'虚靖天师'，性好清高，倦于迎送，自向龙虎山顶结一茅庵，修真养性，因此不住本宫。"太尉道："目今天子宣诏，如何得见？"真人答道："容禀：诏敕权供在殿上，贫道等亦不敢开读。且请太尉到方丈献茶，再烦计议。"当时将丹诏供养在三清殿上，诏。与众官都到方丈。太尉居中坐下，执事人等献茶，就进斋供，水陆俱备。斋罢，太尉再问真人道："既然天师在山顶庵中，何不着人请将下来相见，开宣丹诏？"真人禀道："这代祖师虽在山顶，其实道行非常，能驾雾兴云踪迹不定。贫道等时常亦难得见，怎生教人请得下来？"太尉道："似此如何得见？目今京师瘟疫盛行，今上天子特遣下官赍捧御书丹诏，亲捧龙香，来请天师，要做三千六百分罗天大醮，以禳天灾救济万民，似此怎生奈何？"真人禀道："天子要救万民，只除是太尉办一点志诚心，此语不独指祈禳瘟疫也。夫天子则岂有不要救万民者？天子要救万民，则岂有不倚托太尉者？太尉若无诚心，则岂能救得万民者？太尉救不得万民，则岂能仰答天子者？语虽不多，而其指甚远，其斯以为真人也乎？斋戒沐浴，更换布衣，休带从人，自背诏书，焚烧御香，步行上山，礼拜叩请，天师方许得见。如若心不志诚，空走一遭，亦难得见。"太尉听说，道："俺从京师食素到此，如何心不志诚？既然恁地，依着你说，明日绝早上山。"当晚各自权歇。

次日五更时分，众道士起来备下香汤，请太尉起来沐浴，换了一身新鲜布衣，脚下穿上麻鞋草履。吃了素斋，取过丹诏，用黄罗包袱背在脊梁上，诏。手里提着银手炉，降降地烧着御香。香。许多道众人等送到后山，指与路径。真人又禀道："太尉要救万民，休生退悔之心，只顾志诚上去。"总是教太尉以为天子救万民之要诀，非为今日请天师叮咛也。太尉别了众人，口诵天尊宝号，纵步上山来，独自一个行了一回，盘坡转径，揽葛攀藤，约莫走过了数个山头，三二里多路。看看脚酸腿软，正走不动，口里不说，肚里踌躇。心中想道："我是朝廷贵官，丑话。〇"朝廷贵官"四字，驱却无数英雄入水泊，此语却是此老说起。在京师时，重裀而卧，列鼎而食，尚兀自倦怠，妙语绝倒。〇重裀列鼎，尚自倦怠，何不以调元赞化而将息之？何曾穿草鞋，走这般山路！知他天师在那里，却教下官受这般苦！"

又行不到三五十步，掇着肩气喘。只见山凹里起一阵风，写得出色。风过处，向那松树背后，奔雷也似吼一声，写得出色。扑地跳出一只吊睛白额锦毛大虫来。先写风，次写吼，次写大虫，只是一笔，便有多少段落。〇初开簿第一条好汉。洪太尉吃了一惊，叫声“阿呀！”千载欺君卖国人收场最后语。扑地望后便倒。

那大虫望着洪太尉左盘右旋，咆哮了一回，托地望后山坡下跳了去。洪太尉倒在树根底下，唬得三十六个牙齿捉对儿厮打，奇句。那心头一似十五个吊桶七上八落的响，奇句。浑身却如重风麻木，奇句。两腿一似斗败公鸡，奇句。〇四句，一句一样，皆奇绝之文。口里连声叫苦。大虫去了一盏茶时，方才爬将起来。再收拾地上香炉，还把龙香烧着，香。〇何不写诏？诏在背上，定当如故也。再上山来，务要寻见天师。又行过三五十步，口里叹了数口气，怨道：“皇帝四字连读始妙。重裀列鼎，尚自倦怠者，其胸中口中，每每有此四字也。御限，差俺来这里，教我受这场惊恐！”说犹未了，只觉得那里又一阵风，写得出色。吹得毒气直冲将来。太尉定睛看时，山边竹藤里簌簌地响，写得出色。抢出一条吊桶大小、雪花也似蛇来。亦先写风，次写响，次写蛇。〇开簿第二条好汉。太尉见了，又吃一惊，撇了手炉，香。〇前无此有。叫一声：“我今番死也！”往后便倒在盘陀石边。但见那条大蛇，径抢到盘陀石边，朝着洪太尉盘做一堆，两只眼迸出金光，张开巨口，吐出舌头，喷那毒气在洪太尉脸上。惊得太尉三魂荡荡，七魄悠悠。那蛇看了洪太尉一回，望山下一溜，却早不见了。太尉方才爬得起来，说道：“惭愧！惊杀下官！”看身上时，寒粟子比馉饳儿大小。此非前详后略，正是从四句外，增出一句耳。口里骂那道士：“叵耐无礼，戏弄下官，教俺受这般惊恐！若山上寻不见天师，下去和他别有话说！”再拿了银提炉，香。整顿身上诏敕，诏。〇前不及诏，此并及诏，都妙。并衣服、巾帻，却待再要上山去。正欲移步，法变。不然，上去到几时了。只听得松树背后，隐隐地笛声吹响，渐渐近来。太尉定睛看时，只见一个道童，倒骑着一头黄牛，横吹着一管铁笛，笑吟吟地正过山来。一蛇一虎后，忽接入此段，笔墨变幻不可言。

洪太尉见了，便唤那个道童："你从那里来？认得我么？"好货。道童不睬，只顾吹笛。写得妙极。太尉连问数声，道童呵呵大笑，拿着铁笛，指着洪太尉，写得妙极。说道："你来此间，莫非要见天师么？"太尉大惊，便道："你是牧童，如何得知？"只合答云：你是太尉，如何得见？道童笑道："我早间在草庵中伏侍天师，听得天师说道：'今上天子差个洪太尉赍擎丹诏御香，到来山中，宣我往东京做三千六百分罗天大醮，祈禳天下瘟疫。我如今乘鹤驾云去也。'这早晚想是去了，不在庵中。你休上去，山内毒虫猛兽极多，恐伤害了你性命。"太尉再问道："你不要说谎？"道童笑了一声，也不回应，又吹着铁笛转过山坡去了。写得妙极。太尉寻思道："这小的如何尽知此事？想是天师分付他，一定是了。"此四字写尽从来太尉自以为是。欲待再上山去，方才惊唬得苦，争些儿送了性命，不如下山去罢。

太尉拿着提炉，香。再寻旧路奔下山来。众道士接着，请至方丈坐下。真人便问太尉道："曾见天师么？"太尉说道："我是朝中贵官，如何教俺走得山路，吃了这般辛苦，争些儿送了性命！为头上至半山里，跳出一只吊睛白额大虫，惊得下官魂魄都没了；又行不过一个山嘴，竹藤里抢出一条雪花大蛇来，盘做一堆，拦住去路。若不是俺福分大，如何得性命回京？好货。尽是你这道众，戏弄下官！"真人覆道："贫道等怎敢轻慢大臣！这是祖师试探太尉之心。本山虽有蛇虎，并不伤人。"一部《水浒传》一百八人总赞。太尉又道："我正走不动，方欲再上山坡，只见松树傍边转出一个道童，骑着一头黄牛，吹着管铁笛，正过山来。我便问他：'那里来，识得俺么？'他道：'已都知了。'说天师分付，早晨乘鹤驾云往东京去了。下官因此回来。"真人道："太尉可惜错过！这个牧童正是天师！"只说其一，不说其二。太尉道："他既是天师，如何这等猥獕？"此一句，直兜至第七十回皇甫端相马之后，见一部所列一百八人，皆朝廷贵官嫌其猥獕，而失之于牝牡骊黄之外者也。○何独不言既是天师，如何这等狰狞耶？真人答道："这代天师非同小可，虽然年幼，其实道行非常。他是额外之人，一百八员，所谓额外之人也。四方显化，极是灵验。世人皆称为道通祖师。"洪太尉道："我直如此有眼不识真师，当面错过！"真人道："太尉且请放心，既然祖师法旨道是去了，比及太尉回京之日，这场醮事，祖师已都完了。"太尉见说，方才放心。真人一面教安排筵宴，管待太尉，请将丹诏收藏于御书匣内，留在上清宫中；诏书毕。龙香就三清殿上烧了。龙香毕。当日方丈内大排斋供，设宴饮酌至晚席罢，止宿到晓。

次日早膳已后，真人道众并提点执事人等，请太尉游山，天下本无事，游山游出来。太尉大喜。许多人从跟随着，步行出方丈前面，两个道童引路，行至宫前宫后，看玩许多景致。三清殿上，富贵不可尽言。左廊下，九天殿、紫微殿、北极殿；右廊下，太乙殿、三官殿、驱邪殿。以九天、紫微、北极、太乙、三官等殿，引出驱邪一殿。以驱邪一殿，引出伏魔一殿。诸宫看遍，行到右廊后一所去处。洪太尉看时，另外一所殿宇，一遭都是捣椒红泥墙，正面两扇朱红槅子，门上使着胳膊大锁锁着，交叉上面贴着十数道封皮，封皮上又是重重叠叠使着朱印，檐前一面朱红漆金字牌额，上书四个金字，写道"伏魔之殿"。写得怕人。○笔墨淋漓之至。太尉指着问道："此殿是甚么去处？"真人答道："此乃是前代老祖天师锁镇伏魔之殿。”太尉又问道：“如何上面重重叠叠贴着许多封皮？”真人答道：“此是老祖大唐洞玄国师封锁魔王在此。但是经传一代天师，亲手便添一道封皮，奇想奇文。使其子子孙孙不得妄开。走了魔君，非常利害。今经八九代祖师，誓不敢开。锁用铜汁灌铸，谁知里面的事？小道自来住持本宫三十余年，也只听闻。”妙。洪太尉听了，心中惊怪，先惊。想道：“我且试看魔王一看。”便对真人说道：“你且开门来，我看魔王甚么模样。”真人禀道：“太尉，此殿决不敢开。先祖天师叮咛告戒：今后诸人不许擅开。”一禀。太尉笑道：次笑。“胡说！你等要妄生怪事，煽惑良民，故意安排这等去处，假称锁镇魔王，显耀你们道术。我读一鉴之书，好东西，好文法。何曾见锁魔之法？神鬼之道，处隔幽冥，我不信有魔王在内。快快与我打开，我看魔王如何。”真人三回五次禀说：“此殿开不得，恐惹利害，有伤于人。”又禀。太尉大怒，次怒。指着道众说道：“你等不开与我看，回到朝廷，先奏你们众道士阻当宣诏违别圣旨，不令我见天师的罪犯，看他随口捣出人罪案来，前后太尉一辙也。后奏你等私设此殿，假称锁镇魔王，煽惑军民百姓。把你都追了度牒，刺配远恶军州受苦！”后来许多刺配军州，只照前官律断。真人等惧怕太尉权势，真人犹怕太尉权势，况其他哉！只得唤几个火工道人来，先把封皮揭了，将铁锤打开大锁。众人把门推开，一齐都到殿内，黑洞洞不见一物。

太尉教从人取十数个火把点着，将来打一照时，四边并无一物，只中央一个石碣，约高五六尺，下面石龟趺坐，大半陷在泥里。一部大书七十回，以石碣起，以石碣止，奇绝。〇“碣”字俗本讹作“碑”字。照那石碣上时，前面都是龙章凤篆，天书符箓，人皆不识。与第七十回一样作章法。照那背后时，却有四个真字大书，凿着“遇洪而开”。奇事奇文。洪太尉看了这四个字，大喜，次又喜。便对真人说道：“你等阻当我，却怎地数百年前已注定我姓字在此？‘遇洪而开’，分明是教我开，看却何妨？我想这个魔王都只在石碣底下，汝等从人与我多唤几个火工人等，将锄头铁锹来掘开。”真人慌忙禀道：“太尉不可掘动，恐有利害，伤犯于人不当稳便。”又禀。太尉大怒，次又怒。喝道：“你等道众省得甚么！碣上分明凿着遇我教开，你如何阻当？快与我唤人来开！”真人又三回五次禀道：“恐有不好。”太尉那里肯听？详书真人一禀，再禀，又禀。又禀者，以深明天罡地煞出世之不容易也。只得聚集众人先把石碣放倒，一齐并力掘那石龟。半日方才掘得起。又掘下去，只有三四尺深，见一片大青石板，可方丈围。石碣之下石龟，石龟之下石板，写得郑重之至。洪太尉叫再掘起来，真人又苦禀道：“不可掘动！”掘到石板，又复苦禀，写得郑重之至。太尉那里肯听！众人只得把石板一齐扛起。看时，石板底下却是一个万丈深浅地穴。只见穴内刮剌剌一声响亮，那响非同小可。

响亮过处，只见一道黑气从穴里滚将起来，掀塌了半个殿角。那道黑气直冲到半天里，空中散作百十道金光，望四面八方去了。骇人之笔。〇他日有称我者，有称俺者，有称小可者，有称洒家者，有称我老爷者，皆是此句化开。众人吃了一惊，发声喊，撇下锄头铁锹，尽从殿内奔将出来，推倒攧翻无数。惊得洪太尉目睁口呆，罔知所措，面色如土。奔到廊下，只见真人向前叫苦不迭。太尉问道：“走了的却是甚么妖魔？”真人道：“太尉不知，此殿中，当初是老祖天师洞玄真人传下法符，嘱付道：‘此殿内镇锁着三十六员天罡星，七十二座地煞星，共是一百单八个魔君在里面。上立石碣，凿着龙章凤篆姓名，镇住在此。楔者，以物出物之谓。此篇因请天师，误开石碣，所谓楔也。俗本不知，误入正书，失之远矣。若还放他出世，必恼下方生灵。’如今太尉放他走了，怎生是好！”当时洪太尉听罢，浑身冷汗，捉颤不住。急急收拾行李，引了从人下山回京。真人并道众送官已罢，自回宫内修整殿宇，竖立石碣，不在话下。了。

再说洪太尉在途中分付从人，教把走妖魔一节休说与外人知道，恐天子知而见责。画出太尉。于路无话，星夜回至京师。进得汴梁城，闻人所说只闻人说足矣，不必铺叙醮事也。天师在东京禁院做了七昼夜好事，普施符箓，禳救灾病，瘟疫尽消，军民安泰。天师辞朝，乘鹤驾云，且回龙虎山去了。省。洪太尉次日早朝见了天子，奏说：“天师乘鹤驾云先到京师，臣等驿站而来，才得到此。”仁宗准奏，赏赐洪信复还旧职，瘟疫亦楔也，醮事亦楔也，天师亦楔也，太尉亦楔也。既已楔出三十六员天罡，七十二座地煞矣，便随手收拾，不复更用也。亦不在话下。

后来仁宗天子在位共四十二年晏驾，无有太子，传位濮安懿王允让之子——太宗皇帝的孙——为前传位御弟太宗句吐气。此传外别传之法也。立帝号曰英宗。在位四年，传位与太子神宗。神宗在位一十八年，传位与太子哲宗。那时天下太平，一部大书数万言，却以“天下太平”四字起，以“天下太平”四字止，妙绝。四方无事。

且住！若真个太平无事，今日开书演义，又说着些甚么？忽然掉笔一转，转出一部大书来。看官不要心慌，此只是个楔子，下文便有：

王教头私走延安府，九纹龙大斗史家村。

史大郎夜走华阴县，鲁提辖拳打镇关西。

赵员外重修文殊院，鲁智深大闹五台山。

小霸王醉入销金帐，花和尚大闹桃花村。

九纹龙剪径赤松林，鲁智深火烧瓦官寺。

花和尚倒拔垂杨柳，豹子头误入白虎堂。

林教头刺配沧州道，花和尚大闹野猪林。

柴进门招天下客，林冲棒打洪教头。

林教头风雪山神庙，陆虞候火烧草料场。

朱贵水亭施号箭，林冲雪夜上梁山。

梁山泊林冲落草，汴京城杨志卖刀。

急先锋东郭争功，青面兽北京斗武。

赤发鬼醉卧灵官殿，晁天王认义东溪村。

吴学究说三阮撞筹，公孙胜应七星聚义。

杨志押送金银担，吴用智取生辰纲。

花和尚单打二龙山，青面兽双夺宝珠寺。

美髯公智稳插翅虎，宋公明私放晁天王。

林冲水寨大并火，晁盖梁山小夺泊。

梁山泊义士尊晁盖，郓城县月夜走刘唐。

虔婆醉打唐牛儿，宋江怒杀阎婆惜。

阎婆大闹郓城县，朱仝义释宋公明。

横海郡柴进留宾，景阳冈武松打虎。

王婆贪贿说风情，郓哥不忿闹茶肆。

王婆计啜西门庆，淫妇药鸩武大郎。

偷骨殖何九送丧，供人头武二设祭。

母夜叉孟州道卖人肉，武都头十字坡遇张青。

武松威镇安平寨，施恩义夺快活林。

施恩重霸孟州道，武松醉打蒋门神。

施恩三入死囚牢，武松大闹飞云浦。

张都监血溅鸳鸯楼，武行者夜走蜈蚣岭。

武行者醉打孔亮，锦毛虎义释宋江。

宋江夜看小鳌山，花荣大闹清风寨。

镇三山大闹青州道，霹雳火夜走瓦砾场。

石将军村店寄书，小李广梁山射雁。

梁山泊吴用举戴宗，揭阳岭宋江逢李俊。

没遮拦追赶及时雨，船火儿大闹浔阳江。

及时雨会神行太保，黑旋风斗浪里白条。

浔阳楼宋江吟反诗，梁山泊戴宗传假信。

梁山泊好汉劫法场，白龙庙英雄小聚义。

宋江智取无为军，张顺活捉黄文炳。

还道村受三卷天书，宋公明遇九天玄女。

假李逵剪径劫单身，黑旋风沂岭杀四虎。

锦豹子小径逢戴宗，病关索长街遇石秀。

杨雄醉骂潘巧云，石秀智杀裴如海。

病关索大闹翠屏山，拚命三火烧祝家庄。

扑天雕双修生死书，宋公明一打祝家庄。

一丈青单捉王矮虎，宋公明两打祝家庄。

解珍解宝双越狱，孙立孙新大劫牢。

吴学究双掌连环计，宋公明三打祝家庄。

插翅虎枷打白秀英，美髯公误失小衙内。

李逵打死殷天锡，柴进失陷高唐州。

戴宗双取公孙胜，李逵独劈罗真人。

入云龙斗法破高廉，黑旋风下井救柴进。

高太尉大兴三路兵，呼延灼摆布连环马。

吴用使时迁偷甲，汤隆赚徐宁上山。

徐宁教使钩镰枪，宋江大破连环马。

三山聚义打青州，众虎同心归水泊。

吴用赚金铃吊挂，宋江闹西岳华山。

公孙胜芒砀山降魔，晁天王曾头市中箭。

吴用智赚玉麒麟，张顺夜闹金沙渡。

放冷箭燕青救主，劫法场石秀跳楼。

宋江兵打北京城，关胜议取梁山泊。

呼延灼月夜赚关胜，宋公明雪天擒索超。

托塔天王梦中显圣，浪里白条水上报冤。

时迁火烧翠云楼，吴用智取大名府。

宋江赏马步三军，关胜降水火二将。

宋公明夜打曾头市，卢俊义活捉史文恭。

东平府误陷九纹龙，宋公明义释双枪将。

没羽箭飞石打英雄，宋公明弃粮擒壮士。

忠义堂石碣受天文，梁山泊英雄惊恶梦。

一部七十回正书，一百四十句题目，有分教：宛子城中藏虎豹，蓼儿洼内聚蛟龙。毕竟如何缘故，且听初回分解。

第一回
王教头私走延安府
九纹龙大闹史家村

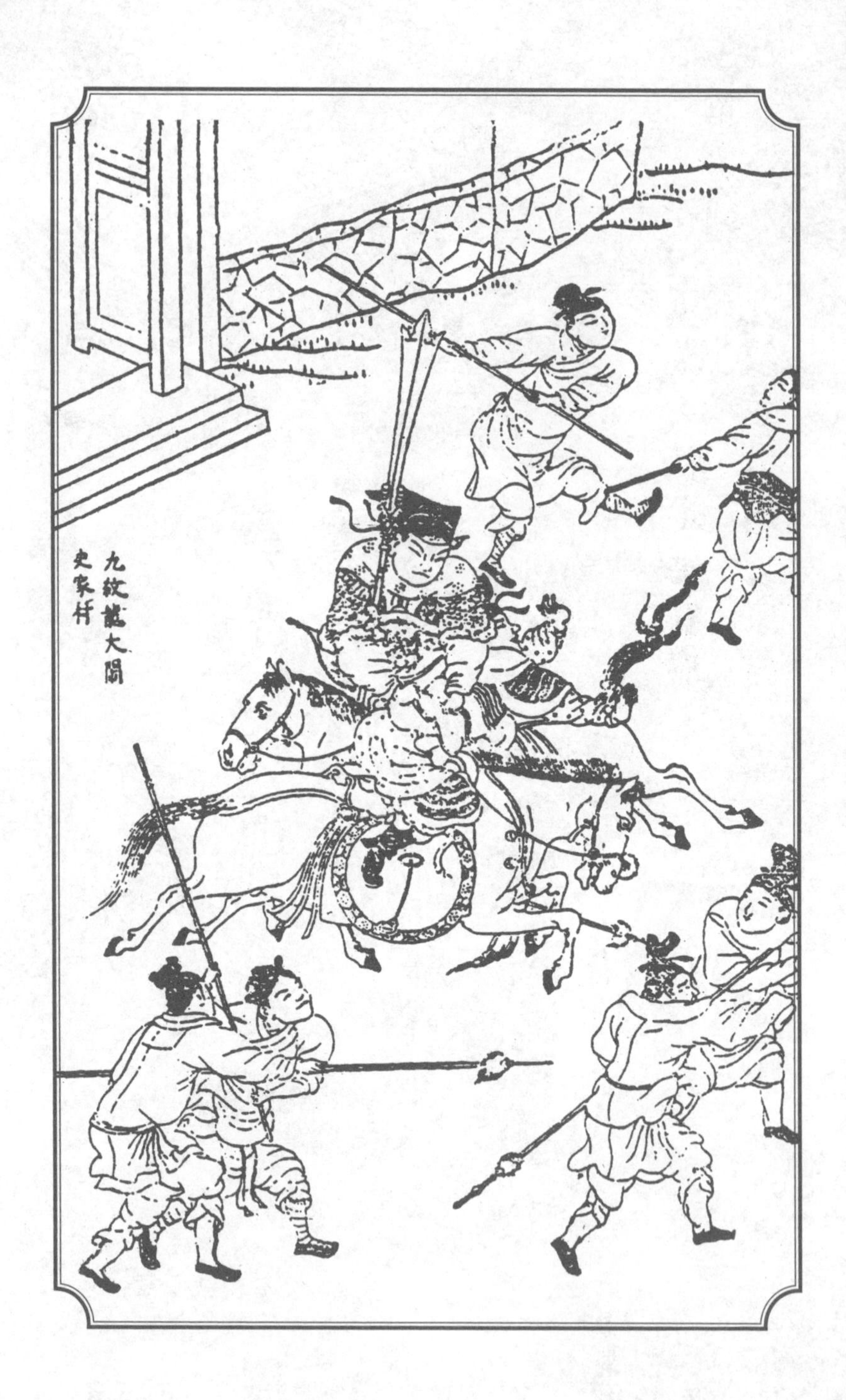
九紋龍大閙
史家村

一部大书七十回，将写一百八人也。乃开书未写一百八人，而先写高俅者，盖不写高俅便写一百八人，则是乱自下生也，不写一百八人先写高俅，则是乱自上作也。乱自下生，不可训也，作者之所必避也；乱自上作，不可长也，作者之所深惧也。一部大书七十回，而开书先写高俅，有以也。

高俅来而王进去矣。王进者，何人也？不坠父业，善养母志，盖孝子也。吾又闻古有"求忠臣必于孝子之门"之语，然则王进亦忠臣也。孝子忠臣，则国家之祥麟威凤、圆璧方珪者也。横求之四海而不一得之，竖求之百年而不一得之。不一得之而忽然有之，则当尊之，荣之，长跽事之。必欲骂之，打之，至于杀之，因逼去之，是何为也！王进去而一百八人来矣，则是高俅来而一百八人来矣。王进去后，更有史进。史者，史也。寓言稗史亦史也。夫古者史以记事，今稗史所记何事？殆记一百八人之事也。记一百八人之事，而亦居然谓之史也何居？从来庶人之议皆史也。庶人则何敢议也？庶人不敢议也。庶人不敢议而又议，何也？天下有道，然后庶人不议也。今则庶人议矣。何用知其天下无道？曰：王进去，而高俅来矣。

史之为言史也，固也。进之为言何也？曰：彼固自许，虽稗史然已进于史也。史进之为言进于史，固也。王进之为言何也？曰：必如此人，庶几圣人在上，可教而进之于王道也。必如王进，然后可教而进之于王道，然则彼一百八人也者，固王道之所必诛也。

一百八人则诚王道所必诛矣，何用见王进之庶几为圣人之民？曰：不坠父业，善养母志，犹其可见者也。更有其不可见者，如点名不到，不见其首也；一去延安，不见其尾也。无首无尾者，其犹神龙欤？诚使彼一百八人者尽出于此，吾以知其免耳，而终不之及也。一百八人终不之及，夫而后知王进之难能也。

不见其首者，示人乱世不应出头也；不见其尾者，示人乱世决无收场也。

一部书七十回，一百八人，以天罡第一星宋江为主，而先做强盗者，乃是地煞第一星朱武。虽作者笔力纵横之妙，然亦以见其逆天而行也。

次出跳涧虎陈达，白花蛇杨春，盖檃括一部书七十回一百八人为虎为蛇，皆非好相识也。何用知其为是檃括一部书七十回一百八人？曰：楔子所以楔出一部，而天师化现恰有一虎一蛇，故知陈达、杨春是一百八人之总号也。

话说故宋哲宗皇帝在时，其时去仁宗天子已远，只是顺手从楔子写来，却将从来国步升降，天运循环，一笔提尽，使读者便有上失其道，民散久矣之痛也。东京开封府汴梁宣武军便有一个浮浪破落户子弟，开书第一样脚色。作书者盖深著破国亡家，结怨连祸之皆由是辈始也。○言子弟，则有为之父兄者矣。失教之罪，谁实任之？姓高，排行第二，自小不成家业，只好刺枪使棒，最是踢得好脚气毬。京师人口顺，不叫“高二”，却都叫他做“高毬”。后来发迹，便将气毬那字去了“毛傍”，添作“立人”，便改作姓高，名俅。毛傍者何物也？而居然自以为立人，人亦从而立人之。盖当时诸公衮衮者，皆是也。○奇绝之文。这人吹弹歌舞，刺枪使棒，相扑顽耍，亦胡乱学诗书词赋，若论仁义礼智、信行忠良，却是不会。甚矣，诗书词赋之易，而仁义礼智信行忠良之难也。观于高俅，不其然乎！只在东京城里城外帮闲。因帮了一个生铁王员外儿子使钱，生铁之子未有不使钱者，可笑可叹。每日三瓦两舍，风花雪月；被他父亲开封府里告了一纸文状，府尹把高俅断了二十脊杖，迭配出界发放，东京城里人民不许容他在家宿食。极写高俅狼狈，以深恶之也。○不容他在家，却容他在朝，天实为之，谓之何哉！高俅无计奈何，只得来淮西临淮州，投奔一个开赌坊的闲汉柳大郎，名唤柳世权。他平生专好惜客养闲人，招纳四方干隔涝汉子。奇句。高俅投托得柳大郎家，一住三年。一路以年计，以月计，以日计，皆史公章法。○一住三年。后来哲宗天子因拜南郊，感得风调雨顺，放宽恩，大赦天下。那高俅在临淮州因得了赦宥罪犯，思量要回东京。这柳世权却和东京城里金梁桥下开生药铺的董将仕是亲戚，写了一封书札，收拾些人事盘缠，赍发高俅回东京，投奔董将仕家过活。

当时高俅辞了柳大郎，背上包裹，离了临淮州，迤逦回到东京，径来金梁桥下董生药家，下了这封书。董将仕一见高俅，看了柳世权来书，如画。自肚里寻思道："这高俅，我家如何安着得他？看他处处安着不得，与府尹所断，如出一口。若是个志诚老实的人，可以容他在家出入，也教孩儿们学些好。他却是个帮闲的破落户，没信行的人，亦且当初有过犯来。被断配的人，旧性必不肯改。若留住在家中，倒惹得孩儿们不学好了。待不收留他，又撇不过柳大郎面皮。"当时只得权且欢天喜地相留在家宿歇，每日酒食管待。曲折之笔。住了十数日，住了十数日。董将仕思量出一个路数，将出一套衣服，细甚妙甚。不然，迭配回来人，如何可见小苏学士去？写了一封书简，对高俅说道："小人家下萤火之光，照人不亮，恐后误了足下。我转荐足下与小苏学士处，苏学士也，而又曰小，彼何人斯也？久后也得个出身。足下意内如何？"高俅大喜，谢了董将仕。董将仕使个人将着书简，引领高俅，径到学士府内。门吏转报，小苏学士出来见了高俅，看了来书，知道高俅原是帮闲浮浪的人，心下想道："我这里如何安着得他？又与将仕如出一口，见天下不容也。不如做个人情，荐他去驸马王晋卿府里，做个亲随。人都唤他做小王都太尉，王太尉也，而亦曰小，彼何人斯也？他便喜欢这样的人。"当时回了董将仕书札，留高俅在府里住了一夜。住一夜。次日写了一封书呈，使个干人，送高俅去那小王都太尉处。这太尉乃是哲宗皇帝妹夫，神宗皇帝的驸马。他喜爱风流人物，正用这样的人。一见小苏学士差人持书送这高俅来，拜见了便喜，随即写回书，收留高俅在府内做个亲随。自此，高俅遭际在王都尉府中，出入如同家人一般。忽作一结结住，下又另起，文字顿挫有法。

自古道："日远日疏，日亲日近。"忽一日，省，而笔势突兀可喜。小王都太尉庆诞生辰，分付府中安排筵宴，专请小舅端王。小苏学士，小王太尉，小舅端王。嗟乎！既已群小相聚矣，高俅即欲不得志，亦岂可得哉！这端王乃是神宗天子第十一子哲宗皇帝御弟，见掌东驾，排号九大王，是个聪明俊俏人物。这浮浪子弟门风帮闲之事，无一般不晓，无一般不会，更无一般不爱。诚乃巍巍圣德。即如琴棋书画，无所不通；一样省文笔法。踢球打弹，品竹调丝，吹弹歌舞，自不必说。又一样省文笔法。当日，王都尉府中准备筵宴，水陆俱备。请端王居中坐定，太尉对席相陪。酒进数杯，食供两套，那端王起身净手，偶来书院里少歇，猛见书案上一对儿羊脂玉碾成的镇纸狮子，极是做得好，细巧玲珑。凭空忽然生出。端王拿起狮子，不落手看了一回，道："好！"王都尉见端王心爱，便说道："再有一个玉龙笔架，也是这个匠人一手做的，忽然生出狮子，又忽然陪出笔架。狮子实，笔架虚，极文章之致也。却不在手头，明日取来，一并相送。"端王大喜道："深谢厚意。想那笔架必是更妙。"不赞狮子，却赞笔架，而已赞狮子之极矣。笔法妙不可言。王都尉道："明日取出来，送至宫中便见。"端王又谢了。两个依旧入席，饮宴至暮，尽醉方散。了。端王相别回宫去了。次日，小王都太尉取出玉龙笔架和两个镇纸玉狮子，着一个小金盒子盛了，又陪一色。用黄罗包袱包了，又陪一色。写了一封书呈，却使高俅送去。一路都是申荐，此行却是突然，令读者出于意外。

高俅领了王都尉钧旨，将着两般玉玩器，怀中揣了书呈，径投端王宫中来。把门官吏转报与院公。没多时，院公出来，问："你是那个府里来的人？"高俅施礼罢，答道："小人是王驸马府中，特送玉玩器来进大王。"院公道："殿下在庭心里和小黄门踢气球，贤士大夫军国重事。你自过去。"高俅道："相烦引进。"院公引到庭门。高俅看时，见端王头戴软纱唐巾，身穿紫绣龙袍，腰系文武双穗绦，把绣龙袍前襟拽扎起，揣在绦儿边，横嵌一句在绦下靴上，写出踢球身分，奇妙之极。足穿一双嵌金线飞凤靴，三五个小黄门相伴着蹴气球。活画出来。高俅不敢过去冲撞，立在从人背后伺候。也是高俅合当发迹，时运到来，那个气球腾地起来，端王接个不着，向人丛里直滚到高俅身边。奇想奇文，淋漓跳跃。那高俅见气球来，也是一时的胆量，使个"鸳鸯拐"踢还端王。奇想奇文。端王见了大喜，便问道："你是甚人？"高俅向前跪下道："小的是王都尉亲随，姓名不作一句出。受东人使令，赍送两般玉玩器来进献大王。有书呈在此拜上。"端王听罢，笑道："姐夫直如此挂心！"高俅取出书呈进上。端王开盒子看了玩器，都递与堂候官收了去。那端王且不理玉玩器下落，却先问高俅道："你原来会踢气球，你唤做甚么？"玩器亦楔子也。既已楔出气球，便略而不论矣。高俅叉手跪覆道："小的叫做高俅，始出姓名。胡乱踢得几脚。"端王道："好！你便下场来，踢一回耍。"进身之易如此，皆天为之也。高俅拜道："小的是何等样人，敢与恩王下脚！"端王道："这是

‘齐云社’，名为‘天下圆’，奇句。但踢何伤？”高俅再拜道：“怎敢！”三回五次告辞，端王定要他赐，高俅只得叩头谢罪，解膝下场。才踢几脚，端王喝采，先引一笔，下乃极写之。高俅只得把平生本事都使出来奉承端王：那身分、模样，“那身分”是一段，“这气球”是一段，今下一段便似鳔胶粘住矣。上一段却忽然从半句虚歇住，盖不忍言之也。这气球一似鳔胶粘在身上的！端王大喜，那里肯放高俅回府去，就留在宫中过了一夜。过了一夜。次日排个筵会，专请王都尉宫中赴宴。

却说王都尉当日晚不见高俅回来，正疑思间，固非王都尉之所料也。只见次日门子报道：“九大王差人来传令旨，请太尉到宫中赴宴。”王都尉出来见了干人，看了令旨，随即上马，来到九大王府前，下马入宫来，见了端王。端王大喜，称谢两般玉玩器。只略带。入席饮宴间，端王说道：“这高俅特致其辞。踢得两脚好气球，孤欲索此人做亲随如何？”王都尉答道：“殿下既用此人，就留在宫中伏侍殿下。”端王欢喜，执杯相谢。二人又闲话一回，至晚席散，王都尉自回驸马府去，不在话下。了。○都尉亦楔子也。既已楔出端王，便亦略而不论也。

且说端王自从索得高俅做伴之后，留在宫中宿食。高俅自此遭际端王，每日跟着寸步不离。忽又作一结结住，下又另起，文字顿挫有法。未及两个月，未及两个月。哲宗皇帝晏驾，无有太子，文武百官商议，册立端王为天子，立帝号曰徽宗，便是玉清教主微妙道君皇帝。大书玉清一号，以吊动天罡地煞也。登基之后，一向无事。忽一日与高俅道：一向无事者，无所事于天下也。忽一日与高俅道者，天下从此有事也。作者于道君皇帝每多微辞焉，如此类是也。“朕欲要抬举你，但有边功方可升迁。先教枢密院与你入名，只是做随驾迁转的人。”后来没半年之间，直抬举高俅做到殿帅府太尉职事。没半年间。

高俅得做太尉，选拣吉日良辰去殿帅府里到任。所有一应合属公吏、衙将、都军、监军、马步人等尽来参拜，各呈手本，开报花名。高殿帅一一点过，于内只欠一名八十万禁军教头王进，开书第一筹人物，却似神龙无首，写得妙绝。——半月之前，已有病状在官，患病未痊，不曾入衙门管事。高殿帅大怒，喝道："胡说！既有手本呈来，却不是那厮抗拒官府，搪塞下官？此人即系推病在家，快与我拿来！"随即差人到王进家来，捉拿王进。

且说这王进却无妻子，只有一个老母，二语是一部大书门面家风，读者须要处处着眼。年已六旬之上。牌头与教头王进说道："如今高殿帅新来上任，点你不着，军正司禀说染患在家，见有病患状在官。高殿帅焦躁，那里肯信，定要拿你，只道是教头诈病在家。教头只得去走一遭，若还不去，定连累小人了。"王进听罢，只得捱着病来。进得殿帅府前，参见太尉，拜了四拜，躬身唱个喏，起来立在一边。高俅道："你那厮便是都军教头王升的儿子？"轻轻生出王升，以为衔怨之由。读之，但见其出笔之突兀，不知其用笔之轻妙也。王进禀道："小人便是。"高俅喝道："这厮！你爷是街市上使花棒卖药的，可骇。你省得甚么武艺？前官没眼，参你做个教头，如何敢小觑我，不伏俺点视！你托谁的势要，推病在家安闲快乐？"句句骂王进，句句映高俅，妙绝。王进告道："小人怎敢！其实患病未痊。"高太尉骂道："贼配军！你既害病，如何来得？"小人偏有口给。王进又告道："太尉呼唤，安敢不来。"高殿帅大怒，喝令："左右！拿下！加力与我打这厮！"众多牙将都是和王进好的，只得与军正司同告道："今日是太尉上任好日头，权免此人这一次。"得此一笔，便令王进为无瑕之璧，不似后文众人身犯刑法。高太尉喝道："你这贼配军！且看众将之面，饶恕你今日，明日却和你理会！"

王进谢罪罢，起来抬头看了，认得是高俅。出得衙门，叹口气道："俺的性命今番难保了！俺道是甚么高殿帅，却原来正是东京帮闲的圆社高二！看他文字，极尽起抑跌顿之妙。比先时曾学使棒，被我父亲一棒打翻，三四个月将息不起。有此之仇，不惟注明兼令高俅本事出丑，又见宋时军功可笑。他今日发迹，得做殿帅府太尉，正待要报仇。我不想正属他管！自古道：'不怕官，只怕管。'俺如何与他争得，怎生奈何是好？"回到家中，闷闷不已。对娘说知此事，母子二人抱头而哭。写王进全是孺子之色，不作英雄身分。○一"子母二人"。娘道："我儿，三十六着，走为上着，只恐没处走。"为一百八人脑后下针。王进道："母亲说得是。儿子寻思，也是这般计较。只有延安府老种经略相公镇守边庭，他手下军官多有曾到京师的，爱儿子使枪棒，何不逃去投奔他们？那里是用人去处，足可安身立命。"普天下想来，只此一处。读之，令我想，令我哭。当下子母二人二"子母二人"。商议定了。其母又道："我儿，和你要私走，只恐门前两个牌军，是殿帅府拨来伏侍你的。他若得知，须走不脱。"王进道："不妨，母亲放心，儿子自有道理措置他。"当下日晚未昏，王进先叫张牌入来，张牌。分付道："你先吃了些晚饭，我使你一处去干事。"张牌道："教头使小人那里去？"王进道："我因前日病患，许下酸枣门外岳庙里香愿，明日早要去烧灶头香。你可今晚先去分付庙祝，教他来日早些开庙门，等我来烧灶头香，就要三牲献刘、李王。你就庙里歇了等我。"张牌答应，先吃了晚饭，叫了安置，望庙中去了。一个去了。当夜子母二人三"子母二人"。收拾了行李衣服，细软银两，做一担儿打挟了。担。又装两个料袋袱驼，拴在马上的。马。等到五更，天色未明，五更天色未明。王进叫起李牌，李牌。分付道："你与我将这些银两，去岳庙里，和张牌买个三牲，煮熟在那里等候。我买些纸烛，随后便来。"李牌将银子望庙中去了。又一个去了。王进自去备了马，马。牵出后槽，将料袋袱驼搭上，把索子拴缚牢了，牵在后门外，扶娘上了马。孝子如画。家中粗重都弃了，照前"细软"二字。锁上前后门，挑了担儿，担。跟在马后。孝子如画。趁五更天色未明，乘势出了西华门，不出骏枣门。取路望延安府来。也去了。

且说两个牌军买了福物煮熟，在庙等到巳牌，巳牌。也不见来。李牌心焦，走回到家中寻时，一个来。见锁了门。两头无路，寻了半日，半日。并无有人。看看待晚，晚。岳庙里张牌疑忌，一直奔回家来，又一个来。又和李牌寻了一黄昏。看看黑了，黄昏。两个见他当夜不归，一夜。又不见了他老娘。次日，两个牌军又去他亲戚之家访问，次日。○两个去。亦无寻处。两个恐怕连累，只得去殿帅府首告："王教头弃家在逃，子母不知去向。"两个来。高太尉见告，大怒道："贼配军在逃，看那厮待走那里去！"随即押下文书，行开诸州各府，捉拿逃军王进。二人首告，免其罪责。此自是王进传耳，与彼二人亦复何涉，只如是省去好。不在话下。

且说王教头母子二人四"子母二人"。自离了东京，免不得饥餐渴饮，夜住晓行。在路一月有余。省。忽一日，天色将晚，王进挑着担儿，跟在娘的马后，口里与母亲说道："天可怜见，惭愧了我子母两个，五"子母二人"。脱了这天罗地网之厄！此去延安府不远了，高太尉便要差人拿我也拿不着了！"子母二人欢喜，一段为错过宿头作地耳，却宛然一幅孝子慈母行乐图也。○六"子母二人"。在路上不觉错过了宿头，"走了这一晚，不遇着一处村坊，那里去投宿是好？"正没理会处，只见远远地林子里闪出一道灯光来。迤逦生出事情来。王进看了，道："好了！遮莫去那里陪个小心，借宿一宵，明日早行。"当时转入林子里来看时，却是一所大庄院，一周遭都是土墙，墙外却有二三百株大柳树。先写柳树。

当时王教头来到庄前，敲门多时，只见一个庄客出来。王进放下担儿，放担。○敲门多时，犹未放担，写赶路情景如画。与他施礼。庄客道：“来俺庄上有甚事？”王进答道：“实不相瞒，小人母子二人七“母子二人”。贪行了些路程，错过了宿店，来到这里。前不巴村，后不巴店，欲投贵庄借宿一宵。明日早行，依例拜纳房金。万望周全方便！”庄客道：“既是如此，且等一等，待我去问庄主太公，肯时，但歇不妨。”王进又道：“大哥方便。”庄客入去多时，出来说道：“庄主太公教你两个入来。”王进请娘下了马，王进挑着担儿，就牵了马，孝子如画。随庄客到里面打麦场上，先写打麦场。歇下担儿，把马拴在柳树上。一路曲曲写担写马，妙绝。子母二人八“子母二人”。直到草堂上来见太公。

那太公年近六旬之上，须发皆白，头戴遮尘暖帽，身穿直缝宽衫，腰系皂丝绦，足穿熟皮靴。王进见了便拜。太公连忙道：“客人休拜！你们是行路的人，辛苦风霜，且坐一坐。”王进母子二人九“母子二人”。叙礼罢，都坐定。太公问道：“你们是那里来的，如何昏晚到此？”王进答道：“小人姓张，第一个姓张人。原是京师人。今来消折了本钱，无可营用，要去延安府投奔亲眷。不想今日路上贪行了程途，错过了宿店。欲投贵庄假宿一宵，来日早行，房金依例拜纳。”太公道：“不妨，如今世上人那个顶着房屋走哩！你母子二人十“母子二人”。敢未打火？”叫庄客安排饭来。没多时，就厅上放开条桌子。庄客托出一桶盘，四样菜蔬，一盘牛肉，铺放桌上，先烫酒来筛下。只如此妙。太公道：“村落中无甚相待，休得见怪。”王进起身谢道：“小人子母十一“子母二人”。无故相扰，此恩难报。”太公道：“休这般说，且请吃酒。”一面劝了五七杯酒，搬出饭来，只如此妙。二人吃了，收拾碗碟，太公起身，引王进子母到客房里安歇。王进告道："小人母亲骑的头口，相烦寄养，草料望乞应付，一并拜酬。"一路写马，至此将马忽作一收。太公道："这个不妨，我家也有头口骡马，教庄客牵出后槽，一发喂养。"后文水穷云起，全仗此语作线。王进谢了，挑那担儿到客房里来。一路写担，至此将担亦忽作一收。庄客点上灯火，一面提汤来洗了脚。太公自回里面去了。

王进子母二人十二"子母二人"。谢了庄客，掩上房门收拾歇息。写得精细之至。次日，睡到天晓不见起来。庄主太公来到客房前过，听得王进老母在房中声唤。欲便接史进，而嫌其突也，又作迁延以少迟之，真乃文生情，情生文，极笔墨摇曳之妙也。太公问道："客官失晓，好起了。"王进听得，慌忙出房来，见太公施礼，说道："小人起多时了。夜来多多搅扰，甚是不当。"偏与听得声唤不接，妙。太公问道："谁人如此声唤？"王进道："实不相瞒太公说，老母鞍马劳倦，昨夜心疼病发。"太公道："既然如此，客人休要烦恼，教你老母且在老夫庄上住几日。我有个医心疼的方，叫庄客去县里撮药来，与你老母亲吃。教他放心慢慢地将息。"庄主何曾有心疼方，只因如此，便好迁延转出史进来耳。王进谢了。话休絮繁。

自此，王进子母二人十三"子母二人"。在太公庄上服药，住了五七日，觉道母亲病患痊了，王进收拾要行。行文至此，路绝矣，无转处矣。当日因来后槽看马，只见空地上一个后生脱膊着，刺着一身青龙，银盘也似一个面皮，约有十八九岁，拿条棒在那里使。何意一转，有此炫烂之文，令人耳目骇动也。王进看了半晌，不觉失口道："这棒也使得好了，高眼慈心，有此失口。只是有破绽，赢不得真好汉。"那后生听得大怒，喝道："你是甚么人，敢来笑话我的本事！俺经了七八个有名的师父，我不信倒不如你！你敢和我扠一扠么？"说犹未了，太公到来，喝那后生：

“不得无礼！”那后生道：“叵耐这厮笑话我的棒法！”太公道：“客人莫不会使枪棒？”王进道：“颇晓得些。敢问长上，这后生是宅上何人？”太公道：“是老汉的儿子。”王进道：“既然是宅内小官人，若爱学时，小人点拨他端正如何？”全是高眼慈心，亦复儒者气象。太公道：“恁地时十分好。”便教那后生来拜师父，那后生那里肯拜？此处写史进负气，正令后文纳头便拜出色。心中越怒道：“阿爹，休听这厮胡说！若吃他赢得我这条棒时，我便拜他为师！”王进道：“小官人若是不当村时，较量一棒耍子。”那后生就空地当中，把一条棒使得风车儿似转，向王进道：“你来！你来！怕你不算好汉！”写史进负气，可笑。王进只是笑，不肯动手。写王进全是儒者气象，妙妙。太公道：“客官既是肯教小顽时，使一棒何妨？”王进笑道：“恐冲撞了令郎时，须不好看。”太公道：“这个不妨。若是打折了手脚，也是他自作自受。”王进道：“恕无礼！”去枪架上四字妙。盖王进此来不曾带棒，打麦场上又无第二棒也。拿了一条棒在手里，来到空地上，使个旗鼓。名家自有家数，妙绝。

那后生看了一看，拿条棒滚将入来，径奔王进。写史进负气，好笑。王进托地拖了棒便走，不是寻常家数。那后生轮着棒又赶入来。史进好笑。王进回身，把棒望空地里劈将下来，不是寻常家数。那后生见棒劈来，用棒来隔。史进好笑。王进却不打下来，将棒一掣，却望后生怀里直搠将来。只一缴，不是寻常家数，妙绝。〇只一棒法写得便如生龙活虎，此岂书生笔墨之所及耶！那后生的棒丢在一边，扑地望后倒了。史进好笑。〇写史进，便活写出不经事后生来。王进连忙撇了棒，向前扶住，又妙，全是儒者气象。道：“休怪，休怪！”那后生爬将起来，便去傍边掇条凳子，纳王进坐，便拜道：“我枉自经了许多师家，原来不值半分！师父，没奈何，只得请教！”妙绝史进，快绝史进，令人有生子当如九纹龙之叹也。〇“没奈何只得”五字，史进负气语。王进道：“我母子二人十四“母子二人”。连日在此搅扰宅上，无恩可报，当以效力。”太公大喜，教那后生穿了衣裳，与脱衣照。一同来后堂坐下。叫庄客杀一个羊，安排了酒食果品之类，与前不同。就请王进的母亲一同赴席。四个人坐定，一面把盏，太公起身劝了一杯酒，与前不同。说道：“师父如此高强，必是个教头，小儿‘有眼不识泰山’。”王进笑道：“‘奸不厮欺，俏不厮瞒。’小人不姓张，俺是东京八十万禁军教头王进的便是。这枪棒终日搏弄。为因新任一个高太尉，原被先父打翻，今做殿帅府太尉，怀挟旧仇，要奈何王进。小人不合属他所管，和他争不得，只得子母二人十五“子母二人”。逃上延安府去，投托老种经略相公处勾当。不想来到这里，得遇长上父子二位如此看待；又蒙救了老母病患，连日管顾，甚是不当。既然令郎肯学时，小人一力奉教。只是令郎学的都是花棒，想即高太尉之所学也。只好看，上阵无用，小人从新点拨他。”纯是慈心高眼。太公见说了，便道：“我儿，可知输了！快来再拜师父。”

那后生又拜了王进。前写负气不肯拜，此写拜了再又拜，可见史进之于王进，全不是今世投拜门生也。太公道：“教头在上，老汉祖居在这华阴县界，前面便是少华山。行文至此又路绝矣，又无转处矣，忽然先伏一奇峰在此。这村便唤做史家村，村中总有三四百家，都姓史。可称史林。老汉的儿子从小不负农业，只爱刺枪使棒。母亲说他不得，一气死了。将母而去，此其所以为王进也。呕死其母，此其所以为史进也。两两写来，对照入妙。老汉只得随他性子，不知使了多少钱财，投师父教他。又请高手匠人与他刺了这身花绣肩膊胸膛，总有九条龙。满县人口顺，都叫他做‘九纹龙’史进。一部书一百单八人，而为头先叙史进，作者盖自许其书，进于史矣。九纹龙之号，亦作者自赞其书也。教头今日既到这里，一发成全了他亦好。老汉自当重重酬谢。”王进大喜道：“太公放心！既然如此说时，小人一发教了令郎方去。”自当日为始，吃了酒食，留住王教头母子二人十六“子母二人”。在庄上。史进每日求王教头点拨，十八般武艺，一一从头指教。史太公自去华阴县中承当里正。不在话下。

不觉荏苒光阴，早过半年之上。史进十八般武艺，——矛、锤、弓、弩、铳、鞭、锏、剑、链、挝、斧、钺并戈、戟、牌、棒与枪、杈，一一学得精熟。多得王进尽心指教，点拨得件件都有奥妙。王进见他学得精熟了，自思在此虽好，只是不了。一日想起来，相辞要上延安府去。史进那里肯放，少不得。说道：“师父只在此间过了，小弟奉养你母子二人十七“母子二人”。以终天年，多少是好。”王进道：“贤弟，多蒙你好心，在此十分之好。只恐高太尉追捕到来，负累了你，不当稳便，以此两难。我一心要去延安府，投着在老种经略处勾当。那里是镇守边庭，用人之际，足可安身立命。”史进并太公苦留不住，只得安排一个筵席送行，托出一盘——两个缎子，一百两花银谢师。次日，王进收拾了担儿，担。备了马，马。子母二人十八“子母二人”。相辞史太公、史进。请娘乘了马，孝子如画。望延安府路途进发。史进叫庄客挑了担儿，悌弟又如画。亲送十里之程，心中难舍。史进当时拜别了师父，洒泪分手，和庄客自回。王教头依旧自挑了担儿，跟着马，子母二人十九“子母二人”。自取关西路里去了。安身立命去也。

话中不说王进去投军役，开书第一筹人物，从此神龙无尾，写得妙绝。只说史进回到庄上，每日只是打熬气力。亦且壮年，又没老小。半夜三更起来演习武艺，白日里只在庄后射弓走马。数语写史进精神之极，遂与春夏读书，秋冬射猎，一样争胜。不到半载之间，史进父亲太公染病患症，数日不起。史进使人远近请医士看治，不能痊可。呜呼哀哉，太公殁了。完太公，令文字省手。史进一面备棺椁盛殓，请僧修设好事，追斋理七，荐拔太公。又请道士建立斋醮，超度生天，整做了十数坛好事功果道场。选了吉日良时，出丧安葬。满村中三四百史家庄户，都来送丧挂孝，埋殡在村西山上祖坟内了。史进家自此无人管业，史进又不肯务农，只要寻人使家生，较量枪棒。自史太公死后，又早过了三四个月日。

时当六月中旬，好笔法。炎天正热。那一日，史进无可消遣，捉个交床，坐在打麦场边柳阴树下乘凉。史进亦有坐定之日。对面松林透过风来，史进喝采道："好凉风！"要写人在松林里张望，却先写风在松林里透过，笔法妙不可言。正乘凉哩，只见一个人探头探脑在那里张望。来得异，若直起少华山，作书亦有何难。史进喝道："作怪！谁在那里张俺庄上？"史进跳起身来，转过树背后打一看时，认得是猎户摽兔李吉。笔势忽振忽落。史进喝道："李吉，张我庄内做甚么？莫不是来相脚头！"李吉向前声喏道："大郎，小人要寻庄上矮丘乙郎吃碗酒，随手捣出一矮丘乙郎，不知者谓是闲文，却不知其便已预陪王四，以见李吉之于史进庄上人，无一不熟也。〇吃碗酒，照王四醉，妙。因见大郎在此乘凉，不敢过来冲撞。"史进道："我且问你，往常时你只是担些野味来我庄上卖，我又不曾亏了你，如何一向不将来卖与我？敢是欺负我没钱？"如此过入少华山。李吉答道："小人怎敢？一向没有野味，以此不敢来。"过入少华山，曲曲折折。史进道："胡说！偌大一个少华山，恁地广阔，不信没有个獐儿、兔儿！"以獐儿、

一座奇峰忽然跌落，然后却向李吉口中重复跌起峰头，行文如在山阴道中也。

兔儿，引出虎儿、蛇儿，曲折之笔。李吉道：“大郎原来不知：陡然转入。如今山上添了一伙强人，扎下一个山寨，聚集着五七百个小喽啰，有百十匹好马。此六字，直与最后照夜玉狮子马作章法。为头那个大王唤做‘神机军师’朱武，第二个唤做‘跳涧虎’陈达，第三个唤做‘白花蛇’杨春。一百单八人，先出三地煞。文心纵横苍莽之甚。这三个为头打家劫舍，华阴县里禁他不得，出三千贯赏钱，召人拿他。谁敢上去惹他？非表三人也，正挑史进也。因此上，小人们不敢上山打捕野味，那讨来卖！”史进道：“我也听得说有强人。若无此句，便有睡里梦里之诮也。不想那厮们如此大弄，必然要恼人。李吉，你今后有野味时寻些来。”仍结归野味。使文字有篇段。李吉唱个喏自去了。完李吉。

史进归到厅前，寻思：“这厮们大弄，必要来薅恼村坊。既然如此……”便叫庄客拣两头肥水牛来杀了，庄内自有造下的好酒，先烧了一陌顺溜纸，便叫庄客去请这当村里三四百史家庄户，都到家中草堂上序齿坐下，教庄客一面把盏劝酒。一路写史进英雄，写史进爽快，写史进阔绰，写史进殷实，笔笔精神之极。史进对众人说道：“我听得少华山上有三个强人，聚集着五七百小喽啰打家劫舍。这厮们既然大弄，必然早晚要来俺村中啰唣。我今特请你众人来商议，倘若那厮们来时，各家准备。我庄上打起梆子，你众人可各执枪棒前来救应。你各家有事，亦是如此。递相救护，共保村坊。如若强人自来，都是我来理会。”读之，令人壮气，真好史进也。众人道：“我等村农只靠大郎做主，梆子响时，谁敢不来！”当晚众人谢酒，各自分散回家，准备器械。详。自此，史进修整门户墙垣，安排庄院，设立几处梆子，拴束衣甲，整顿刀马，堤防贼寇，不在话下。

且说少华山寨中三个头领坐定商议，为头的神机军师朱武，那人原是定远人氏，出身处甚好。能使两口双刀，虽无十分本事，却精通阵法，广有谋略；第二个好汉姓陈，名达，原是邺城人氏，使一条出白点钢枪；第三个好汉姓杨，名春，蒲州解良县人氏，使一口大捍刀。当日朱武却与陈达、杨春说道："如今我听知华阴县里出三千贯赏钱召人捉我们，诚恐来时要与他厮杀。只是山寨钱粮欠少，如何不去劫掳些来，以供山寨之用？聚积些粮食在山寨里，防备官军来时，好和他打熬。"看他曲曲折折而来。跳涧虎陈达道："说得是。如今便去华阴县里先问他借粮，看他如何？"白花蛇杨春道："不要华阴县去，只去蒲城县，万无一失。"奇曲之想，又有奇曲之笔以副之。陈达道："蒲城县人户稀少，钱粮不多，不如只打华阴县，那里人民丰富，钱粮广有。"杨春道："哥哥不知，若去打华阴县时，须从史家村过。那个九纹龙史进是个大虫，不可去撩拨他。他如何肯放我们过去？"上文从史进说到少华山，便有李吉一篇奇曲文字。此文从少华山说到史进，便有杨春一篇奇曲文字。真如双龙夭矫矣。陈达道："兄弟好懦弱！一个村坊过去不得，怎地敢抵敌官军？"杨春道："哥哥不可小觑了他，那人端的了得。"朱武道："我也曾闻他十分英雄，说这人真有本事，兄弟休去罢。"陈达叫将起来，说道："你两个闭了鸟嘴！长别人志气，灭自己威风！他只是一个人，须不三头六臂？我不信！"喝叫小喽啰："快备我的马来！如今便去先打史家庄，后取华阴县！"上文劫华阴县是宾，打史家庄是主。宾者，所以引乎主也。此既得主，仍不弃宾，文章周致之甚。朱武、杨春

第六番方递入正传，行文步骤，千古未有。

再三谏劝，陈达那里肯听，随即披挂上马，点了一百四五十小喽啰，鸣锣擂鼓下山，望史家村去了。

且说史进，正在庄内整制刀马，好。只见庄客报知此事。史进听得，就庄上敲起梆子来。那庄前庄后，庄东庄西，三四百史家庄户，听得梆子响，都拖枪拽棒，聚起三四百人，一齐都到史家庄上。好。看了史进，头戴一字巾，身披朱红甲，上穿青锦袄，下着抹绿靴，腰系皮搭膊，前后铁掩心；一张弓，一壶箭，手里拿一把三尖两刃四窍八环刀。从三四百人眼中看出，妙妙。庄客牵过那匹火炭赤马，史进上了马，绰了刀。前面摆着三四十壮健的庄客，后面列着八九十村蠢的乡夫，各史家庄户都跟在后头，一齐呐喊。直到村北路口。好。

那少华山陈达引了人马飞奔到山坡下，便将小喽啰摆开。史进看时，见陈达头戴干红凹面巾，身披裹金生铁甲，上穿一领红衲袄，脚穿一对吊墩靴，腰系七尺攒线搭膊，坐骑一匹高头白马，手中横着丈八点钢矛。亦从史进眼中看出。小喽啰两势下呐喊，二员将就马上相见。陈达在马上看着史进，欠身施礼。史进喝道：“汝等杀人放火，打家劫舍，犯着迷天大罪，都是该死的人！你也须有耳朵！好大胆，直来太岁头上动土！”陈达在马上答道：“俺山寨里欠少些粮食，欲往华阴县借粮，经由贵庄，假一条路，并不敢动一根草。可放我们过去，回来自当拜谢。”史进道：“胡说！俺家见当里正，闲话亦不落空。正要来拿你这伙贼。今日倒来经由我村中过，却不拿你倒放你过去？本县知道，须连累于我。”陈达道：“‘四海之内，皆兄弟也。’相烦借一条路。”史进道：“甚么闲话！我便肯时，有一个不肯！你问得他肯便去！”好话。陈达道："好汉教我问谁？"史进道："你问得我手里这口刀肯，便放你去！"好话绝倒。陈达大怒道："赶人不要赶上！休得要逞精神！"

史进也怒，轮手中刀，骤坐下马，来战陈达。陈达也拍马挺枪，来迎史进。两个交马斗了多时，史进卖个破绽，让陈达把枪望心窝里搠来，史进却把腰一闪，陈达和枪攧入怀里来。便学王进家数。史进轻舒猿臂，字法。款扭狼腰，字法。只一挟，字法。把陈达轻轻摘离了嵌花鞍，字法。款款揪住了线搭膊，字法。只一丢，丢落地，字法。那匹战马拨风也似去了。如画。史进叫庄客将陈达绑缚了，众人把小喽啰一赶都走了。史进叫绑陈达，众人赶走喽啰，大将意在大将，小卒意在小卒，写得甚好。史进回到庄上，将陈达绑在庭心内柱上，等待一发拿了那两个贼首，一并解官请赏。此句极似发狠，却不知正是迁延，一部都用此法。且把酒来赏了众人，教且权散。众人喝采："不枉了史大郎如此豪杰！"又写众人喝采，文字精神之极。

休说众人欢喜饮酒，却说朱武、杨春两个，正在寨里猜疑捉摸不定，且教小喽啰再去探听消息。只见回去的人，出喽啰。牵着空马，字字不空。奔到山前，只叫道："苦也！陈家哥哥不听二位哥哥所说，送了性命！"朱武问其缘故，小喽啰备说交锋一节，"怎当史进英雄"！朱武道："我的言语不听，果有此祸！"杨春道："我们尽数都去与他死并，如何？"写陈达便有陈达，写杨春又有杨春。朱武道："亦是不可，他尚自输了，你如何并得他过？我有一条苦计，若救他不得，我和你都休。"写朱武又有朱武。杨春问道："如何苦计？"朱武附耳低言说道："只除……恁地。"杨春道："好计！我和你便去，事不宜迟！"

再说史进正在庄上忿怒未消，只四字，何等精神，何等气色。只见庄客飞报道："山寨里朱武、杨春自来了！"史进道："这厮合休！我教他两个一发解官。快牵马过来！”一面打起梆子，众人早都到来。史进上了马，写得如火似锦。正待出庄门，只见朱武、杨春步行已到庄前，两个双双跪下，擎着四眼泪。神机军师，亦复名下无虚。○不止是苦计，亦实有义气也。史进下马来，史进上马，史进下马，一上一下，史进如虎也。喝道：“你两个跪下如何说？”朱武哭道：“小人等三个累被官司逼迫，不得已上山落草。一边说解官请赏，一边说被官逼迫，令人浩叹。当初发愿道：‘不求同日生，只愿同日死。’虽不及关、张、刘备的义气，其心则同。今日小弟陈达不听好言，误犯虎威，已被英雄擒捉在贵庄，无计恳求，今来一径就死。其言令人感泣，真乃神机军师。望英雄将我三人一发解官请赏，誓不皱眉。我等就英雄手内请死，并无怨心！”解官则死于官也，又曰英雄手内请死，其视史进如戏也，真乃神机军师。史进听了寻思道：“他们直恁义气，我若拿他去解官请赏时，反教天下好汉们耻笑我不英雄。自古道：‘大虫不吃伏肉。’”出于何典？史进便道：“你两个且跟我进来。”直是下榻留贤，岂是开门揖盗？快哉史进也。朱武、杨春并无惧怯，随了史进，直到后厅前跪下，又教史进绑缚。此反嫌其诈。朱武之所以为地煞也哉。史进三回五次叫起来，他两个那里肯起来！此反嫌其诈。“惺惺惜惺惺，好汉识好汉。”横插二语，奇笔妙笔。史进道：“你们既然如此义气深重，我若送了你们，不是好汉！我放陈达还你如何？”朱武道：“休得连累了英雄，不当稳便，宁可把我们去解官请赏。”此反嫌其诈。史进道：“如何使得！你肯吃我酒食么？”不惟引入后厅，又要酌酒相待。此时三四百史家村人，在外厅打麦场上，大郎视之，真如蚊蚋耳。○写史进粗糙可爱。朱武道：“一死尚然不惧，何况酒肉乎！”当时史进大喜，解放陈达，就后厅上座置酒设席管待三人。忽为俘虏，忽为上客，快哉史进，千载无此筵席。朱武、杨春、陈达拜谢大恩。酒至数杯，少添春色。酒罢，三人谢了史进，回山去了。

史进送出庄门，史进妙人，令人想杀。○真是成礼而别，笑世上鞠躬之伪也。自回庄上。

却说朱武等三人归到寨中坐下，朱武道："我们非这条苦计，怎得性命在此？虽然救了一人，却也难得史大郎为义气上放了我们。过几日备些礼物送去，谢他救命之恩。"

话休絮繁。过了十数日，以下是一节。朱武等三人收拾得三十两蒜条金，使两个小喽啰，乘月黑夜送去史家庄上。当夜敲门，庄客报知。史进火急披衣来到庄前，问小喽啰："有甚话说？"小喽啰道："三个头领再三拜覆：特使进献些薄礼，酬谢大郎不杀之恩。不要推却，望乞笑留。"取出金子递与史进。初时推却，次后寻思道："既然好意送来，受之为当。"叫庄客置酒，管待小校吃了半夜酒，把些零碎银两赏了小校回山。又过半月有余，以下又是一节。朱武等三人在寨中商议掳掠得好大珠子，又使小喽啰连夜送来庄上。史进受了，不在话下。

又过了半月，以下又是一节。史进寻思道：弄出也。"也难得这三个敬重我，我也备些礼物回奉他。"次日，叫庄客寻个裁缝，自去县里买了三匹红锦裁成三领锦袄子，又拣肥羊煮了三个，将大盒子盛了，委两个庄客去送。史进庄上有个为头的庄客王四，此人颇能答应官府，口舌利便，为欲写他巧言误事，却先写他答应官府，是倒插过来之笔。○大郎误矣。安见口舌利便、颇能答应之人，而能托事有成者乎？君子鉴于此，而知能文之士不足用也。满庄人都叫他做"赛伯当"。史进教他同一个得力庄客，挑了盒担直送到山下。小喽啰问了备细，引到山寨里见了朱武等。三个头领大喜，受了锦袄子并肥羊酒礼，把十两银子赏了庄客。每人吃了十数碗酒。先以山寨送礼，引出史进送礼；先以送礼吃酒，引出下书吃酒。笔下节节次次妙甚。下山同归庄内，见了史进，说道："山上头领多多上覆。"史进自此常常与朱武等三人往来。不时间，只是王四去山寨里送物事，不止一日。史进总结一句。寨里头领也频频地使人送金银来与史进。山寨亦总结一句。〇以上文散叙三段，总结二段，皆为下王四失事作引，非正文也。

荏苒光阴，时遇八月中秋到来。史进要和三人说话，约至十五夜，来庄上赏月取酒，先使庄客王四赍一封请书，直去少华山上，请朱武、陈达、杨春来庄上赴席。王四驰书径到山寨里，见了三位头领，下了来书。朱武看了大喜，三个应允，随即写封回书，赏了王四五两银子，吃了十来碗酒。有前文吃酒，便令此处吃酒不突然也。王四下得山来，正撞着时常送物事来的小喽啰，一把抱住，那里肯放？又拖去山路边村酒店里吃了十数碗酒。写王四酒醉，不作一番便倒、又转出时常送物事小喽啰来。笔墨回环兜锁，妙不可言。王四相别了回庄，一面走着，被山风一吹，好。酒却涌上来，踉踉跄跄，一步一攧。走不得十里之路，见座林子，奔到里面，望着那绿茸茸莎草地上，扑地倒了。

原来摽兔李吉正在那山坡下张兔儿，王四之醉也，便借送物事小喽啰；回书之失也，便借摽兔李吉。笔墨回环兜锁，妙不可言。若俗笔另添出无数人，便令文字散乱无致也。认得是史家庄上王四，赶入林子里来扶他，那里扶得动！初是好意相扶。只见王四搭膊里突出银子来，李吉寻思次是见银起意。道：“这厮醉了……那里讨得许多！何不拿他些？”也是天罡星合当聚会，自是生出机会来。李吉解那搭膊，望地下只一抖，那封回书和银子都抖出来。活是无心拾得。李吉拿起，颇识几字，将书拆开看时，见上面写着少华山朱武、陈达、杨春，中间多有兼文带武的言语却不识得，只认得三个名字。只认三个名字足矣，不必全书也。李吉道：“我做猎户，几时能够发迹，算命道我今年有大财，却在这里！三是误信算命。〇写李吉出首，亦复曲曲而来。华阴县里见出三千贯赏钱，捕捉他三个贼人。叵耐史进那厮，前日我去他庄上寻矮丘乙郎，他道我来相脚头踯盘，你原来倒和贼人来往！”回环兜锁，绝世文情。银子并书都拿去了，望华阴县里来出首。

却说庄客王四一觉直睡到二更，方醒觉来，看见月光微微照在身上，吃了一惊，跳将起来，却见四边都是松树。尝读坡公《赤壁赋》“人影在地，仰见明月”二语，叹其妙绝。盖先见影，后见月，便宛然晚步光景也。此忽然脱化此法，写作王四醒来，先见月光，后见松树，便宛然二更酒醒光景，真乃善于用古矣。便去腰里摸时，搭膊和书都不见了！四下里寻时，只见空搭膊在莎草地上。王四只管叫苦，寻思道：“银子不打紧，这封回书却怎生好？正不知被甚人拿去了？”眉头一纵，计上心来，前特赞王四“赛伯当”，正为此眉头一纵耳。自道：“若回去庄上，说脱了回书，大郎必然焦躁，定是赶我出去。不如只说不曾有回书，那里查照？”计较定了，飞也似取路归来庄上，却好五更天气。

史进见王四回来，问道：“你缘何方才归来？”王四道：“托主人福荫，寨中三个头领都不肯放，留住王四吃了半夜酒，因此回来迟了。”史进又问：“曾有回书么？”王四道：“三个头领要写回书，却是小人道：‘三位头领既然准来赴席，何必回书。小人又有杯酒，路上恐有些失支脱节，不是耍处。’”上文特赞颇能答应，正为是也。史进听了大喜，说道：“不枉了诸人叫做‘赛伯当’，真个了得！”王四应道：“小人怎敢差迟，路上不曾住脚，一直奔回庄上。”于路只见松树林里一只死狗。史进道：“既然如此，教人去县里买些果品案酒伺候。”

不觉中秋节至，是日晴明得好。史进当日分付家中庄客，宰了一腔大羊，杀了百十个鸡鹅，准备下酒食筵宴。看看天色晚来，少华山上朱武、陈达、杨春三个头领，分付小喽啰看守寨栅，只带三五个做伴，将了朴刀，各跨口腰刀，不骑鞍马，步行下山，便令门外无马，以为下文抵赖地。径来到史家庄上。史进接着，各叙礼罢，请入后园。庄内已安排下筵宴，史进请三位头领上坐，史进对席相陪，便叫庄客把前后庄门拴了。照后不要开门等句。一面饮酒，庄内庄客轮流把盏，一边割羊劝酒。

酒至数杯，却早东边推起那轮明月。史进和三个头领叙说旧话新言，只听得墙外一声喊起，火把乱明。史进大惊，跳起身来道："三位贤友且坐，待我去看。"喝叫庄客："不要开门！"掇条梯子上墙打一看时，写得好。只见是华阴县县尉在马上，引着两个都头，带着三四百土兵，围住庄院。史进和三个头领只管叫苦。外面火把光中照见钢叉、朴刀、五股叉、留客住，摆得似麻林一般。两个都头口里叫道："不要走了强贼！"如火。

不是这伙人来捉史进并三个头领，怎地教史进先杀了一两个人，结识了十数个好汉！直教芦花深处屯兵士，荷叶阴中治战船。毕竟史进与三个头领怎地脱身，且听下回分解。

第二回
史大郎夜走华阴县
鲁提辖拳打镇关西

魯提轄拳打
鎮關西

此回方写过史进英雄，接手便写鲁达英雄；方写过史进粗糙，接手便写鲁达粗糙；方写过史进爽利，接手便写鲁达爽利；方写过史进剀直，接手便写鲁达剀直。作者盖特地走此险路，以显自家笔力，读者亦当处处看他所以定是两个人，定不是一个人处，毋负良史苦心也。

一百八人，为头先是史进一个出名领众，作者却于少华山上特地为之表白一遍云："我要讨个出身，求半世快活，如何肯把父母遗体便点污了。"嗟乎！此岂独史进一人之初心，实惟一百八人之初心也。盖自一副才调无处摆划，一块气力无处出脱，而桀骜之性既不肯以伏死田塍，而又有其狡猾之尤者起而乘势呼聚之，而于是讨个出身既不可望，点污清白遂所不惜，而一百八人乃尽入于水泊矣。嗟乎！才调皆朝廷之才调也，气力皆疆场之气力也，必不得已而尽入于水泊，是谁之过也？

史进本题，只是要到老种经略相公处寻师父王进耳，忽然一转，却就老种经略相公外，另变出一个小种经略相公来，就师父王进外，另变出一个师父李忠来。读之真如绛云在霄，伸卷万象，非复一目之所得定也。

写鲁达为人处，一片热血直喷出来，令人读之，深愧虚生世上，不曾为人出力。孔子云："诗可以兴。"吾于稗官亦云矣。

打郑屠忙极矣，却处处夹叙小二报信，然第一段只是小二一个，第二段小二外又陪出买肉主顾，第三段又添出过路的人，不直文情如绮，并事情亦如镜，我欲刳视其心矣。

话说当时史进道："却怎生是好？"朱武等三个头领跪下

道："哥哥，你是干净的人，休为我等连累了。大郎可把索来，绑缚我三个出去请赏，免得负累了你不好看。"如此疑忌，何以谓之神机军师？只因此文独表史进，便不免相借一衬，非真朱武出丑也。史进道："如何使得！恁地时，是我赚你们来捉你请赏，枉惹天下人笑。若是死时，我与你们同死，活时同活。口齿明快，表尽大郎生平。你等起来，放心别作圆便。且等我问个来历情由。"

史进上梯子问道："你两个何故半夜三更来劫我庄上？"反责之，妙绝。〇写史进呕气惯，如画。两个都头道："大郎，你兀自赖哩！见有原告人李吉在这里。"史进喝道："李吉，你如何诬告平人？"反责之，妙绝。李吉应道："我本不知，林子里拾得王四的回书，一时间把在县前看，怕史进语。因此事发。"史进叫王四问道："你说无回书，如何却又有书？"王四道："便是小人一时醉了，忘记了回书。"史进大喝道："畜生！却怎生好！"外面都头人等，惧怕史进了得，不敢奔入庄里来捉人。三个头领把手指道："且答应外面。"如画。史进会意，在梯子上叫道："你两个都头，都不必闹动，权退一步，我自绑缚出来，解官请赏。"那两个都头都怕史进，只得应道："我们都是没事的，等你绑出来，同去请赏。"

史进下梯子，来到厅前，先叫王四带进后园，把来一刀杀了。了王四。喝教许多庄客，把庄里有的没的细软等物即便收拾，尽教打叠起了。一壁点起三四十个火把，庄里史进和三个头领全身披挂，枪架上显得三人不曾带来。各人跨了腰刀，拿了朴刀，拽扎起，把庄后草屋点着。庄客各自打拴了包裹。外面见里面火起，都奔来后面看。史进却就中堂又放起火来，大开庄门，呐声喊，杀将出来。

史进当头，四字独表史进。朱武、杨春在中，陈达在后，和小喽啰并庄客，一冲一撞，指东杀西。史进却是个大虫，那里拦当得住！写得有声势。后面火光乱起，杀开条路，冲将出来，正迎着两个都头并李吉，笔势迅疾。史进见了大怒。仇人相见，分外眼明。两个都头见头势不好，转身便走。李吉也却待回身，史进早到，手起一刀，把李吉斩做两段。了李吉。两个都头正待走时，陈达、杨春赶上，一家一朴刀，结果了两个性命。此处杀李吉，不杀两都头可也。只是不杀，便要来赶，便费周旋，不若杀却，令文字干净。○首史进者，史进杀之；捉陈达、杨春者，陈达、杨春杀之。独不及朱武者，所谓藏机于不用，早为军师留身分也。县尉惊得跑马走回去了。众土兵那里敢向前，各自逃命散了，不知去向。县尉土兵放过，又干净。

史进引着一行人，且杀且走，直到少华山上寨内坐下，喘息方定。朱武等忙叫小喽啰一面杀牛宰马，贺喜饮宴，不在话下。一连过了几日，史进寻思：四字转出一部书来。“一时间要救三人，放火烧了庄院，虽是有些细软家财，粗重什物尽皆没了。”心内踌躇，在此不了，开言对朱武等说道：“我的师父王教头开言便是师父王教头，表尽史进不忘其本，真可作一部大书领袖也。○“我的师父王教头”，开言便是此七个字，更无他句可以先之，史进胸中有老大学问，一笔遂已写尽。在关西经略府勾当。我先要去寻他，只因父亲死了，不曾去得。今来家私庄院废尽，我如今要去寻他。”朱武三人道：“哥哥休去，只在我寨中且过几时，又作商议。若哥哥不愿落草时，待平静了，小弟们与哥哥重整庄院，再作良民。”史进道：“虽是你们的好情分，只是我今去意难留。我若寻得师父，也要那里讨个出身，求半世快乐。”可见英雄初念，亦止要讨个出身，求半世快乐耳。必欲驱之尽入水泊，是谁之过欤？○此句是一百八人初心。朱武道：“哥哥便在此间做个寨主，却不快活？只恐寨小，不堪歇马。”史进道：“我是个清白好汉，如何肯把父母遗体来点污了！王进教法。○乃所愿则学王进也。○此句，为一百八人提出冰心，贮之玉壶，亦不单表史进。你劝我落草，再也休题。”

史进住了几日，定要去，朱武等苦留不住。史进带去的庄客都留在山寨，了史庄。只自收拾了些散碎银两，打拴一个包裹，余者多的尽数寄留在山寨。史进头带白范阳毡大帽，上撒一撮红缨，帽儿下裹一顶浑青抓角软头巾，项上明黄缕带，身穿一领白纻丝两上领战袍，腰系一条揸五指梅红攒线搭膊，青白间道行缠绞脚，衬着踏山透土多耳麻鞋，跨一口铜钹磬口雁翎刀。背上包裹，提了朴刀，辞别朱武等三人。众多小喽啰都送下山来。朱武等洒泪而别，真泪，与前擎着两眼泪，当有不同。自回山寨去了。

只说史进提了朴刀，离了少华山，取路投关西五路，望延安府路上来。免不得饥餐渴饮，夜住晓行，独自行了半月之上，来到渭州。“这里也有一个经略府，莫非师父王教头在这里？”出笔有牛鬼蛇神之法，令人猜测不出。〇“这里”二字上，省却“史进道”三字。史进便入城来看时，依然有六街三市。只见一个小小茶坊，正在路口。史进便入茶坊里来，拣一副坐位坐了。茶博士问道：“客官吃甚茶？”史进道：“吃个泡茶。”茶博士点个泡茶，放在史进面前。史进问道：“这里经略府在何处？”茶博士道：“只在前面便是。”史进道：“借问经略府内，有个东京来的教头王进么？”茶博士道：“这府里教头极多，有三四个姓王的，不知那个是王进。”答得胡涂，便留住史进脚。

道犹未了，只见一个大汉大踏步竟入进茶坊里来。史进看他时，是个军官模样。头裹芝麻罗万字顶头巾，脑后两个太原府纽丝金环，上穿一领鹦哥绿纻丝战袍，腰系一条文武双股鸦青绦，足穿一双鹰爪皮四缝干黄靴。生得面圆耳大，鼻直口方，腮边一部貉臊胡须，身长八尺，腰阔十围。那人入到茶坊里面坐下。茶博士道："客官要寻王教头，只问这位提辖，便都认得。"史进忙起身施礼道："官人请坐，拜茶！"那人见史进长大魁伟，像条好汉，便来与他施礼。像条好汉，方与施礼，甚矣，英雄之惜施礼也。若小人处处施礼，亦独何哉？两个坐下。史进道："小人大胆，敢问官人高姓大名？"那人道："洒家是经略府提辖，姓鲁，讳个达字。敢问阿哥，看得上眼，便叫阿哥，妙绝。你姓甚么？"史进道："小人是华州华阴县人氏，姓史名进。请问官人，小人有个师父是东京八十万禁军教头，姓王名进，不知在此经略府中有也无？"鲁达紧紧只问史进，史进紧紧只问王进，写得一个心头，一个眼里，各自有事，极其精神。鲁提辖道："阿哥，你莫不是史家村甚么九纹龙史大郎？"全不答王进，只是问史进，妙绝。○甚么妙，写出闻名时不肯便伏心事。史进拜道：得一人知我名，便不惜拜之，写尽史进少年自喜。"小人便是。"鲁提辖连忙还礼亦写出格相待。说道："闻名不如见面，见面胜似闻名！绝妙好辞。你要寻王教头，莫不是在东京恶了高太尉的王进？"直到此处方才放下史进，答还王进，笔法奇崛之极。○恶得高太尉，实是一件事。史进道："正是那人。"鲁达道："俺也闻他名字。那个阿哥遥望叫阿哥，妙绝。不在这里。洒家听得说，他在延安府老种经略相公处勾当。

凡接写两人全身打扮处，皆就衣服制度、颜色上互相照耀，以成奇景。

老种、小种，真是奇文。俺这渭州，却是小种经略相公镇守。奇文。〇访老种相公，却到小种相公治下；寻师父王进，却与师父李忠相遇，皆凭空变幻之文。那人不在这里。你既是史大郎时，“既是史大郎”五字，予夺在手。〇甫答王进，仍接史进，写得鲁达爱才之极。多闻你的好名字，你且和我上街去吃杯酒。”豪杰之酒，荣于华衮。鲁提辖挽了史进的手，看他何等亲热。便出茶坊来。鲁达回头道：“茶钱洒家自还你。”欠一处茶钱。茶博士应道：“提辖但吃不妨，只顾去。”

两个挽了胳膊，出得茶坊来，上街行得三五十步，只见一簇众人围住白地上。史进道：“兄长，我们看一看。”写史进少年好事。分开人众看时，中间裹一个人，仗着十来条杆棒，地上摊着十数个膏药，一盘子盛着，插把纸标儿在上面，却原来是江湖上使枪棒卖药的。史进看了，却认得他原来是教史进开手的师父，寻不着一个师父，却寻着一个师父，此师父前并不见，彼师父后并不见，真正奇绝妙绝之文。〇此文与前小种经略相公一段对看作章法。叫做“打虎将”李忠。史进就人丛中叫道：“师父，多时不见！”李忠道：“贤弟如何到这里？”鲁提辖道：“既是史大郎的师父，既是史大郎的师父，予夺在手。也和俺去吃三杯。”荣哉。李忠道：“待小子卖了膏药，讨了回钱，一同和提辖去。”小。鲁达道：“谁奈烦等你，去便同去！”妙。李忠道：“小人的衣饭，无计奈何。提辖先行，小人便寻将来。贤弟，你和提辖先行一步。”又照顾史进。鲁达焦躁，把那看的人一推一交，骂道：“这厮们夹着屁眼撒开，不去的洒家便打！”众人见是鲁提辖，一哄都走了。如画。李忠见鲁达凶猛，敢怒而不敢言，只得陪笑道：“好急性的人。”如画。又小。○当下收拾了行头药囊，寄顿了枪棒。

三个人转湾抹角，来到州桥之下一个潘家有名的酒店。门前挑出望竿，挂着酒旆，漾在空中飘荡。三人来到潘家酒楼上，拣个济楚阁儿里坐下。提辖坐了主位，李忠对席，史进下首坐了。酒保唱了喏，认得是鲁提辖，便道：“提辖官人，打多少酒？”鲁达道：“先打四角酒来。”一面铺下菜蔬果品按酒，又问道：“官人吃甚下饭？”鲁达道：“问甚么！句。但有，句。只顾卖来，一发算钱还你！句。这厮，句。只顾来聒噪！”妙哉此公，令人神往。酒保下去，随即烫酒上来。但是下口肉食，只顾将来摆一桌子。三个酒至数杯，正说些闲话，较量些枪法，说得入港，只听得隔壁阁子里有人哽哽咽咽啼哭。奇文。

回写鲁达，便又有鲁达一段性情气概，令人耳目一换也。看他一个人便有一样出色处，真与史公并驱矣。○更不极意写史进者，此处专写鲁达，史进便是陪客也。

鲁达焦躁，便把碟儿盏儿都丢在楼板上。写鲁达。酒保听得，慌忙上来看时，见鲁提辖气愤愤地。如画。酒保抄手道：“官人要甚东西，分付卖来。”鲁达道：“洒家要甚么！接口如画。你也须认得洒家，看他托大语，写来如画。却恁地教甚么人在间壁吱吱的哭，搅俺弟兄们吃酒。洒家须不曾少了你酒钱！”酒保道：“官人息怒，小人怎敢教人啼哭，打搅官人吃酒。这个哭的，是绰酒座儿唱的父子两人，不知官人们在此吃酒，一时间自苦了啼哭。”鲁提辖道：“可是作怪，你与我唤得他来。”写鲁达。酒保去叫。不多时，只见两个到来，前面一个十八九岁的妇人，背后一个五六十岁的老儿，手里拿串拍板，都来到面前。

看那妇人，虽无十分的容貌，也有些动人的颜色，拭着泪眼，向前来深深的道了三个万福。那老儿也都相见了。鲁达问道：“你两个是那里人家？为甚啼哭？”那妇人便道：先是妇人说。“官人不知，容奴告禀：奴家是东京人氏，因同父母来这渭州投奔亲眷，不想搬移南京去了。母亲在客店里染病身故，子父二人流落在此生受。此间有个财主，叫做‘镇关西’郑大官人，因见奴家，便使强媒硬保，要奴作妾。谁想写了三千贯文书，虚钱实契，要了奴家身体。未及三个月，他家大娘子好生利害，将奴赶打出来，不容完聚，着落店主人家追要原典身钱三千贯。父亲懦弱，和他争执不得，他又有钱有势。当初不曾得他一文，如今那讨钱来还他？没计奈何，父亲自小教得奴家些小曲儿，来这里酒楼上赶座子，每日但得些钱来，将大半还他，留些少子父们盘缠。这两日酒客稀少，违了他钱限，怕他来讨时受他羞耻，子父们想起这苦楚来，无处告诉，因此啼哭。不想误触犯了官人，望乞恕罪，高抬贵手！”鲁提辖又问道：“你姓甚么？一句。在那个客店里歇？一句。那个镇关西郑大官人？一句。在那里

看他有意无意将潘金莲三字分作三句安放入，后武松传中忽然合拢将来，此等文心都从契经中学得。

住？”一句。一连问四句，写出鲁达如活。老儿答道：次是老儿答。“老汉姓金，排行第二。孩儿小字翠莲。郑大官人便是此间状元桥下卖肉的郑屠，绰号镇关西。老汉父子两个，只在前面东门里鲁家客店安下。”鲁达听了道：“呸！只一字，可以抹倒天下人。俺只道那个郑大官人，却原来是杀猪的郑屠！一朝发迹，便起别号，寻根讨源，总成一笑也。这个腌臜泼才，投托着俺小种经略相公门下做个肉铺户，十七字成句，上十二字何等惊天动地，读至下五字，忽然失笑。却原来这等欺负人。”回头看着李忠、史进道：“你两个且在这里，等洒家去打死了那厮便来！”快人快语，觉秋后处决为烦。史进、李忠抱住劝道：“哥哥息怒，明日却理会。”两个三回五次劝得他住。

鲁达又道：“老儿，你来！洒家与你些盘缠，明日便回东京去如何？”眼中无难事。父子两个告道：“若是能够回乡去时，便是重生父母，再长爷娘。只是店主人家如何肯放？郑大官人须着落他要钱。”鲁提辖道：“这个不妨事，俺自有道理。”便去身边摸出五两来银子，五两。〇五两来者，约略之辞也。一锭十两者，一定之辞也。二两来者，亦约略之辞也。放在桌上，看着史进道：“洒家今日不曾多带得些出来，你有银子借些与俺，借些妙，不知何时还。〇君子之不以小人待人也，类如此矣。洒家明日便送还你。”前云“茶钱洒家自还你”，此云“洒家明日便送还你”，后云“酒钱洒家明日送来还你”，凡三处许还，而一去代州，并不提起，作者亦更不为周旋者，盖鲁达非硁硁自好，必信必果之徒，所以不必还，而天下之人共谅之。然不必还而又非不还，故作者不得为之周旋也。史进道：“直甚么要哥哥还！”是史进。去包裹里取出一锭十两银子，十两。〇史进银，多似鲁达一倍，非写史进也，写鲁达所以爱史进也。放在桌上。鲁达看着李忠道：“你也借些出来与洒家。”一视同仁。李忠去身边摸出二两来银子，二两。〇虽与鲁达同是一“摸”字，而一个摸得快，一个摸得慢，须知之。鲁提辖看了见少，便道：“也是个不爽利的人！”真是眼中不曾见惯。鲁达只把这十五两银子与了金老，十五两。〇二两之不预此数，可不为之大哀乎？分付道：“你父子两个将去做盘缠，一面收拾行李。俺明日清早来发付你两个起身，看那个店主人敢留你！”金老并女儿拜谢去了。鲁达把这二两银子丢还了李忠，胜骂，胜打，胜杀，胜剐，真好鲁达。三人再吃了两角酒，下楼来叫道：“主人家，酒钱洒家明日送来还你。”又欠一处酒钱。主人家连声应道：“提辖只顾自去，但吃不妨，只怕提辖不来赊。”

三个人出了潘家酒肆，到街上分手。史进、李忠各自投客店去了。只说鲁提辖，回到经略府前下处，到房里晚饭也不吃，气愤愤地睡了。写鲁达写出性情来，妙笔。主人家又不敢问他。

再说金老得了这一十五两银子，回到店中，安顿了女儿，先去城外远处觅下一辆车儿，车儿觅了。回来收拾了行李，行李收拾了。还了房宿钱，算清了柴米钱，都停当了。只等来日天明。来日便去得快了。○此一段，与明日鲁达坐板凳，剁臊子，正是一合事。当夜无事。次早五更起来，子父两个先打火做饭，吃罢，收拾了。天色微明，只见鲁提辖大踏步走入店里来，看他为人为彻，何处复有此人！高声叫道：“店小二，那里是金老歇处？”小二道：“金公，鲁提辖在此寻你。”金老开了房门道：“提辖官人，里面请坐！”鲁达道：“坐甚么！你去便去，等甚么！”直截爽快，何处更有此人！金老引了女儿，挑了担儿，作谢提辖，便待出门。店小二拦住道：“金公那里去？”鲁达问道：“他少你房钱？”小二道：“小人房钱，昨夜都算还了，须欠郑大官人典身钱，着落在小人身上看管他哩。”鲁提辖道：“郑屠的钱，洒家自还他，你放这老儿还乡去！”三个字，掉下人泪来。那店小二那里肯放。鲁达大怒，揸开五指，去那小二脸上只一掌，打得那店小二口中吐血。再复一拳，一掌一拳，只算先做个样儿也。打落两个当门牙齿。小二扒将起来，一道烟跑向店里去躲了。店主人那里敢出来拦他。金老父子两个忙忙离了店中，出城自去寻昨日觅下的车儿去了。写得好。

一路鲁达文中皆用“只一掌”，“只一拳”，“只一脚”，写鲁达阔绰，打人亦打得阔绰。

且说鲁达寻思，粗人偏细，妙绝。恐怕店小二赶去拦截他，且向店里掇条凳子坐了两个时辰。约莫金公去得远了，方才起身，写鲁达异常。径到状元桥来。陡然接此一句，如奇鬼肆搏，如怒龙肆攫，令我耳目震骇。

且说郑屠，开着两间门面，两副肉案，悬挂着三五片猪肉。郑屠正在门前柜身内坐定，看那十来个刀手卖肉。大官人身分。鲁达走到门前，叫声：“郑屠！”叫得快。〇人人称大官人，彼亦居然大官人矣，偏要叫他一声郑屠。郑屠看时，见是鲁提辖，慌忙出柜身来唱喏画出郑屠。道：“提辖恕罪！”便叫副手掇条凳子来，“提辖请坐！”写郑屠屁滚尿流光景，总见鲁达平日英雄。〇看副手卖肉，叫副手掇凳，又总写郑屠平日做大官人也。鲁达坐下道：“奉着经略相公钧旨，郑屠是相公铺户，鲁达处处以相公钧旨压之，妙绝。要十斤精肉，切做臊子，不要见半点肥的在上面。”奇情。郑屠道：“使得！你们快选好的切十斤去。”鲁提辖道：“不要那等腌臜厮们动手，你自与我切。”奇情。郑屠道：“说得是，吓极语。小人自切便了。”自去肉案上拣了十斤精肉，细细切做臊子。

那店小二把手帕包了头，正来郑屠家报说金老之事，却见鲁提辖坐在肉案门边，不敢拢来，只得远远的立住，在房檐下望。此一段如何插入！笔力奇娇，非世所能。这郑屠整整的自切了半个时辰，金老去远了。用荷叶包了，道："提辖，教人送去？"极其奉承语。鲁达道："送甚么！郑屠直是开口不得，写得妙绝。且住，忽然一顿。○看他写出不好生事，曲曲生出事来，妙笔。再要十斤都是肥的，不要见些精的在上面，也要切做臊子。"奇情。○句法倒转。郑屠道："却才精的，怕府里要裹馄饨，肥的臊子何用？"实不可解。鲁达睁着眼道："相公钧旨分付洒家，谁敢问他。"以人治人，只是相公分付四字，妙绝。郑屠道："是合用的东西，吓极生出妙语。小人切便了。"又选了十斤实标的肥肉，也细细的切做臊子，把荷叶来包了。整弄了一早辰，却得饭罢时候。金老一发远了。○前段此句在荷叶前，此处在荷叶后，法变。那店小二那里敢过来，连那正要买肉的主顾也不敢拢来。又夹叙一句店小二，又增出一句买肉的，奇不可言。郑屠道："着人与提辖拿了，送将府里去？"鲁达道："再要十斤寸金软骨，也要细细地剁做臊子，不要见些肉在上面。"一发奇情。郑屠笑道："却不是特地来消遣我？"又吓又恼，翻出笑来。鲁达听得跳起身来，拿着那两包臊子在手里，睁眼看着郑屠说道："洒家特地要消遣你！"把两包臊子劈面打将去，却似下了一阵的"肉雨"。只须郑屠一句，便疾接入，真觉笔墨都跳跃而出。"肉雨"二字，千古奇文。

郑屠大怒，两条忿气从脚底下直冲到顶门，心头那一把无明业火，焰腾腾的按捺不住，从肉案上抢了一把剔骨尖刀，托地跳将下来。鲁提辖早拔步在当街上。好笔段。众邻舍并十来个火家，那个敢向前来劝。百忙中偏又要夹入店小二，却反先增出邻舍火家陪之，笔力之奇娇不可言。两边过路的人都立住了脚，又增出一句过路人。和那店小二也惊得呆了。百忙中处处夹店小二，真是极忙者事，极闲者笔也。郑屠右手拿刀，左手便来要揪鲁达，"要揪"妙，所谓螳臂当车。被这鲁提辖就势按住左手，赶将入去，望小腹上只一脚，腾地踢倒在当街上。鲁达再入一步，踏住胸脯，提着那醋钵儿大小拳头，看着这郑屠道："洒家始投老种经略相公，做到关西五路廉访使，也不枉了叫做'镇关西'！先叙自己一句，使之有珠玉在前之愧。你是个卖肉的操刀屠户，恐其居之不疑，便连自家亦已忘却，故明白正告之。狗一般的人，还他等级。也叫做'镇关西'！便似争此三字者，妙绝。不争此，亦只争此。你如何强骗了金翠莲！"扑的只一拳，正打在鼻子上，第一拳在鼻子上。打得鲜血迸流，鼻子歪在半边，却便似开了个油酱铺：咸的、酸的、辣的，一发都滚出来。鼻根味尘，真正奇文。郑屠挣不起来，那把尖刀也丢在一边，忽叙尖刀。口里只叫："打得好！"还硬。鲁达骂道："直娘贼！还敢应口！"硬，再打。提起拳头来，就眼眶际眉稍只一拳，第二拳在眼眶上。打得眼棱缝裂，乌珠迸出，也似开了个彩帛铺的：红的、黑的、紫的，都绽将出来。眼根色尘，真正奇文。两边看的人惧怕鲁提辖，谁敢向前来劝？百忙中偏要再夹一句。郑屠当不过，讨饶，已软。鲁达喝道："咄！你是个破落户！若是和俺硬到底，洒家倒饶了你！你如今对俺讨饶，洒家偏不饶你！"软，又打。又只一拳，太阳上正着，第三拳在太阳上。却是做了一个全堂水陆的道场：磬儿、钹儿、铙儿，一齐响。耳根声尘，真正奇文。○三段，一段奇似一段。

鲁达看时，只见郑屠挺在地下，口里只有出的气，没了入的气，动掸不得。鲁提辖假意道：鲁达亦有假意之口，写来偏妙。"你这厮诈死，洒家再打！"只见面皮渐渐的变了。鲁达寻思道：写粗人偏细，妙绝。"俺只指望痛打这厮一顿，不想三拳真个打死了他。洒家须吃官司，又没人送饭，大丈夫快活事，他日出家，亦亏此句也。不如及早撒开。"拔步便走，回头指着郑屠尸道："你诈死！洒家和你慢慢理会！"一头骂，一头大踏步去了。鲁达亦有权诈之日，写来偏妙。街坊邻舍并郑屠的火家，谁敢向前来拦他。

鲁提辖回到下处，急急卷了些衣服盘缠，细软银两，但是旧衣粗重都弃了；提了一条齐眉短棒，奔出南门，一道烟走了。

且说郑屠家中众人和那报信的店小二，鲁达已去，何不报信？读之绝倒。〇小二恶知不自幸云：赖是走得快，几以身先试之。救了半日不活，呜呼死了。老小邻人径来州衙告状，候得府尹升厅，金老之去，全亏板凳久，臊子细，两番那延；鲁达之去，亦亏候升厅，禀经略，两番捱勒。正是一样笔法。接了状子，看罢，道："鲁达系是经略府提辖。"不敢擅自径来捕捉凶身。府尹随即上轿，来到经略府前，下了轿子。把门军士入去报知，经略听得，教请到厅上。与府尹施礼罢。经略问道："何来？"府尹禀道："好教相公得知，府中提辖鲁达，无故用拳打死市上郑屠。不曾禀过相公，不敢擅自捉拿凶身。"鲁达去得远了。经略听说，吃了一惊，寻思道："这鲁达虽好武艺，只是性格粗卤。今番做出人命事，俺如何护得短？须教他推问使得。"经略回府尹道："鲁达这人，原是我父亲老经略处的军官，为因俺这里无人帮护，拨他来做个提辖。既然犯了人命罪过，你可拿他依法度取问。如若供招明白，拟罪已定，也须教我父亲知道，方可断决。怕日后父亲处边上要这个人时，此语本无奇特，不知何故读之泪下。又知普天下人读之皆泪下也。却不好看。"府尹禀道："下官问了情由，合行申禀老经略相公知道，方敢断遣。"府尹辞了经略相公，出到府前上了轿，回到州衙里，升厅坐下，鲁达一发去得远了。便唤当日缉捕使臣押下文书，捉拿犯人鲁达。

当时王观察领了公文，将带二十来个做公的人，径到鲁提辖下处。只见房主人道："却才拕了些包裹，提了短棒，出去了。小人只道奉着差使，又不敢问他。"王观察听了，教打开他房门看时，只有些旧衣旧裳和些被卧在里面。王观察就带了房主人，东西四下里去跟寻。州南走到州北，捉拿不见。鲁达一发去得远了。王观察又捉了两家邻舍并房主人，同到州衙厅上回话道："鲁提辖惧罪在逃，不知去向，只拿得房主人并邻舍在此。"府尹见说，且教监下。一面教拘集郑屠家邻佑人等，点了仵作行人，仰着本地方官人并坊厢里正，再三简验已了，郑屠家自备棺木盛殓，寄在寺院。一面叠成文案，一壁差人杖限缉捕凶身。原告人保领回家。邻佑杖断有失救应。房主人并下处邻舍，止得个不应。鲁达在逃，行开个广捕急递的文书，急递，故鲁达初到雁门，榜文已先张挂也。半日无数那延，尚自谓之"急递"，可发一笑。各处追捉。出赏钱一千贯，写了鲁达的年甲、贯址、形貌，到处张挂。一干人等疏放听候。郑屠家亲人自去做孝，不在话下。

且说鲁达自离了渭州，东逃西奔，急急忙忙，行过了几处州府。正是："饥不择食，寒不择衣，慌不择路，贫不择妻。"忽入四句，如谣似谚，正是绝妙好辞。第四句，写成谐笑，千古独绝。鲁达心慌抢路，正不知投那里去的是，一迷地行了半月之上，却走到代州雁门县。入得城来，见这市井闹热，人烟辏集，车马軿驰，一百二十行经商买卖，行货都有，端的整齐。虽然是个县治，胜如州府。

鲁提辖正行之间，却见一簇人围住了十字街口看榜。鲁达看见挨满，也钻在人丛里听时，鲁达却不识字，只听得众人读道：榜文在耳中听出来。"代州雁门县，依奉太原府指挥使司该准渭州文字，捕捉打死郑屠犯人鲁达，即系经略府提辖。如有人停藏在家宿食，与犯人同罪。若有人捕获前来或首告到官，支给赏钱一千贯文……"文未毕，妙绝。鲁提辖正听到那里，只听得背后一个人大叫道："张大哥！奇文。〇王进自家伪姓张，鲁达他人伪呼张，甚矣张字之熟也。你如何在这里？"拦腰抱住，扯离了十字路口。

不是这个人看见了，横拖倒拽将去，有分教：鲁提辖剃除头发，削去髭须，倒换过杀人姓名，薅恼杀诸佛罗汉。直教禅杖打开危险路，戒刀杀尽不平人。毕竟扯住鲁提辖的是甚人，且听下回分解。

第三回
赵员外重修文殊院
鲁智深大闹五台山

魯智深大閙五臺山

看书要有眼力，非可随文发放也。如鲁达遇着金老，却要转入五台山寺。夫金老则何力致鲁达于五台山乎？故不得已，却就翠莲身上，生出一个赵员外来。所以有个赵员外者，全是作鲁达入五台山之线索，非为代州雁门县有此一个好员外，故必向鲁达文中出现也。所以文中凡写员外爱枪棒、有义气处，俱不得失口便赞员外也是一个人。要知都向前段金老所云“女儿常常对他孤老说”句中生出来，便见员外只是爱妾面上着实用情，故后文鲁达下五台处，便有“好生不然”一语，了结员外一向情分。读者苟不会此，便目不辨牛马牡牝矣。

写金老家写得小样，写五台山写得大样，真是史迁复生。

鲁达两番使酒，要两样身分，又要句句不相像，虽难矣，然犹人力所及耳。最难最难者，于两番使酒接连处，如何做个间架。若不做一间架，则鲁达日日将惟使酒是务耶？且令读者一番方了，一番又起，其目光心力，亦接济不及矣。然要别做间架，其将下何等语，岂真如长老所云“念经诵咒，办道参禅”者乎？今忽然拓出题外，将前文使酒字面扫刷净尽，然后迤逦悠扬走下山去，并不思酒，何况使酒，真断鳌炼石之才也。

话说当下鲁提辖扭过身来看时，拖扯的不是别人，却是渭州酒楼上救了的金老。奇文。那老儿直拖鲁达到僻静处，说道：“恩人，你好大胆！见今明明地张挂榜文，出一千贯赏钱捉你，你缘何却去看榜？若不是老汉遇见时，却不被做公的拿了。榜上见写着你年甲、貌相、贯址！”鲁达道：“洒家不瞒你说，因为你上，就那日回到状元桥下，是鲁达爽直声口，在别人口中，便有许多谦逊，此却直直云“因为你上”。正迎着郑屠那厮，被洒家三拳打死了，因此上在逃。一到处撞了四五十日，不想来到这里。你缘何不回东京去，也来到这里？”问得紧簇。金老道：“恩人在上，自从得恩人救了老汉，寻得一辆车子，本欲要回东京去，又怕这厮赶来，极曲之情，极便之笔。亦无恩人在彼搭救，老儿口中赞一句天下无双。因此不上东京去。随路望北来，撞见一个京师古邻，来这里做买卖，就带老汉父子两口儿到这里。亏杀了他，就与老汉女儿做媒，结交此间一个大财主赵员外，养做外宅。衣食丰足，皆出于恩人。我女儿常常对他孤老说提辖大恩。员外后边许多好意，都在此句生出。那个员外也爱刺枪使棒，不重员外枪棒，只借此使文章入港耳。常说道，怎地得恩人相会一面也好。想念如何能够得见？且请恩人到家过几日，却再商议。”

鲁提辖便和金老行不得半里，到门首，叙得径净。只见老儿揭起帘子，叫道：“我儿，大恩人在此。”画。那女孩儿浓妆艳饰，从里面出来，请鲁达居中坐了，插烛也似拜了六拜，说道：“若非恩人垂救，怎能够有今日！”拜罢，便请鲁提辖道：“恩人，上楼去请坐。”女子开口请上楼去，视鲁达犹父也，然楼上已算曲室，只因此句，便生出员外捉奸一番风波来。文心真有前掩后映之妙。鲁达道：“不须生受，洒家便要去。”不知何处去？金老便道：“恩人既到这里，如何肯放教你便去！”老儿接了杆棒、包裹，孝顺如见。○行文又细。请到楼上坐定。老儿分付道：“我儿陪侍恩人坐坐，我去安排饭来。”此句有三妙在内，不可不悉：一是视鲁犹父；一是女儿娇养惯，老儿烧火惯；一是语中明明露出嫌疑，为员外来捉之线。鲁达道：“不消多事，随分便好。”鲁达语。老儿道：“提辖恩念，杀身难报。量些粗食薄味，何足挂齿！”女子留住鲁达在楼上坐地，金老下来，写得嫌疑。叫了家中新讨的小厮，“新讨”妙，是个外宅。分付那个丫鬟一面烧着火。“那个”妙，明明是一个也。○一面烧火，放在未买东西之前，只为要显出那个丫鬟耳，不然，唤丫鬟无别事，若买了回来，则老儿与小厮可以自烧，丫鬟为添足矣。只外宅二字，难写如此，胡可易言作文也。老儿和这小厮上街来买了些鲜鱼、嫩鸡、酿鹅、肥鲊、时新果子之类归来。一面开酒，自有酒。收拾菜蔬，都早摆了，搬上楼来。春台上放下三个盏子，三双箸，嫌疑之极。铺下菜蔬、果子、嗄饭等物。丫鬟将银酒壶烫上酒来，又有银酒壶。○不尴不尬，宛然外宅。女父二人轮番把盏。金老倒地便拜，方拜妙。鲁提辖道："老人家，如何恁地下礼？折杀俺也！"金老说道："恩人听禀：前日老汉初到这里，写个红纸牌儿，旦夕一炷香，父女两个兀自拜哩。今日恩人亲身到此，如何不拜！"鲁达道："却也难得你这片心。"鲁达托大，声口如画。

三人慢慢地饮酒，嫌疑之极，与调情者何以异哉。将及天晚，只听得楼下打将起来。奇文。鲁提辖开窗看时，只见楼下三二十人，各执白木棍棒，口里都叫："拿将下来！"人丛里一个官人骑在马上，口里大喝道："休叫走了这贼！"含糊双关语，妙绝。鲁达见不是头，拿起凳子，杆棒被金老接过。从楼上打将下来。金老连忙摇手叫道："都不要动手！"那老儿抢下楼去，直至那骑马的官人身边，说了几句言语，那官人笑起来，便喝散了那二三十人，各自去了。写得淋漓突兀，真正奇文。那官人下马，入到里面。老儿请下鲁提辖来，楼上下来。那官人扑翻身便拜，非写赵员外义气也，写金老女父数日中赞诵不少，为前文出色加染。道："闻名不如见面，见面胜似闻名。义士提辖受礼。"鲁达便问那金老道："这官人是谁？素不相识，缘何便拜洒家？"虽是问辞，亦写鲁达托大意思。老儿道："这个便是我儿的官人赵员外，却才只道老汉引甚么郎君子弟，在楼上吃酒，因此引庄客来厮打。老汉说知，方才喝散了。"鲁提辖上楼坐定，重上楼去。金老重整杯盘，再备酒食相待。赵员外让鲁达上首坐地，鲁达道："洒家怎敢？"员外道："聊表相敬之礼。小子多闻提辖如此豪杰，今日天赐相见，实为万幸！”鲁达道：“洒家是个粗卤汉子，我与我周旋久，方有此四字。〇鲁达自知粗卤，李逵不然。又犯了该死的罪过，若蒙员外不弃贫贱结为相识，但有用洒家处，便与你去。”活鲁达。〇泪下之言。赵员外大喜，动问打死郑屠一事，无贤无愚，必要问及。说些闲话，较量些枪法。叠此三句，令半夜酒席不寂寞。吃了半夜酒，各自歇了。

次日天明，赵员外道：“此处恐不稳便，欲请提辖到敝庄住几时。”鲁达问道：“贵庄在何处？”员外道：“离此间十里多路，地名七宝村文殊菩萨风俗。〇此书每欲起一篇大文字，必于前文先露一个消息，使文情渐渐隐隆而起，犹如山川出云，乃始肤寸也，如此处将起五台山，却先有七宝村名字；林冲将入草料场，却先有小二浑家浆洗绵袄；六月将劫生辰纲，却先有阮氏鬓边石榴花等是也。便是。”鲁达道：“最好。”员外先使人去庄上再牵一匹马来，俗本作“叫牵两匹马来”。未及晌午，马已到来，员外便请鲁提辖上马，叫庄客担了行李。鲁达相辞了金老父女二人，和赵员外上了马。两个并马行程，于路说些闲话，省。投七宝村来。不多时，早到庄前下马。赵员外携住鲁达的手，直至草堂上，分宾而坐，一面叫杀羊置酒相待。晚间收拾客房安歇。次日，又备酒食管待。鲁达道：“员外错爱。洒家如何报答！”赵员外便道：“四海之内，皆兄弟也。泛然读之，可笑可丑，而今人犹津津言之。如何言报答之事。”

话休絮烦，鲁达自此之后，在这赵员外庄上住了五七日。忽一日，两个正在书院里闲坐说话，书院里说闲话，何也？避王进在史家庄身分也。盖员外爱枪棒，只是借作入港之法耳，非比史进是条好汉，定要出色。若此处不住书院说闲话，则务要较枪棒矣，在员外何苦，在鲁达亦何以异于王进哉？〇鲁达坐在书院里，亦是奇语。只见金老急急奔来庄上，径到书院里，见了赵员外并鲁提辖，见没人，三字，写出东顾西盼。便对鲁达道：“恩人，不是老汉心多，为是恩人前日老汉请在楼上吃酒，员外误听人报，引领庄客来闹了街坊，后却散了，人都有些疑心，便借前文入，文情便捷。说开去，昨日有三四个做公的来邻舍街坊打听得紧，只怕要来村里缉捕恩人。思路曲折，笔能副之。倘或有些疏失，如之奈何？”鲁达道：“恁地时，洒家自去便了。”不知何处去？赵员外道：“若是留提辖在此，诚恐有些山高水低，教提辖怨怅。若不留提辖来，许多面皮都不好看。赵某却有个道理，教提辖万无一失，足可安身避难，只怕提辖不肯。”鲁达道：“洒家是个该死的人，但得一处安身便了，做甚么不肯！”赵员外道：“若如此最好。离此间三十余里，有座山唤做五台山。山上有一个文殊院，原是文殊菩萨道场。寺里有五七百僧人，为头智真长老，是我弟兄。我祖上曾舍钱在寺里，丑话。○一路每每于无意中写出赵员外不足取。是本寺的施主檀越。我曾许下剃度一僧在寺里，已买下一道五花度牒在此，只不曾有个心腹之人了这条愿心。如是提辖肯时，一应费用都是赵某备办。委实肯落发做和尚么？”

鲁达寻思：二字写尽英雄在困。“如今便要去时，那里投奔人？不如就了这条路罢。”便道：“既蒙员外做主，洒家情愿做和尚，专靠员外做主。”当时说定了，“说定”者，难之辞也，“当时说定”者，易之辞也。极力写鲁达爽直。连夜收拾衣服盘缠、段匹礼物。此处漏了一句金老回去。○鲁达自己杆棒包裹亦不见。次日早起来，叫庄客挑了，两个取路望五台山来。辰牌已后，早到那山下。赵员外与鲁提辖两乘轿子两乘轿子上去。抬上山来，一面使庄客前去通报。到得寺前，早有寺中都寺、监寺，出来迎接。两个下了轿子，下轿。去山门外亭子上好个亭子，先坐一坐，异日无常到来，方悟今日如梦。坐定。寺内智真长老得知，引着首座侍者，出山门外来迎接。赵员外和鲁达向前施礼，真长老打了问讯，说道：“施主远出不易。”施主脚懒，僧家心热，尽此二字。赵员外答道：“有些小事，特来上刹相浼。”真长老便道：“且请员外方丈吃茶。”赵员外前行，鲁达跟在背后，当时同到方丈。

长老邀员外向客席而坐，鲁达便去下首坐禅椅上。写鲁达。员外叫鲁达附耳低言："你来这里出家，如何便对长老坐地？"鲁达道："洒家不省得。"爽心直口，我慕其人。起身立在员外肩下。面前首座、维那、侍者、监寺、都寺、知客、书记，依次排立东西两班。庄客把轿子安顿了，精细。一齐搬将盒子入方丈来，摆在面前。长老道："何故又将礼物来？寺中多有相渎檀越处。"赵员外道："些小薄礼，何足称谢。"道人、行童收拾去了。

赵员外起身道："一事启堂头大和尚，赵某旧有一条愿心，许剃一僧在上刹，度牒词簿，都已有了，到今不曾剃得。今有这个表弟，姓鲁，三宝位前，不敢更名改姓，写尽婆气员外。是关内军汉出身。因见尘世艰辛，信心人口头滑语，郑屠一案，却在藏露之间。情愿弃俗出家。万望长老收录，大慈大悲，看赵某薄面，披剃为僧。一应所用，弟子自当准备，万望长老玉成，幸甚！"

长老见说，答道："这个因缘是光辉老僧山门，容易，容易！且请拜茶。"只见行童托出茶来，茶罢，收了盏托，真长老便唤首座、维那，商议剃度这人。分付监寺、都寺，安排斋食。只见首座与众僧自去商议道："这个人不似出家的模样，一双眼却恁凶险！"以眼取人，失之鲁达。众僧道："知客，你去邀请客人坐地，我们与长老计较。"知客出来，请赵员外、鲁达到客馆里坐地。首座众僧禀长老，说道："却才这个要出家的人，形容丑恶，相貌凶顽，不可剃度他，恐久后累及山门。"长老道："他是赵员外檀越的兄弟，如何撇得他的面皮。你等众人且休疑心，待我看一看。"焚起一炷信香，长老上禅椅盘膝而坐，口诵咒语，入定去了。一炷香过，却好回来，对众僧说道："只顾剃度他，此人上应天星，心地刚直。《维摩诘经》云：“菩萨直心是道场，无谄曲众生来生其国。”长老深解此言。虽然时下凶顽，命中驳杂，久后却得清净，证果非凡。汝等皆不及他。一个文殊丛林，其众何止千人，却不及一个军汉。可记吾言，勿得推阻！”首座道：“长老只是护短，我等只得从他。不谏不是，谏他不从便了！”

长老叫备斋食，请赵员外等方丈会斋。斋罢，监寺打了单帐，赵员外取出银两，教人买办物料。一面在寺里做僧鞋、僧衣、僧帽、袈裟、拜具。特详此语，写得鲁达出家可涕可笑。○要知以极高兴语，写极败兴事，神妙之笔。缝匠攒造新进士大红袍，新嫁娘嫁衣裳，极忙。攒造新死人大敛衣衾，新出家袈裟拜具，亦极忙。然一忙中有极热，一忙中有极冷，不可不察。一两日，都已完备。长老选了吉日良时，教鸣钟击鼓，就法堂内会集大众。整整齐齐五六百僧人，尽披袈裟，都到法座下合掌作礼，分作两班。赵员外取出银锭、表里、信香，向法座前礼拜了。表白宣疏已罢，行童引鲁达到法座下。维那教鲁达除下巾帻，打得好郑屠，救得好金老，写得如画。把头发分做九路绾了，捆揲起来。净发人先把一周遭都剃了，却待剃髭须，奇文。鲁达道：“留下这些儿还洒家也好。”从来名士多爱须髯，是一习气，鲁达亦然，见他名士风流也。众僧忍笑不住，真长老在法座上道：“大众听偈！”念道：“寸草不留，六根清净；与汝剃除，免得争竞。”通达佛法。○谢灵运施与维摩，却不知为斗草者备得一品，然则长老之偈，真为通达佛法矣。○“寸草”妙。长老念罢偈言，喝一声：“咄！尽皆剃去！”净发人只一刀，尽皆剃了。首座呈将度牒上法座前，请长老赐法名，长老拿着空头度牒而说偈曰：“灵光一点，价值千金；佛法广大，赐名智深。”竟与长老作弟兄行。长老赐名已罢，把度牒转将下来。书记僧填写了度牒，付与鲁智深收受。长老又赐法衣袈裟，教智深穿了。监寺引上法座前，长老与他摩顶受记，道：“一要皈依佛性，二要归奉正法，三要归敬师友：三皈皆不甚如法，稗史只应如此。此是‘三归’。‘五戒’者：一不要杀生，不能。二不要偷盗，能，能。三不要邪淫，能，能。四不要贪酒，不能，不能。五不要妄语。”能。智深不晓得戒坛答应“能”“否”二字，却便道：“洒家记得。”错错落落，卤卤莽莽，万善戒坛中，从未闻此四字如雷之吼。真正奇才。众僧都笑。受记已罢，赵员外请众僧到云堂里坐下，焚香设斋供献。大小职事僧人，各有上贺礼物。都事引鲁智深参拜了众师兄、师弟，又引去僧堂背后选佛场坐地。

当夜无事。只是闲着一笔，却便使读者眉飞肉舞，知道明夜必有可观，手法之妙至此。次日，赵员外要回，告辞长老，留连不住。早斋已罢，并众僧都送出山门。赵员外合掌道：“长老在上，众师父在此，叠此二语，藏下后段无数文字。凡事慈悲！小弟智深乃是愚卤直人，早晚礼数不到，言语冒渎，误犯清规，是必连日书院里领略不少，故能相知至此。万望觑赵某薄面，恕免恕免。”长老道：“员外放心，老僧自慢慢地教他念经诵咒，办道参禅。”累句。员外道：“日后自得报答。”人丛里唤智深到松树下，低低分付道：“人丛里”一句，“到松下”一句，“低低说”一句，三句描出一位作家员外来。“贤弟，你从今日难比往常。舍无数不好说的话于此八字，写尽匆匆难尽。凡事自宜省戒，切不可托大。二字是鲁达生平。倘有不然，难以相见。保重保重！早晚衣服，何得止是衣服，况衣服甚缓，四字风云入妙。我自使人送来。”智深道：“不索哥哥说，洒家都依了。”二语有深厌赵员外东唧西哝之意。〇爽直自是天性，定无食言，且今日依，是真正依，后日吃酒打人，是另自吃酒打人，亦并非食言也。当时赵员外相辞了长老，再别了众人上轿，引了庄客，拕了一乘空轿，取了盒子，细。〇两乘轿子下来。下山回家去了。当下长老自引了众僧回寺。

话说鲁智深回到丛林选佛场中禅床上，扑倒头便睡。闲杀英雄，作者胸中，血泪十斗。〇颇有人言倒头便睡，是大修行人，大自在法。嗟乎！菩萨行六度万行而自庄严，岂若豚犬，食饱即卧，形如匏瓠者乎？菩萨，英雄也，游行十方，顾盼雄毅，若有一刹那顷合眼欲睡，即是菩萨行放逸法，奈何赞叹睡眠，云是善法，而令行人入于恶道邪？上下肩两个禅和子推他起来，说道：“使不得！既要出家，如何不学坐禅？”智深道：

“洒家自睡，干你甚事？”八字说得有情有理，虽百辩才，不容更辨。禅和子道：“善哉！”智深喝道：“团鱼洒家也吃，甚么‘鳝哉’？”禅和子道：“却是苦也！”智深便道：“团鱼大腹，又肥甜了，好吃，那得苦也！”此等世人以为佳，予独不取。上下肩禅和子都不睬他，由他自睡了。元人曲云：“破题儿第一夜。”次日，要去对长老说知智深如此无礼，首座劝道：“长老说道，他后来证果非凡，我等皆不及他，只是护短。你们且没奈何，休与他一般见识。”禅和子自去了。智深见没人说他，每到晚便放翻身体，横罗十字，倒在禅床上睡。夜间鼻如雷响，一句。○大狮子吼。要起来净手，大惊小怪，一句。○六种震动。只在佛殿后撒尿撒屎，遍地都是。一句。○如何是佛？干屎橛。侍者禀长老说：“智深好生无礼，全没些个出家人体面。丛林中如何安着得此等之人！”长老喝道：“胡说！长老通达。且看檀越之面，后来必改。”自此无人敢说。

鲁智深在五台山寺中，不觉搅了四五个月。省文也，却用一“搅”字，逗出四五个月中情事。时遇初冬天气，智深久静思动。四字断得突兀迅疾。当日晴明得好，智深穿了皂布直裰，系了鸦青绦，换了僧鞋，大踏步走出山门来，信步行到半山亭子上，亭子又现一现。坐在鹅项懒凳上，寻思道：“干鸟么！如梦忽醒，惊才捷笔。俺往常好酒好肉每日不离口，如今教洒家做了和尚，饿得干瘪了。写得可笑可恼。赵员外这几日又不使人送些东西来与洒家吃，口中淡出鸟来，可见日前曾送来吃，不止衣服而已。○隋炀帝从天台智者受菩萨戒，日食止米二掬，而别以衣襆裹肉恣啖。赵员外亦定曾用此法，而雅俗之殊，何啻河汉！这早晚怎地得些酒来吃也好。”写尽英雄失路，在此一句。正想酒哩，四字略顿一顿，便有东海霞起，遥接赤城之妙。只见远远地一个汉子挑着一付担桶，唱上山来。上面盖着桶盖，特地按下“盖着桶盖”四字，摇摆出下文“好酒”二字来。那汉子手里拿着一个镟子，二语之妙，正是索解人不得。盖桶上无盖，则显然是酒，有何趣味。桶上有盖，则竟不见酒。亦未为奇笔也。惟是桶则盖着，手里却拿个酒镟，若隐若跃之间，宛然无限惊喜不定在鲁达眼头心坎，真是笔歌墨舞。唱着上来。唱道：“九里山前作战场，牧童拾得旧刀枪。顺风吹动乌江水，好似虞姬别霸王。”不唱酒诗，妙绝。却又偏唱“战场”二字，挑逗鲁达，妙不可当。○第一句风云变色，第二句冰消瓦解，闻此二言，真使酒怀如涌。○第三句如何比出第四句来，不通之极，然正妙于如此。盖如此方恰好也，不然，竟是名士歌诗，如旗亭画壁一绝句故事矣。○天下真正英雄，如鲁达、李逵之徒，只是不好淫欲耳。至于儿女离别之感，何得无之？故鲁达有洒泪之文，李逵有大哭之日也。第四句隐隐直吊动史进，对此茫茫，那得不饮。

鲁智深观见那汉子挑担桶上来，坐在亭子上看。这汉子也来亭子上，歇下担桶。智深道：“兀那汉子，你那桶里甚么东西？”不得不问者，桶盖之故也；必问者，镟子之故也。那汉子道：“好酒。”只二字作一句，却有两段惊天动地文字在内：一是酒，一是好。○汉子差矣，说是酒，已当不起，况加之以好耶？智深道：“多少钱一桶？”流涎极矣，不好便吃，只得问价，其实身边无钱也。极力描写英雄失时意思。陶诗云：“饥来驱我去，叩门拙言辞。”是此一句矣。那汉子道：“和尚，亦只二字作一句，写得又好气，又好笑。你真个也是作耍？”智深道：“洒家和你耍甚么？”使酒之根。那汉子道：“我这酒，三字卖弄，其文愈奇。挑上去只卖与寺内火工道人、直厅轿夫、老郎们做生活的吃。本寺长老已有法旨，但卖与和尚们吃了，我们都被长老责罚，追了本钱，赶出屋去。我们见关着本寺的本钱，见住着本寺的屋宇，如何敢卖与你吃？”智深道：“真个不卖？”硬一句，现出鲁达原身。那汉子道：“杀了我也不卖！”智深道：“洒家也不杀你，只要问你买酒吃！”仍放软一句，现出员外叮嘱。那汉子见不是头，挑了担桶便走。智深赶下亭子来，双手拿住扁担，只一脚，打郑屠时连用三句“只一拳”，此处又用一句“只一脚”，总写鲁达爽直过人。交裆踢着。那汉子双手掩着，做一堆蹲在地下，半日起不得。智深把那两桶酒都提在亭子上，两桶都提在亭上，气吸西江。地下拾起镟子，被打，故在地下，妙妙。开了桶盖，先是盖好者，妙妙。只顾舀冷酒吃。无移时，两桶酒吃了一桶。四字不是赞鲁达酒量大，正是回映两桶都提来句，以作一笑。智深道：“汉子，明日来寺里讨钱。”偏说“寺里”，回映已有法旨句。偏说“讨钱”，回映多少一桶句，文心如绣。那汉子方才疼止，又怕寺里长老得知，坏了衣饭，忍气吞声，那里敢讨钱。把酒分做两半桶挑了，两头轻重，如何好挑，分作两半，是也。然文心何以至是！拿了镟子，镟子。飞也似下山去了。

只说鲁智深在亭子上坐了半日，酒却上来。写酒醉有节次。下得亭子松树根边又坐了半歇，酒越涌上来。有节次。智深把皂直裰褪膊下来，把两只袖子缠在腰里，露出脊背上花绣来，绚烂奇妙，不止偏袒右肩而已。扇着两个膀子上山来。狮子频申，象王回顾，想复尔尔。看看来到山门下，两个门子远远地望见，拿着竹篦，来到山门下，拦住鲁智深，便喝道：“你是佛家弟子，如何噇得烂醉了上山来！你须不瞎，也见库局里贴着晓示：‘但凡和尚破戒吃酒，决打四十竹篦，赶出寺去。如门子纵容醉的僧人入寺，也吃十下。’口中念出晓示来。你快下山去，饶你几下竹篦！”

鲁智深一者初做和尚，二来旧性未改，无此一架，便觉下语为突，想见安放之苦。睁起双眼，骂道：“直娘贼！句句可骂，却偏择此三字，不惟恶口，兼犯五逆罪中第二大罪，故妙故快。你两个要打洒家，俺便和你厮打！”得意语。门子见势头不好，一个飞也似入来报监寺，一个虚拖竹篦拦他。智深用手隔过，揸开五指，去那门子脸上只一掌，快人。○其声清越，从纸上闻。打得踉踉跄跄。却待挣扎，智深再复一拳，第四拳。打倒在山门下，只是叫苦。鲁智深道：“洒家饶你这厮！”踉踉跄跄攧入寺里来。

监寺听得门子报说，叫起老郎、火工、直厅轿夫三二十人，各执白木棍棒，从西廊下抢出来，却好迎着智深。智深望见，大吼了一声，却似嘴边起个霹雳，奇语。大踏步抢入来。众人初时不知他是军官出身，好笔，安闲宽转，具史才。次后见他行得凶了，慌忙都退入藏殿里去，便把亮槅关上。写众人，活是众人。智深抢入阶来，一拳，痛矣。一脚，性发不在上二字，正在下二字，盖此四字，是打藏殿亮槅也。陡然一拳，拳痛矣，接连便是一脚，写醉人失手，真乃如画。打开亮槅，二三十人都赶得没路。夺条棒，从藏殿里打将出来，监寺慌忙报知长老。长老听得，急引了三五个侍者，直来廊下，喝道："智深！不得无礼！"智深虽然酒醉，却认得是长老。（大虫偏服慈心人，所以为大虫。鲁达偏惧怕长老，所以为鲁达。）撇了棒，向前来打个问讯，指着廊下，（打个问讯，指着廊下，活是醉人。）对长老道："智深吃了两碗酒，（不妄语戒，不穿不缺。）又不曾撩拨他们，他众人又引人来打洒家。"（此"又"字。醉语糊涂，活画。）长老道："你看我面，快去睡了，明日却说。"（善知诸根利钝之相。）鲁智深道："俺不看长老面，（写尽醉中夹七夹八语，如画。）洒家直打死你那几个秃驴！"（公有发耶？长老有发耶？骂得妙。）

长老叫侍者扶智深到禅床上，扑地便倒了，齁齁地睡了。（好。）众多职事僧人围定长老，告诉道：（如画。）"向日徒弟们曾谏长老来，今日如何？（话不多，而文势曲折波磔之极。）本寺那容得这等野猫（奇语。）乱了清规！"长老道："虽是如今眼下有些啰唣，后来却成得正果。没奈何，且看赵员外檀越之面，容恕他这一番。我自明日叫去埋怨他便了。"众僧冷笑道："好个没分晓的长老！"（"没分晓"是大德定评。）各自散去歇息。

次日早斋罢，长老使侍者到僧堂里坐禅处唤智深时，尚兀自未起。（干葛汤良。）待他起来，穿了直裰，赤着脚，一道烟走出僧堂来。侍者吃了一惊，（奇文出人意外，转过下句，又入人意中，神化之笔。）赶出外来寻时，却走在佛殿后撒屎。（"佛殿撒屎"四字，自来不曾一处，合成奇景奇语。）侍者忍笑不住，等他净了手，（也要净手，鲁达坏了。）说道："长老请你说话。"智深跟着侍者到方丈，长老道："智深虽是个武夫出身，今来赵员外檀越剃度了你，我与你摩顶受记，教你一不可杀生，二不可偷盗，三不可邪淫，四不可贪酒，五不可妄语。此五戒乃僧家常理。出家人第一不可贪酒，（饮酒本第五戒，前移在第四，此处又说是第一，颠倒错乱得好，只合如此也。）你如何夜来吃得大醉，打了门子，伤坏了藏殿上朱红槅子，又把火工道人都打走了，口出喊声？

于三句外另加四字，使令昨日震天震地。如何这般所为！”智深跪下道：“今番不敢了。”真正惭颜哽动，不是凡夫僧口头忏悔语。长老道：“既然出家，如何先破了酒戒，又乱了清规？我不看你施主赵员外面，定赶你出寺。再后休犯。”智深起来，合掌道：“不敢，不敢。”长老留在方丈里，安排早饭与他吃。降龙伏虎，尽此数言，然后知百文清规，为下辈设也。○一句。又用好言语劝他。一句。取一领细布直裰，一双僧鞋，与了智深。一句。○不受上罚，反加上赏，畏之乎？爱之耳。我做长老，亦必尔矣。教回僧堂去了。

但凡饮酒不可尽欢。承上文无数英雄，忽然接一腐语。常言“酒能成事，酒能败事”。便是小胆的吃了也胡乱做了大胆，何况性高的人！不文之人见此一段，便谓作书者借此劝戒酒徒，以鲁达为殷鉴。吾若闻此言，便当以夏楚痛扑之。何也？夫千岩万壑，崔嵬突兀之后，必有平莽连延数十里，以舒其磅礴之气；水出三峡，倒冲滟滪，可谓怒矣，以有数十里迤逦东去，以杀其奔腾之势。今鲁达一番使酒，真是捶黄鹤，踢鹦鹉，岂惟作者腕脱，兼令读者头晕矣。此处不少息几笔，以舒其气而杀其势，则下文第二番使酒，必将直接上来，不惟文体有两头大中间细之病，兼写鲁达作何等人也，呜呼！作《水浒》者，才子也。才子胸中，岂村里小儿所知也！

再说这鲁智深自从吃酒醉闹了这一场，一连三四个月不敢出寺门去。此句不写鲁达改过，亦只为要放缓后文使酒，不令两番接连。忽一日，天气暴暖，是二月间时令。上文放缓是特特放缓，此处闪入便陡然闪入，真正妙笔也。离了僧房，信步踱出山门外立地，看着五台山，喝采一回。写英雄人，必须如此写，便见他盖天盖地胸襟。夫鲁达岂有山水之鉴哉？猛听得山下叮叮当当的响声，顺风吹上山来。引入市井及铁匠，妙笔。○顺风吹上山来，是二月风也。智深再回僧堂里，取了些银两揣在怀里，其心不良。一步步走下山来。出得那五台福地的牌楼来，忽然增出一座牌楼，补前文之所无，盖其笔力，真乃以文为戏耳。看时，原来却是一个市井，约有五七百人家。智深看那市镇上时，也有卖肉的，为鲁达快写一句。也有卖菜的，又回顾山上一句。也有酒店，为鲁达快写一句。面店。又回顾山上一句。智深寻思道：“干呆么！睦州有云：“大事已明，如丧考妣。”正是此时光景。俺早知有这个去处，不夺他那桶酒吃，只知其一，未知其二，莫便如此说好。也自下来买些吃。这几日熬得清水流，鸟出犹可，水流难当。〇是可忍，孰不可忍？且过去看有甚东西买些吃。”听得那响处，却是打铁的在那里打铁。此来正文专为吃酒，却颠倒放过吃酒，接出铁店，衍成绝奇一篇文字，已为奇绝矣。乃又于铁店文前，再颠倒放过铁店，反插出客店来，其笔势之奇矫，虽虬龙怒走，何以喻之。间壁一家门上写着“父子客店”。老远先放此一句，可谓隔年下种，来岁收粮，岂小笔所能。

智深走到铁匠铺门前看时，见三个人打铁。智深便问道：“兀那待诏，有好钢铁么？”那打铁的看见从打铁人眼中现出鲁智深做和尚后形状，奇绝之笔。鲁智深腮边新剃暴长短须，戗戗地好渗濑人，一冬不剃，真有此状。先有五分怕他。那待诏住了手道：“师父请坐，要打甚么生活？”智深道：“洒家要打条禅杖，一口戒刀，不知有上等好铁么？”待诏道：“小人这里正有些好铁，不知师父要打多少重的禅杖、戒刀，但凭分付。”智深道：“洒家只要打一条一百斤重的。”待诏笑道：“重了，师父。小人打怕不打了，只恐师父如何使得动。二语曲折之甚，正如方吐于口。便是关王刀，也只有八十一斤。”齐东野人相传之言，荒唐俚鄙，偏如亲见。此在小人固不足怪，独是文人亦常不免，何也？智深焦躁道：“俺便不及关王！他也只是个人！”说关王便是关王，说八十一斤便是八十一斤，写鲁达又剀直，又好笑。那待诏道：“小人据常说，只可打条四五十斤的，也十分重了。”智深道：“便依你说，比关王刀，也打八十一斤的。”古亦真有关王耶？古关王亦真有刀耶？古关王刀真有八十一斤耶？谁见之？谁传之？而一入于耳，便定要依以为式，所谓真正鲁达，非他人之所能假也。待诏道：“师父，肥了，字法奇绝，争得好笑。不好看，又不中使。依着小人，好生打一条六十二斤的水磨禅杖与师父。使不动时，休怪小人。戒刀已说了，不用分付，两件家生也，乃半日只讲得一件，故特找此语完足之，妙绝。小人自用十分好铁打造在此。”智深道：“两件家生要几两银子？”待诏道：“不讨价，此语经纪人常口，何足标出，然为其偏与鲁达性格相合，故作者特用之也。实要五两银子。”智深道：“俺便依你五两银子。爽利。你若打得好时，再有赏你。”爽利。那待诏接了银两道：“小人便打在此。”智深道：“俺有些碎银子在这里，和你买碗酒吃。”又爽利。○此特写鲁达有胸襟，有意兴，分明不是噇酒糟汉。○一铁匠要拉之同饮，而四五百禅人不闻偶过闻焉，嘲骂时师不小。待诏道：“师父稳便。小人赶趁些生活，不及相陪。”

智深离了铁匠人家，撇开铁匠妙。上只是写智深耳，若铁匠真去，如何是了。行不到三二十步，见一个酒望子耀眼。挑出在房檐上。此家挂酒望在檐边，是行到始见，与下望见别。智深掀起帘子入到里面，坐下，敲着桌子，极力写。叫道：“将酒来！”只三字，描尽渴吻。卖酒的主人家说道：“师父少罪，小人住的房屋也是寺里的，本钱也是寺里的，长老已有法旨，但是小人们卖酒与寺里僧人吃了，便要追了小人们本钱，又赶出屋。因此只得休怪。”智深道：“胡乱卖些与洒家吃，俺须不说是你家便了。”不犯妄语戒否？那店主人道：“胡乱不得！师父别处去吃，休怪休怪！”智深只得起身，羼提波罗，可怜可笑。便道：“洒家别处吃得，却来和你说话。”虽极要忍，毕竟不是闭口而去，写得鲁达可怜可笑。出得店门，行了几步，又望见一家酒旗儿直挑出在门前。又一样。○“直挑出”三字从鲁达心坎里跃出来。○前云房檐上，是到门首方见，此云望见直挑出在门前，则比之第一家，情更急，景更妙矣。智深一直走进去，急情如画。坐下叫道：“主人家，快把酒来卖与俺吃！”写得发极，定是第二家，不是第一家也。○尤好笑是“卖与俺吃”四字，俺之为俺苦矣，吃之为吃急矣。店主人道：“师父，你好不晓事！长老已有法旨，你须也知，却来坏我们衣饭。”智深不肯动身，可怜可笑。三回五次，那里肯卖！智深情知不肯，起身又走，连走了三五家都不肯卖。急。

智深寻思一计，一生不用巧，此处万分无奈，忽然用巧。“不生个道理，如何能够酒吃？”远远地杏花深处市稍尽头，一家挑出个草帚儿来。又一样。○比前二家，酒定粗恶矣，不然，何故是个草帚，总之要极写鲁达久渴思浆光景。胡乱茅柴，胜于长行粥饭也。智深走到那里看时，却是个傍村小酒店。智深走入店里来，靠窗坐下，便叫道：“主人家，过往僧人四字锦心绣口。买碗酒吃。”庄家看了一看道：一是鲁达生得怕人，一是旧奉山上法旨。"和尚你那里来？"犹言"不是五台山来么"。智深道："俺是行脚僧人，游方到此经过，重宣此义。要买碗酒吃。"重说。○此句必要重说，不重说，不见燥吻之急。庄家道："和尚若是五台山寺里的师父，既唤作和尚，又称云师父，一句而两头不照，活画庄家之轻他方而重五台也。我却不敢卖与你吃。"智深道："洒家不是，四字，情急吻燥之至。你快将酒卖来。"三说，妙妙。庄家看见鲁智深这般模样，声音各别，便道："你要打多少酒？"智深道："休问多少，大碗只顾筛来。"约莫也吃了十来碗，智深问道："有甚肉，把一盘来吃。"吃了十来碗，方问到肉者，写酒怀浩浩落落，妙不可言。庄家道："早来有些牛肉，都卖没了。"偏不是牛肉，偏要曲折到狗肉，极力写尽鲁达，绝倒。智深猛闻得一阵肉香，走出空地上看时，只见墙边沙锅里，煮着一只狗在那里。卖酒庄家尚不将狗肉来灶上煮，五台山禅林僧人却将狗腿大众中吃，谁是谁不是？智深道："你家见有狗肉，如何不卖与俺吃？"庄家道："我怕你是出家人，不吃狗肉，相传有此言，而实非也。因此不来问你。"智深道："洒家的银子有在这里。"便摸银子递与庄家，道：不称不看，盖难得者酒肉，银子何足道哉！"你且卖半只与俺。"那庄家连忙取半只熟狗肉，捣些蒜泥，索性尽兴，妙文云涌。少停吐出，臭不可闻。○将来放在智深面前。智深大喜，自从请了史进，直至今日。用手扯那狗肉，蘸着蒜泥吃，一连又吃了十来碗酒。吃得口滑，只顾讨，那里肯住。乐。庄家到都呆了，叫道："和尚，只恁地罢！"四字妙劝。○从庄家眼中口中，写出酒兴。智深睁起眼道："洒家又不白吃你的，管俺怎地！"妙答。庄家道："再要多少？"智深道："再打一桶来。"尽兴快活。庄家只得又舀一桶来，智深无移时，又吃了这桶酒。剩下一脚狗腿，把来揣在怀里，不肯便尽，留作奇波。临出门，又道："多的银子，明日又来吃。"补完不称银子。吓得庄家目瞪口呆，罔知所措，看他却向那五台山上去了。过往僧人！

智深走到半山亭子上，亭子时辰到了。坐了一回，酒却涌上来。跳起身，口里道：“俺好些时不曾拽拳使脚，觉道身体都困倦了，即髀肉复生之叹。洒家且使几路看！”下得亭子，把两只袖子搭在手里，上下左右使了一回。使得力发，只一膀子搧在亭子柱上，只听得刮刺刺一声响亮，把亭子柱打折了，坍了亭子半边。初来时曾坐于此，而今已矣。门子听得半山里响，高处看时，只见鲁智深一步一攧抢上山来。两个门子叫道：“苦也！这畜生今番又醉得不小可！”便把山门关上，把栓拴了，只在门缝里张时，妙笔，不张时，将使鲁达自述耶？见智深抢到山门下，见关了门，把拳头擂鼓也似敲门。两个门子那里敢开？智深敲了一回，扭过身来看了左边的金刚，眼前奇景。喝一声道：“你这个鸟大汉，不替俺敲门，却拿着拳头吓洒家！俺须不怕你！”跳上台基，把栅刺子只一扳，却似撧葱般扳开了。拿起一根折木头，去那金刚腿上便打，簌簌的泥和颜色都脱下来。门子张见道：“苦也！”只得报知长老。智深等了一会，调转身来看着右边金刚，两座金刚，两样打法。○敲了一回，等了一回，都是前日大创后，不敢使酒之辞，然已亭子金刚，天崩地塌矣。喝一声道：“你这厮张开大口，也来笑洒家！”便跳过右边台基上，把那金刚脚上打了两下。只听得一声震天价响，那尊金刚从台基上倒撞下来，智深提着折木头大笑。大笑妙，提了折木头大笑，又妙。

两个门子去报长老，长老道：“休要惹他，你们自去。”只见这首座、监寺、都事并一应职事僧人，都到方丈禀说：“这野猫今日醉得不好！把半山亭子、山门下金刚，都打坏了！如何是好！”长老道：“自古天子尚且避醉汉，何况老僧乎？好长老，不枉是五七百人善知识。若是打坏了金刚，请他的施主赵员外自来塑新的。倒了亭子，也要他修盖。这个且由他。”众僧道：“金刚乃是山门之主，如何把来换过？”长老道：“休说坏了金刚，便是打坏了殿上三世佛也没奈何，只得回避他。真正善知识胸中便有丹霞烧佛眼界。你们见前日的行凶么？”众僧出得方丈，都道：“好个囫囵竹的长老！门子，你且休开，只在里面听。”接口将叙事带说过去，何等笔法。智深在外面大叫道：“直娘的秃驴们！不放洒家入寺时，山门外讨把火来烧了这个鸟寺！”一句胜百句语，不因此语，如何得开？众僧听得，只得叫门子：“拽了大栓，“拽”字妙。由那畜生入来！若不开时，真个做出来！”门子只得捻脚捻手拽了栓，飞也似闪入房里躲了，众僧也各自回避。

一路拽字、钻字、塞字、凿字，皆以一字为景。

只说那鲁智深双手把山门尽力一推，扑地撷将入来，吃了一交。从上“拽”字，生出妙景。扒将起来，把头摸一摸，妙景。○悔骂秃驴矣。直奔僧堂来。到得选佛场中，禅和子正打坐间，看见智深揭起帘子钻将入来，“钻”字妙，我法中所谓全无威德也。都吃一惊，尽低了头。智深到得禅床边，喉咙里咯咯地响，看着地下便吐，“看地下”三字妙，活是醉人。○于吐前先写一句“喉咙咯咯”妙，活是醉人。众僧都闻不得那臭，那者，何也？酒也，狗也，蒜也。个个道：“善哉！”齐掩了口鼻。智深吐了一回，扒上禅床，解下绦，把直裰、带子都䂀䂀剥剥扯断了，本是鲁达，况乃酒后。脱下那脚狗腿来。取出来，便是俗笔，今云脱下，写醉人节节忘废，入妙。智深道：“好！好！出于意外之辞。正肚饥哩。”扯来便吃。

众僧看见，便把袖子遮了脸，上下肩两个禅和子远远地躲开。智深见他躲开，便扯一块狗肉，看着上首的道：“你也到口！”上首的那和尚，把两只袖子死掩了脸，智深道：“你不吃？”放过一个。把肉望下首的禅和子嘴边塞将去。“塞”字妙。那和尚躲不迭，却待下禅床，智深把他劈耳朵揪住，将肉便塞。揪住一个。对床四五个禅和子跳过来劝时，上文只闹得一边，故又补出对床相劝来，则满堂闹遍矣。智深撇了狗肉，提起拳头，去那光脑袋上㓤㓤剥剥只顾凿。“凿”字妙。满堂僧众大喊起来，都去柜中取了衣钵要走。此乱唤做“卷堂大散”，如火如锦。首座那里禁约得住。智深一味地打将出来，智深已打出来。大半禅客都躲出廊下来。躲出廊下来。

“㓤㓤剥剥”四字二见，其声不必相同，而说来成片。

监寺、都寺不与长老说知，叫起一班职事僧人，点起老郎、火工道人、直厅轿夫，约有一二百人，都执杖叉棍棒，尽使手巾盘头，好看。一齐打入僧堂来。众人又打入去。○方成大闹。○不与长老说知，故闹得快。智深见了，大吼一声，别无器械，四字奇绝精绝。抢入僧堂里。“抢入”二字，奇妙如火，盖上文云智深一味地打将出来，众人都赶在廊下，然则智深已在僧堂外矣。乃监寺都寺点起二三百人，倒打入僧堂来，写一时无纪之师，头昏眼黑，可发一笑。然是犹未为奇绝之文也，最奇者，二三百人打入僧堂，却扑了一个空，方思退出更寻智深也，乃今智深反从外边抢入二三百人阵中来寻军器。大闹之为题，真不虚矣。佛面前，推翻供桌，撧两条桌脚，从堂里打将出来。再打出来。

众多僧行见他来得凶了，都拖了棒退到廊下。又退到廊下。智深两条桌脚着地卷将来，众僧早两下合拢来。智深大怒，指东打西，指南打北，八字如锦如火。只饶了两头的。是廊下，妙妙。○如此叙事匆忙中，偏有此精细手眼，真是奇才。当时智深直打到法堂下，只见长老喝道：方成大闹。○打出长老来，方是大闹，若请出长老来，何足云闹哉！“智深不得无礼！众僧也休动手！”两边众人被打伤了数十个，见长老来，各自退去。智深见众人退散，撇了桌脚，叫道："长老，与洒家做主！"此时酒已七八分醒了。妙。〇不下此语，定要醉到何时。〇又使酒人偏是七八分醒时，最为惭愧，写来妙绝。长老道："智深，你连累杀老僧！前番醉了一次，搅扰了一场，我教你兄赵员外得知，他写书来与众僧陪话。此事前文不见，却于此处补出，行文有犬牙相错之法。今番你又如此大醉无礼，乱了清规，打坍了亭子，又打坏了金刚。这个且由他，你搅得众僧卷堂而走，这个罪业非小。我这里五台山文殊菩萨道场，千百年清净香火去处，如何容得你这等秽污！你且随我来方丈里过几日，我安排你一个去处。"智深随长老到方丈去，长老一面叫职事僧人留住众禅客，再回僧堂自去坐禅；完。打伤了的和尚，自去将息。完。

读至此，真有飓风既息，田园如故之乐。

长老领智深到方丈歇了一夜。〇每每看书要图奇肆之篇，以为快意，今读至此处，不过收拾上文寥寥浅语耳，然亦殊以为快者，半日看他两番大闹，亦太费我心魂矣，巴到此处，且图个心魂少息。呜呼！作书乃令读者如此，虽欲不谓之才子不可得也。次日，真长老与首座商议，收拾了些银两赍发他，教他别处去，可先说与赵员外知道。是。长老随即修书一封，使两个直厅道人径到赵员外庄上说知就里，立等回报。赵员外看了来书，好生不然，员外出丑矣。回书来拜覆长老，说道："坏了的金刚、亭子，赵某随即备价来修。智深任从长老发遣。"非员外薄情也，若非此句，则员外真像一个人，后日便不容易安置，他日智深下山，亦不可不特往别之矣。不如只如此丢却，何等省手干净。

长老得了回书，便叫侍者取领皂布直裰，一双僧鞋，往往写长老爱之。十两白银，房中唤过智深。长老道："智深，你前番一次大醉，闹了僧堂，便是误犯；今次又大醉，打坏了金刚，坍了亭子，卷堂闹了选佛场，你这罪业非轻，又把众禅客打伤了！我这里出家是个清净去处，你这等做作，甚是不好！看你赵檀越面皮，与你这封书，投一个去处安身。我这里决然安你不得了！我夜来看了，赠汝四句偈言，终身受用。"智深道："师父教弟子那里去安身立命？此四字是王进所说，世间淡泊，收拾不住，此语遂为佛门所有。愿听俺师四句偈言。"

真长老指着鲁智深，说出这几句言语，去这个去处，有分教：这人笑挥禅杖，战天下英雄好汉；怒掣戒刀，砍世上逆子谗臣。毕竟真长老与智深说出甚言语来，且听下回分解。

第四回
小霸王醉入销金帐
花和尚大闹桃花村

花和尚大鬧
桃花村

智深取却真长老书，若云“于路不则一日，早来到东京大相国寺”，则是二回书接连都在和尚寺里，何处见其龙跳虎卧之才乎？此偏于路投宿，忽投到新妇房里。夫特特避却和尚寺，而不必到新妇房，则是作者龙跳虎卧之才，犹为不快也。嗟乎！耐庵真正才子也。真正才子之胸中，夫岂可以寻常之情测之也哉！

此回遇李忠，后回遇史进，都用一样句法，以作两篇章法，而读之却又全然是两样事情，两样局面，其笔力之大不可言。

为一女子弄出来，直弄到五台山去做了和尚。及做了和尚弄下五台山来，又为一女子又几乎弄出来。夫女子不女子鲁达不知也，弄出不弄出鲁达不知也，和尚不和尚鲁达不知也，上山与下山鲁达悉不知也。亦曰遇酒便吃，遇事便做，遇弱便扶，遇硬便打，如是而已矣，又乌知我是和尚，他是女儿，昔日弄出故上山，今日下山又弄出哉。

鲁达、武松两传，作者意中却欲遥遥相对，故其叙事亦多仿佛相准。如鲁达救许多妇女，武松杀许多妇女；鲁达酒醉打金刚，武松酒醉打大虫；鲁达打死镇关西，武松杀死西门庆；鲁达瓦官寺前试禅杖，武松蜈蚣岭上试戒刀；鲁达打周通，越醉越有本事，武松打蒋门神，亦越醉越有本事；鲁达桃花山上，踏匾酒器，揣了滚下山去，武松鸳鸯楼上，踏匾酒器，揣了跳下城去。皆是相准而立，读者不可不知。

要盘缠便偷酒器，要私走便滚下山去。人曰：堂堂丈夫，奈何偷了酒器滚下山去？公曰：堂堂丈夫，做甚么便偷不得酒器，滚不得下山耶？益见鲁达浩浩落落。

看此回书，须要处处记得鲁达是个和尚。如销金帐中坐，乱草坡上滚，都是光着头一个人；故奇妙不可言。

写鲁达踏匾酒器偷了去后，接连便写李、周二人分赃数语，其大其小，虽妇人小儿，皆洞然见之。作者真鼓之舞之以尽神矣哉。

大人之为大人也，自听天下万世之人谅之；小人之为小人也，必要自己口中戛戛言之，或与其标榜之同辈一递一唱，以张扬之。如鲁达之偷酒器，李、周之分车仗，可不为之痛悼乎耶？

话说当日智真长老道："智深，你此间决不可住了。我有一个师弟，见在东京大相国寺住持，唤做智清禅师。我与你这封书去投他那里，讨个职事僧做。我夜来看了，赠汝四句偈子，你可终身受用，记取今日之言。"智深跪下道："洒家愿听偈子。"长老道："遇林而起，遇山而富，遇州而迁，遇江而止。"鲁智深听了四句偈子，拜了长老九拜，是宜三拜也，然而洒家不省得也，拜个不住则是九拜矣。或曰：若此则何不十拜？曰：十拜者数之辞也，九拜者不数之辞也。拜个不数，则是九拜也。背了包裹、腰包、肚包，藏了书信，辞了长老并众僧人，离了五台山，径到铁匠间壁客店里歇了，前所见间壁一家，写着父子客店也。等候打了禅杖、戒刀完备就行。寺内众僧得鲁智深去了，无一个不欢喜。完众僧。长老教火工道人自来收拾打坏了的金刚、亭子。完坏金刚、坏亭子。过不得数日，赵员外自将若干钱物来五台山，再塑起金刚，重修起半山亭子，完新金刚、新亭子。不在话下。

再说这鲁智深就客店里住了几日，连日烂醉，不言可知。等得两件家生都已完备，做了刀鞘，又向戒刀上添出色泽来。把戒刀插放鞘内，禅杖却把漆来裹了。又向禅杖上添出色泽来。将些碎银子赏了铁匠，前许不肯食言，亦表两件生活打得得意，盖文人笔，美人镜，亦犹是矣。背了包裹，跨了戒刀。提了禅杖，细。作别了客店主人并铁匠，了。行程上路。过往人看了，果然是个莽和尚。亦在过往人眼中看出“莽和尚”三字来。

智深自离了五台山文殊院，取路投东京来，行了半月之上，于路不投寺院去歇，已受大创也。〇隔江望见刹竿，便吃一吓，安肯复入这门来。只是客店内打火安身，此句夜饮。白日间酒肆里买吃。此句昼饮。

一日正行之间，贪看山明水秀，写得鲁达文秀。不觉天色已晚，赶不上宿头。路中又没人作伴，那里投宿是好？又赶了三二十里田地，过了一条板桥，远远地望见一簇红霞，树木丛中闪着一所庄院，庄后重重叠叠都是乱山。伏一笔。鲁智深道：“只得投庄上去借宿。”径奔到庄前看时，见数十个庄家忙忙急急，搬东搬西。鲁智深到庄前，倚了禅杖，与庄客唱个喏。俗本作“打个问讯”。庄客道：“和尚，日晚来我庄上做甚的？”智深道：“洒家赶不上宿头，欲借贵庄投宿一宵，明早便行。”庄客道：“我庄上今夜有事，歇不得。”智深道：“胡乱借洒家歇一夜，明日便行。”庄客道：“和尚快走，休在这里讨死！”智深道：“也是怪哉，歇一夜打甚么不紧，怎地便是讨死？”庄家道：“去便去，不去时便捉来缚在这里！”庄主苦不可言，庄客已使新女婿势头矣，世间如此之事极多，写来为之一笑。鲁智深大怒道：“你这厮村人好没道理！俺又不曾说甚的，便要绑缚洒家！”庄家们也有骂的，也有劝的。鲁智深提起禅杖，却待要发作，只见庄里走出一个老人来。

鲁智深看那老人时，年近六旬之上，拄一条过头拄杖，走将出来，喝问庄客：“你们闹甚么？”庄客道：“可奈这个和尚要打我们。”智深便道：“洒家是五台山来的僧人，便不说过往僧人，鲁达亦有贼智耶？要上东京去干事，今晚赶不上宿头，借贵庄投宿一宵。庄家那厮无礼，要绑缚洒家。”那老人道：“既是五台山来的师父，随我进来。”智深跟那老人直到正堂上，分宾主坐下。那老人道：“师父休要怪，庄家们不省得师父是活佛去处来的，他作寻常一例相看。老汉从来敬信佛天三宝，佛者何也？天者何也？三宝者又何也？夫三宝者，佛法僧三是也。然则言三宝，不得又言佛也。佛者，三界大师，所谓天中天也。然则言佛，不得接言天也。今混帐云：我敬佛天三宝。不知彼之所敬，为何等事耶？嗟乎！滔滔者，天下皆是也。作者深哀其不达法相，故特于刘老口中，调侃出之，凡以愧之也。虽是我庄上今夜有事，权且留师父歇一宵了去。”

智深将禅杖倚了，起身唱个喏，俗本亦作“打个问讯”。谢道：“感承施主。洒家不敢动问贵庄高姓？”老人道：“老汉姓刘。此间唤做桃花村，好村名，可谓“桃之夭夭，灼灼其花”矣。乡人都叫老汉做桃花庄刘太公。阿父桃花著名，令爱那不桃花坐命？皆作者凭空设色处。敢问师父法名，唤做甚么讳字？”智深道：“俺的师父是智真长老，不惟源流明白，兼乃不背师长。与俺取了个讳字，因洒家姓鲁，唤做鲁智深。”太公道：“师父请吃些晚饭。不知肯吃荤腥也不？”着。然只问荤腥，却偏不问酒，妙笔。鲁智深道：“洒家不忌荤酒，太公只问荤腥，智深忽然自增出一“酒”字，妙笔。遮莫甚么浑清白酒，都不拣选。反先说酒。牛肉、狗肉，但有便吃。”次补肉。太公道：“既然师父不忌荤酒，先叫庄客取酒肉来。”没多时，庄客掇张桌子，放下一盘牛肉，三四样菜蔬，一双箸，先有了，却不见盏，妙笔。放在鲁智深面前。智深解下腰包、肚包，细。坐定。那庄客旋了一壶酒，“一壶”妙，下“一只盏子”又妙。拿一只盏子，盏子方才来。只一双箸，一只盏，亦必摇摆出鲁达好酒急情来，真正妙笔。筛下酒与智深吃。这鲁智深也不谦让，也不推辞，无一时，一壶酒、一盘肉，都吃了。三四样菜蔬，原物不动，写五台山师父绝倒。太公对席看见，呆了半晌。庄客搬饭来，又吃了。抬过桌子，只如此。太公分付道：“胡乱教师父在外面耳房中歇一宵，夜间如若外面热闹，不可出来窥望。”

智深道："敢问贵庄今夜有甚事？"太公道："非是你出家人闲管的事。"先作一跌，妙绝。盖闲管尚非出家人本色，后文乃至赤条条坐新妇销金帐中，真绝倒之笔也。智深道："太公缘何模样不甚喜欢，莫不怪洒家来搅扰你么？明日洒家算还你房钱便了。"太公道："师父听说，我家时常斋僧布施，那争师父一个？只是我家今夜小女招夫，以此烦恼。"八字奇文。鲁智深呵呵大笑道："男大须婚，女大必嫁，这是人伦大事，五常之礼，何故烦恼？"太公道："师父不知，这头亲事不是情愿与的。"智深大笑道："太公，你也是个痴汉！既然不两相情愿，如何招赘做个女婿？"太公道："老汉止有这个小女，今年方得一十九岁。六字奇文，写尽庄汉懵懂。被此间有座山，唤做桃花山。近来山上有两个大王，"近来"二字妙，照定李忠下笔。扎了寨栅，聚集着五七百人，打家劫舍。此间青州官军捕盗，禁他不得。因来老汉庄上讨进奉，见了老汉女儿，撇下二十两金子、一匹红锦为定礼，选着今夜好日，晚间来入赘老汉庄上。又和他争执不得，只得与他，因此烦恼。非是争师父一个人。"又答还一句。

智深听了道："原来如此！洒家有个道理教他回心转意，不要娶你女儿，如何？"鲁达凡三事，都是妇女身上起。第一为了金老女儿，做了和尚；第二既做和尚，又为刘老女儿；第三为了林冲娘子，和尚都做不得。然又三处都是酒后，特特写豪杰亲酒远色，感慨世人不少。太公道："他是个杀人不眨眼魔君，你如何能够得他回心转意？"智深道："洒家在五台山真长老处学得说因缘，便是铁石人，也劝得他转。前说有个道理回心转意，原欲以郑屠之法治之，只因老儿"如何能够"一句，便随口嘈出说因缘来，冒冒失失，为下文一笑。今晚可教你女儿别处藏了，俺就你女儿房内说因缘劝他，便回心转意。"太公道："好却甚好，只是不要捋虎须。"智深道："洒家的不是性命？是鲁达语，他人说不出。○快绝妙绝，一句抵千百句。你只依着俺行。"太公道："却是好也！我家有福，得遇这个活佛下降！”庄客听得，都吃一惊。照前厮打，妙绝文情。太公问智深：“再要饭吃么？”智深道：“饭便不要吃，有酒再将些来吃。”前一壶酒，何足道哉！既要智深干事，定应再与痛饮。然在智深既不可自讨，在太公又不可直问。何则？若智深自讨，则太公惊喜奉承之意不见，若太公直问，则又不似敬重三宝之太公，所以待活佛去处之师父也。故作者于此，反复推敲，算出问饭来，而智深接口云：饭便不吃，酒再将来。一时宾主酬酢，如火似锦矣。太公道：“有！有！”二“有”字，写出太公分外惊喜奉承。随即叫庄客取一只熟鹅，大碗斟将酒来，叫智深尽意吃了三二十碗，那只熟鹅也吃了。叫庄客将了包裹，先安放房里；细。提了禅杖，带了戒刀，细。问道：“太公，你的女儿躲过了不曾？”太公道：“老汉已把女儿寄送在邻舍庄里去了。”智深道：“引小僧新妇房里去。”处处自称洒家，此独云小僧者，为新妇房里四字，合成妙语，以发一笑也。太公引至房边，指道：“这里面便是。”智深道：“你们自去躲了。”太公与众庄客自出外面安排筵席。

智深把房中桌椅等物都掇过了，将戒刀放在床头，禅杖把来倚在床边。刘老女也，孙郎妹耶？何其房中甚似孙也？把销金帐子下了，脱得赤条条地，销金帐中赤条条一个和尚，奇文，一跳上床去坐了。太公见天色看看黑了，叫庄客前后点起灯烛荧煌，就打麦场上放下一条桌子，上面摆着香花灯烛。一面叫庄客大盘盛着肉，大壶温着酒。约莫初更时分，只听得只听得。山边锣鸣鼓响，这刘太公怀着鬼胎，虽写怕极之语，然亦故作奇文。女儿做亲，丈人先怀鬼胎耶？庄家们都捏着两把汗，尽出庄门外看时，只见只见。远远地四五十火把，照耀如同白日，一簇人马飞奔庄上来。

刘太公看见，便叫庄客大开庄门，前来迎接。只见前遮后拥，明晃晃的都是器械旗枪，尽把红绿绢帛缚着。高兴。小喽啰头上乱插着野花。高兴。〇此处特地写，非为新郎装幌，总为后文反映也。前面摆着四五对红纱灯笼，照着马上那个大王，红纱灯照出大王来，奇笔。头戴撮尖干红凹面巾，鬓傍边插一枝罗帛像生花，上穿一领围虎体挽绒金绣绿罗袍，腰系一条称狼身销金包肚红搭膊，着一双对掩云跟牛皮靴，骑一匹高头卷毛大白马。高兴。那大王来到庄前下了马，只见众小喽啰齐声贺道："帽儿光光，今夜做个新郎；衣衫窄窄，今夜做个娇客。"高兴。刘太公慌忙亲捧台盏，斟下一杯好酒，跪在地下，众庄客都跪着。那大王把手来扶道："你是我的丈人，如何倒跪我？"太公道："休说这话，老汉只是大王治下管的人户。"那大王已有七八分醉了，已有七八分醉了。呵呵大笑道："我与你家做个女婿，也不亏负了你，你的女儿匹配我，也好。"刘太公把了下马杯。又是下马杯。来到打麦场上，见了香花灯烛，便道："泰山，何须如此迎接？"那里又饮了三杯。又饮了三杯。来到厅上，唤小喽啰教把马去系在绿杨树上。大王亲口分付，教把马系在绿杨树上，如何后遂忘之？○既来入赘，则非少顷便归者矣，据理定应把这马寄养在太公家槽里，今只为后文一笑，故有此一笔。小喽啰把鼓乐就厅前擂将起来。高兴。大王上厅坐下，叫道："丈人，我的夫人在那里？"太公道："便是怕羞不敢出来。"大王笑道："且将酒来，我与丈人回敬。"那大王把了一杯，便道："我且和夫人厮见了，却来吃酒未迟。"那刘太公一心只要那和尚劝他，便道：趣语。"老汉自引大王去。"拿了烛台，引着大王，转入屏风背后，直到新人房前。

太公指与道："此间便是，请大王自入去。"

一路并不说出大王名姓，只用"大王"二字便生出许多妙语来。如引着大王句、大王摸进句、大王叫救句、劝得大王句、骑翻大王句、撇下大王句、大王扒出句、马欺大王句、驮去大王句，凡若干大王，犹如大珠小珠满盘迸落，盖自有"大王"二字以来，未有狼狈如斯之甚者也。

太公拿了烛台一直去了，未知凶吉如何，先办一条走路。妙。那大王推开房门，见里面黑洞洞地。绝倒。大王道："你看我那丈人是个做家的人，房里也不点碗灯，由我那夫人黑地里坐地。做家的人乃至为贼所笑，哀哉！明日叫小喽啰山寨里扛一桶好油来与他点。"明日回想此语，几成布施灯油。鲁智深坐在帐子里都听得，忍住笑，不做一声。七字无数情景。那大王摸进房中，六字奇文。"大王"字与"摸"字不连。大王"摸"字，与"房中"字不连。思之发笑。叫道："娘子，你如何不出来接我？你休要怕羞，我明日要你做压寨夫人。"一头叫娘子，一面摸来摸去。一摸摸着销金帐子，便揭起来，探一只手入去摸时，摸着鲁智深的肚皮，接连六个"摸"字，忽然接一个"肚皮"字，虽欲不笑，不可得也。○意在肚皮之下，不料乃遇吾师。被鲁智深就势劈头巾带角儿揪住，一按按将下床来。那大王却待挣扎，六字奇文。"大王"字与"挣扎"字不连。鲁智深把右手捏起拳头，骂一声："直娘贼！"连耳根带脖子只一拳，旧时本色。那大王叫一声道："甚么便打老公！"此句情理所无，只是扯作趣语，以发一笑耳。鲁智深喝道："教你认得老婆！"拖倒在床边，拳头脚尖一齐上，绝倒。○老公老婆，接口明快。打得大王叫"救人"！七字奇文。"大王"字与"叫"字不连，"打"字与"大王"字不连，"大王"叫"救人"字不连，打得"大王"叫"救人"字不连。

刘太公惊得呆了：只道这早晚正说因缘劝那大王，捎带一句，妙趣。却听得里面叫救人。只谓是和尚。太公慌忙把着灯烛，引了小喽啰，一齐抢将入来。众人灯下打一看时，众人眼中看出。只见一个胖大和尚，赤条条不着一丝，骑翻大王在床面前打。如火如锦。○"骑翻大王"四字奇文，锦衣花帽大王背上驮着一个赤条条和尚，岂不怪哉！为头的小喽啰叫道："你众人都来救大王！""救"字与"大王"字不连。众小喽啰一齐拖枪拽棒，打将入来救时，鲁智深见了，撇下大王，"撇下"字与"大王"字不连。床边绰了禅杖，着地打将出来。禅杖小小发个利市。小喽啰见来得凶猛，发声喊，都走了。刘太公只管叫苦。打闹里，三字绝倒。那大王爬出房门，六字奇文。"大王"字，"爬"字，"房门"字，从来不曾连也。奔到门前，摸着空马，是空马。树上折枝柳条，不必折枝柳条也，恐读者忘却前文马系绿杨树句，故借此提之，以为一笑也。托地跳在马背上，把柳条便打那马，却跑不去。奇文。大王道："苦也！这马也来欺负我！""也来"二字妙，隐隐藏一句骂在内。犹言秃驴欺负我可也，何至空马也来欺负耶？再看时，原来心慌不曾解得缰绳。奇文。连忙扯断了，骑着摌马飞走。出得庄门，大骂刘太公："老驴休慌！不怕你飞了去！"把马打上两柳条，拨喇喇地驮了大王上山去。"驮"字妙绝，言非大王尚能骑马，马驮大王还山耳。

刘太公扯住鲁智深道：是。"师父，你苦了老汉一家儿了！"鲁智深说道："休怪无礼。言赤条条也。○只四字，亦非鲁达说不出。且取衣服和直裰来，洒家穿了说话。"如此笔力，真是心闲手敏。庄家去房里取来，智深穿了。太公道："我当初只指望你说因缘，劝他回心转意，谁想你便下拳打他这一顿。定是去报山寨里大队强人来杀我家！"智深道："太公休慌。俺说与你，洒家不是别人，俺是延安府老种经略相公帐前提辖官，为因打死了人，出家做和尚。休道这两个鸟人，便是一二千军马来，洒家也不怕他。你们众人不信时，提俺禅杖看。"为禅杖出色写一句。庄客们那里提得动。为禅杖出色写。智深接过来手里，一似撚灯草一般使起来。为禅杖出色写。○非是鲁达儿气，新禅杖实实得意耳。太公道："师父休要走了去，却要救护我们一家儿使得。"智深道："恁么闲话！俺死也不走！"鲁达语。太公道："且将些酒来师父吃，休得要抵死醉了。"太公语。○无计留君，只得是酒，然醉了动掸不得，又要公何为哉？二句无数曲折，妙绝。鲁智深道："洒家一分酒，只有一分本事；十分酒，便有十分的气力！"鲁达与武松作一联，此等语俱要牢记，与后武松对看。太公道："恁地时最好。我这里有的是酒肉，只顾教师父吃。"

且说这桃花山大头领坐在寨里，正欲差人下山来打听做女婿的二头领如何，捎带。只见数个小喽啰，气急败坏，四字奇文，一字不可更易。○头上野花都不见了，谓之"败坏"也。走到山寨里叫道："苦也，苦也！"大头领连忙问道："有甚么事，慌做一团？"小喽啰道："二哥哥吃打坏了！"大头领大惊，正问备细，只见报道：八字过得快，便令文字省了多少。"二哥哥来了！"大头领看时，只见二头领红巾也没了，身上绿袍扯得粉碎，下得马，倒在厅前，口里说道："哥哥救我一救！"只得一句。画出绝倒。〇"只得一句"四字，画出气急败坏人，俗本恰失此四字。大头领问道："怎么来？"二头领道："兄弟下得山，到他庄上，入进房里去，叵耐那老驴把女儿藏过了，却教一个胖和尚躲在他女儿床上。和尚女儿，述来一笑。我却不堤防，揭起帐子摸一摸，吃那厮揪住，一顿拳头脚尖，打得一身伤损！那厮见众人入来救应，放了手，提起禅杖打将出去，因此我得脱了身，拾得性命。哥哥与我做主报仇！"大头领道："原来恁地。你去房中将息，我与你去拿那贼秃来！"喝叫左右："快备我的马来，众小喽啰都去！"大头领上了马，绰枪在手，尽数引了小喽啰，非写大哥气愤，正写和尚了得。一齐呐喊下山来。

再说鲁智深正吃酒哩。神笔。〇此老岂浅斟细酌者哉，一个大王去，一个大王来，而犹在吃酒，则酒量为何如也？俗笔便要说是时鲁某，又吃了二三十碗酒矣。庄客报道："山上大头领尽数都来了！"智深道："你等休慌。洒家但打翻的，你们只顾缚了，解去官司请赏。取俺的戒刀出来。"禅杖先前直打出来，戒刀还在房中，细妙无双。鲁智深把直裰脱了，拽扎起下面衣服，跨了戒刀，大踏步，提了禅杖，出到打麦场上。只见大头领在火把丛中，如画。〇读者至此，又忘是夜间矣，忽提四字醒之。一骑马抢到庄前，马上挺着长枪，高声喝道："那秃驴在那里？早早出来决个胜负！"智深大怒，骂道："腌臜打脊泼才！叫你认得洒家！"此语照耀下文，有七玲八珑之妙。〇与后史进文一样作章法。轮起禅杖，着地卷起来。

那大头领逼住枪，能。大叫道："和尚，且休要动手。你的声音好厮熟，与后史进文一样作章法。你且通个姓名。”奇文。鲁智深道：“洒家不是别人，七玲八珑语。老种经略相公帐前提辖鲁达的便是。“便是”二字妙，七玲八珑语。如今出了家做和尚，唤做鲁智深。”“如今”二字妙，七玲八珑语。那大头领呵呵大笑，滚下马，撇了枪扑翻身便拜奇文。道：“哥哥别来无恙。可知二哥着了你手！”鲁智深只道赚他，托地跳退数步，好。把禅杖收住，好。定睛看时，好。火把下妙绝。认得不是别人，李忠认得鲁达，鲁达却不记得李忠者，所谓卿自难记，非鲁达过也。却是江湖上使枪棒卖药的教头打虎将李忠。原来强人下拜，不说此二字，为军中不利，只唤做“剪拂”，此乃吉利的字样。何以知之？李忠当下剪拂了起来，扶住鲁智深道：“哥哥，缘何做了和尚？”要问。智深道：“且和你到里面说话。”

有得说姓名藏头露尾，此处偏叙得快爽者，正为李忠认得作势也。

刘太公见了，又只叫苦，这和尚原来也是一路！百忙中下此一笔，妙绝，遂令行文曲折之甚。鲁智深到里面，再把直裰穿了，精细之笔。和李忠都到厅上叙旧。鲁智深坐在正面，好看。唤刘太公出来，那老儿不敢向前。智深道：“太公休怕他，他是俺的兄弟。”那老儿见说是“兄弟”，心里越慌，又不敢不出来。妙妙，曲折之甚。李忠坐了第二位，太公坐了第三位。好看。鲁智深道：“你二位在此：不伦不类，说出四字。〇以地主言之，则智深与太公是二位，李忠则强盗也。以江湖言之，则智深与李忠是二位，太公则闲人也。今偏从智深口中，说李忠、太公做一路，写得鲁达天空海阔，豪杰圣贤，触之则菩萨亦须吃刀，顺之则狼虎抱之同卧，真为神化之笔也。俺自从渭州三拳打死了镇关西，逃走到代州雁门县，因见了洒家赍发他的金老。那老儿不曾回东京去，却随个相识，也在雁门县住。他那个女儿，就与了本处一个财主赵员外。和俺厮见了，好生相敬。亦复不忘。不想官司追捉得洒家要紧，那员外陪钱感恩语。送俺去五台山智真长老处落发为僧。洒家因两番酒后四字儒雅。闹了僧堂，本师长老与俺一封书，教洒家去东京大相国寺，投托智清禅师，讨个职事僧做。因为天晚，到这庄上投宿，不想与兄弟相见。轻轻二字，说来可笑，可谓不以玉帛，而以兵戎矣。却才俺打的那汉是谁？因亲及亲，有此一问，恩深义重。你如何又在这里？”要问。李忠道：“小弟自从那日与哥哥在渭州酒楼上同史进三人分散，次日听得说哥哥打死了郑屠，我去寻史进商议，他又不知投那里去了。于无意中补出史进，却又不甚明白，真有熠耀之妙。小弟听得差人缉捕，慌忙也走了。却从这山下经过。却才被哥哥打的那汉，先在这里桃花山扎寨，唤做‘小霸王’周通。那时引人下山来，和小弟厮杀，被我赢了他，留小弟在山上为寨主，让第一把交椅教小弟坐了，以此在这里落草。”智深道：“既然兄弟在此，刘太公这头亲事再也休题！鲁达语，何等爽直。他止有这个女儿，要养终身，不争被你把了去，教他老人家失所。”真正佛说因缘经，是非强盗之所知也。

太公见说了，大喜，方才大喜。安排酒食出来黄昏整备未用，故来得快。管待二位。小喽啰们每人两个馒头，两块肉，一大碗酒，皆黄昏所备筵席。都教吃饱了。太公将出原定的金子段匹。精细。鲁智深道：“李家兄弟，叫得亲切。你与他收了去，爽直。这件事都在你身上。”爽直。〇真是看得天下无难事。李忠道：“这个不妨事。且请哥哥去小寨住几时。刘太公也走一遭。”奇语。〇为要当面决绝亲事，故特放此一句，不然，则亦作别太公矣，然读者以为大奇。太公叫庄客安排轿子，抬了鲁智深，带了禅杖、戒刀、行李。细。李忠也上了马。太公也坐了一乘小轿。奇景，却不道丈人来也。却早天色大明。可见忙了一夜。众人上山来。

智深、太公到得寨前，下了轿子；李忠也下了马，邀请智深入到寨中，向这聚义厅上，三人坐定。周通未出，太公不妨权坐，及后请出周通来，太公只立了不坐，都妙。李忠叫请周通出来。周通见了和尚，心中怒道："哥哥却不与我报仇，倒请他来寨里，让他上面坐！"李忠道："兄弟，你认得这和尚么？"周通道："我若认得他时，须不吃他打了。"李忠笑道："这和尚便是我日常和你说的，三拳打死镇关西的便是他。"不必更出名字，已自震雷贯耳。周通把头摸一摸，叫声："阿呀！"扑翻身便剪拂。写出平日贯耳。鲁智深答礼道："休怪冲撞。"三个坐定，刘太公立在面前。叙得妙，有文有理，其此句之谓矣。盖太公此来，止为要了当亲事耳，若亦坐下，则将令周通、李忠椎牛宰马，管待太公耶？鲁智深便道："周家兄弟，叫得亲切。你来听俺说。刘太公这头亲事，你却不知，真正因缘，强盗何知。他只有这个女儿，养老送终，承祀香火，都在他身上。你若娶了，教他老人家失所，他心里怕不情愿。此句又带一曲，可谓善说因缘矣。你依着洒家，把来弃了，放过太公，揽归自己，既压之以不得不从之势，又善化其不能相忘之心，粗卤如鲁达，有此曲折语，益见其妙也。别选一个好的。原定的金子段匹将在这里。你心下如何？"要知此句不是软语，正是硬语，周通见不是头，所以折箭也。周通道："并听大哥言语，兄弟再不敢登门。"智深道："大丈夫作事却休要翻悔。"再勒一句，妙绝。〇爽快是鲁达天性，此偏多用勾勒，乃愈见其爽快，妙绝。周通折箭为誓。鲁达非此不信，非周通性直也。刘太公拜谢了，纳还金子段匹，自下山回庄去了。完刘太公。

李忠、周通椎牛宰马，安排筵席，管待了数日。引鲁智深山前山后观看景致，果是好座桃花山：强盗岂会游山耶，只为"乱草"一句耳。生得凶怪，四围崄峻，单单只一条路上去，四下里漫漫都是乱草。伏一句。智深看了道："果然好险隘去处！"住了几日，鲁智深见李忠、周通不是个慷慨之人，作事悭吝，只要下山。两个苦留，那里肯住，只推道："俺如今既出了家，如何肯落草。"李忠、周通道："哥哥既然不肯落草，要去时，我等明日下山，但得多少，尽送与哥哥作路费。"

次日，山寨里一面杀羊宰猪，且做送路筵席，安排整顿许多金银酒器设放在桌上。好笑。正待入席饮酒，只见小喽啰报来，说："山下有两辆车，十数个人来也！"李忠、周通见报了，点起众多小喽啰，只留一两个伏侍鲁智深饮酒。两个好汉道："哥哥只顾请自在吃几杯，我两个下山去取得财来，就与哥哥送行。"分付已罢，引领众人下山去了。

且说这鲁智深寻思道："这两个人好生悭吝！见放着有许多金银，却不送与俺，直等要去打劫得别人的送与洒家！这个不是把官路当人情，只苦别人？骂尽千载。洒家且教这厮吃俺一惊！"便唤这几个小喽啰近前来筛酒吃，方才吃得两盏，跳起身来，两拳打翻两个小喽啰，便解搭膊做一块儿捆了，口里都塞了些麻核桃。何处得来？便取出包裹打开，没要紧的都撇了，只拿了桌上金银酒器，都踏匾了，拴在包里。胸前度牒袋内藏了真长老的书信，跨了戒刀，提了禅杖，顶了衣包，数笔看他折叠无数。便出寨来。到后山，打一望时，都是崄峻之处，却寻思道："洒家从前山去时，一定吃那厮们撞见，不如就此间乱草处滚将下去。"先把戒刀和包裹拴了，望下丢落去，又把禅杖也撺落去，却把身望下只一滚，骨碌碌直滚到山脚边，爽快，自是天性。并无损伤。伤损容亦有之，然说他则甚，则不如并无伤损之干净也。跳将起来，寻了包裹，跨了戒刀，拿了禅杖，拽开脚步，取路便走。

再说李忠、周通下到山边，正迎着那数十个人，各有器械，妙笔。〇不因此句，则两条好汉取十数个客人，何须一刻工夫，鲁达如何做得许多手脚。今特地放此一语，便不免挺刀相斗，腾那出工夫来，为鲁达偷酒器之地，盖非世人所知也。李忠、周通挺着枪，小喽啰呐着喊，抢向前来，喝道：“兀那客人，会事的留下买路钱！”那客人内有一个便撚着朴刀来斗李忠。一来一往，一去一回，斗了十余合，不分胜负。是好一回工夫矣。周通大怒，赶向前来喝一声，众小喽啰一齐都上，那伙客人抵当不住，转身便走。有那走得迟的，早被搠死七八个。劫了车子财物，和着凯歌，慢慢地上山来。“慢慢”妙，又好一回工夫也。

到得寨里，打一看时，只见两个小喽啰捆做一块在亭柱边，桌子上金银酒器都不见了。周通解了小喽啰，问其备细：“鲁智深那里去了？”小喽啰说道：“把我两个打翻捆缚了，卷了若干器皿，都拿了去。”周通道：“这贼秃不是好人！倒着了那厮手脚！却从那里去了？”团团寻踪迹到后山，见一带荒草平平地都滚倒了。周通看了道：“这秃驴倒是个老贼！这般崄峻山冈，从这里滚了下去。”李忠道：“我们赶上去问他讨，也羞那厮一场！”周通道：“罢，罢！贼去了关门，那里去赶！便赶得着时，也问他取不成。是。倘有些不然起来，我和你又敌他不过，后来到难厮见了。不如罢手，后来倒好相见。非真写周通图着后日也，盖为如此便足矣，定要去讨，如何了结故也。我们且自把车子上包裹打开，将金银段匹分作三分，我和你各捉一分，于偷酒器者，优劣如何？一分赏了众小喽啰。”李忠道：“是我不合引他上山，折了你许多东西，我的这一分都与了你。”于偷酒器如何？周通道：“哥哥，我和你同死同生，休恁地计较。”于偷酒器如何？看官牢记话头，这李忠、周通自在桃花山打劫。洒家记得。

再说鲁智深离了桃花山，放开脚步，从早晨直走到午后，约莫走下五六十里多路，肚里又饥，四字为后一回眼目，牢牢记之。路上又没个打火处，寻思：“早起只顾贪走，不曾吃得些东西，却投那里去好？”东观西望，猛然听得远远地铃铎之声。鲁智深听得道：“好了！不是寺院，便是宫观，风吹得檐前铃铎之声，洒家且寻去那里投奔。”

不是鲁智深投那个去处，有分教：半日里送了十余条性命生灵，一把火烧了有名的灵山古迹。直教黄金殿上生红焰，碧玉堂前起黑烟。毕竟鲁智深投甚么寺观来，且听下回分解。

第五回
九纹龙剪径赤松林
鲁智深火烧瓦官寺

魯智深火燒瓦罐寺

吾前言两回书不欲接连都在丛林，因特幻出新妇房中销金帐里以间隔之，固也。然惟恐两回书接连都在丛林，而必别生一回不在丛林之事以间隔之，此虽才子之才，而非才子之大才也。夫才子之大才，则何所不可之有。前一回在丛林，后一回何妨又在丛林？不宁惟是而已，前后二回都在丛林，何妨中间再生一回复在丛林？夫两回书不欲接连都在丛林者，才子教天下后世以避之之法也。若两回书接连都在丛林，而中间反又加倍写一丛林者，才子教天下后世以犯之之法也。虽然，避可能也，犯不可能也，夫是以才子之名毕竟独归耐庵也。

吾读瓦官一篇，不胜浩然而叹。呜呼！世界之事亦犹是矣。耐庵忽然而写瓦官，千载之人读之，莫不尽见有瓦官也。耐庵忽然而写瓦官被烧，千载之人读之，又莫不尽见瓦官被烧也。然而一卷之书，不盈十纸，瓦官何因而起，瓦官何因而倒，起倒只在须臾，三世不成戏事耶？又摊书于几上，人凭几而读，其间面与书之相去，盖未能以一尺也。此未能一尺之间，又荡然其虚空，何据而忽然谓有瓦官，何据而忽然又谓烧尽，颠倒毕竟虚空，山河不又如梦耶？呜呼！以大雄氏之书，而与凡夫读之，则谓香风萎花之句，可入诗料。以北《西厢》之语而与圣人读之，则谓“临去秋波”之曲可悟重玄。夫人之贤与不肖，其用意之相去既有如此之别，然则如耐庵之书，亦顾其读之之人何如矣。夫耐庵则又安辩其是稗官，安辩其是菩萨现稗官耶！

一部《水浒传》，悉依此批读。

通篇只是鲁达纪程图也，乃忽然飞来史进，忽然飞去史进者，非此鲁达于瓦官寺中真了不得，而必借助于大郎也。亦为前者渭州酒楼三人分手，直至于今，都无下落，昨在桃花山上虽曾收到李忠，然而李忠之与大郎，其重其轻相去则不但丈尺而已也。乃今李忠反已讨得着实，而大郎犹自落在天涯，然则茫茫大宋，斯人安在者乎？况于过此以往，一到东京便有豹子头林冲之一事，作者此时即通身笔舌犹恨未及，其何暇更以闲心闲笔来照到大郎也？不得已，因向瓦官寺前穿插过去。呜呼！谁谓作史为易事耶！

真长老云：便打坏三世佛，老僧亦只得罢休。善哉大德！真可谓通达罪福相，遍照于十方也。若清长老则云：侵损菜园，得他压伏。嗟乎！以菜园为庄产，以众生为怨家，如此人亦复匡徒领众，俨然称师，殊可怪也。夫三世佛之与菜园，则有间矣。三世佛犹罢休，则无所不罢休可知也；菜园犹不罢休，然则如清长老者，又可损其毫毛乎哉！作者于此三致意焉。以真入五台，以清占东京，意盖谓一是清凉法师，一是闹热光棍也。

此篇处处定要写到急杀处，然后生出路来，又一奇观。

此回突然撰出不完句法，乃从古未有之奇事。如智深跟丘小乙进去，和尚吃了一惊，急道："师兄请坐，听小僧说。"此是一句也。却因智深睁着眼，在一边夹道："你说！你说！"于是遂将"听小僧"三字隔在上文，"说"字隔在下文，一也。智深再回香积厨来，见几个老和尚，"正在那里"怎么，此是一句也，却因智深来得声势，于是遂于"正在那里"四字下，忽然收住，二也。林子中史进听得声音，要问姓甚名谁，此是一句也，却因智深斗到性发，不睬其问，于是"姓甚"已问，"名谁"未说，三也。凡三句不完，却又是三样文情，而总之只为描写智深性急。此虽史迁，未有此妙矣。

话说鲁智深走过数个山坡，见一座大松林，一条山路。随着那山路行去，走不得半里，抬头看时，一个"看时"。却见一所败落寺院，离了一个丛林，要到一个丛林，未到那个丛林，先到这个丛林。又两头两个丛林，极其兴旺，中间一个丛林，极其败落。写得笔墨淋漓，兴亡满目。○前篇吾言出一丛林，入一丛林，便令两回书接连都在丛林中，故特特幻出一个新妇房中、销金帐子，以间隔之也。乃作者忽又自念丛林接连，正复何妨，亦顾我之才调何如耳。我诚出其珠玉锦绣之心，回旋结撰，则虽三丛林接连，正自横峰侧岭，岂有两丛林接连，便成棘手耶？是以遂有此篇也。○又为新打禅杖未曾出色一写，故有此篇，读者又应留眼。被风吹得铃铎响，七字补出抬头之故，谓之倒句。看那山门时，两个"看时"。上有一面旧朱红牌额，内有四个金字，都昏了，只用三个字，写废寺入神，抵无数墙坍壁倒语，又是他人极力写不出，想不来者。写着"瓦官之寺"。鲁达本不识字，今忽叙出四字，乃眼有四字之形，非口出四字之文也。又行不得四五十步，过座石桥，入得寺来，便投知客寮去。是五台僧人。○看他节节次次。只见知客寮门前，大门也没了，四围壁落全无。智深寻思道："这个大寺，如何败落得恁地？"直入方丈前看时，三个"看时"。○节节次次。只见满地都是燕子粪，下五台是二月天气，恐读者忘却，特用燕子粪隐隐约约点出之。门上一把锁锁着，锁上尽是蜘蛛网。智深把禅杖就地下搠着，禅杖一。叫道："过往僧人来投斋！"叫了半日，没一个答应，回到香积厨下看时，四个"看时"。○节节次次。锅也没了，灶头都塌了。

智深把包裹解下，放在监斋使者面前，鲁达主意是寻饭吃，故特将全副行李，坐住在监斋使者身上，妙绝。提了禅杖，到处寻去。禅杖二。寻到厨房后面一间小屋，见几个老和尚坐地，一个个面黄肌瘦。智深喝一声道："你们这和尚好没道理！由洒家叫唤，没一个应！"那和尚摇手道："不要高声！"奇文。智深道："俺是过往僧人，讨顿饭吃，有甚利害？"老和尚道："我们三日不曾有饭落肚，那里讨饭与你吃？"智深道："俺是五台山来的僧人，粥也胡乱请洒家吃半碗。"遂至于此。○此一物，料定鲁达生平未尝，写英雄失路可叹。○"粥"字渐引而出，不欲作突然之笔也。老和尚道："你是活佛去处来的，我们合当斋你。争奈我寺中僧众走散，并无一粒斋粮。老僧等端的饿了三日！"智深道："胡说！这等一个大去处，不信没斋粮！"老和尚道："我这里是个非细去处，于文殊相国又何如？前映后带，兴亡在目，诵之心伤。只因是十方常住，被一个云游和尚引着一个道人来此住持，把常住有的没的都毁坏了。他两个无所不为，把众僧赶出去了。我几个老的走不动，只得在这里过，因此没饭吃。"智深道："胡说！量他一个和尚，一个道人，做得甚事，却不去官府告他？"老和尚道："师父，你不知，这里衙门又远，便是官军也禁不得的他。这和尚、道人好生了得，都是杀人放火的人。如今向方丈后面一个去处安身。"智深道："这两个唤做甚么？"老和尚道："那和尚姓崔，法号道成，绰号'生铁佛'。道人姓丘，排行小乙，绰号'飞天药叉'。这两个那里似个出家人，只是绿林中强贼一般，把这出家影占身体！"于老和尚口中述二贼也，却偏似直骂鲁达者，奇绝妙绝。

智深正问间，猛闻得一阵香来。瞥然截住，转出奇文。智深提了禅杖，禅杖三。踅过后面打一看时，五个"看时"。见一个土灶盖着一个草盖，气腾腾透将起来。智深揭起看时，六个"看时"。煮着一锅粟米粥。土灶"土"字，草盖"草"字，粟米粥"粟米"字，皆写荒凉。智深骂道："你这几个老和尚没道理！只说三日没饭吃，如今见煮一锅粥。出家人何故说谎？"是受戒过人语。○出家人何故饮酒？出家人何故吃狗吃蒜？出家人何故毁像坏寺？出家人何故打人？出家人何故入妇女房中，坐妇女床上？出家人何故破人婚姻？出家人何故偷人酒器？出家人何故后山逃走？那几个老和尚被智深寻出粥来，只叫得苦，把碗、碟、钵头、杓子、水桶都抢过了。妙绝。○饿极矣？寻出粥来，已是绝处逢生，却又抢过碗碟杓子，遂令生处又绝。行文险仄，令我心惊。○碗碟杓子，是吃粥家伙，抢过可也，至于水桶，亦都抢过，作者险仄之情，何其奇妙乎！至于水桶都抢过，而人急计生，生出舂台来，则岂一时所能料哉。智深肚饥，句。没奈何，句。见了粥，句。要吃，句。没做道理处。句。○行文至此，绝矣，更无路矣。只见灶边破漆春台只有些灰尘在上面，奇绝，何关吃粥哉。智深见了，“人急智生”，便把禅杖倚了，禅杖四。就灶边拾把草，把春台揩抹了灰尘，奇绝。双手把锅掇起来，奇绝。把粥望春台只一倾。奇绝，文情如火如锦。那几个老和尚都来抢粥吃，看手。被智深一推一交，倒的倒了，走的走了。智深却把手来捧那粥吃。如火如锦。才吃几口，那老和尚道：“我等端的三日没饭吃！却才去那里抄化得这些粟米，胡乱熬些粥吃，你又吃我们的！”智深吃五七口，听得了这话，便撇了不吃。实是智深不喜吃粥，非哀老和尚数言也。只听得外面有人嘲歌。陡然接过，真正奇文。智深洗了手，细。提了禅杖，禅杖五。奔去不及，破壁子里望见一个道人，从厨房后闻歌声，方奔出来，故奔不及也。奔不及，而又要望见，则趁势在废寺上，借一句破壁子张着，此行文巧妙之诀。头带皂巾，身穿布衫，腰系杂色绦，脚穿麻鞋，挑着一担儿：一头是个竹篮儿，里面露些鱼尾，是望见语。并荷叶托着些肉；一头担着一瓶酒，也是荷叶盖着。口里嘲歌着，唱道：“你在东时我在西，你无男子我无妻。我无妻时犹闲可，你无夫时好孤凄！”并不说掳掠妇女，却反说出为他一片至情，如近日有谐语云：“有人行路，见幼妇者，抱持而呜咂之。妇怒，人则谢曰：我复何必，诚恐卿欲此耳。”是一样说话。○“犹闲可”三字，说得好笑。那几个老和尚赶出来，摇着手，悄悄地指与智深道：如画。“这个道人便是飞天药叉丘小乙！”

此一回文中，看他寻出粥，又抢去碗，背后脚步响，又不敢回头，拖杖便走，又赶斗几合，避却两个，又撞着一个，问姓名不肯答，又斗十四五合，皆务要逼到极险极仄处，自显笔力，读者不可不知。

智深见指说了，便提着禅杖，禅杖六。随后跟去。

那道人不知智深在后面跟去，只顾走入方丈后墙里去。智深随即跟到里面，入去。看时，七个“看时”。见绿槐树下放着一条桌子，铺着些盘馔，三个盏子，三双箸子。八字，异样色泽。当中坐着一个胖和尚，生得眉如漆刷，脸似墨装，胳膊的一身横肉，胸脯下露出黑肚皮来。边厢坐着一个年幼妇人。那道人把竹篮放下来，也坐地。智深走到面前，那和尚吃了一惊，写突如其来，只用二笔，两边声势都有。跳起身来便道：“请师兄坐！同吃一盏。”智深提着禅杖道：禅杖七。“你这两个如何把寺来废了！”那和尚便道：“师兄请坐，听小僧……”其语未毕。智深睁着眼道：“你说！你说！”四字气忿如见。“……说，在先敝寺，“说”字与上“听小僧”本是接着成句，智深自气忿忿在一边，夹着“你说，你说”耳，章法奇绝，从古未有。十分好个去处，田庄又广，僧众极多，只被廊下那几个老和尚吃酒撒泼，将钱养女，三个盏子，一个妇人，偏偏说出此八字来，而鲁达亦复信之，所以为鲁达也。长老禁约他们不得，又把长老排告了出去，因此把寺来都废了。僧众尽皆走散，田土已都卖了，小僧却和这个道人新来住持此间，“新来住持”四字妙。前云“在先敝寺”，后云“在先檀越”，此却云“新来住持”，明是情慌无本之辞也。正欲要整理山门，修盖殿宇。”智深道：“这妇人是谁，却在这里吃酒？”只问两句，使前八字齐倒。那和尚道：“师兄容禀：这个娘子，他是前村王有金的女儿。王有金，奇名。在先他的父亲是本寺檀越，如今消乏了家私，近日好生狼狈，家间人口都没了，丈夫又患病，因来敝寺借米。小僧看施主檀越之面，取酒相待，别无他意。师兄休听那几个老畜生说！”

智深听了他这篇话，又见他如此小心，此句要。便道：“叵耐几个老僧戏弄洒家！”提了禅杖，禅杖八。再回香积厨来。出来。这几个老僧方才吃些粥，正在那里……“正在那里”下，还有“如何若何”许多光景，却被鲁达忿忿出来，都吓住了。用笔至此，岂但文中有画，竟谓此四字虚歇处，突然有鲁达跳出可也。看见智深忿忿的出来，指着老和尚道：

"原来是你这几个坏了常住，犹自在俺面前说谎！"老和尚们一齐都道："师兄，休听他说。见今养着一个妇女在那里！只须一句破的。他恰才见你有戒刀、禅杖，他无器械，不敢与你相争。你若不信时，再去走遭，看他和你怎地。师兄，你自寻思：他们吃酒吃肉，我们粥也没的吃，已足。恰才还只怕师兄吃了。"又补此一句。妙。智深道："也说得是。"倒提了禅杖，禅杖九。再往方丈后来，又进去。见那角门却早关了。

智深大怒，只一脚，踢开了，抢入里面看时，八个"看时"。只见那生铁佛崔道成仗着一条朴刀，从里面赶到槐树下，来抢智深。智深见了大吼一声，轮起手中禅杖，禅杖十。来斗崔道成。两个斗了十四五合，那崔道成斗智深不过，只有架隔遮拦，掣仗躲闪，抵当不住，却待要走。这丘道人见他当不住，却从背后拿了条朴刀，大踏步搠将来。智深正斗间，忽听得背后脚步响，急杀。○奇文。却又不敢回头看他，急杀。○奇文。不时见一个人影来。知道有暗算的人，写得毛寒骨抖，真是急杀。○真正奇文。叫一声："着！"那崔道成心慌，只道着他禅杖，托地跳出圈子外去。写鲁达应变之才。如火如锦。智深恰才回身，正好三个摘脚儿厮见，急杀。○奇文。崔道成和丘道人两个，又并了十合之上。智深一来肚里无食，此回主意。二来走了许多程途，三者当不得他两个生力，此句便伏史进。○此三句与后得了史进，吃得饱了一段，遥对作章法。只得卖个破绽，拖了禅杖便走。禅杖十一。○写禅杖，不必写到定是赢，却早已十分出色，是耐庵方有此笔。两个撚着朴刀，直杀出山门外来。又出来。智深又斗了几合，掣了禅杖禅杖十二。便走。凡写两句"便走"，笔力掘拗之极。○亦有此日，此后怎了？两个赶到石桥下，坐在栏杆上，再不来赶。索性赶过桥来，图个死并，便完事矣，却不过来，偏坐在桥上便住，行文奇绝，读者遭闪不小。

智深走得远了，喘息方定，寻思道："洒家的包裹放在监斋使者面前，只顾走来不曾拿得，路上又没一分盘缠，又是饥饿，如何是好！如此说，定应转去。待要回去，又敌他不过。他两个并我一个，枉送了性命！”如此说，定不应转去也。信步望前面去，行一步，懒一步。走了几里，见前面一个大林，都是赤松树。此一段另是一样笔法，一路只管丢开去，竟似无后半截文者，令人心惊气绝。鲁智深看了道：“好座猛恶林子！”观看之间，只见树影里一个人探头探脑，望了一望，吐了一口唾，闪入去了。前文正未得完，反于此处别生出一个由头来，令人心惊气绝。智深道：“俺猜这个撮鸟，是个剪径的强人，正在此间等买卖，见洒家是个和尚，他道不利市，吐一口唾，走入去了。那厮却不是鸟晦气，撞了洒家！洒家又一肚皮鸟气，正没处发落，且剥这厮衣裳当酒吃。”笔力左攀右掣，真是绝世奇事。提了禅杖，禅杖十三。径抢到松林边，喝一声：“兀那林子里的撮鸟，快出来！”那汉子在林子听得，大笑道：“我晦气，他倒来惹我！”绝世奇文。就从林子里拿着朴刀，背翻身跳出来，“背翻身”三字妙，言非劈面相迎也。喝一声：“秃驴！你自当死，不是我来寻你！”智深道：“教你认得洒家！”“认得”二字，七玲八珑，前与李忠战时，亦用此法作照耀也。轮起禅杖，禅杖十四。抢那汉。

那汉撚着朴刀来斗和尚，恰待向前，每用此一笔作势。肚里寻思道：“这和尚声音好熟。”见是史进心醉之人。〇此一段与前李忠文同，是极大章法。便道：“兀那和尚，你的声音好熟，你姓甚……”少“名谁”二字者，那汉正问到此，却被智深性发，抢出下句来，遂不得毕其辞，故止问得“姓甚”二字也。看他又斗十四五合后，毕竟又完全问一句姓甚名谁，以表前文之奇妙，真正如花似锦。智深道：“俺且和你斗三百合却说姓名！”是着恼后语。那汉大怒，仗手中朴刀，来迎禅杖。两个斗到十数合后，那汉暗暗喝采道：“好个莽和尚！”十四五合也，却分十合在前，四五合在后，中间用一顿，笔法妙绝。又斗了四五合，那汉叫道：“少歇，我有话说。”写史进眼中出群。两个都跳出圈子外来，那汉便问道：“你端的姓甚名谁？声音好熟。”与前“姓甚”二字，映耀出妙笔来。〇前声音在姓名前，此声音在姓名后，此书虽极不经意处，必换转文法，不肯苟且如此。读者细细求之，自今不更说也。智深说姓名毕，那汉撇了朴刀翻身便剪拂，与前李忠一样作章法。说道："认得史进么？"读此一句，分外眼明。〇山门外石桥边事，令读者忧得好苦，忽读此句，将军从天而降也。智深笑道："原来是史大郎！"两个再剪拂了，前是一个独拜，今是两个同拜，何等手法。同到林子里坐定。

智深问道："史大郎，自渭州别后，你一向在何处？"先问。〇好汉口中，出此苦语。然千古苦语，定出好汉口中也。史进答道："自那日酒楼前与哥哥分手，次日听得哥哥打死了郑屠，逃走去了。有缉捕的访知史进和哥哥赍发那唱的金老，亦补前文所无，正与李忠符同。因此小弟亦便离了渭州，寻师父王进。直到延州，又寻不着。八字藏过几回好书。〇此八字结煞王进，永远已毕。〇回向天下万世，自此八字已后，王进二字更不见于此书也。王进到底不见。回到北京住了几时，盘缠使尽，以此来在这里寻些盘缠，名曰寻盘缠。不想得遇哥哥。缘何做了和尚？"次问。〇李忠先问次叙，此先叙次问，俱用换转法。智深把前面过的话，从头说了一遍。省。史进道："哥哥既是肚饥，小弟有干肉烧饼在此。"便取出来，教智深吃。并不以五台为意，所以为史进也。史进又道："哥哥既有包裹在寺内，我和你讨去。若还不肯时，何不结果了那厮？"智深道："是。"当下和史进吃得饱了，一回主意。〇肚中饥时虽以鲁达之勇，亦不能斗，此岂作者寓言边事耶？各拿了器械，再回瓦官寺来。笔之既去如龙入海，笔之复来如虎下山。如龙入海，非网缆之可牵，如虎下山，非藩篱之可隔。读之真是骇绝常情，拓开文胆。

到寺前，看见那崔道成、丘小乙两个兀自在桥上坐地，若不还在桥上，则回到寺去，必然先杀那几个老和尚矣。一者不武，二者于正传无谓，故只用一句兀自坐地，便省却一段闲文字，非是虚写二人吃力光景也。智深大喝一声道："你这厮们，来，来！今番和你斗个你死我活！"那和尚笑道："你是我手里败将，如何再敢厮并！"智深大怒，轮起铁禅杖，禅杖十五。奔过桥来。铁佛生嗔，仗着朴刀，杀下桥去。智深一者得了史进，肚里胆壮，二乃吃得饱了，那精神气力越使得出来。与前一者肚中无食，二者走路方乏，三者两个生力句遥对，看他章法。两个斗到八九合，崔道成渐渐力怯，只办得走路。那飞天药叉丘道人见和尚输了，便仗着朴刀来协助。这边史进见了，便从树林子里跳将出来，大喝一声："都不要走！"掀起笠儿，此句不是写史进一时性发，盖为前文林子中斗至十四五合，其在史进，固为鲁达出家，不好厮认，若在鲁达，则即使气忿性急，亦何至不认史大郎耶？读者颇有此难，殊不知作者胸中，自隐然有个毡笠盖着大郎，而于前文中，偏故意不说出，直到此处，方轻轻放得一句掀起笠子，彼真不顾世眼也。挺着朴刀，来战丘小乙。四个人两对厮杀。智深与崔道成正斗到间深里，智深得便处，喝一声："着！"只一禅杖，禅杖十六。〇至此方写得禅杖饱满快活。把生铁佛打下桥去。那道人见倒了和尚，无心恋战，卖个破绽便走。史进喝道："那里去！"赶上望后心一朴刀，扑地一声响，道人倒在一边。史进踏入去，掉转朴刀，望下面只顾胳肢胳察的搠。智深赶下桥去，把崔道成背后一禅杖。禅杖十七。〇更饱满，更快活。可怜两个强徒，化作南柯一梦！

智深、史进把这丘小乙、崔道成两个尸首都缚了，撺在涧里。两个再赶入寺里来，再入来。香积厨下拿了包裹。俗本此句误在后。那几个老和尚因见智深输了去，怕崔道成、丘小乙来杀他，已自都吊死了。此处若非此句，则将听其仍旧苟延残喘，抑将为之鼎新常住？故知此句之省手也。智深、史进直走入方丈后角门内看时，九个"看时"。那个掳来的妇人投井而死。此处若非此句，则将听其宛转废寺，抑将为之送去前村？故知此句之省手也。直寻到里面八九间小屋，打将入去，并无一人，只见床上三四包衣服。史进打开，都是衣裳，包了些金银，拣好的包了一包袱。寻到厨房，见鱼及酒肉，两个打水烧火，煮熟来，都吃饱了。始得一饱。饱之为道，不亦难乎。两个各背包裹，史进增一包裹。灶前缚了两个火把，拨开火炉，火上点着，焰腾腾的，先烧着后面小屋；烧到门前，再缚几个火把，直来佛殿下后檐点着烧起来。凑巧风紧，刮刮杂杂地火起，竟天价火起来。可谓净佛国土。○前后两个丛林，中间又夹一个丛林，此行文特地构造出来，以为一时奇观也。至此则一把火烧荡尽净，依旧只得前后两个丛林，中间并不夹着甚么丛林，随手而起者仍随手而倒，岂非翻江搅海之才乎！○耐庵说一座瓦官寺，读者亦便是一座瓦官寺；耐庵说烧了瓦官寺，读者亦便是无了瓦官寺。大雄先生之言曰："心如工画师，造种种五阴，一切世间中，无法而不造。"圣叹为之续曰：心如大火聚，坏种种五阴，一切过去者，无法而不坏。今耐庵此篇之意则又双用。其意若曰：文如工画师，亦如大火聚，随手而成造，亦复随手坏。如文心亦尔，见文当观心，见文不见心，莫读我此传。○于修整金刚亭子山门亮槅之赵员外，其罪福又何如？智深与史进看着，等了一回，四下火都着了。二人道："'梁园虽好，不是久恋之家。'俺二人只好撒开。"

二人厮赶着行了一夜。七个字写出真好弟兄。○令人念此一夜，独不得预也。天色微明，两个远远地望见一簇人家，看来是个村镇。两个投那村镇上来，独木桥边桃花庄一条板桥，瓦官寺一座青石桥，此处又一条独木桥，亦是闲中点缀联络，以为章法也。一个小小酒店。智深、史进来到村中酒店内，一面吃酒，一面叫酒保买些肉来，借些米来，打火做饭。两个吃酒，诉说路上许多事务。吃了酒饭，智深便问史进道："你今投那里去？"史进道："我如今只得再回少华山去，投奔朱武等三人入了伙，且过几时却再理会。"作者安放史进。智深见说了道："兄弟，也是。"便打开包裹，取些酒器与了史进。桃花山上何必不偷，瓦官寺前何必不分，有钱如此用，真使人要钱也。○前日若留与李周，非也；今日若不与史进，非也。○以桃花山上赃，与少华山上贼，绝倒。二人拴了包裹，拿了器械，还了酒钱。二人出得店门，离了村镇，又行不过五七里，到一个三岔路口，智深道："兄弟，须要分手。鲁达语，亦是法师语。洒家投东京去，你休相送。鲁达语，亦是法师语。你到华州须从这条路去。他日却得相会。若有个便人，可通个信息来往。”千古情种，历历落落。史进拜辞了智深，各自分了路。史进去了。通篇皆叙鲁达也，史进忽然来，史进忽然去，其文犹如生龙活虎，令人捉察不定。

只说智深自往东京，在路又行了八九日，早望见东京。入得城来，但见街坊热闹，人物喧哗。来到城中，陪个小心，问人道：“大相国寺在何处？”街坊人答道：“前面州桥第四桥。便是。”智深提了禅杖便走，早进得寺来。东西廊下看时，径投知客寮内去。鲁达着实会。道人撞见，报与知客。八字中藏下一吓。无移时，知客僧出来，见了智深生得凶猛，提着铁禅杖，跨着戒刀，背着个大包裹，先有五分惧他。知客问道：“师兄何方来？”智深放下包裹、禅杖，唱个喏。知客回了问讯，智深说道：“洒家五台山来。本师真长老有书在此，着俺来投上刹清大师长老处，讨个职事僧做。”知客道：“既是真大师长老有书札，合当同到方丈里去。”知客引了智深，直到方丈，解开包裹，取出书来，拿在手里。只如此。知客道：“师兄，你如何不知体面？即目长老出来，你可解了戒刀，取出那七条坐具信香来，礼拜长老使得。”智深道：“你如何不早说！”反责之，妙绝。随即解了戒刀，包裹内取出片香一炷，坐具七条，半晌没做道理处。知客又与他披了袈裟，与他披，绝倒。教他先铺坐具。先铺，绝倒。

少刻，只见智清禅师出来，知客向前禀道：“这僧人从五台山来，有真禅师书在此。”清长老道：“师兄多时不曾有法帖来。”知客叫智深道：“师兄，快来礼拜长老。”只见智深却把那炷香没放处。没放处，绝倒。知客忍不住笑，与他插在炉内。与他插，绝倒。拜到三拜，知客叫住。不然九拜矣。○俗本尽落。将书呈上。清长老接书，拆开看时，中间备细说着鲁智深出家缘由，并今下山投托上刹之故，二句皆极不堪，便有前三回书在内，清公当亦一吓。“万望慈悲收录，做个职事人员，切不可推故。此僧久后必当证果”。清长老读罢来书，便道：“远来僧人，且去僧堂中暂歇，吃些斋饭。”好物事。智深谢了，扯了坐具七条，扯了，绝倒。提了包裹，拿禅杖、戒刀，跟着行童去了。

清长老唤集两班许多职事僧人，尽到方丈，乃云：每读禅宗语录，见一往一来后，忽接“乃云”二字，不觉欲呕。耐庵想亦丑之，恶之，悲之，笑之，故特用此二字于此。“汝等众僧在此，你看我师兄智真禅师好没分晓！这个来的僧人，原来是经略府军官，为因打死了人，落发为僧，二次在彼闹了僧堂，因此难着他。你那里安他不得，却推来与我。待要不收留他，师兄如此千万嘱付，不可推故。待要着他在这里，倘或乱了清规，如何使得！”无如此许多算计，便住持五台山。有如此许多算计，便占坐东京。作者借此，特特写出牝牡骊黄，使后世善男信女，要皈依善知识者，自去拣择也。知客道：“便是弟子们看那僧人，全不似出家人模样。本寺如何安着得他！”都寺便道：“弟子寻思起来，只有酸枣门外退居廨宇后那片菜园，时常被营内军健们并门外那二十来个破落户侵害，纵放羊马，好生啰唣。一个老和尚在那里住持，那里敢管他？何不教此人去那里住持，倒敢管得下。”清长老道：“都寺说得是。教侍者去僧堂内客房里，等他吃罢饭，便唤将他来。”

侍者去不多时，引着智深到方丈里。清长老道：“你既是我师兄真大师荐将来我这寺中挂搭，做个职事人员，我这敝寺“敝寺”谦得好笑，“我这敝寺”占得可笑，写东京法师，便真是东京法师。〇四字崔道成口中曾有之，今人于佛法中，每争我宗他宗，亦此类也。有个大菜园，在酸枣门外，岳庙间壁。此四字如何插放入来，真是绝世妙笔。你可去那里住持管领，每日教种地人纳十担菜蔬，余者都属你用度。”智深便道：“本师真长老着洒家投大刹，讨个职事僧做，却不教俺做个都寺、监寺，如何教洒家去管菜园？”首座便道：“师兄，你不省得：你新来挂搭，又不曾有功劳，如何便做得都寺？这管菜园也是个大职事人员了。”首座尚然说谎，况其下乎？写清公门庭如狗。智深道：“洒家不管菜园，杀也要做都寺、监寺！”何至于杀，以一杀博都寺、监寺，鲁达为东京人现身说法耳。知客又道：“你听我说与你，僧门中职事人员，各有头项。且如小僧章法错落。做个知客，只理会管待往来客官僧众。至如维那、侍者、书记、首座，这都是清职，不容易得做。都寺、监寺、提点、院主，这个都是掌管常住财物。你才到得方丈，怎便得上等职事？还有那管藏的唤做藏主，管殿的唤做殿主，管阁的唤做阁主，管化缘的唤做化主，管浴堂的唤做浴主，这个都是主事人员，中等职事。还有那管塔的塔头，管饭的饭头，管茶的茶头，管东厕的净头，与这管菜园的菜头，首座云菜头是大职事，知客却直数至末等之末，写出清公会下，嘈杂可笑。这个都是头事人员末等职事。假如师兄，“且如小僧”，“假如师兄”，章法错落。你管了一年菜园，句。好，句。便升你做个塔头；又管了一年，句。好，句。升你做个浴主；又一年，句。好，句。才做监寺。”智深道：“既然如此，也有出身时，调侃不小。洒家明日便去。”

一段历落参差，另作一篇小文读。

清长老见智深肯去，就留在方丈里歇了。二老一样方丈里，一样留智深，而一个平等慈悲，一个机心周密，其贤其不肖，相去真不可算。嗟乎！佛法岂可以门庭冷热为低昂哉！当日议定了职事，随即写了榜文，先使人去菜园里退居廨宇内挂起库司榜文，明日交割。当夜各自散了，次早，清长老升法座，押了法帖，委智深管菜园。智深到座前领了法帖，辞了长老，背上包裹，跨了戒刀，提了禅杖，和两个送入院的和尚直来酸枣门外廨宇里来住持。

且说菜园左近，有二三十个赌博不成才破落户泼皮，泛常在园内偷盗菜蔬，靠着养身。因来偷菜，看见廨宇门上新挂一道库司榜文上说：告示亦在泼皮眼中看出。“大相国寺仰委管菜园僧人鲁智深前来住持，自明日为始掌管，并不许闲杂人等入园搅扰。”那几个泼皮看了，便去与众破落户商议道：“大相国寺里差一个和尚，甚么鲁智深五字奇文，为后来一笑。来管菜园。我们趁他新来，寻一场闹，一顿打下头来，教那厮伏我们。”数中一个道：“我有一个道理，他又不曾认得我，我们如何便去寻得闹？等他来时，诱他去粪窖边，只做参贺他，双手抢住脚，翻斤斗攧那厮下粪窖去，只是小耍他。”泼皮有泼皮声口。众泼皮道：“好！好！”商量已定，且看他来。

却说鲁智深来到廨宇退居内房中，安顿了包裹、行李，倚了禅杖，挂了戒刀。那数个种地道人都来参拜了，但有一应锁钥，尽行交割。那两个和尚同旧住持老和尚，相别了尽回寺去。细。了。

且说智深出到菜园地上，东观西望，看那园圃。只见这二三十个泼皮拿着些果盒酒礼，都嘻嘻的笑道：“闻知师父新来住持，我们邻舍街坊都来作庆。”智深不知是计，直走到粪窖边来。那伙泼皮一齐向前，一个来抢左脚，一个便抢右脚，指望来攧智深。只教智深脚尖起处，山前猛虎心惊；拳头落时，海内蛟龙丧胆。正是：方圆一片闲园圃，目下排成小战场。那伙泼皮怎的来攧智深，且听下回分解。

第六回
花和尚倒拔垂杨柳
豹子头误入白虎堂

花和尚倒拔垂楊柳

此文用笔之难，独与前后迥异。盖前后都只一手顺写一事，便以闲笔波及他事，亦都相时乘便出之。今此文，林冲新认得一个鲁达，出格亲热，却接连便有衙内合口一事，出格斗气。今要写鲁达，则衙内一事须阁不起，要写衙内，则鲁达一边须冷不下，诚所谓笔墨之事，亦有进退两难之日也。况于衙内文中，又要分作两番叙出，一番自在林家，一番自在高府。今叙高府，则要照林家，叙林家则要照高府。如此百忙之中，却又有菜园一人跃跃欲来，且使此跃跃欲来之人乃是别位犹之可也，今却端端的的便是为了金翠莲三拳打死人之鲁达。呜呼！即使作者乃具七手八脚，胡可得了乎？今读其文，不偏不漏，不板不犯，读者于此而不服膺，知后世犹未能文也。

此回多用奇恣笔法。如林冲娘子受辱，本应林冲气忿，他人劝回，今偏倒将鲁达写得声势，反用林冲来劝，一也。阅武坊卖刀，大汉自说宝刀，林冲、鲁达自说闲话，大汉又说可惜宝刀，林冲、鲁达只顾说闲话，此时譬如两峰对插，抗不相下，后忽突然合笋，虽惊蛇脱兔，无以为喻，二也。还过刀钱，便可去矣，却为要写林冲爱刀之至，却去问他祖上是谁，此时将答是谁为是耶，故便就林冲问处，借作收科云："若说时辱没杀人。"此句虽极会看书人亦只知其余墨淋漓，岂能知其惜墨如金耶，三也。白虎节堂，是不可进去之处，今写林冲误入，则应出其不意，一气赚入矣，偏用厅前立住了脚，屏风后堂又立住了脚，然后曲曲折折来至节堂，四也。如此奇文，吾谓虽起史迁示之，亦复安能出手哉！

打陆虞候家时，"四边邻舍都闭了门"，只八个字，写林冲面色、衙内势焰都尽。盖为藏却衙内，则立刻齑粉，不藏衙内，则即日齑粉，既怕林冲，又怕衙内，四边邻舍都闭门，真绝笔矣。

话说那酸枣门外三二十个泼皮破落户中间，有两个为头的，一个叫做“过街老鼠”张三，一个叫做“青草蛇”李四。这两个为头接将来，智深也却好去粪窖边，看见这伙人都不走动，只立在窖边，齐道：“俺特来与和尚作庆！”智深道：“你们既是邻舍街坊，都来廨宇里坐地。”张三、李四便拜在地上不肯起来，只指望和尚来扶他，便要动手。智深见了，心里早疑忌，道：“这伙人不三不四，张三李四，不三不四。又不肯近前来，莫不要撷洒家？那厮却是倒来捋虎须，俺且走向前去，教那厮看洒家手脚！”

智深大踏步近众人面前来，那张三、李四便道：“小人兄弟们特来参拜师父。”口里说，便向前去，一个来抢左脚，一个来抢右脚。智深不等他上身，右脚早起，腾的把李四先踢下粪窖里去；张三恰待走，智深左脚早起；两个泼皮都踢在粪窖里挣扎。后头那二三十个破落户，惊的目瞪口呆，都待要走，智深喝道：“一个走的，一个下去！两个走的，两个下去！”众泼皮都不敢动掸。只见那张三、李四在粪窖里探起头来，——原来那座粪窖没底似深——两个一身臭屎，头发上蛆虫盘满，立在粪窖里叫道：“师父饶恕我们！”智深喝道：“你那众泼皮，快扶那鸟上来，我便饶你众人。”众人打一救，搀到葫芦架边，是菜园风景。臭秽不可近前。智深呵呵大笑道：“兀那蠢物！你且去菜园池子里洗了来，和你众人说话。”

两个泼皮洗了一回，众人脱件衣服与他两个穿了。若漏此句，便是两个赤膊人，如何体面？○凡作史最易漏者，如此等句是也。此书定不肯漏者，如此等句是也。智深叫道："都来廨宇里坐地说话。"智深先居中坐了，指着众人道："你那伙鸟人，休要瞒洒家。你等都是甚么鸟人，到这里戏弄洒家？"那张三、李四并众火伴一齐跪下，说道："小人祖居在这里，都只靠赌博讨钱为生。这片菜园，是俺们衣饭碗。大相国寺里几番使钱要奈何我们不得。师父却是那里来的长老？恁的了得！相国寺里不曾见有师父。虽是实话，然亦骂相国寺不小。今日我等情愿伏侍。"智深道："洒家是关西延安府老种经略相公帐前提辖官，只为杀得人多，因此情愿出家。二事不相蒙，合成快语。五台山来到这里。洒家俗姓鲁，法名智深。休说你这三二十个人直甚么！便是千军万马队中，俺敢直杀得入去出来！"

众泼皮喏喏连声，拜谢了去。智深自来廨宇里房内，收拾整顿歇卧。此句极易漏，此偏不漏。次日，众泼皮商量凑些钱物，买了十瓶酒，牵了一个猪，来请智深。都在廨宇安排了，请鲁智深居中坐了，两边一带坐定那三二十泼皮饮酒。智深道："甚么道理叫你众人们坏钞？"众人道："我们有福，今日得师父在这里与我等众人做主。"智深大喜。吃到半酣里，也有唱的，也有说的，也有拍手的，也有笑的。是个泼皮酒席。正在那里喧哄，只听得门外老鸦哇哇的叫。奇文奇想，突如其来，毫无斗笋接缝之迹。众人有扣齿的，齐道："赤口上天，白舌入地。"叩齿为禳，不知始于何时，乃此时已有之。然定是泼皮教法，非士大夫所宜有，乃今此法遍行上下，为之一笑。○赤口白舌，八字成文，其中无有，而其外烨然。凡道家经集皆尔，不足览也。智深道："你们做甚么鸟乱？"众人道："老鸦叫，怕有口舌。"智深道："那里取这话？"那种地道人笑道："墙角边绿杨树上新添了一个老鸦巢，每日直聒到晚。"众人道："把梯子去上面拆了那巢便了。"有几个道："我们便去。"

智深也乘着酒兴，都到外面看时，果然绿杨树上一个老鸦巢。众人道："把梯子上去拆了，也得耳根清净。"李四便道："我与你盘上去，不要梯子。"第一层是老鸦叫，第二层是叩齿咒之，第三层是道人说，第四层是寻梯上去，第五层是看，第六层是要盘上去。只一倒拔垂杨，凡用六层层折，方入相一相句，行文如画。智深相了一相，四字不是细作，正是气雄万夫处。走到树前，把直裰脱了，用右手向下，把身倒缴着，却把左手扳住上截，把腰只一趁，写得有方法。将那株绿杨树带根拔起。众泼皮见了，一齐拜倒在地，只叫："师父非是凡人，正是真罗汉！身体无千万斤气力，如何拔得起！"智深道："打甚鸟紧，明日都看洒家演武使器械。"忽然递入明日。众泼皮当晚各自散了。

从明日为始，忽然把明日变做十数日，这二三十个破落户见智深匾匾的伏，每日将酒肉来请智深，看他演武使拳。许他使器械，只看使得拳，妙有层节。过了数日，省。智深寻思道："每日吃他们酒食多矣，洒家今日也安排些还席。"叫道人去城中买了几般果子，沽了两三担酒，杀翻一口猪、一腔羊。那时正是三月尽，来此一月有余矣，记之。天气正热。智深道："天色热！"叫道人绿槐树下铺了芦席，请那许多泼皮团团坐定。大碗斟酒，大块切肉，叫众人吃得饱了，再取果子吃酒。又吃得正浓，众泼皮道："这几日见师父演力，不曾见师父使器械，怎得师父教我们看一看也好。"前许看使器械，今只看得使拳而已，好泼皮，记得。智深道："说的是！"自去房内取出浑铁禅杖，头尾长五尺，重六十二斤。众人看了，尽皆吃惊，都道："两臂膊没水牛大小气力，怎使得动！"特地将禅杖在此处喝采一番，便觉前后皆精神百倍。智深接过来，飕飕的使动，浑身上下没半点儿参差。众人看了，一齐喝采。

智深正使得活泛，二字是作文妙诀，使棒亦然耶？只见墙外一个官人看见，喝采道："端的使得好！"智深听得，收住了手看时，只见墙缺边，立着一个官人：头戴一顶青纱抓角儿头巾，脑后两个白玉圈连珠鬓环，身穿一领单绿罗团花战袍，腰系一条双獭尾龟背银带，穿一对磕爪头朝样皂靴，手中执一把折叠纸西川扇子，生的豹头环眼，燕颔虎须，八尺长短身材，三十四五年纪。口里道："这个师父端的非凡，使得好器械！"众泼皮道："这位教师喝采，必然是好。"智深问道："那军官是谁？"众人道："这官人是八十万禁军枪棒教头林武师，名唤林冲。"智深道："何不就请来厮见？"那林教头便跳入墙来，两个就槐树下相见了，一同坐地。林教头便问道："师兄何处人氏？法讳唤做甚么？"定问。智深道："洒家是关西鲁达的便是。答得不同。只为杀得人多，情愿为僧。年幼时也曾到东京，认得令尊林提辖。"闲处着神。林冲大喜，就当结义智深为兄。何骤也，然稍迟则胡可得也。智深道："教头今日缘何到此？"林冲答道："恰才与拙荆一同来间壁岳庙里还香愿，应。林冲听得使棒，看得入眼，着女使锦儿自和荆妇去庙里烧香，林冲就只此间相等，不想得遇师兄。"智深道："洒家初到这里，正没相识，得这几个大哥每日相伴。如今又得教头不弃，结为弟兄，十分好了。"便叫道人再添酒来相待。

恰才饮得三杯，只见女使锦儿慌慌急急，红了脸，在墙缺边叫道："官人！休要坐地，娘子在庙中和人合口！"林冲连忙问道："在那里？"锦儿道："正在五岳楼下来，撞见个诈见不及的，把娘子拦住了，不肯放。"林冲慌忙道："却再来望师兄，休怪，休怪！"林冲别了智深，急跳过墙缺，和锦儿径奔岳庙里来。抢到五岳楼看时，见了数个人拿着弹弓、吹筒、粘竿，都立在栏杆边。补一句景。胡梯上一个年少的后生，独自背立着，把林冲的娘子拦着道："你且上楼去，和你说话。"林冲娘子红了脸道："清平世界，是何道理，把良人调戏！"林冲赶到跟前，把那后生肩胛只一扳过来，喝道："调戏良人妻子，当得何罪！"恰待下拳打时，认的是本管高太尉螟蛉之子高衙内。奇峰当面起。原来高俅新发迹，不曾有亲儿，无人帮助，因此过房这阿叔高三郎儿子在房内为子。忽然又补入高俅家中一段，笔势夭矫。本是叔伯弟兄，却与他做干儿子，特地写小人无伦理，无闺门，以表恶之至也。因此高太尉爱惜他。那厮在东京倚势豪强，专一爱淫垢人家妻女。京师人惧怕他权势，谁敢与他争口？叫他做"花花太岁"。当时林冲扳将过来，却认得是本管高衙内，先自手软了。高衙内说道："林冲，干你甚事，你来多管！"原来高衙内不晓得他是林冲的娘子，若还晓得时，也没这场事。见林冲不动手，他发这话。众多闲汉见闹，一齐拢来劝道："教头休怪，衙内不认得，多有冲撞。"林冲怒气未消，一双眼睁着瞅那高衙内。写英雄在人廊庑下，欲说不得说，光景可怜。众闲汉劝了林冲，和哄高衙内出庙上马去了。

林冲将引妻小并使女锦儿，也转出廊下来，只见智深提着铁禅杖，引着那二三十个破落户，大踏步抢入庙来。笔势拉杂如火。林冲见了，叫道："师兄那里去？"着此一句，便写得鲁达抢入得猛，宛然万人辟易，林冲亦在半边也。智深道："我来帮你厮打！"妙。不管青白曲直，竟来厮打矣。林冲道："原来是本管高太尉的衙内，不认得荆妇，时间无礼。林冲本待要痛打那厮一顿，太尉面上须不好看，自古道：'不怕官，只怕管。'林冲不合吃着他的请受，权且让他这一次。"是可让，何不可让？住人廊庑，虽林武师无可如何矣，哀哉！智深道："你却怕他本官太尉，洒家怕他甚鸟！"本官太尉"，与"甚鸟"为联，奇语。"俺若撞见那撮鸟时，且教他吃洒家三百禅杖了去！”林冲见智深醉了，便道：“师兄说得是，林冲一时被众人劝了，权且饶他。”本是林冲事，却将醉后鲁达极力一写，便反做了林冲劝鲁达，真令人破涕为笑。奇文奇文！智深道：“但有事时，便来唤洒家与你去！”鲁达语，令读者悲感起立。众泼皮见智深醉了，扶着道：“师父，俺们且去，明日和他理会。”醉人发怒，定用此语治之，与前林冲云“师兄说得是”笔法同，妙绝。智深提着禅杖道：“阿嫂，便叫阿嫂，不嫌唐突。休怪，莫要笑话。鲁达每自嫌粗卤，正是得意语。阿哥，明日再得相会。”便不舍得一日不会。〇凡四句，却一句阿嫂，一句阿哥，中间二句，文无次第，义不连属，写醉人，然亦真鲁达也。智深相别，自和泼皮去了。林冲领了娘子并锦儿取路回家，心中只是郁郁不乐。按下一句。

且说这高衙内引了一班儿闲汉，自见了林冲娘子，又被他冲散了，心中好生着迷，怏怏不乐，回到府中纳闷。过了三两日，众多闲汉都来伺候，见衙内心焦没撩没乱，众人散了。数内有一个帮闲的唤作“干鸟头”富安，理会得高衙内意思，独自一个到府中伺候。见衙内在书房中闲坐，每每此等衙内，其坐处亦定要学样唤作书房。那富安走近前去道：“衙内近日面色清减，心中少乐，必然有件不悦之事。”高衙内道：“你如何省得？”富安道：“小子一猜便着。”衙内道：“你猜我心中甚事不乐？”富安道：“衙内是思想那‘双木’的，这猜如何？”衙内笑道：“你猜得是，只没个道理得他。”富安道：“有何难哉！衙内怕林冲是个好汉，不敢欺他。这个无伤。他见在帐下听使唤，大请大受，怎敢恶了太尉？轻则便刺配了他，重则害了他性命。小闲寻思有一计，使衙内能够得他。”高衙内听得，便道：“自见了多少好女娘，不知怎的只爱他，乘便补入一句，为太尉儿子周旋，不得此句，便似曾不见女娘三家村小儿也。心中着迷，郁郁不乐。你有甚见识，能得他时，我自重重的赏你。”富安道：“门下知心腹的陆虞候陆谦，他和林冲最好。明日衙内躲在陆虞候楼上深阁，摆下些酒食，却叫陆谦去请林冲出来吃酒。教他直去樊楼上深阁里吃酒。小闲便去他家，对林冲娘子说道：‘你丈夫教头和陆谦吃酒，一时重气，闷倒在楼上，叫娘子快去看哩！’赚得他来到楼上，妇人家水性，见了衙内这般风流人物，再着些甜话儿调和他，不由他不肯。小闲这一计如何？”高衙内喝采道：“好条计！就今晚着人去唤陆虞候来分付了。”原来陆虞候家只在高太尉家隔壁巷内，此句高手。次日商量了计策，陆虞候一时听允。也没奈何，只要衙内欢喜，却顾不得朋友交情。调侃世人。

且说林冲连日闷闷不已，懒上街去。四字腕中有鬼，何也？盖一路叙衙内设计，作者手笔忙极矣，不能更折到鲁达一边去。夫林冲出门而不寻鲁达，然则林冲为何如人哉！计无复之，而竟公然下一笔云，懒上街去，便将鲁达许多棘手，推过一边，干干净净，自非老笔，何以有此。巳牌时，听得门首有人叫道：“教头在家么？”林冲出来看时，却是陆虞候，慌忙道：“陆兄何来？”陆谦道：“特来探望，兄数“兄”字，可发一笑。何故连日街前不见？”林冲道：“心里闷，不曾出去。”陆谦道：“我同兄去吃三杯解闷。”林冲道：“少坐，拜茶。”两个吃了茶起身。陆虞候道：“阿嫂，眼。我同林兄到家去吃三杯。”特说家去。林冲娘子赶到布帘下，叫道：“大哥，少饮早归。”又分付一句，挽上连日气闷，回合有情；引下快来看视，波纹无数。

林冲与陆谦出得门来，街上闲走了一回。陆虞候道：“兄，我们休家去，只就樊楼内吃两杯。”却不家去。当时两个上到樊楼内，占个阁儿，唤酒保分付，叫取两瓶上色好酒，希奇果子按酒。两个叙说闲话，林冲叹了一口气，陆虞候道：“兄何故叹气？”林冲道：“陆兄不知，男子汉空有一身本事，不遇明主，屈沉在小人之下，受这般腌臜的气！”发愤作书之故，其号耐庵不虚也。陆虞候道：“如今禁军中虽有几个教头，谁人及得兄的本事。太尉又看承得好，却受谁的气？”如不知者。林冲把前日高衙内的事，告诉陆虞候一遍。陆虞候道：“衙内必不认得嫂子，兄且休气，只顾饮酒。”林冲吃了八九杯酒，因要小遗，起身道：“我去净手了来。”此等皆作者笔力所使，非真有天使之也。

林冲下得楼来，出酒店门投东小巷内去净了手。回身转出巷口，笔捷如风。〇每写急事，其笔愈宽，子弟读之，可救拘缩之病。只见女使锦儿叫道：“官人，寻得我苦！却在这里！”林冲慌忙问道：“做甚么？”锦儿道：“官人和陆虞候出来，没半个时辰，只见一个汉子慌慌急急奔来家里，对娘子说道：‘我是陆虞候家邻舍。你家教头和陆谦吃酒，只见教头一口气不来，便撞倒了！叫娘子且快来看视。’娘子听得，连忙央间壁王婆看了家，和我跟那汉子去。直到太尉府前巷内一家人家，小儿女何知这家谁家，只是一家人家便了。若说直到陆家，便失却当时情景不少也。〇并不说陆家，却合十个字宛然陆家。上至楼上，只见桌子上摆着些酒食，不见官人。人报官人气塞死了，便满肚一个官人气塞死在楼上矣，却不见官人，声口如画。恰待下楼，只见前日在岳庙里啰唣娘子的那后生岳庙那后生妙，只是前日目见为真，后来耳中虽闻是高衙内，在此时呼不及矣。出来道：‘娘子少坐，你丈夫来也。’锦儿慌忙下得楼时，只听得娘子在楼上叫：‘杀人！’“只听得”在下楼后，妙。因此我一地里寻官人不见，正撞着卖药的张先生，道：‘我在樊楼前过，见教头和一个人入去吃酒。’因此特奔到这里。官人快去！”

林冲见说，吃了一惊，也不顾女使锦儿，画绝。三步做一步，跑到陆虞候家。抢到胡梯上，却关着楼门。有此一句，便有下文两个“听”字。只听得娘子叫道：“只听得”，妙妙，急杀。〇此时赖是听得，若不听得，便一发急杀矣。“清平世界，如何把我良人妻子关在这里！”又听得高衙内道：“又听得”妙妙，急杀。“娘子，可怜见救俺！便是铁石人，也告得回转！”锦儿来，林冲去，已非一刻，故衙内口中下此言，见相求已非一语也，妙绝妙绝。林冲立在胡梯上叫道：“大嫂，开门！”那妇人听得是丈夫声音，只顾来开门。“只顾来”三字，神化之笔，中间便夹带衙内无数啰唣。高衙内吃了一惊，斡开了楼窗，跳墙走了。林冲上得楼上，寻不见高衙内，问娘子道：“不曾被这厮点污了？”此一句，若在神闲气定之时，便必不问；今极忙中，便必问矣。问此一句，正写林冲气急心乱也。不然，则将夫妻相见，竟不开口，于情理为大失；若问别句，则亦更无第二句也。娘子道：“不曾。”林冲把陆虞候家打得粉碎，将娘子下楼。出得门外看时，邻舍两边都闭了门。用邻舍闭门，补写上文惊天动地。女使锦儿接着，此句妙，写出中间迅疾。三个人一处归家去了。归去迅疾。

林冲拿了一把解腕尖刀，径奔到樊楼前，去寻陆虞候，又出来到樊楼，迅疾。也不见了。却回来他门前，等了一晚，又来到陆家，迅疾。不见回家，林冲自归。又回去了。娘子劝道：只一“劝”字，写娘子贞良如见。若是淫浪妇人，必然要哭要死要丈夫为报仇也。“我又不曾被他骗了，你休得胡做！”林冲道：“叵耐这陆谦畜生，厮赶着称‘兄’称‘弟’，为上文几个“兄”字一哭。你也来骗我！只怕不撞见高衙内，也照管着他头面！”娘子苦劝，那里肯放他出门。好林冲，又好娘子，真是壮夫良妇。陆虞候只躲在太尉府内，亦不敢回家。林冲一连等了三日，省文也，却写得骇人。并不见面。四个字放出后文一回大书来。不然，杀却陆谦，便了无生色矣。府前人见林冲面色不好，谁敢问他。写得精神，白日读之，如闻鬼哭。

第四日饭时候，鲁智深径寻到林冲家相探，突然接入，奇文快笔。问道：“教头如何连日不见面？”非鲁达醉梦也，若知得时，岂容更迟一刻不做出来，如是便不好收拾也。故下文林冲亦不告诉，皆作者特地留笔也。林冲答道：“小弟少冗，不曾探得师兄。既蒙到我寒舍，本当草酌三杯，争奈一时不能周备，且和师兄一同上街闲玩一遭，市沽两盏，如何？”智深道：“最好。”两个同上街来，吃了一日酒，又约明日相会。带过明日，用笔简便。自此，每日与智深上街吃酒，把这件事都放慢了。用此一句按下林冲，便有闲笔去太尉府中叙事，此作书之法。不然，头头不了矣。

且说高衙内从那日在陆虞候家楼上吃了那惊，跳墙脱走，不敢对太尉说知，又写此一句，见人家子弟原好，都被小人教坏。因此在府中卧病。陆虞候和富安两个来府里望衙内，见他容颜不好，精神憔悴，陆谦道："衙内何故如此精神少乐？"衙内道："实不瞒你们说，我为林家那人，两次不能够得他，又吃他那一惊，这病越添得重了。眼见得半年三个月，性命难保！"二人道："衙内且宽心，只在小人两个身上，好歹要共那人完聚，只除他自缢死了便罢。"突然下此一语，为后日之谶，不嫌突然者，盖惟恐后文嫌突然也。正说间，府里老都管也来看衙内病证。又添出一个老都管，何也？写陆谦、富安在太尉前说不得话也。作者细心何等！那陆虞候和富安见老都管来问病，两个商量道："只除……恁的。"等候老都管看病已了出来，两个邀老都管僻净处说道："若要衙内病好，只除教太尉得知，害了林冲性命，方能够得他老婆和衙内在一处，这病便得好。若不如此，一定送了衙内性命。"老都管道："这个容易，老汉今晚便禀太尉得知。"两个道："我们已有计了，只等你回话。"老都管至晚来见太尉，说道："衙内不害别的证，却害林冲的老婆。"高俅道："林冲的老婆几时见他的？"都管禀道："便是前月二十八日，在岳庙里见来，今经一月有余。"又把陆虞候设的计备细说了。高俅道："如此，句。因为他浑家，怎地害他？句。我寻思起来，若为惜林冲一个人时，须送了我孩儿性命，句。却怎生是好？"句。〇恶人初念未必便恶，却被转念坏了，此处特地写个样子。都管道："陆虞候和富安有计较。"高俅道："既是如此，教唤二人来商议。"老都管随即唤陆谦、富安入到堂里。唱了喏，高俅问道："我这小衙内的事，你两个有甚计较？救得我孩儿好了时，我自抬举你二人。"

陆虞候向前禀道："恩相在上，只除如此如此便得。"高俅道："既如此，你明日便与我行。"不在话下。

再说林冲每日和智深吃酒，把这件事不记心了。重掴一笔。那一日，突然三字，直接前文，才子不虚也。两个同行到阅武坊巷口，坊名与宝刀映耀光采。见一条大汉，头戴一顶抓角儿头巾，穿一领旧战袍，手里拿着一口宝刀，插着个草标儿，立在街上，陆谦畜生，以情理论之，一刀岂足惜哉！若以才情论之，真堪引而与之痛饮。只如安排计策，却是卖刀，何等奇绝，偏又是抓角头巾，旧战袍，又插个草标儿，色色刺入林冲心里眼里，岂不异哉。口里自言自语说道："不遇识者，屈沉了我这口宝刀！"惊心刺耳之言。林冲也不理会，只顾和智深说着话走。夹此一句，笔墨淋漓之极。那汉又跟在背后，道："好口宝刀，可惜不遇识者！"句法倒转。林冲只顾和智深走着，说得入港。又夹此一句，笔墨淋漓之极。○句法亦倒转。那汉又在背后说道："偌大一个东京，没一个识得军器的！"其辞渐紧，章法入妙。林冲听得说，回过头来。写得淋漓突兀。那汉飕的把那口刀掣将出来，明晃晃的夺人眼目。淋漓突兀。林冲合当有事，猛可地道："将来看！"疾。

那汉递将过来，疾。林冲接在手内，疾。同智深看了，吃了一惊，四字写出英雄神气。失口道："好刀！疾。你要卖几钱？"那汉道："索价三千贯，实价二千贯。"林冲道："值是值二千贯，写林冲。只没个识主。你若一千贯肯时，我买你的。"那汉道："我急要些钱使，你若端的要时，饶你五百贯。实要

智深见刀偏不开口者，非不识宝刀，为让林冲是本文主人也。

一千五百贯。”叙极忙事，偏用极婉笔。林冲道：“只是一千贯，我便买了。”那汉叹口气道：疾。“金子做生铁卖了，罢，罢！一文也不要少了我的。”极忙中，又用一婉笔。林冲道：“跟我来家中取钱还你。”回身却与智深道：“师兄且在茶房里少待，小弟便来。”智深道：“洒家且回去，明日再相见。”只别鲁达一笔，亦不肯直书，务用一曲。林冲别了智深，自引了卖刀的那汉，去家中将银子折算价贯，准还与他。就问那汉道：“你这口刀那里得来？”到家取了钱，便可去矣，却不住笔，重又问起宝刀来历，一来为壮士失时发泄血泪，一来表林冲爱刀之至，为下文比试作地步。那汉道：“小人祖上留下，因为家道消乏，没奈何，将出来卖了。”林冲道：“你祖上是谁？”血泪迸出四字来。那汉道：“若说时辱没杀人！”只七字，妙绝。林冲再也不问。只六字，妙绝。〇一句七字，一句六字，收拾得淋漓无限。那汉得了银两，自去了。读者竟不知半日何为。

林冲把这口刀翻来覆去看了一回，喝采道：“端的好把刀！一句。高太尉府中有一口宝刀，胡乱不肯教人看。二句。〇却不道任凭翻来覆去的看。我几番借看也不肯将出来，三句。今日我也买了这口好刀，四句。慢慢和他比试。”五句。〇自言自语，自疼自惜，自惊自诧，曲曲折折，妙不可言。林冲当晚不落手看了一晚。一句。夜间挂在壁上，二句。未等天明又去看那刀。三句。〇写得龙跳虎卧。

此文凡两段，一段五句，在林冲口中写出爱刀；一段三句，在林冲身上写出爱刀。

次日巳牌时分，可见看了一早晨。只听得门首有两个承局叫道：“林教头，太尉钧旨道，你买一口好刀，就叫你将去比看。太尉在府里专等。”疾。林冲听得，说道："又是甚么多口的报知了！"朱子曰："其辞若有憾焉，其实乃深喜之。"两个承局催得林冲穿了衣服，忽然点出四月初旬，不因四字，我几忘矣。〇起来看了一早晨刀，衣裳都不暇穿，写林冲摩挲爱惜，剧于十五女矣。拿了那口刀，随这两个承局来。

一路上，林冲道："我在府中不认得你。"只从闲处轻逗一句。两个人说道："小人新近参随。"却早来到府前。进得到厅前，林冲立住了脚。反写林冲立住脚，笔法奇险。两个又道："太尉在里面后堂内坐地。"转入屏风，至后堂，又不见太尉，林冲又住了脚。又写一句立住脚，奇险。两个又道："太尉直在里面等你，叫引教头进来。"又过了两三重门，到一个去处，一周遭都是绿栏杆。写一句景。〇只见栏杆者，言未到堂中，只在檐下也。有此句便生出下文"四个青字"身分。两个又引林冲到堂前，说道："教头，你只在此少待，等我入去禀太尉。"林冲拿着刀，立在檐前。拿着刀三字，作者眼光烁烁。〇要写得其状如造逆者故也。

两个人自入去了，一盏茶时不见出来，林冲心疑，探头入帘看时，只见檐前额上有四个青字，写道"白虎节堂"。奇文可骇。林冲猛省道：疾。"这节堂是商议军机大事处，如何敢无故辄入，不是礼！"急待回身，只听得靴履响、脚步鸣，一个人从外面入来。奇文突兀。林冲看时，不是别人，却是本管高太尉。笔笔突兀。林冲见了，执刀向前声喏。"执刀"二字，作者眼光烁烁。太尉喝道："林冲！你又无呼唤，安敢辄入白虎节堂！你知法度否？你手里拿着刀，莫非来刺杀下官？此句从刀上入罪。有人对我说，你两三日前拿刀在府前伺候，必有歹心！"此句又援前文面色不好入罪。林冲躬身禀道："恩相，恰才蒙两个承局呼唤林冲，将刀来比看。"太尉喝道："承局在那里？"林冲道："恩相，他两个已投堂里去了。"太尉道："胡说！甚么承局敢进我府堂里去？左右，与我拿下这厮！"却早两个八十万禁军教头被害了也。说犹未了，傍边耳房里走出二十余人，把林冲横推倒拽下去。高太尉大怒道："你既是禁军教头，法度也还不知道！因何手执利刃，故入节堂，欲杀本官？"叫左右把林冲推下。不知性命如何？

不因此等，有分教：大闹中原，纵横海内。直教农夫背上添心号，渔父舟中插认旗。毕竟看林冲性命如何，且听下回分解。

第七回
林教头刺配沧州道
鲁智深大闹野猪林

花和尚大鬧野豬林

此回凡两段文字，一段是林武师写休书，一段是野猪林吃闷棍；一段写儿女情深，一段写英雄气短，只看他行文历历落落处。

话说当时太尉喝叫左右排列军校，拿下林冲要斩，林冲大叫冤屈。太尉道：“你来节堂有何事务？见今手里拿着利刃，如何不是来杀下官？”林冲告道：“太尉不唤，怎敢入来。见有两个承局望堂里去了，故赚林冲到此。”太尉喝道：“胡说！我府中那有承局。这厮不服断遣！”喝叫左右：“解去开封府，分付滕府尹好生推问，勘理明白处决！就把这刀封了去。”左右领了钧旨，监押林冲投开封府来。恰好府尹坐衙未退，二字好似升堂。高太尉干人把林冲押到府前，跪在阶下。

府干将太尉言语对滕府尹说了，将上太尉封的那把刀放在林冲面前。府尹道：“林冲，你是个禁军教头，如何不知法度，手执利刃，故入节堂？这是该死的罪犯！”林冲告道：“恩相明镜，念林冲负屈衔冤！小人虽是粗卤的军汉，颇识些法度，如何敢擅入节堂。为是前月二十八日，林冲与妻到岳庙还香愿，正迎见高太尉的小衙内把妻子调戏，被小人喝散了。次后又使陆虞候赚小人吃酒，却使富安来骗林冲妻子到陆虞候家楼上调戏，亦被小人赶去，是把陆虞候家打了一场。两次虽不成奸，皆有人证。次日林冲自买这口刀，今日太尉差两个承局来家呼唤林冲，叫将刀来府里比看。因此林冲同二人到节堂下，两个承局进堂里去了，不想太尉从外面进来，设计陷害林冲。望恩相做主！”府尹听了林冲口词，府尹不开口。且叫与了回文，一面取刑具枷杻来上了，推入牢里监下。

林冲家里自来送饭，一面使钱。林冲的丈人张教头亦来买上告下，使用财帛。正值有个当案孔目，姓孙，名定，为人最鲠直，十分好善，只要周全人，因此人都唤做“孙佛儿”。他明知道这件事转转宛宛，在府上说知就里，禀道：“此事果是屈了林冲，只可周全他。”府尹道：“他做下这般罪，高太尉批仰定罪，定要问他‘手执利刃，故入节堂，杀害本官’，怎周全得他？”孙定道：“这南衙开封府不是朝廷的，是高太尉家的？”虽无孔目唐突府尹之理，然自是快语。府尹道：“胡说！”孙定道：“谁不知高太尉当权，倚势豪强，更兼他府里无般不做，此一句上不承，下不接，妙绝快绝，言高府中则多犯弥天之罪耳，应杀应剐耳。但有人小小触犯，便发来开封府，要杀便杀，要剐便剐，却不是他家官府？”“小小”字妙，“触犯”字妙，“杀剐”字妙。府尹道：“据你说时，林冲事怎的方便他，施行断遣？”孙定道：“看林冲口词，是个无罪的人。快人快语。只是没拿那两个承局处。此语开不得林冲死罪，然一有此语，便入不得林冲死罪矣，妙笔。如今着他招认做‘不合腰悬利刃，误入节堂’。脊杖二十，刺配远恶军州。”滕府尹也知这件事了，自去高太尉面前再三禀说林冲口词。高俅情知理短，一句。又碍府尹，一句。只得准了。就此日，府尹回来升厅，叫林冲除了长枷，断了二十脊杖，唤个文笔匠刺了面颊，量地方远近，该配沧州牢城。当厅打一面七斤半团头铁叶护身枷钉了，贴上封皮，押了一道牒文，差两个防送公人监押前去。两个人是董超、薛霸。特特注明二人。二人领了公文，押送林冲出开封府来。

只见众邻舍此句非邻舍情重，亦非林冲有恩，只为便于后文写休书耳。并林冲的丈人张教头，都在府前接着，同林冲两个公人，到州桥下酒店里坐定。林冲道：

“多得孙孔目维持，这棒不毒，因此走动得。”张教头叫酒保安排按酒果子，管待两个公人。酒至数杯，只见张教头将出银两，赍发他两个防送公人已了。林冲执手对丈人说道：“泰山在上，年灾月厄，撞了高衙内，吃了一场屈官司。今日有句话说，上禀泰山：自蒙泰山错爱，将令爱嫁事小人，已经三载，不曾有半些儿差池。虽不曾生半个儿女，为后文省手也，却于林冲口中叙出曲曲人情。未曾面红面赤，半点相争。今小人遭这场横事，配去沧州，生死存亡未保。娘子在家，小人心去不稳，诚恐高衙内威逼这头亲事。况兼青春年少，休为林冲误了前程。却是林冲自行主张，非他人逼迫，小人今日就高邻在此，始知前文先叙邻舍笔法之妙。明白立纸休书，任从改嫁，并无争执。如此林冲去得心稳，免得高衙内陷害。”张教头道：“贤婿甚么言语！你是天年不齐，遭了横事，又不是你作将出来的。今日权且去沧州躲灾避难，早晚天可怜见，放你回来时，依旧夫妻完聚。老汉家中也颇有些过活，便取了我女家去，并锦儿，细。不拣怎的，三年五载，养赡得他。又不叫他出入，高衙内便要见也不能够。休要忧心，都在老汉身上。你在沧州牢城，我自频频寄书并衣服与你。休得要胡思乱想，只顾放心去。”林冲道：“感谢泰山厚意，只是林冲放心不下，枉自两相耽误。泰山可怜见林冲，依允小人，便死也瞑目！”

一路翁婿往复，凄凄恻恻，《祭十二郎文》与《琵琶行》兼有之。

张教头那里肯应承，众邻舍亦说行不得。又夹一笔，妙。林冲道："若不依允小人之时，林冲便挣扎得回来，誓不与娘子相聚！"截铁语。张教头道："既然恁地时，权且由你写下，我只不把女儿嫁人便了。"截铁语。○一路翁婿往复，凄凄恻恻，曲曲折折，至此各用一句截铁语收之。当时叫酒保寻个写文书的人来，买了一张纸来。那人写，林冲说，如画。道是：

东京八十万禁军教头林冲，为因身犯重罪，"重罪"妙。此书分明写与高衙内者，故竟云重罪，不云其他情节也。断配沧州，去后存亡不保。有妻张氏年少，情愿立此休书，任从改嫁，永无争执。委是自行情愿，即非相逼。句句出脱衙内。○此数句，本老生常谈耳，用来恰字字如锦。恐后无凭，立此文约为照。年月日。

林冲当下看人写了，借过笔来，去年月下押个花字，打个手模。写林冲斩头沥血，见机生智，令人泪落。正在阁里写了，欲付与泰山收时，只见林冲的娘子，号天哭地叫将来。女使锦儿抱着一包衣服，一路寻到酒店里。省却又回去也。林冲见了，起身接着道："娘子，小人有句话说，已禀过泰山了。如闻其声，如见其人。为是林冲年灾月厄，遭这场屈事。今去沧州，生死不保，诚恐误了娘子青春，今已写下几字在此。万望娘子休等小人，有好头脑高衙内也，却不直说高衙内，盖恐伤其心也。自行招嫁，莫为林冲误了贤妻。"

那娘子听罢，哭将起来，说道："丈夫！我不曾有半些儿点污，如何把我休了？"林冲娘子只说得此一句，下更无语，都是张教头说，情景入妙。林冲道："娘子，我是好意。恐怕日后两下相误，赚了你。"张教头便道："我儿放心。虽是女婿恁的主张，我终不成下得将你来再嫁人。这事且由他放心去。他便不来时，我也安排你一世的终身盘费，只教你守志便了。”都是娘子心中话，却不好在娘子口中说，故都借张教头出之。那娘子听得说，有笔力。心中哽咽。又见了这封书，有笔力。一时哭倒，声绝在地。林冲与泰山张教头救得起来，半晌方才苏醒，兀自哭不住。林冲把休书与教头收了，众邻舍亦有妇人来劝林冲娘子，搀扶回去。真是如何回去，忽乘便从邻舍二字上生出妇人来，见景生情，文章妙诀。张教头嘱付林冲道：“只顾前程去，挣扎回来厮见。你的老小，我明日便取回去，养在家里，待你回来完聚。重将此句特特说。你但放心去，不要挂念。如有便人，千万频频寄些书信来！”林冲起身谢了，拜辞泰山并众邻舍，背了包裹，随着公人去了。张教头同邻舍取路回家，不在话下。漏锦儿。了。

且说两个防送公人把林冲带来使臣房里寄了监。董超、薛霸各自回家，收拾行李。只说董超正在家里拴束包裹，只见巷口酒店里酒保来说道：“董端公，一位官人在小人店中请说话。”董超道：“是谁？”酒保道：“小人不认得，只叫请端公便来。”原来宋时的公人，都称呼“端公”。当时董超便和酒保径到店中阁儿内看时，见坐着一个人，头戴顶万字头巾，身穿领皂纱背子，下面皂靴净袜。见了董超，慌忙作揖，道：“端公请坐。”董超道：“小人自来不曾拜识尊颜，不知呼唤有何使令？”那人道：“请坐，少间便知。”董超坐在对席。酒保一面铺下酒盏菜蔬果品按酒，都搬来摆了一桌。那人问道："薛端公在何处住？"董超道："只在前边巷内。"那人唤酒保问了底脚，"与我去请将来"。酒保去了一盏茶时，只见请得薛霸到阁儿里。董超道："这位官人请俺说话。"薛霸道："不敢动问大人高姓？"那人又道："少刻便知，且请饮酒。"三人坐定，一面酒保筛酒。

酒至数杯，那人去袖子里取出十两金子放在桌上，说道："二位端公各收五两，有些小事烦及。"二人道："小人素不认得尊官，何故与我金子？"那人道："二位莫不投沧州去？"董超道："小人两个奉本府差遣，监押林冲直到那里。"那人道："既是如此，相烦二位。我是高太尉府心腹人陆虞候便是。"董超、薛霸喏喏连声，说道："小人何等样人，敢共对席！"陆谦道："你二位也知林冲和太尉是对头，今奉着太尉钧旨，教将这十两金子送与二位，望你两个领诺。不必远去，只就前面僻静去处，把林冲结果了，就彼处讨纸回状，回来便了。若开封府但有话说，太尉自行分付，并不妨事。"董超道：一个不肯。○凡公人必用两个为一伙，便一个好，一个不好。盖起发人钱财，都用此法，切勿谓董优于薛也。"却怕使不得。开封府公文只叫解活的去，却不曾教结果了他。亦且本人年纪又不高大，如何作得这缘故？倘有些兜搭，恐不方便。"薛霸道：一个肯。"老董，你听我说。高太尉便叫你我死，也只得依他，妙语。○不知图个甚么，死亦依他也。今人以死博名，类如此矣。莫说使这官人又送金子与俺。你不要多说，和你分了罢，落得做人情，日后也有照顾俺处。薛霸贼。既得陇，又望蜀，写小人如画。前头有的是大松林猛恶去处，不拣怎的，与他结果了罢！"当下薛霸收了金子，说道："官人放心，多是五站路，少便两程，便有分晓。"陆谦大喜道："还是薛端公，真是爽利！明日到地了时，是必揭取林冲脸上金印，回来做表证，陆谦再包办二位十两金子相谢。小人语。〇作者务要写出，不顾小人看见耶？专等好音，“好音”二字，用得可笑可恼。切不可相误！”原来宋时，但是犯人徒流迁徙的，都脸上刺字，怕人恨怪，只唤做“打金印”。三个人又吃了一会酒，陆虞候算了酒钱。三人出酒肆来，各自分手。只说董超、薛霸将金子分受入己，送回家中，取了行李包裹，拿了水火棍，便来使臣房里取了林冲，监押上路。

当日出得城来，离城三十里多路歇了。宋时途路上客店人家，但是公人监押囚人来歇，不要房钱。当下董、薛二人二人合。带林冲到客店里，歇了一夜。第二日天明起来，打火吃了饮食，投沧州路上来。时遇六月天气，炎暑正热。林冲初吃棒时，倒也无事，次后三两日间，天道盛热，棒疮却发。又是个新吃棒的人，补出林冲生平如金似玉。路上一步挨一步，走不动。薛霸道：一个不好。“好不晓事！此去沧州二千里有余的路，你这般样走，几时得到。”林冲道：“小人在太尉府里折了些便宜，前日方才吃棒，棒疮举发。这般炎热，上下只得担待一步。”董超道：一个做好。“你自慢慢的走，休听咭咶。”薛霸一路上喃喃呐呐的，口里埋冤叫苦，说道：“却是老爷们晦气，撞着你这个魔头！”

看看天色又晚，三个人投村中客店里来。到得房内，两个公人放了棍棒，解下包裹。林冲也把包来解了，不等公人开口，可怜。去包里取些碎银两，央店小二买些酒肉，籴些米来，安排盘馔，请两个防送公人坐了吃。董超、薛霸二人合。又添酒来，把林冲灌的醉了，和枷倒在一边。薛霸一个。去烧一锅百沸滚汤，提将来倾在脚盆内，叫道：“林教头，你也洗了脚好睡。”林冲挣的起来，被枷碍了，曲身不得。薛霸便道：“我替你洗。”林冲忙一路董、薛二人，忽然是一个，忽然是两个，写得如大珠小珠相似。

道："使不得！"薛霸道："出路人那里计较的许多。"林冲不知是计，只顾伸下脚来，被薛霸只一按，按在滚汤里。（为明日地也。）林冲叫一声："哎也！"急缩得起时，泡得脚面红肿了。林冲道："不消生受。"薛霸道："只见罪人伏侍公人，那曾有公人伏侍罪人。好意叫他洗脚，颠倒嫌冷嫌热，却不是'好心不得好报'！"口里喃喃的骂了半夜。林冲那里敢回话，自去倒在一边。他两个（二人合。）泼了这水，自换些水去外边洗了脚，收拾睡到四更，同店人都未起，（早。〇又暗藏一人。）薛霸起来，（一个。）烧了面汤，安排打火做饭吃。林冲起来，晕了，吃不得，又走不动。薛霸拿了水火棍，催促动身。

董超（一个。）去腰里解下一双新草鞋，耳朵并索儿却是麻编的，（恶。）叫林冲穿。林冲看时，脚上满面都是燎浆泡，只得寻觅旧草鞋穿，那里去讨？没奈何，只得把新草鞋穿上。（恶。）叫店小二算过酒钱，两个公人（二人又合。）带了林冲出店，却是五更天气。（早。）林冲走不到三二里，脚上泡被新草鞋打破了，（恶。）鲜血淋漓，正走不动，声唤不止。薛霸骂道：（一个。）"走便快走，不走便大棍搠将起来！"林冲道："上下方便，小人岂敢怠慢，俄延程途，其实是脚疼走不动。"董超道：（一个。）"我扶着你走便了。"搀着林冲，只得又挨了四五里路。看看正走不动了，早望见前面烟笼雾锁，一座猛恶林子，有名唤做“野猪林”，此是东京去沧州路上第一个崄峻去处。宋时这座林子内，但有些冤仇的，使用些钱与公人，带到这里，不知结果了多少好汉。今日，这两个公人带林冲奔入这林子里来。董超道：反是董超发科，可见同恶共济。“走了一五更，走不得十里路程，似此沧州怎的得到。”薛霸道：薛霸在后。“我也走不得了，且就林子里歇一歇。”三个人奔到里面，解下行李包裹，都搬在树根头。林冲叫声：“呵也！”靠着一株大树便倒了。画。

只见董超、薛霸道：二人合。“行一步，等一步，倒走得我困倦起来，且睡一睡却行。”曲曲而来。○如画，如活。放下水火棍，便倒在树边，略略闭得眼，奇文。○二人心中有事，如何闭得眼，却偏用闭眼，写出许多做作。从地下叫将起来。奇文。林冲道：“上下，做甚么？”董超、薛霸道：二人合。“俺两个正要睡一睡，这里又无关锁，只怕你走了，我们放心不下，以此睡不稳。”已说到缚矣，却还不说出，又收住口。林冲答道：“小人是个好汉，官司既已吃了，一世也不走。”薛霸道：一个。“那里信得你说。要我们心稳，须得缚一缚。”方说缚。○只一缚，其用笔之曲如此。林冲道：“上下，要缚便缚，小人敢道怎的。”薛霸腰里解下索子来，把林冲连手带脚和枷紧紧的绑在树上，一个。同董超两个两个。跳将起来，转过身来，拿起水火棍，看着林冲说道：“不是俺要结果你，自是前日来时，有那陆虞候密人也，此处却说出○即所谓陆兄也。传着高太尉钧旨，教我两个到这里结果你，立等金印回去回话。密语也，此处却说出。便多走的几日，也是死数，只今日就这里倒作成我两个回去快些。此却是善知识语，细思之，当有橄榄回甘之益。休得要怨我弟兄两个，只是上司差遣，不由自己。你须精细着，恶人杀人，又怕其鬼，每每如此，写来一笑。明年今日是你周年。趣话。我等已限定日期，亦要早回话。”林冲见说，泪如雨下，四字写尽英雄尽头日。便道：“上下，我与你二位往日无仇，近日无冤，你二位如何救得小人，“往日无仇”二语，非恶其杀之之辞也，正望其救之之辞也，三句连读始得之。生死不忘。”董超道：“说甚么闲话？一个。〇临死求救，谓之闲话，为之绝倒。〇临死求救是闲话，前日所云太尉要你我死，也只得依他，此是紧话也。千古一辙，为之浩叹！救你不得！”薛霸便提起水火棍来，望着林冲脑袋上劈将来。一个。〇林冲奈何。可怜豪杰，束手就死。正是：万里黄泉无旅店，三魂今夜落谁家？毕竟林冲性命如何，且听下回分解。

第八回
柴进门招天下客
林冲棒打洪教头

今夫文章之为物也，岂不异哉！如在天而为云霞，何其起于肤寸，渐舒渐卷，倏忽万变，烂然为章也。在地而为山川，何其迤逦而入，千转百合，争流竞秀，窅冥无际也。在草木而为花萼，何其依枝安叶，依叶安蒂，依蒂安英，依英安瓣，依瓣安须，真有如神镂鬼簇、香团玉削也。在鸟兽而为翚尾，何其青渐入碧，碧渐入紫，紫渐入金，金渐入绿，绿渐入黑，黑又入青，内视之而成彩，外望之而成耀，不可一端指也。凡如此者，岂其必有不得不然者乎？夫使云霞不必舒卷，而惨若烽烟，亦何怪于天；山川不必窅冥，而止有坑阜，亦何怪于地；花萼不必分英布瓣而丑如榾柮，翚尾不必金碧间杂而块然木鸢，亦何怪于草木鸟兽。然而终亦必然者，盖必有不得不然者也。至于文章，而何独不然也乎？自世之鄙儒，不惜笔墨，于是到处涂抹，自命作者，乃吾视其所为，实则曾无异于所谓烽烟、坑阜、榾柮、木鸢也者。呜呼！其亦未尝得见我施耐庵之《水浒传》也。

吾之为此言者，何也？即如松林棍起，智深来救，大师此来，从天而降固也，乃今观其叙述之法，又何其诡谲变幻，一至于是乎！第一段先飞出禅杖，第二段方跳出胖大和尚，第三段再详其皂布直裰与禅杖戒刀，第四段始知其为智深。若以《公》《穀》《大戴》体释之，则曰：先言禅杖而后言和尚者，并未见有和尚，突然水火棍被物隔去，则一条禅杖早飞到面前也；先言胖大而后言皂布直裰者，惊心骇目之中，但见其为胖大，未及详其脚色也；先写装束而后出姓名者，公人惊骇稍定，见其如此打扮，却不认为何人，而又不敢问也。盖如是手笔，实惟史迁有之，而《水浒传》乃独与之并驱也。

又如前回叙林冲时，笔墨忙极，不得不将智深一边暂时阁起，此行文之家要图手法干净，万不得已而出于此也。今入此回，却忽然就智深口中一一追补叙还，而又不肯一直叙去，又必重将林冲一边逐段穿插相对而出，不惟使智深一边不曾漏落，又反使林冲一边再加渲染，离离奇奇，错错落落，真似山雨欲来风满楼也。

又如公人心怒智深，不得不问，才问，却被智深兜头一喝，读者亦谓终亦不复知是某甲矣，乃遥遥直至智深拖却禅杖去后，林冲无端夸拔杨柳，遂答还董超、薛霸最先一问。疑其必说，则忽然不说；疑不复说，则忽然却说。譬如空中之龙，东云见鳞，西云露爪，真极奇极恣之笔也。

又如洪教头要使棒，反是柴大官人说且吃酒，此一顿已是令人心痒之极。乃武师又于四五合时跳出圈子，忽然叫住，曰除枷也。乃柴进又于重提棒时，又忽然叫住。凡作三番跌顿，直使读者眼光一闪一闪，真极奇极恣之笔也。

又如洪教头入来时，一笔要写洪教头，一笔又要写林武师，一笔又要写柴大官人，可谓极忙极杂矣。乃今偏于极忙极杂中间，又要时时挤出两个公人，心闲手敏，遂与史迁无二也。

又如写差拨陡然变脸数语，后接手便写陡然翻出笑来数语，参差历落，自成谐笑，此所谓文章波澜，亦有以近为贵者也。若夫文章又有以远为贵也者，则如来时飞杖而来，去时拖杖而去，其波澜乃在一篇之首与尾。林冲来时，柴进打猎归来，林冲去时，柴进打猎出去，则其波澜乃在一传之首与尾矣。此又不可不知也。

凡如此者，皆所谓在天为云霞，在地为山川，在草木为花萼，在鸟兽为翚尾，而《水浒传》必不可以不看者也。

此一回中又于正文之外，旁作余文，则于银子三致意焉。如陆虞候送公人十两金子，又许干事回来，再包送十两，一可叹也。夫陆虞候何人，便包得十两金子？且十两金子何足论，而必用一人包之也？智深之救而护而送到底也，公人叫苦不迭，曰却不是坏我勾当，二可叹也。夫现十两赊十两便算一场勾当，而林冲性命曾不足顾也。又二人之暗自商量也，曰“舍着还了他十两金子”，三可叹也。四人在店，而两人暗商，其心头口头，十两外无别事也。访柴进而不在也，其庄客亦更无别语相惜，但云你没福，若是在家，有酒食钱财与你，四可叹也。酒食钱财，小人何至便以为福也？洪教头之忌武师也，曰“诱些酒食钱米”，五可叹也。夫小人之污蔑君子，亦更不于此物外也。武师要开枷，柴进送银十两，公人忙开不迭，六可叹也。银之所在，朝廷法网亦惟所命也。洪教头之败也，大官人实以二十五两乱之，七可叹也。银之所在，名誉、身分都不复惜也。柴、林之握别也，又捧出二十五两一锭大银，八可叹也。虽圣贤豪杰，心事如青天白日，亦必以此将其爱敬，设若无之，便若冷淡之甚也。两个公人亦赍发五两，则出门时，林武师谢，两公人亦谢，九可叹也。有是物即陌路皆亲，豺狼亦顾，分外热闹也。差拨之见也，所争五两耳，而当其未送，则满面皆是饿纹，及其既送，则满面应做大官，十可叹也。千古人伦，甄别之际，或月而易，或旦而易，大约以此也。武师以十两送管营，差拨又落了五两，止送五两，十一可叹也。本官之与长随可谓亲矣，而必染指焉，谚云“掏虱偷脚”，比比然也。林冲要一发周旋开除铁枷，又取三二两银子，十二可叹也。但有是物，即无事不可周旋，无人不愿效力也。满营囚徒，亦得林冲救济，十三可叹也。只是金多分人，而读者至此遂感林冲恩义，口口传为美谈，信乎名以银成，无别法也。嗟乎！士而贫尚不闭门学道，而尚欲游于世间，多见其为不知时务耳，岂不大哀也哉！

话说当时薛霸双手举起棍来，望林冲脑袋上便劈下来。说时迟，那时快，薛霸的棍恰举起来，只见松树背后雷鸣也似一声，那条铁禅杖飞将来，第一段，单飞出禅杖，却未见有人。把这水火棍一隔丢去九霄云外，跳出一个胖大和尚来，“说时迟，那时快”六字，神变之笔。○行文有雷轰电掣之势，令读者眼光霍霍。○看他先飞出禅杖，次跳出和尚，恣意弄奇，妙绝怪绝。○第二段，单跳出和尚，却未曾看得仔细。喝道：“洒家在林子里听你多时！”两个公人看那和尚时，穿一领皂布直裰，跨一口戒刀，提着禅杖，轮起来打两个公人。第三段，方看得仔细，却未知和尚是谁。林冲方才闪开眼看时，认得是鲁智深。第四段，方出鲁智深名字，弄奇作怪，于斯极矣。林冲连忙叫道：“师兄，不可下手，我有话说。”极急时下语不及，只此四字，妙妙。○顷刻不至即休矣，又有甚话说耶？

此段突然写鲁智深来，却变作四段：第一段飞出一条禅杖隔去水火棍；第二段水火棍丢了，方看见一个胖大和尚，却未及看其打扮；第三段方看见其皂布直裰，跨戒刀，轮禅杖，却未知其姓名；第四段直待林冲眼开，方出智深名字，奇文奇笔，遂至于此。

智深听得，收住禅杖，两个公人呆了半晌，动掸不得。林冲道：“非干他两个事，尽是高太尉使陆虞候分付他两个公人，要害我性命，他两个怎不依他？你若打杀他两个，也是冤屈。”为高俅杀林冲映衬，故特下此句。

鲁智深扯出戒刀，把索子都割断了，便扶起林冲，叫："兄弟，俺自从和你买刀那日相别之后，重叙林冲第一段。洒家忧得你苦。补叙自家第一段。自从你受官司，重叙林冲第二段。俺又无处去救你。补叙自家第二段。打听得你断配沧州，重叙林冲第三段。洒家在开封府前又寻不见。补叙自家第三段。却听得人说监在使臣房内，又见酒保来请两个公人，说道：'店里一位官人寻说话。'重叙林冲第四段。以此洒家疑心，放你不下，恐这厮们路上害你，俺特地跟将来。补叙自家第四段。见这两个撮鸟带你入店里去，重叙林冲第五段。洒家也在那店里歇。补叙自家第五段。夜间听得那厮两个做神做鬼，把滚汤赚了你脚。重叙林冲第六段。那时俺便要杀这两个撮鸟，却被客店里人多，恐防救了。补叙自家第六段。洒家见这厮们不怀好心，重叙林冲第七段。越放你不下。补叙自家第七段。你五更里出门时，重叙林冲第八段。洒家先投奔这林子里来，等杀这厮两个撮鸟。补叙自家第八段。他到来这里害你，方叙到林冲正文。正好杀这厮两个！"方叙到自己正文。〇文势如两龙夭矫，陡然合笋，奇笔恣墨，读之叫绝。林冲劝道："既然师兄救了我，你休害他两个性命。"鲁智深喝道："你这两个撮鸟！洒家不看兄弟面时，把你这两个都剁做肉酱！且看兄弟面皮，饶你两个性命。"就那里插了戒刀，前割索子扯出，此仍插入，精细之极。喝道："你这两个撮鸟，快搀兄弟，都跟洒家来。"奇语绝倒。提了禅杖先走。好景。〇此回写智深，都在禅杖上出色，如前文禅杖飞来，此文提禅杖先走，后文拖禅杖去了，皆妙景也。

看他夹叙补前之缺。

　　两个公人那里敢回话，只扯："林教头救俺两个！”依前背上包裹，好。拴了水火棍，好。扶着林冲，好。又替他挖了包裹，好。一同跟出林子来。好景。行得三四里路程，见一座小小酒店在村口，深、冲、超、霸四人入来坐下。唤酒保买五七斤肉，打两角酒来吃，回些面来打饼。酒保一面整治，把酒来筛。两个公人道：“不敢拜问师父在那个寺里住持？”贼。智深笑道：“你两个撮鸟问俺住处做甚么？莫不去教高俅做甚么奈何洒家？别人怕他，俺不怕他。又贼。〇一卷气闷书后，忽然作此快语。洒家若撞着那厮，教他吃三百禅杖！”两个公人那里敢再开口。陡然起，陡然倒，直至后文，方乃陡然而合，笔力奇拗之极。吃了些酒肉，收拾了行李，还了酒钱，出离了村口。林冲问道：“师兄，今投那里去？”急语可怜，正如渴乳之儿，见母远行，写得令人堕泪。鲁智深道：“‘杀人须见血，救人须救彻。’洒家放你不下，直送兄弟到沧州。”天雨血，鬼夜哭，尽此二十三字。两个公人听了，暗暗地道：“苦也！却是坏了我们的勾当，转去时怎回话！且只得随顺他一处行路。”

此段看他错错落落，写成一片。

自此途中被鲁智深要行便行，要歇便歇，一路忽作快语。那里敢扭他？好便骂，不好便打。都作快语。两个公人不敢高声，只怕和尚发作。尽是快语。行了两程，讨了一辆车子，林冲上车将息，三个跟着车子行着。极意写，写得快绝。两个公人怀着鬼胎，各自要保性命，只得小心随顺着行。鲁智深一路买酒买肉，将息林冲，那两个公人也吃。极意写，写得快绝。遇着客店，早歇晚行，都是那两个公人打火做饭，极意写，写得快绝。谁敢不依他？二人暗商量：此段要补出。“我们被这和尚监押定了，明日回去，高太尉必然奈何俺。”薛霸道：“我听得大相国寺菜园廨宇里新来了个僧人，唤做鲁智深，想来必是他。猜此一语，吊在此处，并不得明白，直至后文智深回去后，林冲夸他倒拔垂杨，方成一答，文情奇绝。回去实说，俺要在野猪林结果他，被这和尚救了，一路护送到沧州，因此下手不得。舍着还了他十两金子，公人苦语。着陆谦自去寻这和尚便了。我和你只要躲得身上干净。”董超道：“也说的是。”两个暗商量了不题。

话休絮繁。被智深监押不离，行了十七八日，省。近沧州只有七十来里路程。一路去都有人家，再无僻静处了。鲁智深打听得实了，写得何等恩义周匝。就松林里少歇。“松林”二字，放在此处，入后径说头硬似松树，所谓身在画图中也。智深对林冲道：“兄弟，此去沧州不远了。前路都有人家，别无僻净去处，洒家已打听实了。俺如今和你分手，异日再得相见。”林冲道：“师兄回去，泰山处可说知。此句反在感恩之前，妙绝，有无限儿女恩情在内，读者细味之，当为之呜咽。防护之恩，不死当以厚报。”鲁智深又取出一二十两银子与林冲，把三二两与两个公人，道：“你两个撮鸟，本是路上砍了你两个头，兄弟面上，饶你两个鸟命。如今没多路了，休生歹心。”两个道：“再怎敢，皆是太尉差遣。”接了银子，却待分手，鲁智深看着两个公人道：“你两个撮鸟的头，硬似这松树么？”奇语。〇此句上更不添指着松树四字，妙。二人答道：“小人头是父母皮肉，包着些骨头……”不待词毕，写得妙。智深轮起禅杖，把松树只一下，打得树有二寸深痕，齐齐折了，喝一声：“你两个撮鸟，但有歹心，教你头也与这树一般！”摆着手，拖了禅杖，叫声：“兄弟保重！”自回去了。来得突兀，去得潇洒，如一座怪峰，劈插而起，及其尽也，迤逦而渐弛矣。

董超、薛霸都吐出舌头来，半晌缩不入去。活画。林冲道：“上下，俺们自去罢。”两个公人道：“好个莽和尚，一下打折了一株树。”林冲道：“这个直得甚么！相国寺一株柳树，连根也拔将出来。”直至此处，方才遥答前文，真是奇情恣笔，不知者反责林冲漏言，可为失笑。二人只把头来摇，方才得知是实。奇情恣笔。三人当下离了松林。行到晌午，早望见官道上一座酒店。三个人入到里面来，林冲让两个公人上首坐了。董、薛二人半日方才得自在。又找一句，见十七八日着实过不得。○松林分手，其文已毕，却于入酒店后，再描一句，所谓劲势犹动也。只见那店里有几处座头，三五个筛酒的酒保，都手忙脚乱，搬东搬西。林冲与两个公人坐了半个时辰，酒保并不来问。生出文情来。林冲等得不耐烦，把桌子敲着，说道：“你这店主人好欺客，见我是个犯人，便不来睬着，我须不白吃你的，是甚道理？”主人说道：“你这人原来不知我的好意。”奇，生出文情来。林冲道：“不卖酒肉与我，有甚好意？”店主人道：“你不知俺这村中有个大财主，姓柴名进，此间称为柴大官人，江湖上都唤做‘小旋风’，他是大周柴世宗子孙。自陈桥让位，太祖武德皇帝敕赐与他誓书铁券在家，无人敢欺负他，专一招集天下往来的好汉，三五十个养在家中。常常嘱付我们：‘酒店里如有流配来的犯人，可叫他投我庄上来，我自资助他。’如此一位豪杰，却在店主口中无端叙出，有春山出云之乐。○看他各样出法。我如今卖酒肉与你，吃得面皮红了，他道你自有盘缠，便不助你。我是好意。”

林冲听了，对两个公人道：“我在东京教军时，常常听得军中人传说柴大官人名字，衬一句，遂令上文愈显。却原来在这里。我们何不同去投奔他？”董超、薛霸寻思道：“既然如此，有甚亏了我们处？”公人语。就便收拾包裹，和林冲问道：“酒店主人，柴大官人庄在何处？是。我等正要寻他。”店主人道：“只在前面，约过三二里路，大石桥边转湾抹角，那个大庄院便是。”林冲等谢了店主人出门，走了三二里，果然见座大石桥。过得桥来，一条平坦大路，早望见绿柳阴中，显出那座庄院。四下一周遭一条阔河，两岸边都是垂杨大树，树阴中一遭粉墙。转湾来到庄前，那条阔板桥上坐着四五个庄客，都在那里乘凉。时序随所叙事渐渐而下。

三个人来到桥边，与庄客施礼罢，林冲说道：“相烦大哥，报与大官人知道：京师有个犯人，迭配牢城，姓林的求见。”自负不小。庄客齐道：“你没福！若是大官人在家时，有酒食钱财与你，今早出猎去了。”已自问了住处，走到庄前矣，却偏要不在家，摇曳出柴大官人身分来。○又遥遥伏下“出猎”二字。林冲道：“不知几时回来？”庄客道：“说不定。敢怕投东庄去歇，也不见得。许你不得。”极力摇曳，又伏东庄。林冲道：“如此是我没福，不得相遇，我们去罢。”别了众庄客，和两个公人再回旧路，肚里好生愁闷。此处若用我们且等，则上文摇曳为不极矣，直要写到只索去罢，险绝几断，然后生出下文来。

行了半里多路，只见远远的从林子深处一簇人马飞奔庄上来，中间捧着一位官人，骑一匹雪白卷毛马。马上那人生得龙眉凤目，皓齿朱唇，三牙掩口髭须，三十四五年纪。头戴一顶皂纱转角簇花巾，身穿一领紫绣团胸绣花袍，腰系一条玲珑嵌宝玉环绦，足穿一双金线抹绿皂朝靴。带一张弓，插一壶箭，好柴大官人。○林冲来时如此来，林冲去时如此去，作章法。引领从人，都到庄上来。林冲看了寻思道：“敢是柴大官人么？”又不敢问他，只自肚里踌躇。本是一色人物，只因身在囚服，便于贵游之前，不复更敢伸眉吐气，写得英雄失路，极其可怜。只见那马上年少的官人，纵马前来问道：“这位带枷的是甚人？”极力写柴大官人。林冲慌忙躬身答道：“小人是东京禁军教头，姓林，名冲。为因恶了高太尉，寻事发下开封府，问罪断遣，刺配此沧州。闻得前面酒店里说，这里有个招贤纳士好汉柴大官人，令闻广誉，诵之成响。因此特来相投。不期缘浅，不得相遇。”那官人滚鞍下马，飞近前来，说道：“柴进有失迎迓。”就草地上便拜，极力写柴大官人。林冲连忙答礼。

那官人携住林冲的手，同行到庄上来。极力写柴大官人。那庄客们看见，大开了庄门，柴进直请到厅前。两个叙礼罢，柴进说道：“小可久闻教头大名，不期今日来踏贱地，足称平生渴仰之愿。”林冲答道：“微贱林冲，闻大人贵名，传播海宇，谁人不敬？不想今日因得罪犯流配来此，得识尊颜，十二字，笔舌曲折，绝妙尺牍。○此处却“深感”高俅。宿生万幸。”柴进再三谦让，林冲坐了客席，董超、薛霸也一带坐了。跟柴进的伴当各自牵了马，去院后歇息。细。不在话下。

柴进便唤庄客叫将酒来，不移时，只见数个庄客托出一盘肉，一盘饼，温一壶酒，又一个盘子，托出一斗白米，米上放着十贯钱，都一发将出来。写柴进待林冲，无可着笔，故又特地布此一景，极力摇曳出来。柴进见了道：“村夫不知高下，教头到此，如何恁地轻意！哇！快将进去。先把果盒酒来，随即杀羊相待，快去整治。”极力写柴大官人。林冲起身谢道：“大官人，不必多赐，只此十分够了。”柴进道：“休如此说。难得教头到此，岂可轻慢！”庄客便如飞先捧出果盒酒来，柴进起身，一面手执三杯。林冲谢了柴进，饮酒罢。两个公人一同饮了。柴进道：“教头请里面少坐。”自家随即解了弓袋箭壶，写得好，又特留此句，独作一番笔墨者，深表柴进畋猎是常，以为后文林冲出去之地也。就请两个公人一同饮酒。好。柴进当下坐了主席，林冲坐了客席，两个公人在林冲肩下。好。叙说些闲话，江湖上的勾当，不觉红日西沉。安排得酒食果品海味，摆在桌上，抬在各人面前。

柴进亲自举杯，把了三巡坐下，叫道："且将汤来吃。"吃得一道汤，五七杯酒，只见庄客来报道："教师来也。"天外奇峰，读之肉飞眉舞。柴进道："就请来一处坐地相会亦好，只此二字情见乎辞。快抬一张桌来。"林冲起身看时，写林冲。○已下一段写林冲，一段写教师，一段写柴进，夹夹杂杂，错错落落，真是八门五花之文。只见那个教师入来，歪戴着一顶头巾，挺着脯子，来到后堂。写教师。林冲寻思道："庄客称他做教师，必是大官人的师父。"急急躬身唱喏道："林冲谨参。"写林冲。那人全不睬着，也不还礼。写教师。林冲不敢抬头，写林冲。柴进指着林冲对洪教头道："这位便是东京八十万禁军枪棒教头林武师林冲的便是，就请相见。"写柴进。林冲听了，看着洪教头便拜。写林冲。那洪教头说道："休拜，起来。"却不躬身答礼。写教师。

一段看他叙三个人，如云中斗龙相似，忽伸一爪，忽缩一爪。

柴进看了，心中好不快意。写柴进。林冲拜了两拜，起身让洪教头坐。写林冲。洪教头亦不相让，走去上首便坐。写教师。柴进看了，又不喜欢。写柴进。林冲只得肩下坐了，写林冲。两个公人亦就坐了。百忙中，又夹得好。洪教头便问道："大官人今日何故厚礼管待配军？"写教师。○"配军"二字是何言与？柴进道："这位非比其他的，乃是八十万禁军教头，师父如何轻慢？"写柴进。○"八十万禁军教头"正对"配军"二字，一往一答如画。洪教头道："大官人只因好习枪棒，往往流配军人都来倚草附木，皆道'我是枪棒教师'，来投庄上诱些酒食钱米。大官人如何忒认真？"

写教师。林冲听了并不做声。写林冲。柴进说道："凡人不可易相，休小觑他。"此语写得柴进恼极。洪教头怪这柴进说"休小觑他"，便跳起身来道："我不信他。他敢和我使一棒看，我便道他是真教头！"教师休矣，定要弄出耶。柴进大笑道："也好，也好。林武师，你心下如何？"大笑妙绝。恼极之后，翻成大笑。林冲道："小人却是不敢。"作一摇曳。洪教头心中忖量道："那人必是不会，心中先怯了。"因此越要来惹林冲使棒。柴进一来要看林冲本事，二者要林冲赢他，灭那厮嘴。笔力劲绝。柴进道："且把酒来吃着，待月上来也罢。"说使棒，反吃酒，极力摇曳，使读者心痒无挠处。当下又吃过了五七杯酒，却早月上来了，照见厅堂里面如同白日。柴进起身道：写得好。〇待月是柴进一顿，月上仍是柴进一接。一顿一接，便令笔势踢跳之极。"二位教头较量一棒。"林冲自肚里寻思道：写林冲。"这洪教头必是柴大官人师父，若我一棒打翻了他，柴大官人面上须不好看。"柴进见林冲踌躇，便道：写柴进。"此位洪教头也到此不多时，此间又无对手。林武师休得要推辞，小可也正要看二位教头的本事。"柴进说这话，原来只怕林冲碍柴进的面皮，不肯使出本事来。写柴进。

林冲见柴进说开就里，方才放心。写林冲。只见洪教头先起身道：骄极。"来，来，来！三字一笑。和你使一棒看。"一齐都哄出堂后空地上，庄客拿一束杆棒来，放在地下。洪教头先脱了衣裳，拽扎起裙子，掣条棒使个旗鼓，喝道："来，来，来！"又此三字，可笑可恼。柴进道："林武师请较量一棒。"林冲道："大官人休要笑话。"就地也拿了一条棒起来，道："师父请教。"儒雅之极。洪教头看了，恨不得一口水吞了他。林冲拿着棒，使出山东大擂，四字奇文。打将入来。洪教头把棒就地下鞭了一棒，来抢林冲。两个教头在月明地上交手，使了四五合棒，只见林冲托地跳出圈子外来，叫一声："少歇。"奇文，令读者出于意外。○此一回书，每每用忽然一闪法，闪落读者眼光，真是奇绝。柴进道："教头如何不使本事？"林冲道："小人输了。"奇文，令读者出于意外。柴进道："未见二位较量，怎便是输了？"林冲道："小人只多这具枷，因此权当输了。"绝妙之文。柴进道："是小可一时失了计较。"大笑着道："这个容易。"便叫庄客取十两银来，当时将出，柴进对押解两个公人道："小可大胆，相烦二位下顾，权把林教头枷开了，明日牢城营内但有事务，都在小可身上。白银十两相送。"董超、薛霸见了柴进人物轩昂，不敢违他；落得做人情，又得了十两银子，亦不怕他走了。薛霸随即把林冲护身枷开了。

柴进大喜道："今番两位教师再试一棒。"洪教头见他却才棒法怯了，肚里平欺他，便提起棒，却待要使。柴进叫道："且住！"奇文。○前林冲叫歇。奇绝矣，却只为开枷之故。今开得枷了，方才举手，柴进又叫住。奇哉！真所谓极忙极热之文，偏要一断一续而写，令我读之叹绝。○看他又用一闪。叫庄客取出一锭银来，重二十五两。无一时至面前。柴进乃言："二位教头比试，非比其他。这锭银子权为利物。若还赢的，便将此银子去。"柴进心中只要林冲把出本事来，故意将银子丢在地下。洪教头深怪林冲来，一句。又要争这个大银子，二句。又怕输了锐气，三句。○心事正与公人一般，作者特特如此写。把棒来尽心使个旗鼓，吐个门户，唤做"把火烧天势"。棒势亦骄愤之极。林冲想道："柴大官人心里只要我赢他。"也横着棒使个门户，吐个势，唤做"拨草寻蛇势"。棒势亦敏慎之至。洪教头喝一声："来，来，来！"只管来来来。便使棒盖将入来，林冲望后一退，洪教头赶入一步，提起棒，又复一棒下来。林冲看他脚步已乱了，棒把便从地下一跳，洪教头措手不及，就那一跳里，和身一转，那棒直扫着洪教头臁儿骨上，写得棒是活棒，武师是活武师，妙绝之笔。撇了棒，扑地倒了。柴进大喜，叫快将酒来把盏。

众人一齐大笑，洪教头那里挣扎起来？来来来。众庄客一头笑着扶了。洪教头来来来。羞惭满面，自投庄外去了。与挺着脯子入来照耀。

柴进携住林冲的手，再入后堂饮酒，叫将利物来送还教师。三句写柴进乐极。林冲那里肯受，推托不过，只得收了。柴进留林冲在庄上一连住了几日，每日好酒好食相待。又住了五七日，两个公人催促要行。柴进又置席面相待送行，又写两封书，要。〇此物每与银子一样行得通者，正为此物即银子也。分付林冲道："沧州大尹也与柴进好，牢城管营差拨亦与柴进交厚，可将这两封书去下，必然看觑教头。"即捧出二十五两一锭大银，送与林冲，又将银五两赍发两个公人，带。吃了一夜酒。写柴进、林冲淋漓快活。次日天明，吃了早饭，叫庄客挑了三个的行李，林冲依旧带上枷，细。辞了柴进便行。柴进送出庄门作别，分付道："待几日，小可自使人送冬衣来与教头。"便为风雪作引。林冲谢道："如何报谢大官人！"两个公人相谢了。亦谢。三人取路投沧州来，将及午牌时候，已到沧州城里，打发那挑行李的回去，细。径到州衙里下了公文，当厅引林冲参见了州官。大尹当下收了林冲，押了回文，一面帖下，判送牢城营内来。两个公人自领了回文，相辞了，回东京去，不在话下。

此段看他在营里使银子，真有通神之痛。

只说林冲送到牢城营内来，牢城营内收管林冲，发在单身房里，听候点视。却有那一般的罪人，都来看觑他，又出奇文。○此段又如春山出云，肤寸而起。对林冲说道："此间管营、差拨十分害人，只是要诈人钱物。若有人情钱物，一句。送与他时，便觑的你好。若是无钱，一句。将你撇在土牢里，求生不生，求死不死。若得了人情，一句。入门便不打你一百杀威棒，只说有病，把来寄下。若不得人情时，一句。○絮絮叨叨，委委折折，人生世上，银子盖可忽哉。这一百棒打得七死八活。"林冲道："众兄长如此指教。且如要使钱，把多少与他？"林冲语。众人道："若要使得好时，管营把五两银子与他，差拨也得五两银子送他，十分好了。"

正说之间，省捷。只见差拨过来问道："那个是新来配军？"林冲见问，向前答应道："小人便是。"那差拨不见他把钱出来，变了面皮，指着林冲骂道：正说得过。○绝世奇文，绝世妙文。"你这个贼配军，见我如何不下拜，却来唱喏！你这厮可知在东京做出事来，是做出事来，谁敢辩。见我还是大剌剌的。见公自然不应大剌剌。我看这贼配军，满脸都是饿纹，一世也不发迹！是满脸有饿纹，谁敢辩。打不死，拷不杀的顽囚！是顽囚，是应拷打。你这把贼骨头，好歹落在我手里，是贼骨头，是落在手里。教你粉骨碎身。少间叫你便见功效！"都是吓死人语，读之痛心。把林冲骂得一佛出世，那里敢抬头应答。众人见骂，各自散了。好。

林冲等他发作过了，去取五两银子，陪着笑脸，告道：虽是摇出奇文，然亦实是林冲身分。"差拨哥哥，些小薄礼，休言轻微。"差拨看了道："你教我送与管营和俺的，都在里面？"妙问。林冲道："只是送与差拨哥哥的，另有十两银子，就烦差拨哥哥送与管营。"妙语。差拨见了，看着林冲笑道：便笑。"林教头，是教头。我也闻你的好名字，是好名字。端的是个好男子！是好男子。想是高太尉陷害你了。是陷害，并非做出事来。虽然目下暂时受苦，久后必然发迹。是必发迹，脸上并无饿纹。据你的大名，不敢。这表人物，不敢。必不是等闲之人，久后必做大官。”不敢，不敢。〇索性尽兴语，读之破涕成笑。林冲笑道：“总赖照顾。”差拨道：“你只管放心。”又取出柴大官人的书礼，说道：方取出书来。“相烦老哥，将这两封书下一下。”差拨道：“既有柴大官人的书，烦恼做甚？这一封书直一锭金子。我一面与你下书，少间管营来点你，要打一百杀威棒时，你便只说你‘一路有病，未曾痊可’，我自来与你支吾，要瞒生人的眼目。”不知瞒谁。林冲道：“多谢指教。”差拨拿了银子并书，离了单身房自去了。林冲叹口气道：“‘有钱可以通神’，此语不差。端的有这般的苦处。”千古同愤，寄在武师口中。

原来差拨落了五两银子，只将五两银子写得好。并书来见管营，备说林冲是个好汉，一句。柴大官人有书相荐，在此呈上。一句。本是高太尉陷害，配他到此，一句。又无十分大事。一句。管营道：“况是“况是”妙，上还有一句，不须明言，意会之也。柴大官人有书，必须要看顾他。”便教唤林冲来见。

且说林冲正在单身房里闷坐，只见牌头叫道：“管营在厅上叫唤新到罪人林冲来点名。”林冲听得叫唤，来到厅前。管营道：“你是新到犯人，太祖武德皇帝留下旧制：新入配军，须吃一百杀威棒。左右与我驮起来。”官说一句，如戏。〇此段偏要详写，以表银子之功，为千古一叹。林冲告道：“小人于路感冒风寒，未曾痊可，告寄打。”犯人说一句，如戏。牌头道：“这人见今有病，乞赐怜恕。”牌头说一句，如戏。管营道：“果是这人症候在身，权且寄下，待病痊可却打。”官又说一句，如戏。差拨道：“见今天王堂看守的，多时满了，可教林冲去替换他。”就厅上押了帖文，差拨领了林冲，单身房里取了行李，来天王堂交替。差拨道：“林教头，我十分周全你。银子下落。教看天王堂时，这是营中第一样省气力的勾当，早晚只烧香扫地便了。你看别的囚徒，从早起直做到晚，尚不饶他。还有一等无人情的，拨他在土牢里，求生不生，求死不死。”林冲道：“谢得照顾。”又取三二两银子与差拨道：“烦望哥哥一发周全，开了项上枷更好。”差拨接了银子，便道：“都在我身上。”连忙去禀了管营，“连忙”妙，银子之力如此。就将枷也开了。

林冲自此在天王堂内安排宿食处，每日只是烧香扫地，不觉光阴早过了四五十日。那管营、差拨得了贿赂，日久情熟，由他自在，亦不来拘管他。柴大官人又使人来送冬衣并人事与他，那满营内囚徒亦得林冲救济。闲中写林冲一句，以为银子余波。

话不絮烦。时遇隆冬将近，忽一日，林冲巳牌时分，偶出营前闲走。正行之间，只听得背后有人叫道：“林教头，如何却在这里？”谁耶？林冲回过头来看时，——见了那人，有分教：林冲火烟堆里，争些断送余生；风雪途中，几被伤残性命。毕竟林冲见了的是甚人，且听下回分解。

第九回
林教头风雪山神庙
陆虞候火烧草料场

林教头风雪山神庙

夫文章之法，岂一端而已乎？有先事而起波者，有事过而作波者，读者于此，则恶可混然以为一事也。夫文自在此而眼光在后，则当知此文之起，自为后文，非为此文也；文自在后而眼光在前，则当知此文未尽，自为前文，非为此文也。必如此，而后读者之胸中有针有线，始信作者之腕下有经有纬。不然者，几何其不见一事即以为一事，又见一事即又以为一事，于是遂取事前先起之波，与事后未尽之波，累累然与正叙之事，并列而成三事耶？

如酒生儿李小二夫妻，非真谓林冲于牢城营有此一个相识，与之往来火热也，意自在阁子背后听说话一段绝妙奇文，则不得不先作此一个地步，所谓先事而起波也。如庄家不肯回与酒吃，亦可别样生发，却偏用花枪挑块火柴，又把花枪炉里一搅，何至拜揖之后向火多时，而花枪犹在手中耶？凡此，皆为前文几句花枪挑着葫芦，逼出庙中挺枪杀出门来一句，其劲势犹尚未尽，故又于此处再一点两点，以杀其余怒。故凡篇中如搠两人后杀陆谦时，特地写一句把枪插在雪地下，醉倒后庄家寻着踪迹赶来时，又特地写一句花枪亦丢在半边，皆所谓事过而作波者也。

陆谦、富安、管营、差拨四个人坐阁子中议事，不知所议何事，详之则不可得详，置之则不可得置。今但于小二夫妻眼中、耳中写得“高太尉三字”句，“都在我身上”句，“一帕子物事，约莫是金银”句，“换汤进去，看见管营手里拿着一封书”句，忽断忽续，忽明忽灭，如古锦之文不甚可指，断碑之字不甚可读，而深心好古之家自能于意外求而得之，真所谓鬼于文圣于文者也。

杀出庙门时，看他一枪先搠倒差拨，接手便写陆谦一句。写陆谦不曾写完，接手却再搠富安。两个倒矣，方翻身回来，刀剜陆谦，剜陆谦未毕，回头却见差拨爬起，便又且置陆谦，先割差拨头挑在枪上，然后回过身来，作一顿割陆谦富安头，结做一处。以一个人杀三个人，凡三四个回身，有节次，有间架，有方法，有波折，不慌不忙，不疏不密，不缺不漏，不一片，不烦琐，真鬼于文圣于文也。

旧人传言：昔有画北风图者，盛暑张之，满座都思挟纩，既又有画云汉图者，祁寒对之，挥汗不止。于是千载啧啧，诧为奇事。殊未知此特寒热各作一幅，未为神奇之至也。耐庵此篇独能于一幅之中，寒热间作，写雪便其寒彻骨，写火便其热照面。昔百丈大师患疟，僧众请问："伏惟和上尊候若何？"丈云："寒时便寒杀阇黎，热时便热杀阇黎。"今读此篇，亦复寒时寒杀读者，热时热杀读者，真是一卷"疟疾文字"，为艺林之绝奇也。

阁子背后听四个人说话，听得不仔细，正妙于听得不仔细；山神庙里听三个人说话，听得极仔细，又正妙于听得极仔细。虽然，以阁子中间、山神庙前，两番说话偏都两番听得，亦可以见冤家路窄矣！乃今愚人犹刺刺说人不休，则独何哉？

此文通篇以火字发奇，乃又于大火之前，先写许多火字，于大火之后，再写许多火字。我读之，因悟同是火也，而前乎陆谦，则有老军借盆，恩情朴至；后乎陆谦，则有庄客借烘，又复恩情朴至；而中间一火，独成大冤深祸，为可骇叹也。夫火何能作恩，火何能作怨，一加之以人事，而恩怨相去遂至于是！然则人行世上，触手碍眼，皆属祸机，亦复何乐乎哉！

文中写情写景处，都要细细详察。如两次照顾火盆，则明林冲非失火也；止拖一条绵被，则明林冲明日原要归来，今止作一夜计也。如此等处甚多，我亦不能遍指。孔子曰："举一隅不以三隅反，则不复矣。"

话说当日林冲正闲走间，忽然背后人叫，回头看时，却认得是酒生儿李小二。当初在东京时，多得林冲看顾。后来不合偷了店主人家钱财，被捉住了，要送官司问罪，又得林冲主张陪话，救了他，免送官司，又与他陪了些钱财，方得脱免。京中安不得身，又亏林冲赍发他盘缠，于路投奔人，不想今日却在这里撞见。林冲道："小二哥，你如何地在这里？"李小二便拜道："自从得恩人救济，赍发小人，一地里投奔人不着，迤逦不想来到沧州，投托一个酒店里，姓王，留小人在店中做过卖。因见小人勤谨，安排的好菜蔬，调和的好汁水，来吃的人都喝采，以此买卖顺当。主人家有个女儿，就招了小人做女婿。如今丈人丈母都死了，随手省去。只剩得小人夫妻两个，权在营前开了个茶酒店。因讨钱过来，遇见恩人。恩人不知为何事在这里？"林冲指着脸上道：好笔。"我因恶了高太尉，生事陷害，受了一场官司，刺配到这里。如今叫我管天王堂，未知久后如何。不想今日在此见你。"

为阁子背后听说话，只得生出李小二；为要李小二阁子背后听说话，只得造出先日搭救一段事情，作文真是苦事。〇凡此等处，皆是无可奈何，第一要写得径净便好，然不曾作史者，安能信我语！

李小二就请林冲到家里坐定，叫妻子出来拜了恩人。两口儿欢喜道："我夫妻二人正没个亲眷，如此等语，总为后文地，非写李小二夫妻情分也。今日得恩人到来，便是从天降下。"林冲道："我是罪囚，恐怕玷辱你夫妻两个。"李小二道："谁不知恩人大名？知己语，不是扳高语。休恁地说。但有衣服，便拿来家里浆洗缝补。"叙得亲热，为后文地。当时管待林冲酒食，至夜送回天王堂。次日又来相请，因此林冲得店小二家来往，不时间送汤送水来营里与林冲吃。林冲因见他两口儿恭敬孝顺，常把些银两与他做本钱。叙得亲热，为后文地。

且把闲话休题，只说正话。都是为后文紧紧作地步，却说是闲话，盖惟恐读者误认为正文也。光阴迅速，却早冬来。林冲的绵衣裙袄，都是李小二浑家整治缝补。此句又补写李二浑家，以为阁子听话地。〇绵衣二字，渐渐引出风雪。忽一日，李小二正在门前，安排菜蔬下饭，只见一个人闪将进来，闪入来妙。酒店里坐下，随后又一人闪入来。"闪入来"妙。〇偏不写两个人，偏写作一个人，又一个人，妙。看时，二字为句，是把上文重写一番，谓之牒文也。前面那个人是军官打扮，后面这个走卒模样，跟着，句。也来坐下。"看时"二字妙，是李小二眼中事。〇一个，小二看来是军官，一个，小二看来是走卒。先看他跟着，却又看他一齐坐下，写得狐疑之极，妙妙。李小二入来问道："可要吃酒？"只见那个人妙，李小二眼中事。将出一两银子与小二道："且收放柜上，取三四瓶好酒来。客到时，果品酒馔只顾将来，不必要问。分付得作怪。李小二道："官人请甚客？"那人道："烦你与我去营里请管营、差拨两个来说话。问时，你只说有个官人请说话，商议些事务，是何事务？专等，专等！"又何急也？

李小二应承了，来到牢城里，先请了差拨，同到管营家里，请了管营，叙得是。都到酒店里。只见那个官人李小二眼中事。和管营、差拨两个讲了礼。管营道："素不相识，动问官人高姓大名？"那人道："有书在此，不答姓名，狐疑之极。少刻便知。且取酒来。"李小二连忙开了酒，一面铺下菜蔬果品酒馔。那人叫讨副劝盘来，把了盏，相让坐了。小二独自一个撺梭也似伏侍不暇。写得小二碍眼可厌，妙笔。〇此一句，从说机密人眼中写出，不在李小二用心打听中写出，妙笔。那跟来的人讨了汤桶，自行烫酒，不便着小二出去，却先叙此一句，妙笔。约计吃过十数杯，再讨了按酒，铺放桌上，只见那人说道："我自有伴当烫酒，不叫你休来，我等自要说话。"有何说话？〇同坐了，又言是伴当，狐疑之极。李小二应了，自来门首叫老婆道："大姐，二字称呼得妙，是做过卖时叫惯语。这两个人来得不尴尬。"写小二经心吊胆，而不嫌突然者，全亏前文许多亲热也。老婆道："怎么的不尴尬？"小二道："这两个人语言声音，是东京人。声音是东京。初时又不认得管营，又不认得管营。向后我将按酒入去，只听得差拨口里呐出一句'高太尉'三个字来，这人莫不与林教头身上有些干碍？只点"高太尉"三字，详略正好。我自在门前理会，你且去阁子背后听说甚么。"妙。〇离离奇奇，造出奇文。

老婆道："你去营中寻林教头来，认他一认。"妙，说得是。李小二道："你不省得，林教头是个性急的人，摸不着便要杀人放火。倘或叫得他来看了，正是前日说的甚么陆虞候，他肯便罢？做出事来，须连累了我和你。又妙，又说得是。〇二语只须如此。你只去听一听再理会。"妙。老婆道："说得是。"便入去听了一个时辰，出来说道：妙妙，下文说不听得说甚么，此处却偏要写作"一个时辰出来说道"八字，读之，奇妙不可言。"他那三四个交头接耳说话，正不听得说甚么。狐疑之极。〇去了一个时辰，却不听得，可云不快，然不快者事，快者文也。只见那一个军

读至"出来说道"四字，孰不洗耳愿闻？却接出"不听得说甚么"一句，为之绝倒。

官模样的人，去伴当怀里取出一帕子物事，递与管营和差拨，听了一个时辰，却是看见，耳颠目倒，灵心妙笔。帕子里面的，莫不是金银？只听差拨口里说道：'都在我身上，好歹要结果他性命。'"只听得一句。正说之时，阁子里叫："将汤来！"上文大姐口中所述，亦已完矣，虽不叫汤，行文者亦要收科，但此处不叫汤，便收得缓散无波磔，故特特不在上文顺拖下去，特特反从下文逆抢上来，此行文之一诀也。○叫汤又妙，只在自烫酒上生出来，不是另起一事。李小二急去里面换汤时，看见管营手里拿着一封书。只书帕二件，写得断续超忽，妙哉怪哉。小二换了汤，添些下饭，又吃了半个时辰，算还了酒钱，管营、差拨先去了。去得有节次。次后那两个低着头也去了。偏又加"低着头"三字，笔中真有鬼耶？何其诡谲灵幻，一至于此！

转背没多时，只见林冲走将入店里来，接得闪闪烁烁，令人惊绝。说道："小二哥，连日好买卖。"李小二慌忙道："恩人请坐，小二却待正要寻恩人，有些要紧说话。"林冲问道："甚么要紧的事？"李小二请林冲到里面坐下，说道："却才有个东京来的尴尬人，在我这里请管营、差拨吃了半日酒。差拨口里呐出'高太尉'三个字来，小人心下疑惑，又着浑家听了一个时辰，他却交头接耳说话，都不听得，临了，只见差拨口里应道：'都在我两个身上，好歹要结果了他！'那两个把一包金银递与管营、差拨，又吃一回酒，各自散了。不知甚么样人，小人心疑，只怕在恩人身上有些妨碍。"林冲道："那人生得甚么模样？"问得切。李小二道："五短身材，白净面皮，没甚髭须，约有三十余岁。那跟的也不长大，紫棠色面皮。"举出两个。林冲听了大惊，道："这三十岁的正是陆虞候。只认一个，又留下一个不猜出，此书用笔奇谲，每每如此。那泼贱贼，敢来这里害我！休要撞着我，只教他骨肉为泥！"李小二道："只要堤防他便了。岂不闻古人言：'吃饭防噎，走路防跌。'"林冲大怒，离了李小二家，先去街上买把解腕尖刀带在身上。刀在此处带起，看官记着。○遥遥然，直于此处暗藏一刀，到后草料场买酒来往文中，只勤叙花枪葫芦，更不以一字及刀也。直至杀陆谦时忽然掣出刀来，真鬼神于文也。前街后巷，一地里去寻，寻了半日。李小二夫妻两个捏着两把汗。照顾小二。

当晚无事。神变鬼谲之笔。次日天明起来，洗漱罢，带了刀，又去沧州城里城外，小街夹巷，团团寻了一日。寻了一日。牢城营里，都没动静。写得神变诡谲。林冲又来对李小二道："今日又无事。"写得神变诡谲。小二道："恩人，只愿如此，只是自放仔细便了。"看他用笔，何等诡谲。林冲自回天王堂，过了一夜。街上寻了三五日，寻了三五日。不见消耗，诡谲之极。林冲也自心下慢了。到第六日，到第六日。只见管营叫唤林冲到点视厅上，说道："你来这里许多时，柴大官人面皮，不曾抬举得你。拨往草料场，陆谦来历也，却用"柴大官人"四字起，便将前文一齐放慢，后却陡然变现出来，妙绝妙绝。此间东门外十五里，有座大军草料场，每月但是纳草纳料的，有些常例钱取觅。原是一个老军看管，如今我抬举你去替那老军来守天王堂，你在那里阖几贯盘缠。你可和差拨便去那里交割。"林冲应道："小人便去。"当时离了营中，径到李小二家，对他夫妻两个说道："今日管营拨我去大军草料场管事，却如何？"问得妙，是不知高低人语，却又笔笔诡谲。李小二道："这个差使，又好似天王堂。极力放慢，诡谲之极。那里收草料时，有些常例钱钞。往常不使钱时，不能够这差使。"林冲道："却不害我，倒与我好差使，正不知何意？"极力放慢，诡谲之极。李小二道："恩人，休要疑心，只要没事便好了。写得小二反有羞悔前日失言之意，极力放慢，诡谲之极。只是小人家离得远了。衬入一句闲语，不知者以为可删，殊不知前文特地插入李小二夫妻，止为阁子背后一段奇文耳。今已交过排场，前去草料场，更用不着小二矣，则不如善刀而藏之，故以此一语为李小二作收束，奈何谓其闲话也。过几时那工夫来望恩人。"就在家里安排几杯酒，请林冲吃了。

话不絮烦，两个相别了。林冲自来天王堂取了包裹，带了尖刀，尖刀。拿了条花枪，花枪。与差拨一同辞了管营细。两个取路投草料场来。正是严冬天气，彤云密布，朔风渐起，却早纷纷扬扬卷下一天大雪来。一路写雪，妙绝。林冲和差拨两个在路上，又没买酒吃处，又冷。〇有此句，便使老军投东一语不谬，又令花枪葫芦，断不遇着三人也。早来到草料场外看时，一周遭有些黄土墙，两扇大门。推开看里面时，七八间草屋做着仓廒，四下里都是马草堆，中间两座草厅。到那厅里，只见那老军在里面向火。星星之火。差拨说道："管营差这个林冲来，替你回天王堂看守，你可即便交割。"老军拿了钥匙，引着林冲分付道：写得活现。"仓廒内自有官司封记，这几堆草，一堆堆都有数目。"老军都点见了堆数，又引林冲到草厅上，老军收拾行李，临了说道："火盆、锅子、碗、碟都借与你。"写得好。〇意在点逗"火盆"二字，却用锅子、碗、碟陪出之。林冲道："天王堂内，我也有在那里。你要，便拿了去。"写得好。老军指壁上挂一个大葫芦，说道："你若买酒吃时，只出草场，投东大路去三二里，便有市井。"闲闲叙出大葫芦，及投东大路一句，非但写老军絮叨故态，盖绝妙奇文，伏线于此。老军自和差拨回营里来。

此回大火拉杂，却以星星之火引起。

只说林冲就床上放了包裹被卧，细细写。就坐下生些焰火起来。"火"字渐写得大了。〇题是火烧草料场，读者读至老军向火，犹不以为意也，及读至此处生些焰火，未有不动心，以为必是因此失火者，而孰知作者却是故意于前边布此疑影，却又随手即用将火盆盖了一句结之，今后火全不关此，妙绝之文也。屋后有一堆柴炭，拿几块来生在地炉里，仰面看那草屋时，四下里崩坏了，又被朔风吹撼，摇振得动。如画，便画也画不来。〇第一段先写寒意，第二段写身上寒，第三段方写到酒。林冲道：

"这屋如何过得一冬？待雪晴了，去城中唤个泥水匠来修理。"向了一回火，"火"字奕奕。觉得身上寒冷，第二段写身上寒。寻思："却才老军所说语意妙，正不知文生情，情生文也。二里路外有那市井，何不去沽些酒来吃？"第三段方写到酒。只此一段，何等段落。便去包裹里取些碎银子，把花枪挑了酒葫芦，花枪挑葫芦。〇人看至此句，虽极英灵者，只谓手冷故用枪挑耳，岂知顷间之用之。将火炭盖了，写出精细，见非失火，前许多"火"字，都是假火，此句一齐抹倒，后重放出真正"火"字来。取毡笠子戴上，拿了钥匙，出来把草厅门拽上。出到大门首，把两扇草场门反拽上，锁了。带了钥匙，信步投东。雪地里踏着碎琼乱玉，迤逦背着北风而行。背着风去。

那雪正下得紧。写雪妙绝。行不上半里多路，看见一所古庙，林冲顶礼道："神明庇祐，改日来烧纸钱。"妙绝奇绝，安此一笔。又行了一回，望见一簇人家。林冲住脚看时，见篱笆中挑着一个草帚儿在露天里。林冲径到店里，主人道："客人那里来？"林冲道："你认得这个葫芦么？"一来省，三来趣。主人看了道："这葫芦是草料场老军的。"林冲道："原来如此。"店主道："既是草料场看守大哥，且请少坐。天气寒冷，且酌三杯，权当接风。"店家切一盘熟牛肉，烫一壶热酒，请林冲吃。那延到雪重屋塌也。又自买了些牛肉，又吃了数杯。就又买了一葫芦酒，包了那两块牛肉，留下些碎银子。把花枪挑着酒葫芦，花枪挑葫芦。怀内揣了牛肉，叫声"相扰"，便出篱笆门，仍旧迎着朔风回来。迎着风回。看那雪，到晚越下得紧了。写雪妙绝。

再说林冲踏着那瑞雪，迎着北风，飞也似奔到草场门口，开了锁入内看时，只叫得苦。意外，惊才怪笔。原来天理昭然，佑护善人义士。因这场大雪，救了林冲的性命。作书者忽然于事外闲叙四句，笔如劲铁。那两间草厅已被雪压倒了。奇文。林冲寻思："怎地好？"放下花枪、葫芦在雪里。花枪、葫芦，写得好，又带写雪，妙。恐怕火盆内有火炭延烧起来，搬开破壁子，探半身入去摸时，火盆内火种都被雪水浸灭了。极力写出精细，见断断不是失火。○一行中，凡有四个“火”字，却无一星火在内，奇绝之笔。林冲把手床上摸时，只拽得一条絮被。写得好。○为一夜计，惟此为急。林冲钻将出来，见天色黑了，写得好。○陆谦、差拨打点来了。寻思：“又没打火处，又算出一火字，写得纸上奕奕有光。怎生安排？”想起离了这半里路上，有个古庙可以安身。行文如此，为之叹绝。“我且去那里宿一夜，等到天明，却作理会。”把被卷了，花枪挑着酒葫芦，花枪挑葫芦。依旧把门拽上锁了，望那庙里来。

入得庙门，但入得门，未及看。再把门掩上，傍边止有一块大石头，掇将过来，靠了门。非为防失脱，亦非为遮风水，全为少顷陆谦、差拨、富安一段也。入得里面看时，方看。殿上塑着一尊金甲山神，两边一个判官，一个小鬼，侧边堆着一堆纸。团团看来，又没邻舍，又无庙主。雪耀里固当见之。林冲把枪和酒葫芦放在纸堆上，一。○写花枪、葫芦好。将那条絮被放开，二。先取下毡笠子，三。把身上雪都抖了，四。把上盖白布衫脱将下来，早有五分湿了，五。和毡笠放在供桌上，六。把被扯来盖了半截下身，七。却把葫芦冷酒提来，慢慢地吃，八。就将怀中牛肉下酒。九。○写得妙绝。正所谓与人无患，与物无争，而不知大祸已在数尺之内矣。人生世上，真可畏哉！正吃时，只听得外面必必剥剥地爆响。奇文。

林冲跳起身来，就壁缝里看时，特特大石靠门，自有原故，不舍得便开，故就壁缝里看也。只见草料场里火起，方是真正本题“火”字。刮刮杂杂的烧着。当时林冲便拿了花枪，花枪。却待开门来救火，不得不开，且写此半句。只听得外面有人说将话来。奇文。林冲就伏门边听时，是三个人脚步响，直奔庙里来，用手推门，写得险怪，真是奇笔。却被石头靠住了，再也推不开。三人在庙檐下立地看火，数内一个道：一连九个“一个道”，如王积薪夜听姑妇奕棋，着着分明，声声不漏。“这条计好么？”此一句问。一个应道：“端的亏管营、差拨两位用心！回到京师，禀过太尉，都保你二位做大官。这番张教头没得推故了。”此一段叙高太尉，而此句刺耳特甚。一个道：“林冲今番直吃我们对付了，高衙内这病必然好了。”此一段叙高衙内。又一个道：“张教头那厮，三回五次托人情去说：‘你的女婿没了。’张教头越不肯应承，因此衙内病患看看重了。太尉特使俺两个央浼二位干这件事，不想而今完备了。”此一段补出家里贞节来。又一个道：“小人直爬入墙里去，四下草堆上点了十来个火把，待走那里去！”此一段补出适才事来。那一个道：“这早晚烧个八分过了。”此一句正说火势。又听得一个道：“便逃得性命时，烧了大军草料场，也得个死罪。”此一句正说林冲。又一个道：“我们回城里去罢。”此一句收科。一个道：“再看一看，拾得他一两块骨头回京，府里见太尉和衙内时，也道我们也能会干事。”此一句挑出林冲来。林冲听那三个人时，一个是差拨，一个是陆虞候，一个是富安。妙笔，勾画明白。○前止猜一陆谦，此方补出富安，行文疏密有法。自思道：“天可怜见林冲！若不是倒了草厅，我准定被这厮们烧死了。”轻轻把石头掇开，挺着花枪，是以曲曲叙花枪也。左手拽开庙门，右手拿枪可知。大喝一声：“泼贼那里去！”奇情快笔。

三个人都急要走时，惊得呆了，正走不动。写得好。林冲举手，胳察的一枪，先搠倒差拨。一个。陆虞候叫声：“饶命！”吓的慌了手脚，走不动。差拨、富安皆一气叙去，独陆谦作两半叙法，此先顿下半句也。笔力夭矫绝人。那富安走不到十来步，被林冲赶上，后心只一枪，又搠倒了。两个。翻身回来，一个转身。陆虞候却才行得三四步，林冲喝声道：“奸贼，你待那里去！”劈胸只一提，丢翻在雪地上，异样笔法。把枪搠在地里，异样笔法。用脚踏住胸脯，身边取出那口刀来，自阁子吃酒这日买刀，直至此日始用，相去已成万里，而遥遥相照。世人眼瞎，便谓此刀从何而来。便去陆谦脸上阁着，写得好。喝道：“泼贼！我自来又和你无甚么冤仇，你如何这等害我！正是杀人可恕，情理难容。”

陆虞候告道："不干小人事，太尉差遣，不敢不来。"林冲骂道："奸贼，我与你自幼相交，今日倒来害我，怎不干你事？非骂陆谦，骂天下也。且吃我一刀！"把陆谦上身衣服扯开，把尖刀向心窝里只一剜，七窍迸出血来，将心肝提在手里。前甚似先杀二人，次杀陆谦，读至此，始知先杀陆谦，次杀二人，笔力遂能颠倒人目。回头看时，又一个转身。差拨正爬将起来要走。林冲按住喝道："你这厮原来也恁的歹！且吃我一刀！"又早把头割下来，挑在枪上。好。回来，又一个转身。把富安、陆谦头都割下来。前把差拨、富安一样叙，陆谦另叙；今又把差拨另叙，陆谦、富安一样叙。笔力变幻奇矫，非世人所知。把尖刀插了，将三个人头发结做一处，提入庙里来，都摆在山神面前供桌上，三个人头安放得好，又算示众，又算祭赛，又算结煞。再穿了白布衫，一。系了搭膊，二。把毡笠子带上，三。将葫芦里冷酒都吃尽了。四。被与葫芦都丢了不要，五。提了枪，六。〇上逐件叙一遍，此又逐件叙一遍，一连叙出两遍，显出林冲精细也。便出庙门投东去。草料场在牢城东门外，故投东去为是，不然，反走入城中来矣。

走不到三五里，早见近村人家都拿着水桶钩子来救火。故作奇景以惊读者。林冲道："你们快去救应，我去报官了来。"心慌口急，便成错语，盖报官当投西去也。提着枪只顾走。那雪越下得猛。写雪妙绝。〇半日通红，陡接一句，忽然莹白。林冲投东去了两个更次，身上单寒，当不过那冷，在雪地里看时，离得草料场远了。只见前面疏林深处，树木交杂，远远地数间草屋，被雪压着，处处不脱雪。破壁缝里透火光出来。"火"字余影。林冲径投那草屋来，推开门，只见那中间坐着一个老庄客，周围坐着四五个小庄家向火，"火"字余影。〇一回书，放火杀人，惊天惊地，却闲闲叙出四五个庄客收之。何处觅避秦人，只省事省气者便是。嗟乎，嗟乎！耐庵至文也。〇"向火"二字，为之一叹。之四五人，又乌知以火杀人，因火自杀，亦在此一夜雪中哉。地炉里面焰焰地烧着柴火。"火"字余影，妙在特用"焰焰地"三字，亦算张皇之。林冲走到面前叫道："众位拜揖，小人是牢城营差使人，被雪打湿了衣裳，借此火烘一烘，有时被火烧，火则成冤；有时借火烘，火又成恩；火之为用，不亦奇乎！望乞方便。”庄客道：“你自烘便了，何妨得。”林冲烘着身上湿衣服，略有些干，只见火炭边煨着一个瓮儿，里面透出酒香。林冲便道：“小人身边有些碎银子，望烦回些酒吃。”老庄客道：“我每夜轮流看米囤，如今四更天气正冷，我们这几个吃，尚且不够，那得回与你？休要指望。”林冲又道：“胡乱只回三两碗，与小人挡寒。”老庄家道：“你那人休缠，休缠！”

林冲闻得酒香，越要吃，说道：“没奈何，回些罢。”众庄客道：“好意着你烘衣裳向火，便来要酒吃。去便去，不去时，将来吊在这里！”林冲怒道：“这厮们好无道理！”把手中枪花枪余影。看着块焰焰着的火柴头，望老庄家脸上只一挑，又把枪去火炉里只一搅，那老庄家的髭须焰焰的烧着，前面大火，不曾烧得林冲，此处小火，林冲反烧了人，绝世奇文，绝妙奇情。众庄客都跳将起来。林冲把枪杆乱打，花枪余影。老庄家先走了，庄家们都动掸不得，被林冲赶打一顿，都走了。林冲道：“都去了，老爷快活吃酒。”土坑上却有两个椰瓢，取一个下来，倾那瓮酒来。吃了一会，剩了一半。提了枪，出门便走。一步高，一步低，踉踉跄跄，捉脚不住。走不过一里路，被朔风一掉，随着那山涧边倒了，那里挣得起来。曲曲折折，生出情来。大凡醉人，一倒便起不得。当时林冲醉倒在雪地上。

却说众庄客引了二十余人，拖枪拽棒，都奔草屋下看时，不见了林冲。却寻着踪迹赶将来，“寻着踪迹”四字，真是绘雪高手，龙眠白描，庶几有此。只见倒在雪地里，花枪丢在一边。异样笔法。众庄客一齐上，就地拿起林冲来，将一条索缚了。趁五更时分，把林冲解投一个去处来。

那去处不是别处，吓杀。〇不是别处，然则沧州牢城矣。武师奈何。有分教：蓼儿洼内，前后摆数千只战舰艨艟；水浒寨中，左右列百十个英雄好汉。正是：说时杀气侵人冷，讲处悲风透骨寒。毕竟看林冲被庄客解投甚处来，且听下回分解。

第十回
朱贵水亭施号箭
林冲雪夜上梁山

朱贵水亭
施号箭林冲
雪夜上梁山

旋风者，恶风也。其势盘旋自地而起，初则扬灰聚土，渐至奔沙走石，天地为昏，人兽骇窜，故谓之旋。旋音去声，言其能旋恶物聚于一处故也。水泊之有众人也，则自林冲始也，而旋林冲入水泊，则柴进之力也。名柴进曰“旋风”者，恶之之辞也，然而又系之以“小”何也？夫柴进之于水泊，其犹青萍之末矣，积而至于李逵亦入水泊，而上下尚有定位，日月尚有光明乎耶？故甚恶之，而加之以“黑”焉。夫视“黑”，则柴进为“小”矣，此“小旋风”之所以名也。

此回前半只平平无奇，特喜其叙事简净耳。至后半写林武师店中饮酒，笔笔如奇鬼，森然欲来搏人，虽坐闺阁中读之，不能不拍案叫哭也。

接手便写王伦疑忌，此亦若辈故态，无足为道。独是渡河三日，一日一换，有笔如此，虽谓比肩腐史，岂多让哉！

最奇者，如第一日，并没一个人过；第二日，却有一伙三百余人过，乃不敢动手；第三日，有一个人，却被走了，必再等一等，方等出一个大汉来。都是特特为此奇拗之文，不得忽过也。

处处点缀出雪来，分外耀艳。

我读第三日文中，至“打拴了包裹撇在房中”句，“不如趁早，天色未晚”句，真正心折耐庵之为才子也。后有读者，愿留览焉。

话说豹子头林冲，当夜醉倒在雪里地上，挣扎不起，被众庄客向前绑缚了，解送来一个庄院。只见一个庄客从院里出来，说道：“大官人未起，众人且把这厮高吊起在门楼下。”看看天色晓来，林冲酒醒，打一看时，果然好个大庄院。何处？林冲大叫道："甚么人敢吊我在这里？"那庄客听得叫，手拿柴棍，从门房里走出来，喝道："你这厮还自好口！"那个被烧了髭须的老庄客说道："休要问他，只顾打，等大官人起来，好生推问。"众庄客一齐上，林冲被打，挣扎不得，只叫道："不妨事，我有分辩处。"只见一个庄客来叫道："大官人来了。"林冲朦胧地见个官人，背叉着手行将出来，是谁？至廊下问道："你等众人打甚么人？"众庄客答道："昨夜捉得个偷米贼人。"轻轻加一罪名，天下大抵如此。那官人向前来看时，认得是林冲，慌忙喝退庄客，亲自解下，问道："教头缘何被吊在这里？"众庄客看见，一齐走了。林冲看时，不是别人，是谁？却是小旋风柴进，连忙叫道："大官人救我！"柴进道："教头为何到此，被村夫耻辱？"林冲道："一言难尽！"两个且到里面坐下，把这火烧草料场一事，备细告诉。柴进听罢道："兄长如此命蹇！今日天假其便，但请放心，这里是小弟的东庄，即初访时庄客所云之东庄也。且住几时，却再商量。"叫庄客取一笼衣裳出来，叫林冲彻里至外都换了，通身被雪打湿，不言可知。请去暖阁里坐地，安排酒食杯盘管待。自此林冲只在柴进东庄上住了五七日，不在话下。

且说沧州牢城营里管营，首告林冲杀死差拨、陆虞候、富安等三人，放火沿烧大军草料场。州尹大惊，随即押了公文帖，仰缉捕人员将带做公的，沿乡历邑，道店村坊，画影图形，出三千贯信赏钱捉拿正犯林冲。看看挨捕甚紧，各处村坊讲动了。

且说林冲在柴大官人东庄上，听得这话，如坐针毡，俟候柴进回庄，林冲便说道："非是大官人不留小弟，争奈官司追捕甚紧，排家搜捉，倘或寻到大官人庄上时，须负累大官人不好。既蒙大官人仗义疏财，求借林冲些小盘缠，投奔他处栖身。异日不死，当效犬马之报。”柴进道：“既是兄长要行，小人有个去处，一部去处，在此处出现。作书一封与兄长去，如何？”林冲道：“若得大官人如此周济，教小人安身立命。只不知投何处去？”柴进道：“是山东济州管下一个水乡，地名梁山泊，方圆八百余里，中间是宛子城、蓼儿洼。看官记着：山东济州梁山泊宛子城、蓼儿洼，是柴进口中提出，故号之为“小旋风”也。如今有三个好汉在那里札寨。为头的唤做‘白衣秀士’王伦，第二个唤做‘摸着天’杜迁，第三个唤做‘云里金刚’宋万。那三个好汉聚集着七八百小喽啰，打家劫舍，多有做下迷天大罪的人，都投奔那里躲灾避难，他都收留在彼。三位好汉亦与我交厚，常寄书缄来。我今修一封书与兄长，去投那里入伙如何？”林冲道：“若得如此顾盼，最好。”柴进道：“只是沧州道口见今官司张挂榜文，又差两个军官在那里搜检，把住道口。兄长必用从那里经过。”柴进低头一想道：“再有个计策，送兄长过去。”林冲道：“若蒙周全，死而不忘！”柴进当日先叫庄客背了包裹出关去等。好。柴进却备了三二十匹马，带了弓箭旗枪，驾了鹰雕，牵着猎狗，一行人马都打扮了，却把林冲杂在里面，好。一齐上马，都投关外。

来时如此来，去时如此去。

却说把关军官坐在关上，看见是柴大官人，却都认得。原来这军官未袭职时，曾到柴进庄上，因此熟识。军官起身道："大官人又去快活？"柴进下马问道："二位官人缘何在此？"军官道："沧州大尹行移文书，画影图形，捉拿犯人林冲，特差某等在此守把。但有过往客商，一一盘问，才放出关。"柴进笑道："我这一伙人内中间，夹带着林冲，你缘何不认得？"好。〇庚冰故事，用得恰妙。军官也笑道："大官人是识法度的，不到得肯夹带了出去。请尊便上马。"柴进又笑道："只恁地相托得过，拿得野味回来相送。"好。作别了，一齐上马出关去了。行得十四五里，却见先去的庄客在那里等候。好。柴进叫林冲下了马，好。脱去打猎的衣服，却穿上庄客带来的自己衣裳，系了腰刀，戴上红缨毡笠，背上包裹，提了衮刀，叙得好。相辞柴进，拜别了便行。

只说那柴进一行人上马自去打猎，到晚方回，依旧过关，送些野味与军官，好。回庄上去了。不在话下。

且说林冲与柴大官人别后，上路行了十数日，时遇暮冬天气，彤云密布，朔风紧起，又见又字照耀。纷纷扬扬下着满天大雪。林冲踏着雪只顾走，看看天色冷得紧切，渐渐晚了，远远望见枕溪靠湖可知。一个酒店，被雪漫漫地压着。好写。林冲奔入那酒店里来，揭开芦帘，拂身入去，倒侧身看时，都是座头。拣一处座下，倚了衮刀，解放包裹，抬了毡笠，把腰刀也挂了。细。只见一个酒保来问道："客官，打多少酒？"林冲道："先取两角酒来。"酒保将个桶儿，打两角酒，将来放在桌上。林冲又问道："有甚么下酒？"酒保道："有生熟牛肉、肥鹅、嫩鸡。"林冲道："先切二斤熟牛肉来。"酒保去不多时，将来铺下一大盘牛肉，数般菜蔬，放个大碗，一面筛酒。

林冲吃了三四碗酒，吃了三四碗酒。只见店里一个人背叉着手，走出来门前看雪。写此人，又带写雪，妙笔。那人问酒保道："甚么人吃酒？"林冲看那人时，头戴深檐暖帽，身穿貂鼠皮袄，脚着一双獐皮窄靿靴；身材长大，相貌魁宏，双拳骨脸，三丫黄髯，只把头来摸着看雪。林冲叫酒保只顾筛酒。只顾筛酒。林冲说道："酒保，你也来吃碗酒。"酒保吃了一碗，林冲问道：梁山泊不好便问，故先请他吃一碗酒，写出林冲精细。"此间去梁山泊，还有多少路？"酒保答道："此间要去梁山泊，虽只数里，却是水路，全无旱路。一句。若要去时，须用船去，方才渡得到那里。"林冲道："你可与我觅只船儿？"酒保道："这般大雪，天色又晚了，二句。那里去寻船只？"林冲道："我多与你些钱，央你觅只船来，渡我过去。"酒保道："却是没讨处。"三句。○凡三段，皆极力写英雄失路。林冲寻思道："这般却怎的好？"又吃了几碗酒，又吃几碗酒。○凡三句，俱写纳头闷饮如画，与别处写豪饮不同。闷上心来，蓦然想起：此四字犹如惊蛇怒笋，跳脱而出，令人大哭，令人大叫。"我先在京师做教头，每日六街三市游玩吃酒，谁想今日被高俅这贼坑陷了我这一场，文了面，直断送到这里，闪得我有家难奔，有国难投，受此寂寞！"一字一哭，一哭一血，至今如闻其声。因感伤怀抱，问酒保借笔砚来，十二字写千载豪杰失意如画。乘着一时酒兴，向那白粉壁上写下八句何必是歌，何必是诗，悲从中来，写下一片，既毕数之，则八句也，岂如村学究拟作咏怀诗耶？道：

仗义是林冲，为人最朴忠。江湖驰誉望，京国显英雄。
身世悲浮梗，功名类转蓬。他年若得志，威镇泰山东！

撇下笔，再取酒来。写豪杰历历落落处，只用七字，遂使读者目眦尽裂。正饮之间，只见那个穿皮袄的汉子走向前来，把林冲劈腰揪住，说道："你好大胆！你在沧州做下迷天大罪，却在这里！见今官司出三千贯信赏钱捉你，却是要怎地？"奇。林冲道："你道我是谁？"好，只得如此。那汉道："你不是豹子头林冲？"林冲道："我自姓张。"好，只得如此。那汉笑道："你莫胡说。见今壁上写下名字，你脸上文着金印，如何要赖得过！"林冲道："你真个要拿我？"罢了，只得硬去。那汉笑道："我却拿你做甚么？"奇。便邀到后面一个水亭上，叫酒保点起灯来，和林冲施礼，奇。对面坐下。那汉问道："却才见兄长只顾问梁山泊路头，要寻船去，那里是强人山寨，你待要去做甚么？"林冲道："实不相瞒，如今官司追捕小人紧急，无安身处，特投这山寨里好汉入伙，因此要去。"那汉道："虽然如此，必有个人荐兄长来入伙。"林冲道："沧州横海郡故友举荐将来。"那汉道："莫非小旋风柴进么？"林冲道："足下何以知之？"那汉道："柴大官人与山寨中大王头领交厚，常有书信往来。"原来王伦当初不得第之时，与杜迁投奔柴进，多得柴进留在庄子上，住了几时，临起身又赍发盘缠银两，因此有恩。

一路表朱贵。

林冲听了便拜道："有眼不识泰山，愿求大名。"那汉慌忙答礼，说道："小人是王头领手下耳目，姓朱，名贵。原是沂州沂水县人氏，江湖上但叫小弟做‘旱地忽律’。山寨里教小弟在此间开酒店为名，专一探听往来客商经过，但有财帛者，便去山寨里报知。但是孤单客人到此，无财帛的，放他过去。有财帛的来到这里，轻则蒙汗药麻翻，重则登时结果，将精肉片为羓子，肥肉煎油点灯。却才见兄长只顾问梁山泊路头，因此不敢下手。次后见写出大名来，曾有东京来的人，传说兄长的豪杰，不期今日得会。既有柴大官人书缄相荐，亦是兄长名震寰海，王头领必当重用。”随即安排鱼肉、盘馔酒肴到来相待。两个在水亭上吃了半夜酒。林冲道：“如何能够船来渡过去？”朱贵道：“这里自有船只，兄长放心。且暂宿一宵，五更却请起来同往。”当时两个各自去歇息。

睡到五更时分，朱贵自来叫林冲起来。洗漱罢，再取三五杯酒相待，吃了些肉食之类。此时天尚未明，朱贵把水亭上窗子开了，取出一张鹊画弓，搭上那一枝响箭，觑着对港败芦折苇里面射将去。奇文奇情。林冲道：“此是何意？”朱贵道：“此是山寨里的号箭。少顷便有船来。”没多时，只见对过芦苇泊里，三五个小喽啰摇着一只快船过来，径到水亭下。奇文奇情。朱贵当时引了林冲，取了刀仗行李下船。小喽啰把船摇开，望泊子里去，奔金沙滩来。到得岸边，朱贵同林冲上了岸，小喽啰背了包裹，拿了刀仗，细。两个好汉上山寨来。那几个小喽啰自把船摇到小港里去了。细。

林冲看岸上时，林冲眼中看出梁山泊来。〇此是梁山泊最初写图，一句亦不可少。两边都是合抱的大树，一句。半山里一座断金亭子。二句。再转将过来，见座大关，三句。关前摆着枪、刀、剑、戟、弓、弩、戈、矛，四句。四边都是擂木炮石。五句。小喽啰先去报知。二人进得关来，两边夹道，遍摆着队伍旗号。六句。又过了两座关隘，七句。方才到寨门口。八句。林冲看见四面高山；三关雄壮，团团围定，中间里镜面也似一片平地，可方三五百丈；九句。靠着山口，才是正门，十句。两边都是耳房。十一句。朱贵引着林冲来到聚义厅上，中间交椅上坐着一个好汉，正是白衣秀士王伦，左边交椅上坐着摸着天杜迁，右边交椅坐着云里金刚宋万。

朱贵、林冲向前声喏了，林冲声喏，不见王伦答礼。林冲立在朱贵侧边。朱贵便道："这位是东京八十万禁军教头，姓林，名冲，绰号'豹子头'。因被高太尉陷害刺配沧州，那里又被火烧了大军草料场，争奈杀死三人，逃走在柴大官人家，好生相敬。因此特写书来，举荐入伙。"林冲怀中取书递上，王伦接来拆开看了，便请林冲来坐第四位交椅，便请林冲坐，不见王伦立起施礼。朱贵坐了第五位，一面叫小喽啰取酒来，把了三巡，初次相待，却只如此，冷淡之极。动问柴大官人近日无恙。不问东京事，只问柴大官人，冷淡之极。林冲答道："每日只在郊外猎较乐情。"

王伦动问了一回，蓦然寻思道："我却是个不及第的秀才，因鸟气，合着杜迁来这里落草；续后宋万来，聚集这许多人马伴当。我又没十分本事，杜迁、宋万武艺也只平常。如今不争添了这个人，他是京师禁军教头，必然好武艺。倘若被他识破我们手段，他须占强，我们如何迎敌？不若只是一怪，推却事故，发付他下山去便了，免致后患。只是柴进面上却不好看，忘了日前之恩，如今也顾他不得。"重叫小喽啰一面安排酒食，整理筵宴，请林冲赴席，蓦然一想中来，非敬林冲也。众好汉一同吃酒。

将次席终，王伦叫小喽啰把一个盘子托出五十两白银，两匹纻丝来。王伦起身说道："柴大官人举荐将教头来敝寨入伙，争奈小寨粮食缺少，屋宇不整，人力寡薄，恐日后误了足下，亦不好看。略有些薄礼，望乞笑留，寻个大寨安身歇马，切勿见怪。”林冲道：“三位头领容覆：小人‘千里投名，万里投主’，凭托柴大官人面皮，径投大寨入伙。林冲虽然不才，望赐收录，当以一死向前，并无谄佞，林冲语。○须知此四字，与前“为人最朴忠”句，虽非世间龌龊人语，然定非鲁达、李逵声口，故写林冲，另是一样笔墨。实为平生之幸。不为银两赍发而来，乞头领照察。”王伦道：“我这里是个小去处，如何安着得你？你字难当。休怪，休怪！”朱贵见了，便谏道：表出朱贵。“哥哥在上，莫怪小弟多言。山寨中粮食虽少，近村远镇，可以去借；山场水泊，木植广有，便要盖千间房屋，却也无妨。这位是柴大官人力举荐来的人，山上人重之如此，可见是个旋风。如何教他别处去？抑且柴大官人自来与山上有恩，日后得知不纳此人，须不好看。这位又是有本事的人，他必然来出气力。”杜迁道：表出杜迁。“山寨中那争他一个！哥哥若不收留，柴大官人知道时见怪，亦以柴大官人为辩，可见是个旋风。显的我们忘恩背义。日前多曾亏了他，今日荐个人来，便恁推却发付他去！”宋万也劝道：表出宋万。“柴大官人面上，三个人一样说柴大官人面上，可见是个旋风。可容他在这里做个头领也好。不然，见得我们无义气，使江湖上好汉见笑。”

此处若不表出三人，则后日火并如何留得耶？

王伦道：“兄弟们不知，他在沧州虽是犯了迷天大罪，今日上山，却不知心腹。倘或来看虚实，如之奈何？”白衣秀士经济，每每如此。林冲道：“小人一身犯了死罪，因此来投入伙，何故相疑？”王伦道：“既然如此，你若真心入伙，把一个投名状来。”恶心。林冲便道：“小人颇识几字，乞纸笔来便写。”朱贵笑道：“教头，你错了。但凡好汉们入伙，须要纳投名状，是教你下山去杀得一个人，将头献纳，他便无疑心。这个便谓之‘投名状’。”林冲道：“这事也不难，林冲便下山去等，只怕没人过。”王伦道：“与你三日限。恶心。若三日内有投名状来，便容你入伙；若三日内没时，只得休怪。”林冲应承了。

当夜席散，朱贵相别下山，自去守店。林冲到晚取了刀仗、行李，细。小喽啰引去客房内歇了一夜。次日早起来，吃些茶饭，四字写得冷淡可怜。带了腰刀，提了衮刀，叫一个小喽啰领路下山，领路好。把船渡过去，渡过河去。僻静小路上等候客人过往。从朝至暮，等了一日，并无一个孤单客人经过。林冲闷闷不已，第一日不说甚么。和小喽啰再渡过来，渡过河来。回到山寨中。王伦问道：“投名状何在？”林冲答道：“今日并无一个过往，以此不曾取得。”王伦道：“你明日若无投名状时，自限三日，此处又思缩去一日，秀才心数，往往如此。也难在这里了。”

林冲再不敢答应，可怜。心内自己不乐。来到房中，讨些饭吃了，冷淡可怜。〇一讨字，哭杀英雄。又歇了一夜。次日，清早起来，和小喽啰吃了早饭，早饭便和小喽啰吃，哭杀英雄。拿了衮刀，又下山来，小喽啰道：“俺们今日投南山路去等。”两个过渡，渡过河去。来到林子里等候，并不见一个客人过往。伏到午牌时候，一伙客人，约有三百余人，结踪而过，林冲又不敢动手，看他过去。读至一伙客人句，只谓着手矣，却紧接三百余人句，文笔神变非常，真正才子也。又等了一歇，看看天色晚来，又不见一个客人过。凡用两句，不见其叠，但见其妙。林冲对小喽啰道：“我恁地晦气！等了两日，不见一个孤单客人过往，如何是好！”第一日不说甚么，闷闷而回；第二日，便临回时说此一语；第三日，便初下山即说一语，其法各变。小喽啰道：“哥哥且宽心，明日还有一日限，我和哥哥去东山路上等候。”南山是当朝说，东山是隔晚说。当晚依旧渡回。渡过河来。

王伦说道：“今日投名状如何？”林冲不敢答应，只叹了一口气。比昨日增一句叹口气，如闻其声，如见其人。王伦笑道：“想是今日又没了！我说与你三日限，今已两日了，若明日再无，不必相见了，便请那步下山，投别处去。”林冲回到房中，端的是心内好闷，仰天长叹道：“不想我今日被高俅那贼陷害，流落到此，天地也不容我，直如此命蹇时乖！”酒店一叹，此处又一叹，如夜潮之一涌一落，读之乃欲叫哭。过了一夜，次日天明起来，讨些饭食吃了，一讨犹可，至于再讨，胡可一朝居耶。打拴了那包裹撇在房中，先作行势，笔墨妙绝。〇一字千泪矣。跨了腰刀，提了衮刀，又和小喽啰下山过渡渡过河去。投东山路上来。林冲道：“我今日若还取不得投名状时，只得去别处安身立命！”下山先说一句，与前变换。

两个来到山下东路林子里，潜伏等候。看看日头中了，又没一个人来。有此一句，文笔夭矫之极。时遇残雪初晴，日色明朗，忽点入雪后景色，耀人目睛。林冲提着衮刀，对小喽啰道：“眼见得又不济事了，不如趁早，天色未晚，取了行李，只得往别处去寻个所在！”奇文妙笔，偏到欲合处，偏故意着实一纵，使读者心路俱断。小校用手指道：“好了，兀的不

叙过三日，便接出一个人来，此学究记事也。叙过三日，偏又放走一个，才子，奇文，世宁有两乎哉！

是一个人来！”忽然一接。林冲看时，叫声：“惭愧！”只见那个人远远在山坡下，望见行来。待他来得较近，林冲把衮刀杆剪了一下，蓦地跳将出来。那汉子见了林冲，叫声：“阿也！”撇了担子，转身便走。真正才子，真正奇文，前批详之矣。林冲赶将去，那里赶得上？那汉子闪过山坡去了。真正才子，真正奇文。林冲道：“你看我命苦么？等了三日，甫能等得一个人来，又吃他走了！”真正才子，真正奇文。○谁能于三日后，又结撰出此一段文字耶？小校道：“虽然不杀得人，这一担财帛可以抵当。”林冲道：“你先挑了上山去，我再等一等。”走马垂缰之法。小喽啰先把担儿挑出林去，只见山坡下转出一个大汉来。上来许多曲折，然后转出大汉来。林冲见了，说道：“天赐其便！”只见那人挺着朴刀，大叫如雷，喝道：“泼贼，杀不尽的强徒！将俺行李那里去！洒家正要捉你这厮们，倒来拔虎须！”飞也似踊跃将来。林冲见他来得势猛，也使步迎他。

不是这个人来斗林冲，有分教：梁山泊内，添几个弄风白额大虫；水浒寨中，辏几只跳涧金睛猛兽。毕竟来与林冲斗的正是甚人，且听下回分解。

第十一回
梁山泊林冲落草
汴京城杨志卖刀

梁山泊
林冲
落草

吾观今之文章之家，每云我有避之一诀，固也，然而吾知其必非才子之文也。夫才子之文，则岂惟不避而已，又必于本不相犯之处，特特故自犯之，而后从而避之。此无他，亦以文章家之有避之一诀，非以教人避也，正以教人犯也。犯之而后避之，故避有所避也。若不能犯之而但欲避之，然则避何所避乎哉？是故行文非能避之难，实能犯之难也。譬诸奕棋者，非救劫之难，实留劫之难也。将欲避之，必先犯之。夫犯之而至于必不可避，而后天下之读吾文者，于是乎而观吾之才之笔矣。犯之而至于必不可避，而吾之才之笔，为之踌躇，为之四顾，砉然中窾，如土委地，则虽号于天下之人曰："吾才子也，吾文才子之文也。"彼天下之人，亦谁复敢争之乎哉？故此书于林冲买刀后，紧接杨志卖刀，是正所谓才子之文必先犯之者，而吾于是始乐得而徐观其避也。

又曰：我读《水浒》至此，不禁浩然而叹也。曰：嗟乎！作《水浒》者，虽欲不谓之才子，胡可得乎？夫人胸中，有非常之才者，必有非常之笔；有非常之笔者，必有非常之力。夫非非常之才，无以构其思也；非非常之笔，无以摛其才也；又非非常之力，亦无以副其笔也。今观《水浒》之写林武师也，忽以宝刀结成奇彩，及写杨制使也，又复以宝刀结成奇彩。夫写豪杰不可尽，而忽然置豪杰而写宝刀，此借非非常之才，其亦安知宝刀为即豪杰之替身，但写得宝刀尽致尽兴，即已令豪杰尽致尽兴者耶？且以宝刀写出豪杰固已，然以宝刀写武师者，不必其又以宝刀写制使也。今前回初以一口宝刀照耀武师者，接手便又以一口宝刀照耀制使，两位豪杰，两口宝刀，接连而来，对插而起，用笔至此，奇险极矣。即欲不谓之非常，而英英之色，千人万人，莫不共见，其又畴得而不谓之非常乎？又一个买刀，一个卖刀，分镳各骋，互不相犯固也，然使于赞叹处，痛悼处，稍稍有一句、二句，乃至一字、二字偶然相同，即亦岂见作者之手法乎？今两刀接连，一字不犯，乃至譬如东泰西华，各自争奇。呜呼，特特铤而走险，以自表其“六辔如组，两骖如舞”之能，才子之称，岂虚誉哉！

天汉桥下写英雄失路，使人如坐冬夜，紧接演武厅前写英雄得意，使人忽上春台。咽处加一倍咽，艳处加一倍艳，皆作者瞻顾非常，趋走有龙虎之状处。

话说林冲打一看时，只见那汉子头戴一顶范阳毡笠，上撒着一把红缨，穿一领白缎子征衫，系一条纵线绦，下面青白间道行缠，抓着裤子口，獐皮袜，带毛牛膀靴，跨口腰刀，提条朴刀，生得七尺五六身材，面皮上老大一搭青记，腮边微露些少赤须，把毡笠子掀在脊梁上，坦开胸脯，带着抓角儿软头巾，挺手中朴刀，高声喝道：“你那泼贼！将俺行李财帛那里去了！”不说林冲喝那汉，偏说那汉喝一声，显得是个勍敌。林冲正没好气，那里答应，八字写第三日林冲如见。睁圆怪眼，倒竖虎须，挺着朴刀抢将来，斗那个大汉。此时浅雪初晴，薄云方散，溪边踏一片寒冰，岸畔涌两条杀气。一往一来，斗到三十来合，不分胜败。写得晶莹射人。

两个又斗了十数合，正斗到分际，只见山高处叫道：“两位好汉，不要斗了！”林冲听得，蓦地跳出圈子外来。独写林冲跳出，见其志不在斗，若杨志既失车仗，则自不应先住也，用笔精细如此。两个收住手中朴刀，看那山顶上时，却是白衣秀士王伦和杜迁、宋万并许多小喽啰，走下山来，何也？将船渡过了河，细。说道："两位好汉，端的好两口朴刀，神出鬼没！这个是俺的兄弟豹子头林冲，青面汉，奇称。你却是谁？愿通姓名。"那汉道："洒家是三代将门之后，定有宝刀。五侯杨令公之孙，定应争气。姓杨，名志。流落在此关西。年纪小时，曾应过武举，做到殿司制使官。道君因盖万岁山，差一般十个制使去太湖边搬运花石纲，赴京交纳。不想洒家时乖运蹇，押着那花石纲，来到黄河里，遭风打翻了船，失陷了花石纲，未失生辰纲，先失花石纲，有意无意，间中一衬。不能回京赴任，逃去他处避难。如今赦了俺们罪犯，洒家今来收的一担儿钱物，待回东京去枢密院使用，再理会本身的勾当，文臣升迁要钱使，犹可也，至于武臣出身，亦要钱使，古今一叹，岂止为杨志痛哉！打从这里经过，顾倩庄家挑那担儿，不想被你们夺了。可把来还洒家如何！"杨志又有杨志声口。

王伦道："你莫是绰号唤做'青面兽'的？"杨志道："洒家便是。"王伦道："既然是杨制使，就请到山寨吃三杯水酒，又何也？纳还行李如何？"杨志道："好汉既然认得洒家，便还了俺行李，更强似请吃酒。"杨志又有杨志声口。王伦道："制使，小可数年前到东京应举时，好货，亏他说。便闻制使大名。今日幸得相见，如何教你空去！且请到山寨少叙片时，并无他意。"杨志听说了，只得跟了王伦一行人等过了河，须知此番过河，中间特特为着一人渡来渡去者得意也，然却故意独藏过，使人自看。上山寨来。就叫朱贵同上山寨相会，都来到寨中聚义厅上。左边一带四把交椅，却是王伦、杜迁、宋万、朱贵；右边一带两把交椅，上首杨志，下首林冲，都坐定了。王伦叫杀羊置酒，安排筵宴，管待杨志，与林冲讨饭句掩映。不在话下。

话休絮烦。酒至数杯，王伦心里想道："若留林冲，实形容得我们不济，不如我做个人情并留了杨志，与他作敌。”写秀才经济可笑。因指着林冲对杨志道：“这个兄弟，他是东京八十万禁军教头，唤做豹子头林冲。因这高太尉那厮安不得好人，口头语，岂真谓林武师哉！把他寻事刺配沧州，那里又犯了事，如今也新到这里。却才制使要上东京勾当，不是王伦纠合制使，小可兀自弃文就武，好货，亏他说。○秀才自大语，每每有之。来此落草，制使又是有罪的人，虽经赦宥，难复前职，亦且高俅那厮见掌军权，他如何肯容你？不如只就小寨歇马，大秤分金银，大碗吃酒肉，同做好汉，不知制使心下主意若何？”杨志答道：“重蒙众头领如此带携，只是洒家有个亲眷，见在东京居住。前者官事连累了他，不曾酬谢得他，今日欲要投那里走一遭，望众头领还了洒家行李。如不肯还，杨志空手也去了。”写杨志又另是一杨志，不是史进，不是鲁达，不是林冲，细细认之。王伦笑道：“既是制使不肯在此，如何敢勒逼入伙？且请宽心住一宵，明日早行。”杨志大喜。此却与前二人同，林冲则不尔，细细认之。当日饮酒到二更方歇，各自去歇息了。

次日早起来，又置酒与杨志送行。与林冲讨饭句掩映。吃了早饭，众头领叫一个小喽啰，把昨夜担儿挑了，细。一齐都送下山，来到路口与杨志作别。教小喽啰渡河，细。送出大路。众人相别了，自回山寨。王伦自此方才肯教林冲坐第四位，自此方才肯教六字，皆难之辞也。朱贵坐第五位。从此五个好汉在梁山泊打家劫舍，此四字所谓昔之梁山泊也，若后之梁山泊，亦有四字，所谓“替天行道”也。不在话下。

只说杨志出了大路，寻个庄家挑了担子，发付小喽啰自回山寨。细。杨志取路，不数日，来到东京。入得城来，寻个客店客店。安歇下。庄客交还担儿，与了些银两，自回去了。细。杨志到店中放下行李，解了腰刀、朴刀，叫店小二将些碎银子买些酒肉吃了。过数日，央人来枢密院打点，理会本等的勾当，将出那担儿内金银财物，买上告下，再要补殿司府制使职役。把许多东西都使尽了，方才得申文书，以尽为度，每每如此。引去见殿帅高太尉。来到厅前，那高俅把从前历事文书都看了，大怒道："既是你等十个制使去运花石纲，九个回到京师交纳了，偏你这厮把花石纲失陷了，又不来首告，倒又在逃，许多时捉拿不着。今日再要勾当，虽经赦宥所犯罪名，难以委用。"把文书一笔都批倒了，将杨志赶出殿帅府来。非写高俅不受请托也，正写高俅妒贤嫉能也。非写高俅恶杨志也，写当时朝廷无人不如高俅，无人不被恶如杨志也。

杨志闷闷不已，回到客店中，思量："王伦劝俺，也见得是。只为洒家清白姓字，杨家语。不肯将父母遗体来点污了，指望把一身本事，边庭上一枪一刀，痛哭语，又写得壮健，又写得洒落。博个封妻荫子，也与祖宗争口气，杨家语。不想又吃这一闪。高太尉，叫一声妙，至今如闻其响。你忒毒害，恁地刻薄！"心中烦恼了一回。在客店里又住几日，盘缠都使尽了，杨志寻思道："却是怎地好？只有祖上留下这口宝刀，从来跟着洒家，如今事急无措，只得拿去街上货卖得千百贯钱钞，好做盘缠，投往他处安身。"林冲一口宝刀，杨志一口宝刀，接连叙出，看他却结撰成两样奇景，详具总批中。当日将了宝刀，插了草标儿，宝刀上加"草标"二字，辱没杀人。才德之士，而必借容羔雁，亦此四字矣。上市去卖。走到马行街内，好街名，与前阅武坊各有其妙。〇刀马二字，衬成奇艳。立了两个时辰，并无一个人问。将立到晌午时分，特特写两句时分，为英雄一哭。转来到天汉州桥热闹处去卖。杨志立未久，上写两句立久，都向刀上一哭，此忽然写入一句"立未久"，读者只谓亦向刀上出色也，却突转出下文一段奇情。令人绝倒。只见两边的人都跑入河下巷内去躲。奇文。

杨志看时，只见都乱撺，口里说道："快躲了！大虫来也！"奇文。杨志道："好作怪！这等一片锦城池，却那得大虫来！"当下立住脚看时，只见远远地黑凛凛一条大汉，吃得半醉，一步一撞将来。奇文。杨志看那人时，原来是京师有名的破落户泼皮，叫做“没毛大虫”牛二，专在街上撒泼、行凶、撞闹，连为几头官司，开封府也治他不下，以此满城人见那厮来都躲了。

一路写杨志软顺，并无半点刚忿，止为英雄失路。一哭。

却说牛二抢到杨志面前，就手里把那口宝刀扯将出来，是个泼皮。〇就手扯出，非所以待宝刀也，然豪杰失路，往往遭此矣，宝刀不能哭，其奈之何哉！问道：“汉子，你这刀要卖几钱？”二字不堪。杨志道：“祖上留下宝刀，要卖三千贯。”牛二喝道：二字不堪。“甚么鸟刀，二字不堪。要卖许多钱！我三十文买一把，极写不堪。也切得肉，切得豆腐。调侃时贤。你的鸟刀有甚好处，叫做宝刀！”不堪。杨志道：“洒家的须不是店上卖的白铁刀，这是宝刀。”牛二道：“怎地唤做宝刀？”活泼皮。杨志道：“第一件，砍铜剁铁，刀口不卷。第二件，吹毛得过。二字奇文。第三件，杀人刀上没血。”四字奇文。牛二道：“你敢剁铜钱么？”虽是逐件要试，却又极力写泼皮形状，如第一件砍铜剁铁，他便偏想出“铜钱”二字，调侃世人不小。杨志道：“你便将来剁与你看。”牛二便去州桥下香椒铺里讨了二十文当三钱，“讨”字妙。活泼皮平日藕恼街坊无数事，只此一个字写尽。一垛儿将来放在州桥栏干上，叫杨志道：“汉子，你若剁得开时，我还你三千贯。”活泼皮。那时看的人极忙时，忽然插入一句看的人，笔力如苍鹰矫犬，其眼光左闪右掣。虽然不敢近前，写泼皮一句。向远远地围住了望。写宝刀一句。杨志道：“这个直得甚么？”把衣袖卷起，好。〇出色一句。拿刀在手，看得较准，只一刀，把铜钱剁做两半，众人都喝采。牛二道：

“喝甚么鸟采！妙。骂不得杨志了，只得骂众人，如见泼皮。你且说第二件是甚么？”活泼皮。〇又记得有第二件，又不记得是甚么。活泼皮。活醉人。杨志道：“吹毛得过。若把几根头发望刀口上只一吹，齐齐都断。”牛二道：“我不信。”自把头上拔下一把头发，是个泼皮。〇“一把”二字绝倒。递与杨志，“你且吹我看”。泼皮。杨志左手接过头发，右手提刀也。照着刀口上尽气力一吹，那头发都做两段，纷纷飘下地来。众人喝采。看的人越多了。又闪出看的人，又增一句。牛二又问：“第三件是甚么？”泼皮到底。杨志道：“杀人刀上没血。”牛二道：“怎地杀人刀上没血？”其辞愈缠。杨志道：“把人一刀砍了，并无血痕，只是个快。”自注四字者，为此一件不比上二件，实不可试，故特下一注也。牛二道：“我不信，你把刀来剁一个人我看。”真是个泼皮，其辞愈缠。杨志道：“禁城之中，如何敢杀人？你不信时，取一只狗来杀与你看。”牛二道：“你说杀人，不曾说杀狗！”绝倒。〇泼皮差矣，人之与狗，何以异哉！杨志道：“你不买便罢，只管缠人做甚么？”英雄可怜，至此方说他一句。牛二道：“你将来我看。”缠得愈无理，绝倒。杨志道：“你只顾没了当，洒家又不是你撩拨的！”英雄可怜，至此方自表一句。牛二道：“你敢杀我？”缠得愈无理，绝倒。杨志道：“和你往日无冤，昔日无仇，一物不成，两物见在。没来由杀你做甚么？”英雄可怜，又捺住气了。牛二紧揪住杨志，说道：“我偏要买你这口刀。”前俱长枪大戟，至此以下，俱用短兵紧接。杨志道：“你要买，将钱来。”牛二道：“我没钱。”杨志道：“你没钱，揪住洒家

看他一路紧上去。

怎地？”牛二道：“我要你这口刀。”杨志道：“我不与你。”牛二道：“你好男子，剁我一刀。”此句逗出杨志怒来。杨志大怒，把牛二推了一交。第一段，只推一交，不便杀。牛二爬将起来，钻入杨志怀里。“爬”字，“钻”字，写泼皮。杨志叫道：“街坊邻舍，都是证见。杨志无盘缠，自卖这口刀，这个泼皮强夺洒家的刀，又把俺打。”第二段，只叫街坊告诉，不便杀。街坊人都怕这牛二，谁敢向前来劝。补一句无人劝，杨志所以成于杀也。牛二喝道：“你说我打你，便打杀直甚么！”口里说，一面挥起右手，一拳打来。是个泼皮。杨志霍地躲过，拿着刀抢入来，一时性起，四字径捷。望牛二颡根上搠个着，扑地倒了。杨志赶入去，把牛二胸脯上又连搠了两刀，不惟半日积愤，连高太尉积愤亦发出来。血流满地，死在地上。杨志叫道：“洒家杀死这个泼皮，怎肯连累你们！泼皮既已死了，你们都来同洒家去官府里出首。”写杨志另是杨志，不是史进，不是鲁达，不是林冲。

坊隅众人慌忙拢来，随同杨志径投开封府出首。正值府尹坐衙，杨志拿着刀，刀。和地方邻舍众人都上厅来，一齐跪下，把刀放在面前。刀。杨志告道：“小人原是殿司制使，为因失陷花石纲，削去本身职役，无有盘缠，将这口刀在街货卖。不期被个泼皮破落户牛二，强夺小人的刀，又用拳打小人，因此一时性起，将那人杀死，众邻舍都是证见。”众人亦替杨志告说，分诉了一回。府尹道：“既是自行前来出首，免了这厮入门的款打。”且叫取一面长枷枷了，差两员相官带了仵作行人，监押杨志并众邻舍一干人犯，都来天汉州桥边，登场简验了，叠成文案。

众邻舍都出了供状，保放随衙听候，当厅发落，将杨志于死囚牢里监守。牢里众多押牢禁子、节级，见说杨志杀死没毛大虫牛二，都可怜他是个好男子，不来问他取钱，又好生看觑他。一段。天汉州桥下众人，为是杨志除了街上害人之物，都敛些盘缠，凑些银两来，与他送饭，上下又替他使用。一段。推司也觑他是个首名的好汉，又与东京街上除了一害，牛二家又没苦主，把款状都改得轻了。三推六问，却招做一时斗殴杀伤，误伤人命。待了六十日限满，当厅推司禀过府尹，将杨志带出厅前，除了长枷，断了二十脊杖，唤个文墨匠人刺了两行金印，迭配北京大名府留守司充军。一段。那口宝刀没官入库。刀。当厅押了文牒，差两个防送公人，免不得是张龙、赵虎，把七斤半铁叶盘头护身枷钉了。分付两个公人，便教监押上路。

天汉州桥那几个大户科敛些银两钱物，等候杨志到来，请他两个公人一同到酒店里吃了些酒食，把出银两赍发两位防送公人，说道："念杨志是个好汉，与民除害，今去北京，路途中望乞二位上下照觑，好生看他一看。"一段。张龙、赵虎道："我两个也知他是好汉，亦不必你众位分付，但请放心。"一段。杨志谢了众人。其余多的银两，尽送与杨志做盘缠，细。众人各自散了。细。〇此一节，特特与林冲起身不同。

话里只说杨志同两个公人来到原下的客店里，写英雄无家，只八个字，洒下人泪来。〇前一路不曾脱客店二字。算还了房钱、饭钱，取了原寄的衣服、行李，细。安排些酒食，请了两个公人；寻医士赎了几个棒疮的膏药，贴了棒疮，特特与林冲不同。便同两个公人上路。三个望北京进发，五里单牌，十里双牌，绝妙纪程，如古谣谚。逢州过县，买些酒肉，不时间请张龙、赵虎吃。只一句，便递过许多路程。三个在路，夜宿旅馆，晓行驿道，不数日来到北京，省。入得城中，寻个客店安下。

原来北京大名府留守司，上马管军，下马管民，最有权势。

那留守唤做梁中书，讳世杰，他是东京当朝太师蔡京的女婿。大书特书。当日是二月初九日，为“生辰”二字远远提头。留守升厅，两个公人解杨志到留守司厅前，呈上开封府公文，梁中书看了。原在东京时也曾认得杨志，当下一见了，备问情由。杨志便把高太尉不容复职，使尽钱财，将宝刀货卖，因而杀死牛二的实情，通前一一告禀了。梁中书听得大喜，当厅就开了枷，留在厅前听用。押了批回与两个公人自回东京，了。不在话下。

只说杨志自在梁中书府中早晚殷勤听候使唤，梁中书见他勤谨，伏下一笔。有心要抬举他，欲要迁他做个军中副牌，月支一分请受。只恐众人不伏，因此传下号令，教军政司告示大小诸将人员，来日都要出东郭门教场中去演武试艺。当晚梁中书唤杨志到厅前，梁中书道：“我有心要抬举你做个军中副牌，月支一分请受，只不知你武艺如何？”杨志禀道：“小人应过武举出身，曾做殿司府制使职役。这十八般武艺，自小习学。今日蒙恩相抬举，如拨云见日一般，杨志若得寸进，当效衔环背鞍之报。”梁中书大喜，赐与一副衣甲。当夜无事。

次日天晓，时当二月中旬，有意无意，所谓草蛇灰线之法也。正值风和日暖。梁中书早饭已罢，第一段，早饭。带领杨志上马，第二段，带杨志上马。前遮后拥，往东郭门来。到得教场中，第三段，来到教场。大小军卒并许多官员接见。第四段，官军迎接。就演武厅前下马，到厅上，正面撒着一把浑银交椅坐上。第五段，升厅。左右两边，齐臻臻地排着两行官员，指挥使、团练使、正制使、统领使、牙将、校尉、正牌军、副牌军，前后周围，恶狠狠地列着百员将校。正将台上，立着两个都监，一个唤做“李天王”李成，一个唤做“闻大刀”闻达，二人皆有万夫不当之勇，统领着许多军马，一齐都来朝着梁中书呼三声喏。第六段，众将官声喏。却早将台上竖起一面黄旗夹，第七段，竖帅字旗。将台两边，左右列着三五十对金鼓手，一齐发起擂来，品了三通画角，发了三通擂鼓，第八段，发擂。教场里面谁敢高声！第九段，发擂罢。又见将台上竖起一面净平旗来，前后五军，一齐整肃。第十段，净平旗。将台上把一面引军红旗磨动，第十一段，引军旗。只见鼓声响处，第十二段，起鼓。五百军列成两阵，军士各执器械在手。第十三段，列阵。将台上又把白旗招动，两阵马军齐齐地都立在面前，各把马勒住。第十四段，众将听令。梁中书传下令来，叫唤副牌军周谨向前听令。第十五段，传下将令来。

此一段看他会家不忙，叙得水平树匝相似。

右阵里周谨听得呼唤，跃马到厅前跳下马，插了枪，暴雷也似声个大喏。第十六段，副军听令。梁中书道："着副牌军施逞本身武艺。"周谨得了将令，绰枪上马，在演武厅前，左盘右旋，右盘左旋，将手中枪使了几路，众人喝采。第十七段，副军演艺。梁中书道："叫东京对拨来的军健杨志。"第十八段，又传下将令。杨志转过厅前，唱个大喏。第十九段，杨志听令。梁中书道："杨志，我知你原是东京殿司府制使军官，犯罪配来此间。即目盗贼猖狂，国家用人之际。你敢与周谨比试武艺高低？如若赢得，便迁你充其职役。"杨志道："若蒙恩相差遣，安敢有违钧旨。"梁中书叫取一匹战马来，教甲仗库随行官吏应付军器，教杨志披挂上马，与周谨比试。杨志去厅后把夜来衣甲穿了，拴束罢，带了头盔、弓、箭、腰刀，手拿长枪上马，从厅后跑将出来。梁中书看了道："着杨志与周谨先比枪。"周谨怒道："这个贼配军敢来与我交枪！"第二十段，杨志出马。谁知恼犯了这个好汉，来与周谨斗武。

不因这番比试，有分教：杨志在万马丛中闻姓字，千军队里夺头功。毕竟杨志与周谨比试，引出甚么人来，且听下回分解。

第十二回
急先锋东郭争功
青面兽北京斗武

青面獸北京鬥武

古语有之：画咸阳宫殿易，画楚人一炬难；画舳舻千里易，画八月潮势难。今读《水浒》至东郭争功，其安得不谓之画火画潮第一绝笔也！夫梁中书之爱杨志，止为生辰纲伏线也，乃爱之而将以重大托之，定不得不先加意独提掇之。于是传令次日大小军官都至教场比试，盖其意止在周谨一分请受耳。今观其略写使枪，详写弓马，亦可谓于教场中尽态极妍矣，而殊不知作者滔滔浩浩、莽莽苍苍之才，殊未肯已也。忽然阶下左边转出一个索超，一时遂若连彼梁中书亦似出于意外也者。而于是于两汉未曾交手之前，先写梁中书着杨志好生披挂，又借自己好马与他骑了。于是李成亦便叫索超去加倍分付，亦将自己披挂战马全副借与。当是时，两人殊未尝动一步出一色，而读者心头眼底已自异样惊魂动魄，闪心摇胆。却又放下两人，复写梁中书走出月台，特特增出一把银葫芦顶茶褐罗三檐凉伞，重放炮，重发擂，重是金鼓起，重是红旗、黄旗、白旗、青旗招动，然后托出两员好汉来。读者至此，其心头眼底，胡得不又为之惊魂动魄，闪心摇胆！然而两人固殊未尝交手也。至于正文，只用一句“战到五十余合不分胜负”，就此一句，半路按住，却重复写梁中书看呆，众军官喝采，满教场军士们没一个不说，李成、闻达不住声叫好斗，使读者口中自说满教场人，而眼光自落在两个好汉、两匹战马、两般兵器上。不惟书里梁中书呆了，连书外看书的人也呆了，于是鸣金收军而后，重复正写一句两个各要争功，那肯回马。如此行文，真是画火画潮，天生绝笔，自有笔墨未有此文，自有此文未有此评。呜呼，天下之乐，第一莫若读书，读书之乐，第一莫若读《水浒》，即又何忍不公诸天下后世之酒边灯下之快人恨人也！

如此一回大书，愚夫读之，则以为东郭争功，定是杨志分中一件惊天动地之事。殊不知止为后文生辰纲要重托杨志，故从空结出两层楼台，以为梁中书爱杨志地耳。故篇中凡写梁中书加意杨志处，文虽少，是正笔，写与周谨、索超比试处，文虽绚烂纵横，是闲笔。夫读书而能识宾主旁正者，我将与之遍读天下之书也。

看他齐臻臻地一教场人，后来发放了大军，留下梁中书、众军官、索超、杨志，又发放了众军官，留下梁中书、索超、杨志，又发放了索超，留下梁中书、杨志。嗟乎！意在乎此矣。写大风者曰："始于青蘋之末"，"盛于土囊之口"。吾尝谓其后当必重收到青蘋之末也。今梁中书、杨志，所谓青蘋之末，而教场比试，所谓土囊之口，读者其何可以不察也。

话说当时周谨、杨志两个勒马在于旗下，正欲出战交锋，只见兵马都监闻达喝道："且住！"自上厅来禀复梁中书道：闻达禀。"复恩相：论这两个比试武艺，虽然未见本事高低，枪刀本是无情之物，只宜杀贼剿寇，今日军中自家比试，恐有伤损，轻则残疾，重则致命，此乃于军不利。可将两根枪去了枪头，各用毡片包裹，地下蘸了石灰，再各上马，都与皂衫穿着。但是枪杆厮搠，如白点多者，当输。"梁中书道："言之极当。"随即传令下去，两个领了言语，向这演武厅后，去了枪尖，都用毡片包了，缚成骨朵，身上各换了皂衫，各用枪去石灰桶里蘸了石灰，再各上马出到阵前。

那周谨跃马挺枪，直取杨志；这杨志也拍战马，撚手中枪来战周谨。两个在阵前来来往往，番番复复，搅做一团，扭做一块。鞍上人斗人，坐下马斗马。两个斗了四五十合。看周谨时，恰似打翻了豆腐的，斑斑点点，约有三五十处。看杨志时，只有左肩胛上一点白。写周谨点多不足喜，喜其写杨志肩胛上亦有一点也。梁中书大喜，主句。叫唤周谨上厅，看了迹道："前官参你做个军中副牌，量你这般武艺，如何南征北讨，怎生做得正请受的副牌？教杨志替此人职役。"管军兵马都监李成上厅禀复梁中书道：李成禀。"周谨枪法生疏，弓马熟娴，岂真有是事，只图又有一番悦目也。不争把他来逐了职事，恐怕慢了军心。再教周谨与杨志比箭如何？"梁中书道："言之极当。"再传下将令来，叫杨志与周谨比箭。

两个得了将令，都插了枪，各关了弓箭。杨志就弓袋内取出那张弓来，扣得端正，擎了弓，跳上马，跑到厅前，立在马上，欠身禀复道："恩相，弓箭发处，事不容情，恐有伤损，乞请钧旨。"梁中书道："武夫比试，何虑伤残？但有本事，射死勿论。"与前灰枪变化，若更作抽矢去金，便同儿戏矣。杨志得令，回到阵前。李成传下言语，叫两个比箭好汉，各关与一面遮箭牌，防护身体。两个各领了遮箭防牌，绾在臂上。杨志道："你先射我三箭，异哉此人，险哉此文。后却还你三箭。"周谨听了，恨不得把杨志一箭射个透明。杨志终是个军官出身，识破了他手段，全不把他为事。当时将台上早把青旗摩动，杨志拍马望南边去，写得好。○真好看。

周谨纵马赶来，将缰绳搭在马鞍鞒上，细。左手拿着弓，右手搭上箭，拽得满满地，望杨志后心飕地一箭。写得好。○"后心"二字，故意吓人，真正才子。杨志听得背后弓弦响，霍地一闪，去镫里藏身，那枝箭早射个空。（写得好。第一番。○）周谨见一箭射不着，却早慌了，（写得好。）再去壶中急取第二枝箭来，搭上弓弦，觑的杨志较亲，（写得好。○觑得较亲，故意换一句吓人。）望后心再射一箭。杨志听得第二枝箭来，却不去镫里藏身，（写得好。）那枝箭风也似来，（写得好。○此句有掣电之能。）杨志那时也取弓在手，（出奇语。○看官少住，试猜他殆欲如何。）用弓梢只一拨，那枝箭滴溜溜拨下草地里去了。（写得好。第二番。○）周谨见第二枝箭又射不着，心里越慌。（写得好。）杨志的马（承上心里越慌，则自应紧接第三枝箭矣，却不接周谨箭，却接出杨志马，怪哉文乎！）早跑到教场尽头，霍地把马一兜，那马便转身望正厅上走回来。（写得好，真正心经手纬之文。）周谨也把马只一勒，那马也跑回，就势里赶将来。去那绿茸茸芳草地上，八个马蹄翻盏撒钹相似，勃喇喇地风团儿也似般走。（本是比试弓马二事，乃前两番止叙得弓箭，故于此处特地写出马来，笔力神变之极，非小家所能也。）周谨再取第三枝箭，搭在弓弦上，扣得满满地，尽平生气力，眼睁睁地看着杨志后心窝上只一箭射将来。（写得好。○务要故意吓人，便向后心上特特加一句"扣得满满地"，又加一句"尽平生气力"，又加一句"眼睁睁地"，又加"窝上"二字，妙绝。）杨志听得弓弦响，扭回身，就鞍上把那枝箭只一绰，绰在手里，（写得出色，好。○第三番。）便纵马入演武厅前撇下周谨的箭。（真写得好。）梁中书见了大喜，（主句。）传下号令，却叫杨志也射周谨三箭。

（读者须知，周谨三箭皆是妙手，盖镫里藏身，则箭过鞍上矣，弓稍掠得着，手绰得住，则相去不能以寸矣。）

将台上又把青旗麾动，周谨撇了弓箭，拿了防牌在手，拍马望南而走，杨志在马上把腰只一纵，略将脚一拍，那马泼喇喇的便赶。（此处却不叙弓，先叙马，法变。）杨志先把弓虚扯一扯，（写得好。）周谨在马上听得脑后弓弦响，扭转身来，便把防牌来迎，却早接个空。写得好。周谨寻思道："那厮只会使枪，不会射箭。等他第二枝箭再虚诈时，我便喝住了他，便算我赢了。"周谨的马早到教场南尽头，前两枝箭发后，方到尽头，此一枝箭未发，已到尽头，盖前放三箭此只须一箭故也。那马便转望演武厅来。杨志的马见周谨马跑转来，那马也便回身。前文杨志把马一兜，周谨亦把马一勒，今俱不用，而马便自转回，写战马性情，出神入化。○盖前文虽带叙马，而意在箭，今文带叙箭，而意在马，此作者炉锤之妙也。杨志早去壶中掣出一枝箭来，搭在弓弦上，心里想道：写得好。○见杨志神箭，绰然有余。"射中他后心窝，绰然有余。必至伤了他性命。他和我又没冤仇，洒家只射他不致命处便了。"绰然有余。左手如托泰山，右手如抱婴孩，弓开如满月，箭去似流星。说时迟，那时快，六句写得好。一箭正中周谨左肩。周谨措手不及，翻身落马，那匹空马直跑过演武厅背后去了。写马完匝。众军卒自去救那周谨去了。梁中书见了大喜，主句。叫军政司便呈文案来，教杨志截替了周谨职役。

杨志神色不动，下了马，写马完匝。便向厅前来，拜谢恩相，充其职役。不想阶下左边转上一个人来，叫道："休要谢职，我和你两个比试！"杨志看那人时，杨志看一看。身材七尺以上长短，面圆耳大，唇阔口方，腮边一部落腮胡须，威风凛凛，相貌堂堂，杨志看出相貌来。直到梁中书面前声了喏，禀道："周谨患病未痊，精神不到，因此误输与杨志。小将不才，愿与杨志比试武艺。如若小将折半点便宜与杨志，休教截替周谨，便教杨志替了小将职役，虽死而不怨。"梁中书看时，梁中书看一看。不是别人，却是大名府留守司正牌军索超。为是他性急，撮盐入火，为国家面上只要争气，当先厮杀，以此人都叫他做"急先锋"。梁中书看出姓名来。李成听得，便下将台来，直到厅前禀复道："相公，这杨志既是殿司制使，必然好武艺，须和周谨不是对手，正好与索正牌比试武艺，便见优劣。”梁中书听了，心中想道：“我指望一力要抬举杨志，众将不伏。一发等他赢了索超，他们也死而无怨，却无话说。”

梁中书随即唤杨志上厅，问道：“你与索超比试武艺如何？”杨志禀道：“恩相将令，安敢有违？”梁中书道：“既然如此，你去厅后换了装束，好生披挂，凡写梁中书着意处，当知不为当日演武出色，总为后文生辰纲伏线耳。教甲仗库随行官吏取应用军器给与，就叫牵我的战马借与杨志骑，小心在意，休觑得等闲。”异样色泽。杨志谢了，自去结束。

却说李成分付索超道：非为李成爱索超也，只为如此一衬，便令梁中书之爱杨志，加倍出色，故特特加意写来，总为生辰纲渲染耳。“你却难比别人，周谨是你徒弟，先自输了。你若有些疏失，吃他把大名府军官都看得轻了。我有一匹惯曾上阵的战马，并一副披挂，都借与你，小心在意，休教折了锐气。”陪出一匹马，愈显前文异样色泽。索超谢了，也自去结束。

梁中书起身，走出阶前来，从人移转银交椅，直到月台栏干边放下。如此一段落索文字，偏要写他两番，又不重复，又不棘手，真是奇才大笔。梁中书坐定。第一段。左右祗候两行。第二段。唤打伞的撑开那把银葫芦顶茶褐罗三檐凉伞来，盖定在梁中书背后。第三段。〇异样景色，前文所无。将台上传下将令，第四段。早把红旗招动，两边金鼓齐鸣，第五段。发一通擂，第六段。去那教场中两阵内各放了个炮。第七段。炮响处，索超跑马入阵内，藏在门旗下。杨志也从阵里跑马入军中，直到门旗背后。第八段。将台上又把黄旗招动，第九段。又发了一通擂，第十段。两军齐呐一声喊。第十一段。教场中谁敢做声，静荡荡的。第十二段。再一声锣响，扯起净平白旗，两下众官没一个敢走动胡言说话，静静地立着。第十三段。将台上又把青旗招动，第十四段。只见第三通战鼓响处，去那左边阵内门旗下看看分开，鸾铃响处，闪出正牌军索超，直到阵前，出索超。兜住马，出马。拿军器在手，出兵器。果是英雄。但见：众人看出。头戴一顶熟钢狮子盔，黑盔。脑后斗大来一颗红缨；红缨。身披一副铁叶攒成铠甲，铁甲。腰系一条镀金兽面束带，金带。前后两面青铜护心镜；前后镜。上笼着一领绯红团花袍，红袍。上面垂两条绿绒缕颔带，绿带。下穿一双斜皮气跨靴；斜皮靴。左带一张弓，右悬一壶箭，手里横着一柄金蘸斧；金蘸斧。坐下李都监那匹惯战能征雪白马。白马。○好索超。右边阵内门旗下看看分开。鸾铃响处，杨志提手中枪出马，直至阵前，杨志枪马一句出。勒住马，马。横着枪在手，枪。果是勇猛。但见：头戴一顶铺霜耀日镔铁盔，白盔。上撒着一把青缨；青缨。身穿一副钩嵌梅花榆叶甲，铜甲。系一条红绒打就勒甲绦，红绦。前后兽面掩心；前后兽面。上笼着一领白罗生色花袍，白袍。垂着条紫绒飞带，紫带。脚登一双黄皮衬底靴；黄皮靴。一张皮靶弓，数根凿子箭，手中挺着浑铁点钢枪；浑铁枪。骑的是梁中书那匹火块赤千里嘶风马。红马。○好杨志。两边军将暗暗地喝采，虽不知武艺如何，先见威风出众。第十五段。

二将披挂五彩间错处，俱要记得分明。凡此书有两人相对处，不写打扮即已，若写打扮，皆作者特地将五彩间错配对而出，不可忽过也。
今快友相聚，赌记《水浒》，孰不成诵，然终以略涉之故，有负良史苦心实惟不少。今愿与天下快人约，如遇豆棚茗碗，提及《水浒》之次，便当以杨、索如何结束为题，以差漏一色，为罚一筹，则庶乎可以冥谢耐庵也。

正南上旗牌官拿着销金令字旗，骤马而来，喝道："奉相公钧旨，教你两个俱各用心，如有亏误处，定行责罚。若是赢时，多有重赏。"第十六段。二人得令，纵马出阵，都到教场中心，两马相交，两匹马。二般兵器并举。两般兵器。索超忿怒，轮手中大斧拍马来战杨志；杨志逞威，撚手中神枪来迎索超。两个在教场中间，将台前面，二将相交，各赌平生本事。一来一往，一去一回，四条臂膊纵横，八只马蹄撩乱。第十七段。两个斗到五十余合，不分胜败。第十八段。○此处已是五十余合矣，今欲出力写二人不相下处，则即云一千余合，亦只是四个字，读去全然无有精采也。此特特以五十余合句作一番，又遍写满教场人好看作一番，又以收军锣响不肯住句作一番，于是读者方觉为时最久，真有战苦阵云深之叹也。月台上梁中书看得呆了。不写索、杨，却去写梁中书，当知非写梁中书也，正深于写索超、杨志也。两边众军官看了，喝采不迭。不写索、杨，却去写两边军官。阵面上军士们递相厮觑道："我们做了许多年军，也曾出了几遭征，何曾见这等一对好汉厮杀！"不写索、杨，却去写阵上军士。李成、闻达在将台上不住声叫道："好斗！"不写索、杨，却去写李成、闻达。○要看他凡四段，每段还他一个位置，如梁中书则在月台上，众军官则在月台上梁中书两边，军士们则在阵面上，李成、闻达则在将台上。又要看他每一等人，有一等人身分。如梁中书只是呆了，是个文官身分。众军官便喝采，是个众官身分。军士们便说出许多话，是众人身分。李成、闻达叫好斗，是两个大将身分。真是如花似火之文。○第十九段。闻达心里只恐两个内伤了一个，慌忙招呼旗牌官，拿着"令"字旗，与他分了。将台上忽的一声锣响，第二十段。杨志和索超斗到是处，各自要争功，那里肯回马。第二十一段。○写二人，又带写二马。旗牌官飞来叫道："两个好汉歇了，相公有令。"第二十二段。杨志、索超两个人。方才收了手中军器，两般兵器。勒坐下马，两匹马。各跑回本阵来，第二十三段。立马在旗下，收到两阵门旗下，妙绝。看那梁中书，收到梁中书。只等将令。收完许多红旗、黄旗、白旗、青旗。

一段写满教场眼睛都在两人身上，却不知作者眼睛乃在满教场人身上也。作者眼睛在满教场人身上，遂使读者眼睛不觉在两人身上。真是自有笔墨未有此文也。

○此段须知在史公《项羽纪》"诸侯皆从壁上观"一句化出来。

李成、闻达下将台来，直到月台下，精细庠序。禀覆梁中书道："相公，据这两个武艺一般，皆可重用。”梁中书大喜，主句。传下将令，唤杨志、索超。旗牌官传令，唤两个到厅前，梁中书不自唤，精细庠序。〇第二十四段。都下了马，两匹马。小校接了二人的军器，两般兵器。两个都上厅来，两个。上厅来。〇躬身听令。第二十五段。梁中书叫取两锭白银，两副表里来赏赐二人，就叫军政司将两个都升做管军提辖使，便叫贴了文案，从今日便参了他两个。索超、杨志都拜谢了梁中书，谢中书。将着赏赐下厅来，下厅来。解了枪刀弓箭，卸了头盔、衣甲，换了衣裳。索超也自去了披挂，换了锦袄，精细庠序。都上厅来，上厅来。再拜谢了众军官。谢众军官。梁中书叫索超、杨志两个也见了礼，两峰劈插，至此突然并合，妙绝。入班做了提辖。众军卒便打着得胜鼓，把着那金鼓旗先散。发放满教场人，留下梁中书、众军官、索超、杨志。梁中书和大小军官都在演武厅上筵宴。

看看红日沉西，筵席已罢，梁中书上了马，众官员都送归府。马头前摆着这两个新参的提辖，上下肩都骑着马，头上都带着红花，迎入东郭门来。余势犹劲。两边街道扶老携幼，都看了欢喜。梁中书在马上问道：“你那百姓，欢喜为何？”众老人都跪了禀道：“老汉等生在北京，长在大名，从不曾见今日这等两个好汉将军比试。今日教场中看了这般敌手，如何不欢喜！”半日叙满教场喝采，读者止谓若干军卒，然已极多矣。忽然于大军散去之后，梁中书回府之时，有意无意补出一大名城百姓来，遂令读者陡然回想适才交马时，人山人海，不是前番读时气象也，可谓咄咄怪事矣。梁中书在马上听了大喜。回到府中，众官各自散了。发放众官，留下梁中书、索超、杨志。索超自有一班弟兄请去作庆饮酒，发放索超，留下梁中书，杨志。杨志新来，未有相识，自去梁府宿歇，早晚殷勤听候使唤，满教场中人山人海，却一次一序，先发放众军，又发放众官，又发放索超，单单剩下杨志一个，与梁中书一个，一垛儿住着，殷勤亲热。异哉！如此一回大书，乃正为此一句，为生辰纲作伏线耳，彼细儒恶足以知之。都不在话下。

已上如许一篇大文，却只算做闲话，须知。

且把这闲话丢过，只说正话。自东郭演武之后，梁中书十分爱惜杨志，早晚与他并不相离，伏线有劲弓怒马之势。月中又有一分请受，自渐渐地有人来结识他。闲笔。那索超见了杨志手段高强，心中也自钦伏。闲笔。不觉光阴迅速，又早春尽夏来，时逢端午，生辰近矣。蕤宾节至，梁中书与蔡夫人陡然写出三个字来，如离似合，如急似缓，妙笔。在后堂家宴，庆贺端阳。酒至数杯，食供两套，八字写尽骄妻弱婿之苦。只见蔡夫人道：“蔡夫人道”，写尽骄妻，“只见”写尽弱婿。○“蔡夫人道”者，言梁中书不敢则声也，“只见”者，言梁中书不敢旁视也。“相公自从出身，今日为一统帅，掌握国家重任，这功名富贵从何而来？”梁中书道：“世杰妻前夫名，势在则礼然也。自幼读书，颇知经史，人非草木，岂不知泰山之恩，提携之力，感激不尽！”蔡夫人道：“相公既知我父亲恩德，如何忘了他生辰？”梁中书道：“下官如何不记得，泰山是六月十五日生辰，“六月十五日”，下文都从此五字着笔。上文纪时，亦远远便为此五字也。已使人将十万贯收买金珠宝贝，送上京师庆寿。一月之前，干人都关领去了。见今九分齐备，数日之间，也待打点停当，差人起程。只是一件，在此踌躇。上年收买了许多玩器并金珠宝贝，使人送去，不到半路，尽被贼人劫了，枉费了这一遭财物，至今严捕贼人不获。先用一衬，妙绝。○俗笔不知此一衬，则下文为突，若必要写出一件事在前，则又是痴人做梦矣。今年叫谁人去好？”蔡夫人道：“帐前见有许多军校，你选择知心腹的人去便了。”梁中书道：“尚有四五十日，早晚催并礼物完足，那时选择去人未迟。夫人不必挂心，世杰自有理会。”当日家宴，午牌至二更方散，自此不在话下。

却说山东济州郓城县新到任一个知县，姓时，名文彬。当日升厅，公座左右两边排着公吏人等。知县随即叫唤尉司捕盗官员并两个巡捕都头。本县尉司管下有两个都头：一个唤做步兵都头，一个唤做马兵都头。这马兵都头管着二十匹坐马弓手，二十个土兵。那步兵都头管着二十个使枪的头目，二十个土兵。虽是知县衙门，亦必要叙，然亦特地写此一番小小景象，与前教场中大铺排作映耀也。这马兵都头姓朱名仝，身长八尺四五，有一部虎须髯，长一尺五寸，面如重枣，目若朗星，似关云长模样，满县人都称他做“美髯公”。原是本处富户，只因他仗义疏财，结识江湖上好汉，学得一身好武艺。那步兵都头姓雷，名横，身长七尺五寸，紫棠色面皮，有一部扇圈胡须；为他膂力过人，能跳三二丈阔涧，满县人都称他做“插翅虎”。原是本县打铁匠人出身，后来开张碓房，杀牛放赌，虽然仗义，只有些心地匾窄，也学得一身好武艺。

那朱仝、雷横两个，专管擒拿贼盗。当日知县呼唤两个上厅来，声了喏，取台旨。知县道：“我自到任以来，闻知本府济州管下所属水乡梁山泊贼盗聚众打劫，拒敌官军，提纲。亦恐各乡村盗贼猖狂小人甚多。今唤你等两个，休辞辛苦，与我将带本管土兵人等，一个出西门，一个出东门，分投巡捕。若有贼人，随即剿获申解，不可扰动乡民。体知东溪村山上有株大红叶树，别处皆无，你们众人采几片来县里呈纳，方表你们会巡到那里。若无红叶，便是汝等虚妄，定行责罚不恕。”轻轻而起。两个都头领了台旨，各自回归，点了本管土兵，分投自去巡察。

不说朱仝引人出西门自去巡捕，只说雷横当晚引了二十个土兵出东门，绕村巡察，遍地里走了一遭，回来到东溪村山上，众人采了那红叶，就下村来。行不到三二里，早到灵官庙前，见殿门不关，雷横道：“这殿里又没有庙祝，殿门不关，莫不有歹人在里面么？我们直入去看一看。”众人拿着火，一齐照将入来，只见供桌上，赤条条地睡着一个大汉。一句写出好汉顾盼非常来，不然，“供桌上赤条条”从不曾连作一句也。天道又热，那汉子把些破衣裳团做一块作枕头，枕在项下，好看。○枕头也，乃云“项下”，写尽粗人沉睡光景。齁齁的沉睡着了在供桌上。雷横看了道：“好怪，好怪！知县相公忒神明，原来这东溪村真个有贼！”大喝一声，那汉却待要挣挫，被二十个土兵一齐向前，把那汉子一条索子绑了，押出庙门，投一个保正庄上来。

不是投那个去处，有分教：东溪村里，聚三四筹好汉英雄；郓城县中，寻十万贯金珠宝贝。正是：天上罡星来聚会，人间地煞得相逢。毕竟雷横拿住那汉，投解甚处来，且听下回分解。

第十三回
赤发鬼醉卧灵官殿
晁天王认义东溪村

一部书共计七十回，前后凡叙一百八人，而晁盖则其提纲挈领之人也。晁盖提纲挈领之人，则应下笔第一回便与先叙。先叙晁盖已得停当，然后从而因事造景，次第叙出一百八个人来，此必然之事也。乃今上文已放去一十二回，到得晁盖出名，书已在第十三回。我因是而想：有有全书在胸而始下笔著书者，有无全书在胸而姑涉笔成书者。如以晁盖为一部提纲挈领之人，而欲第一回便先叙起，此所谓无全书在胸而姑涉笔成书者也；若既已以晁盖为一部提纲挈领之人，而又不得不先放去一十二回，直至第十三回方与出名，此所谓有全书在胸而后下笔著书者也，夫欲有全书在胸而后下笔著书，此其以一部七十回一百有八人轮回掴叠于眉间心上，夫岂一朝一夕而已哉！观鸳鸯而知金针，读古今之书而能识其经营，予日欲得见斯人矣。

加亮初出草庐第一句曰："人多做不得，人少亦做不得。"至哉言乎！虽以治天下，岂复有遗论哉！然而人少做不得一语，人固无贤无愚，无不能知之也。若夫人多亦做不得一语，则无贤无愚，未有能知之者也。呜呼！君不密则失臣，臣不密则失身，岂惟民可使由，不可使知。周礼建官三百六十，实惟使由，不使知之属也。枢机之地，惟是二三公孤得与闻之。人多做不得，岂非王道治天下之要论耶，恶可以其稗官之言也而忽之哉！

一部书一百八人，声施烂然，而为头是晁盖先说做下一梦。嗟呼，可以悟矣。夫罗列此一部书一百八人之事迹，岂不有哭，有笑，有赞，有骂，有让，有夺，有成，有败，有俯首受辱，有提刀报仇，然而为头先说是梦，则知无一而非梦也。大地梦国，古今梦影，荣辱梦事，众生梦魂，岂惟一部书一百八人而已。尽大千世界无不同在一局，求其先觉者，自大雄氏以外无闻矣。真蕉假鹿，纷然成讼，长夜漫漫，胡可胜叹！

话说当时雷横来到灵官殿上，见了这条大汉睡在供桌上，众土兵上前，把条索子绑了，捉离灵官殿来。天色却早，是五更时分。雷横道："我们且押这厮去晁保正庄上，讨些点心吃了，无端曲折而来。却解去县里取问。"一行众人却都奔这保正庄上来。

原来那东溪村保正，姓晁名盖，祖是本县本乡富户。平生仗义疏财，专爱结识天下好汉，但有人来投奔他的，不论好歹，断定晁盖。○活画出晁盖有粗无细来。便留在庄上住。若要去时，又将银两赍助他起身。最爱刺枪使棒，亦自身强力壮，不娶妻室，终日只是打熬筋骨。郓城县管下东门外有两个村坊，一个东溪村，一个西溪村，只隔着一条大溪。当初这西溪村常常有鬼，白日迷人下水，聚在溪里，无可奈何。忽一日，有个僧人经过，村中人备细说知此事，僧人指个去处、教用青石凿个宝塔，放于所在，镇住溪边。其时西溪村的鬼，都赶过东溪村来。亦暗射石碣镇魔事。那时晁盖得知了大怒，从溪里走将过去，把青石宝塔独自夺了过来，东溪边放下，亦暗射开碣走魔事。因此人皆称他做"托塔天王"晁盖。独霸在那村坊，江湖都闻他名字。

那早雷横并土兵押着那汉，来到庄前敲门，庄里庄客闻知，报与保正。此时晁盖未起，听得报是雷都头到来，慌忙叫开门。庄客开得庄门，众土兵先把那汉子吊在门房里，雷横自引了十数个为头的人，到草堂上坐下。晁盖起来接待，动问道："都头有甚公干到这里？"雷横答道："奉知县相公钧旨，着我与朱仝两个引了部下土兵，分投下乡村各处巡捕贼盗。因走得力乏，欲得少歇，径投贵庄暂息，有惊保正安寝。”晁盖道：“这个何妨？”一面叫庄客安排酒食管待，先把汤来吃。晁盖动问道：“敝村曾拿得个把小贼么？”雷横道：“却才前面灵官殿上，有个大汉睡着在那里，我看那厮不是良善君子，一定是醉了，就便睡着。我们把索子缚绑了，本待便解去县里见官，一者忒早些，二者也要教保正知道，恐日后父母官问时，保正也好答应。见今吊在贵庄门房里。”晁盖听了记在心，宰相如此，便是贤宰相也。称谢道：“多亏都头见报。”少刻庄客捧出盘馔酒食，晁盖喝道：“此间不好说话，不如去后厅轩下少坐。”引开雷横。便叫庄客里面点起灯烛，请都头到里面酌杯。

晁盖坐了主位，雷横坐了客席。两个坐定，庄客铺下果品按酒菜蔬盘馔，庄客一面筛酒。晁盖又叫置酒与土兵众人吃。引开众人。庄客请众人都引去廊下客位里管待，大盘酒肉只管叫众人吃。晁盖一头相待雷横吃酒，一面自肚里寻思：宰相如此，便是贤宰相也。“村中有甚小贼吃他拿了？我且自去看是谁。”宰相如此，便是贤宰相也。相陪吃了五七杯酒，便叫家里一个主管出来：“陪奉都头坐一坐，我去净了手便来。”那主管陪侍着雷横吃酒，晁盖却去里面拿了个灯笼，径来门楼下看时，土兵都去吃酒，没一个在外面。明画之甚。晁盖便问看门的庄客：“都头拿的贼吊在那里？”庄客道：“在门房里关着。”

晁盖去推开门，打一看时，只见高高吊起那汉子在里面，露出一身黑肉，下面抓扎起两条黑魆魆毛腿，赤着一双脚。先作粗看一番。晁盖把灯照那人脸时，紫黑阔脸，鬓边一搭朱砂记，上面生一片黑黄毛，又作细看一番。○只一看，必分作两番写来，何等笔法。晁盖便问道：“汉子，你是那里人？我村中不曾见有你。”那汉道：“小人是远乡客人，来这里投奔一个人，偏不直说出来。却把我来拿做贼，我须有分辩处。”晁盖道：“你来我这村中投奔谁？”那汉道：“我来这村中投奔一个好汉。”偏还不直说出来。晁盖道：“这好汉叫做甚么？”那汉道：“他唤做晁保正。”凡作两番歇拍，至第三番，忽然劈面迎来，何等笔法。晁盖道：“你却寻他有甚勾当？”那汉道：“他是天下闻名的义士好汉。如今我有一套富贵奇语。要与他说知，奇文忽起，有山从人面、云向马头之势。因此而来。”晁盖道：“你且住，上文一套富贵，真乃出色奇语，读者于此，几有目不及眨之乐，乃陡然只用三个字横风吹断，看他一起一跌，皆极文章之致也。只我便是晁保正。却要我救你，你只认我做娘舅之亲。少刻我送雷都头那人出来时，你便叫我做阿舅，我便认你做外甥。只说四五岁离了这里，今番来寻阿舅，因此不认得。”那汉道：“若得如此救护，深感厚恩，义士提携则个！”

当时晁盖提了灯笼自出房来，仍旧把门拽上，细。急入后厅来见雷横，说道：“甚是慢客。”雷横道：“多多相扰，理甚不当。”两个又吃了数杯酒。只见窗子外射入天光来，雷横道：“东方动了，小人告退，好去县中画卯。”晁盖道：“都头官身，不敢久留。若再到敝村公干，千万来走一遭。”雷横道：“却得再来拜望，请保正免送。”救作一曲。晁盖道：“却罢，也送到庄门口。”文情曲曲折折，并无一笔直写。

两个同走出来，那伙土兵众人都得了酒食，吃得饱了，各自拿了枪棒，便去门房里解了那汉，背剪缚着带出门外。晁盖见了，说道：“好条大汉！”如未尝见者，写得妙绝。雷横道：“这厮便是灵官庙里捉的贼……”说犹未了，只见那汉叫一声：“阿舅，救我则个！”晁盖假意看他一看，宛然出自意外光景。喝问道：“兀的这厮不是王小三么？”那汉道：“我便是，阿舅救我。”众人吃了一惊。雷横便问晁盖道：“这人是谁？如何却认得保正？”晁盖道：“原来是我外甥王小三。这厮如何在庙里歇？偏作疑惑语，妙绝。乃是家姐的孩儿，从小在这里过活，四五岁时随家姐夫和家姐上南京去住，一去了十数年。这厮十四五岁又来走了一遭，所以认得阿舅。跟个本京客人来这里贩卖，向后再不曾见面。所以不认得庄上，去卧灵官庙里。多听得人说这厮不成器，如何却在这里？偏作疑惑语，妙绝。小可本也认他不得，为他鬓边有这一搭朱砂记，因此影影认得。”偏作疑惑不肯十分相认语，妙绝。晁盖喝道：“小三，你如何不径来见我？却去村中做贼！”偏自陷他是贼，妙绝。

那汉叫道：“阿舅，我不曾做贼。”晁盖喝道：“你既不做贼，如何拿你在这里？”骂小三，却正是驳雷横，妙绝。夺过土兵手里棍棒，劈头劈脸便打。偏不劝，偏要打，妙绝。雷横并众人劝道：晁盖不劝雷横，雷横反劝晁盖，妙绝。“且不要打，听他说。”那汉道：“阿舅息怒，且听我说。自从十四五岁时来走了这遭，如今不是十年了？昨夜路上，多吃了一杯酒，不敢来见阿舅，权去庙里睡得醒了，却来寻阿舅。不想被他们不问事由，将我拿了，却不曾做贼。”晁盖拿起棍来又要打，口里骂道：“畜生！你却不径来见我，且在路上贪噇这口黄汤，我家中没得与你吃，辱没杀人！”是阿舅语。〇已放去“做贼”二字矣。雷横劝道：雷横劝，妙绝。“保正息怒，你令甥本不曾做贼。晁盖偏要陷是贼，雷横极辩不是贼，妙绝。我们见他偌大一条大汉在庙里睡得跷蹊，亦且面生，又不认得，因此设疑，捉了他来这里。若早知是保正的令甥，定不拿他。”唤土兵快解了绑缚的索子，放还保正。

众土兵登时解了那汉。雷横道：“保正休怪，早知是令甥，不致如此，甚是得罪，小人们回去。”晁盖道：“都头且住，请入小庄，再有话说。”雷横放了那汉，一齐再入草堂里来。晁盖取出十两花银送与雷横，说道：“都头休嫌轻微，望赐笑留。”写晁盖。〇不欲其说庙中之人也。雷横道：“不当如此。”晁盖道：“若是不肯收受时，便是怪小人。”雷横道：“既是保正厚意，权且收受，改日却得报答。”晁盖叫那汉拜谢了雷横，晁盖又取些银两赏了众土兵，不欲其说庙中之人也。再送出庄门外。

雷横相别了，引着土兵自去。晁盖却同那汉到后轩下，取几件衣裳与他换了，取顶头巾与他带了，可笑。便问那汉姓甚名谁，何处人氏。那汉道：“小人姓刘名唐，祖贯东潞州人氏，因这鬓边有这搭朱砂记，人都唤小人做‘赤发鬼’。托塔天王家里却有赤发鬼来，可发一笑。特地送一套富贵来与保正哥哥，昨夜晚了，因醉倒庙里，不想被这厮们捉住，绑缚了来，今日幸得在此。哥哥坐定，受刘唐四拜。”拜罢，晁盖道：“你且说送一套富贵与我，见在何处？”刘唐道：“小人自幼飘荡江湖，多走途路，专好结识好汉，往往多闻哥哥大名，不期有缘得遇。曾见山东、河北做私商的，多曾来投奔哥哥，因此刘唐敢说这话。不惟道破晁盖，亦图便于着笔。这里别无外人，方可倾心吐胆对哥哥说。”晁盖道：“这里都是我心腹人，但说不妨。”刘唐道：“小弟打听得北京大名府梁中书，收买十万贯金珠宝贝玩器等物，送上东京，与他丈人蔡太师庆生辰。去年也曾送十万贯金珠宝贝，来到半路里，不知被谁人打劫了，至今也无捉处。今年又收买十万贯金珠宝贝，早晚安排起程，要赶这六月十五日生辰。小弟想此一套是不义之财，取之何碍！可见是义旗。便可商议个道理，去半路上取了，天理知之，也不为罪。可见是义旗。闻知哥哥大名，是个真男子，武艺过人。小弟不才，颇也学得本事，休道三五个汉子，便是一二千军马队中，拿条枪，也不惧他。特表刘唐，却用刘唐口自出之，便甚。倘蒙哥哥不弃时，情愿相助一臂，不知哥哥心内如何？”晁盖道：“壮哉！且再计较。正说得入港，读者又当眼不及眨矣，却陡然又用六个字横风吹断，一起一跌，再起再跌，真文章之极致也。你既来这里，想你吃了些艰辛，且去客房里将息少歇，待我从长商议，来日说话。”

晁盖叫庄客引刘唐廊下客房里歇息，庄客引到房中，也自去干事了。且说刘唐在房里寻思道：放过晁盖，再从刘唐身上生出文情，有千丈游丝，萦花粘草之妙。“我着甚来由，苦恼这遭！多亏晁盖完成，解脱了这件事。只叵耐雷横那厮，平白地要陷我做贼，把我吊这一夜。想那厮去未远，我不如拿了条棒赶上去，齐打翻了那厮们，却夺回那银子，送还晁盖，也出一口恶气。此计大妙！”此非写刘唐小忿，盖图曲曲转出吴学究来。所谓文生情，情生文，皆极不易之事也。○俗本作“平白骗了晁盖十两银子，我夺来还了他，他必然敬我”，此成何等语。刘唐便出房门，去枪架上拿了一条朴刀，便出庄门，大踏步投南赶来。此时天色已明，却早望见雷横引着土兵，慢慢地行将去。刘唐赶上来，大喝一声：“兀那都头不要走！”

雷横吃了一惊，回过头来，见是刘唐撚着朴刀赶来。雷横慌忙去土兵手里写出不意。夺条朴刀拿着，枪架上拿条朴刀，是不曾带朴刀来者。土兵手里夺条朴刀，亦是不曾带朴刀来者。虽极不经意处，都写得精细，妙手。喝道：“你那厮赶将来做甚么？”刘唐道：“你晓事的，留下那十两银子还了我，我便饶了你！”雷横道：“是你阿舅送我的，干你甚事？我若不看你阿舅面上，直结果了你这厮性命，刬地问我取银子！”刘唐道：“我须不是贼，你却把我吊了一夜，又骗我阿舅十两银子。是会的将来还我，佛眼相看；你若不还我，叫你目前流血！”雷横大怒，指着刘唐大骂道：“辱门败户的谎贼，怎敢无礼！”刘唐道：“你那诈害百姓的腌臜泼才，怎敢骂我！”雷横又骂道：“贼头贼脸贼骨头，必然要连累晁盖！你这等贼心贼肝，我行须使不得！”刘唐之来，止为冤之为贼耳，却偏用无数“贼”字痛骂之，虽承前文作波，实为后文作引也。刘唐大怒道：“我来和你见个输赢！”撚着朴刀，直奔雷横。

雷横见刘唐赶上来，呵呵大笑，挺手中朴刀来迎。两个就大路上，厮并了五十余合，不分胜败。众土兵见雷横赢刘唐不得，却待都要一齐上并他，只见侧首篱门开处，一个人掣两条铜炼，叫道：看他如此写出来。“你们两个好汉且不要斗。我看了多时，权且歇一歇，我有话说。”便把铜炼就中一隔。两个都收住了朴刀，跳出圈子外来，立住了脚。看那人时，两个看出一个。似秀才打扮，戴一顶桶子样抹眉梁头巾。穿一领皂沿边麻布宽衫，腰系一条茶褐銮带，下面丝鞋净袜；生得眉清目秀，面白须长。这人乃是“智多星”吴用，表字学究，道号“加亮先生”，祖贯本乡人氏。“加亮”二字，后文要一片精神发付之。手提铜炼，指着刘唐叫道：“那汉且住，你因甚和都头争执？”刘唐光着眼看吴用道：“不干你秀才事！”写得妙，使秀才羞杀。〇虽是借题调侃秀才语，然实反衬后文无事不干此人，以为文章波折也。雷横便道：“教授不知，这厮夜来赤条条地睡在灵官庙里，被我们拿了这厮，带到晁保正庄上，原来却是保正的外甥。看他母舅面上，放了他。晁保正请我们吃了酒，送些礼物与我。这厮瞒了他阿舅，直赶到这里问我取。你道这厮大胆么？”

吴用寻思道：“晁盖我都是自幼结交，但有些事，便和我相议计较。他的亲眷相识，我都知道，不曾见有这个外甥。亦且年甲也不相登，必有些跷蹊，我且劝开了这场闹，却再问他。”吴用便道：一劝。“大汉休执迷，你的母舅与我至交，又和这都头亦过得好。他便送些人情与这都头，你却来讨了，也须坏了你母舅面皮。且看小生面，我自与你母舅说。”刘唐道：“秀才，你不省得。写得妙，使秀才羞杀。○虽是调侃秀才，亦反衬后文此人无件不省得也。这个不是我阿舅甘心与他，他诈取了我阿舅的银两。若是不还我，誓不回去！”雷横道：“只除是保正自来取，便还他，却不还你！”刘唐道：“你屈冤人做贼，诈了银子，怎的不还？”雷横道：“不是你的银子，不还，不还！”刘唐道：“你不还，只除问得我手里朴刀肯便罢。”奇语。○劝不住，故妙。只因劝不住，便生出后文晁、吴相见机会来，若使一劝即住，便殊非此一段书之故也。吴用又劝：“你两个斗了半日，又没输赢，只管斗到几时是了？”又劝。刘唐道：“他不还我银子，直和他拚个你死我活便罢！”雷横大怒道：“我若怕你，添个土兵来并你，也不算好汉，我自好歹搠翻你便罢！”刘唐大怒，拍着胸前叫道：“不怕，不怕！”便赶上来。如画。这边雷横便指手划 脚也赶拢来，如画。两个又要厮并，这吴用横身在里面劝，那里劝得住。三劝。○如画。

刘唐撚着朴刀，只待钻将过来。雷横口里千贼万贼价骂，挺朴刀正待要斗，如画。只见众土兵指道：“保正来了！”刘唐回身看时，只见晁盖披着衣裳，前襟摊开，从大路上赶来，如画。○写得一时拉杂如火。大喝道：“畜生不得无礼！”那吴用大笑道：“须是保正自来，方才劝得这场闹。”晁盖赶得气喘，问道：“怎的赶来这里斗朴刀？”不知高低语。雷横道：“你的令甥拿着朴刀赶来，问我取银子。小人道：‘不还你，我自送还保正，非干你事。’他和小人斗了五十合，教授解劝在此。”晁盖道：“这畜生！小人并不知道。都头看小人之面请回，自当改日登门陪话。”雷横道：“小人也知那厮胡为，不与他一般见识，又劳保正远出。”作别自去，不在话下。

且说吴用对晁盖说道："不是保正自来，几乎做出一场大事。这个令甥端的非凡，凡一个好汉出现，必有一番出色语。今是刘唐出现处，故特地写出八个字，为他出色。雷横此时只算陪客，不妨权让一步也。是好武艺。小生在篱笆里看了，这个有名惯使朴刀的雷都头也敌不过，又能带表雷横。只办得架隔遮拦。若再斗几合，雷横必然有失性命，因此小生慌忙出来间隔了。这个令甥从何而来？令甥如何云"从何而来"？岂不闻甥不出舅耶？往常时庄上不曾见有。"晁盖道："却待正要来请先生到敝庄商议句话，正欲使人来，只见不见了他，枪架上朴刀又没了，闲心妙笔。只见牧童报说一个大汉庄主令甥，牧童却呼大汉，加亮面前，露此马脚，写得妙绝。拿条朴刀望南一直赶去，我慌忙随后追得来，早是得教授谏劝住了。请尊步同到敝庄，有句话计较计较。"那吴用还至书斋，挂了铜炼在书房里，细。分付主人家道："学生来时，说道先生今日有干，权放一日假。"拽上书斋门，将锁锁了，同晁盖、刘唐到晁家庄上。

晁盖径邀了后堂深处，分宾而坐。吴用问道："保正，此人是谁？"直问是谁，妙。盖大汉之称，已猜到九分矣。晁盖道："此人江湖上好汉，姓刘名唐，是东潞州人氏。因有一套富贵，特来投奔我。夜来他醉卧在灵官庙里，却被雷横捉了拿到我庄上，我因认他做外甥，方得脱身。他说：'有北京大名府梁中书收买十万贯金珠宝贝，送上东京，与他丈人蔡太师庆生辰，早晚从这里经过。此等不义之财，取之何碍！'他来的意，正应我一梦。又忽然撰出一梦，奇情妙笔。○此处为一部大书提纲挈领之处，晁盖为一部大书提纲挈领之人，而为头先是一梦，可见一百八人，七十卷书，都无实事。我昨夜梦见北斗七星，直坠在我屋脊上。斗柄上另有一颗小星，化道白光去了。一部大书，罗列一百八座星辰，此处乃忽然撰出一梦，先提出北斗七星。夫北斗七星者，众星之所环拱也，晁盖为此泊之杓，于斯验矣。我想星照本家，安得不利？今早正要求请教授商议，此一件事若何？”吴用笑道：“小生见刘兄赶得来跷蹊，也猜个七八分了。此一事却好，只是一件，人多做不得，人少又做不得。十字千古名言，可谓初出茅庐第一语矣。宅上空有许多庄客，一个也用不得。如今只有保正、刘兄、小生三人，这件事如何团弄？此二语向保正说，下二语向刘唐说，看他写来，宛然三个人议事，回头转耳，左顾右盼也。便是保正与兄十分了得，也担负不下。此二语向刘唐说。这段事须得七八个好汉方可，多也无用。”写得料事如神，加亮之号不虚也。晁盖道：“莫非要应梦中星数？”吴用便道：“兄长，这一梦也非同小可，莫非北地上再有扶助的人来？”寻思了半晌，眉头一纵，计上心来，说道：“有了！有了！”看他反先插公孙，次思三阮，笔势夭矫之极。晁盖道：“先生既有心腹好汉，可以便去请来，成就这 件事。”

吴用不慌不忙，叠两个指头，说出几句话来，有分教：东溪庄上，聚义汉翻作强人；石碣村中，打鱼船权为战舰。正是：指挥说地谈天口，来做翻江搅海人。毕竟智多星吴用说出甚么人来，且听下回分解。

第十四回
吴学究说三阮撞筹
公孙胜应七星聚义

吳學究說
三阮撞籌

《水浒》之始也始于石碣，《水浒》之终也终于石碣，石碣之为言一定之数固也。然前乎此者之石碣，盖托始之例也。若《水浒》之一百八人，则自有其始也。一百八人自有其始，则又宜何所始？其必始于石碣矣。故读阮氏三雄，而至石碣村字，则知一百八人之入《水浒》，断自此始也。

阮氏之言曰：“人生一世，草生一秋。”嗟乎！意尽乎言矣。夫人生世间，以七十年为大凡，亦可谓至暂也。乃此七十年也者，又夜居其半，日仅居其半焉。抑又不宁惟是而已，在十五岁以前，蒙无所识知，则犹掷之也。至于五十岁以后，耳目渐废，腰髋不随，则亦不如掷之也。中间仅仅三十五年，而风雨占之，疾病占之，忧虑占之，饥寒又占之，然则如阮氏所谓论秤称金银，成套穿衣服，大碗吃酒，大块吃肉者，亦有几日乎耶！而又况乎有终其身曾不得一日也者！故作者特于三阮名姓，深致叹焉，曰“立地太岁”，曰“活阎罗”，中间则曰“短命二郎”。嗟乎！生死迅疾，人命无常，富贵难求，从吾所好，则不著书，其又何以为活也！

加亮说阮，其曲折迎送人所能也，其渐近即纵之，既纵即又另起一头，复渐渐逼近之，真有如诸葛之于孟获者，此定非人之所能也。故读说阮一篇，当玩其笔头落处，不当随其笔尾去处，盖读稗史亦有法矣。

话说当时吴学究道：“我寻思起来，有三个人义胆包身，武艺出众，敢赴汤蹈火，同死同生。只除非得这三个人，方才完得这件事。”晁盖道：“这三个却是甚么样人？姓甚名谁？何处居住？”吴用道：“这三个人是弟兄三个，在济州梁山泊边石碣村住，此书始于石碣，终于石碣，然所以始之终之者，必以中间石碣为提纲，此撞筹之旨也。日常只打鱼为生，亦曾在泊子里做私商勾当。本身姓阮，弟兄三人，一个唤做‘立地太岁’阮小二，妙。〇合弟兄三人浑名，可发一叹。盖太岁，生方也；阎罗，死王也；生死相续，中间又是短命，则安得又不著书自娱，以消永日也！一个唤做‘短命二郎’阮小五，妙。一个唤做‘活阎罗’阮小七。妙。〇小七是七，小二小五合成七，小五唤做二郎，又独自成七，三人离合，凡得三个七焉，筹亦三七二十一，为少阳之数也。〇一百八人必自居于阳者，明非阴气所钟也，而必退处于少者，所以尊朝廷也。这三个是亲弟兄。小生旧日在那里住了数年，与他相交时，他虽是个不通文墨的人，非骂文人也，正自表此书，在无文墨处结撰停当，然后发而为文墨，读者定不当以文墨求之也。〇应知世间盖天盖地奇书，皆从不通文墨处来。为见他与人结交真有义气，是个好男子，因此和他来往。今已好两年不曾相见。若得此三人，大事必成。”晁盖道：“我也曾闻这阮家三弟兄的名字，只不曾相会。石碣村离这里只有百十里以下路程，何不使人请他们来商议？”吴用道：“着人去请，他们如何肯来？又道是不通之人，却又如许自爱其鼎。嗟乎！今世之通文墨者，又何其营营于人之门户，驱之而犹不欲去也！小生必须自去那里，凭三寸不烂之舌，说他们入伙。”晁盖大喜道：“先生高见！二字赞得妙，盖深以礼贤下士为急务也。几时可行？”吴用答道：“事不宜迟，只今夜三更便去，明日晌午可到那里。”晁盖道：“最好。”当时叫庄客且安排酒食来吃。

吴用道：“北京到东京也曾行过，只不知生辰纲从那条路来，再烦刘兄休辞生受，连夜去北京路上探听起程的日期，端的从那条路上来。”刘唐道：“小弟只今夜也便去。”吴用道：“且住。他生辰是六月十五日，如今却是五月初头，尚有四五十日。等小生先去说了三阮弟兄回来，那时却教刘兄去。”此一段非闲文，乃特为公孙胜来作地也。〇后公孙胜来了，刘唐便不复去，文中竟不说明，有疏密互见之妙。晁盖道：“也是。刘兄弟只在我庄上等候。”

话休絮烦。当日吃了半晌酒食，至三更时分，吴用起来洗漱罢，吃了些早饭，讨了些银两藏在身边，穿上草鞋，晁盖、刘唐送出庄门。吴用连夜投石碣村来。行到晌午时分，早来到那村中。吴学究自来认得，不用问人，来到石碣村中，径投阮小二家来。到得门前看时，只见枯桩上缆着数只小渔船，疏篱外晒着一张破鱼网，倚山傍水，约有十数间草房。写来入画。吴用叫一声道："二哥在家么？"只见阮小二走将出来，看他兄弟三人，逐个叙出，有山断云连、水斜桥接之妙。头戴一顶破头巾，身穿一领旧衣服，赤着双脚，出来见了是吴用，慌忙声喏道："教授何来？甚风吹得到此？"吴用答道："有些小事，特来相浼二郎。"阮小二道："有何事？但说不妨。"吴用道："小生自离了此间又早二年，如今在一个大财主家做门馆，他要办筵席，用着十数尾重十四五斤的金色鲤鱼，因此特地来相投足下。"阮小二笑了一声，说道："小人且和教授吃三杯却说。"写小二机扣不远处，妙绝。吴用道："小生的来意，也正欲要和二哥吃三杯。"吴用说三阮，只用一个顺他性格，顺他口语之法，一篇皆然，盖深得控御豪杰之术者也。阮小二道："隔湖有几处酒店，我们就在船里荡将过去。"吴用道："最好。也要就与五郎说句话，不知在家也不在？"看他如此去，并不着意要见五郎，下文叫七哥二字亦然，只如无心中说闲话，遇闲人也者，此史公叙事之法也。阮小二道："我们一同去寻他便了。"两个来到泊岸边，枯桩上缆的小船解了一只，如画。便扶着吴用如画。下船去了。树根头如画。拿了一把桦楸，只顾荡，早荡将开去，望湖泊里来。

正荡之间，只见阮小二把手一招，生于斯者习于斯，则或从密树中，或从沙嘴上，或从破屋角头，或从大水中央，每每眼明手快，见而招之矣。若夫初来生客，目光不定，则人在树中，与树一色，人在沙上，与沙一色，人在屋角，与屋一色，人在水中，与水一色，其乌乎知此中有人来无人来者乎？"只见阮小二把手一招"者，只见阮小二把手一招耳。文笔细妙入神，视夫直书云"只见阮小七桦出一只船来"者，真有金粪之别此回看他四个人问答不接处，如问小二，却是吴用答，都要算其神理。

也。〇亦无他法，只是逐半句写耳。叫道："七哥曾见五郎么？"看他如此来。〇上文自说寻五郎，此处却先遇七哥。离奇错落，纵横霍跃，真行文妙诀也。吴用看时，只见芦苇丛中摇出一只船来。那阮小七头戴一顶遮日黑箬笠，身上穿个棋子布背心，腰系着一条生布裙，把那只船荡着，问道："二哥，你寻五哥做什么？"吴用叫一声："七郎，不用小二答。小生特来相央你们说话。"阮小七道："教授恕罪，好几时不曾相见。"吴用道："一同和二哥去吃杯酒。"阮小七道："小人也欲和教授吃杯酒，二句与前倒转，法变。只是一向不曾见面。""只是"二字，不通之极。非不通文墨也，胸中有无数相思相爱，而口中不能宣通之也，便写出阮小七郁勃可爱。两只船厮跟着在湖泊里，不多时划到个去处，团团都是水，高埠上有七八间草房。阮小二叫道："老娘，突然叫声老娘，令人却忆王进母子也。〇试观王进母子，而后知"求忠臣必于孝子之门"，斯言为不诬也。三阮之母，独非母乎？如之何而至于有三阮也？积渐既成，而至于为黑旋风之母，益又甚矣。其死于虎，不亦宜乎！凡此等，皆作者特特安排处，读者宜细求之。五哥在么？"那婆婆道："说不得，鱼又不得打，此五字乃通篇之纲，却在其母口中提出。连日去赌钱，输得没了分文，却才讨了我头上钗儿，特写三阮之为三阮，非一朝一夕之故，其母之纵之者久矣。出镇上赌去了。"阮小二笑了一声，便把船划开。阮小七便在背后船上说道："哥哥正不知怎地，赌钱只是输，却不晦气！莫说哥哥不赢，我也输得赤条条地。"人知此句随手生发，不知此句随手省去。吴用暗想道："中了我的计了。"两只船厮并着，投石碣村镇上来。

划了半个时辰，只见独木桥边，一个汉子把着两串铜钱，不必赢。所以赢者，为请吴用地也。下来解船。如画。阮小二道："五郎来了。"吴用看时，但见阮小五斜戴着一顶破头巾，鬓边插朵石榴花，恐人忘了蔡太师生辰日，故闲中记出三个字来。披着一领旧布衫，露出胸前刺着的青郁郁一个豹子来，史进、鲁达、燕青，遍身花绣，各有意义。今小五只有胸前一搭花绣，盖寓言胸中有一段垒块，故发而为《水浒》一书也。虽然，"为子不见亲过，为臣不见君过"，人而至于胸中有一段垒块，吾甚畏夫难乎为其君父也。谚不云乎：虎生三子，必有一豹。豹为虎所生，而反食虎，五伦于是乎坠地矣。作者深恶其人，故特书之为豹，犹楚史之称梼杌也。呜呼，谁谓稗史无劝惩哉！○前文林冲称"豹子头"，盖言恶兽之首也。林冲先上山泊，而称为"豹子头"，则知一百八人者，皆恶兽也。作者志在春秋，于是乎见矣。里面匾扎起裤子，上面围着一条间道棋子布手巾。吴用叫一声道："五郎得采么？"问自问。阮小五道："原来却是教授，答自答，各不对。错错落落，离离奇奇。好两年不曾见面，我在桥上望你们半日了。"倒互一句妙，便于无字处，隐现出一段情景。阮小二道："我和教授直到你家寻你，老娘说道，出镇上赌钱去了，因此同来这里寻你。且来和教授去水阁上吃三杯。"阮小五慌忙去桥边，解了小船，跳在舱里，捉了桦楫，只一划，三只船厮并着。

划了一歇，三只船撑到水亭下荷花荡中。非写石碣村景。正记太师生辰，皆草蛇灰线之法也。三只船都缆了。扶吴学究上了岸，入酒店里来，都到水阁内，拣一副红油桌凳。阮小二便道："先生休怪我三个弟兄粗俗，请教授上坐。"既推教授上坐，又言休怪粗俗，只二句，写出野人不通文墨情性。吴用道："却使不得。"阮小七道："哥哥只顾坐主位，请教授坐客席，我兄弟两个便先坐了。"快人快语，固也，然又须看他细针婉线，是对

读此文时，切记小二、小五、小七等字样，便如鸠摩罗什与人奕棋，其间道处都成龙凤之形。

小二说者，便把弟兄三人，分作两段也。吴用道："七郎只是性快。"只是顺他性格法。〇七郎真是快士。四个人坐定了，叫酒保打一桶酒来。店小二把四只大盏子摆开，铺下四双箸，放了四盘菜蔬，打一桶酒，放在桌子上。阮小七道："有甚么下口？"小二哥道："新宰得一头黄牛，花糕也似好肥肉！"阮小二道："大块切十斤来。"阮小五道："教授休笑话，没甚孝顺。"吴用道："倒来相扰，多激恼你们。"阮小二道："休恁地说。"催促小二哥只顾筛酒，早把牛肉切做两盘，将来放在桌上。

阮家三兄弟让吴用吃了几块，便吃不得了。那三个狼餐虎食，吃了一回。写。阮小五动问道："教授到此贵干？"阮小二道：问教授，小二答，写得错落。"教授如今在一个大财主家做门馆教学，今来要对付十数尾金色鲤鱼，要重十四五斤的，特来寻我们。"阮小七道："若是每常，要三五十尾也有，莫说十数个，再要多些，既说三五十尾，又说再要多些，写不通文墨人口中，杂沓无伦，摹神之笔。〇又见他老大懊愤处。我弟兄们也包办得。如今便要重十斤的也难得。"阮小五道："教授远来，我们也对付十来个重五六斤的相送。"吴用道："小生多有银两在此，随算价钱。只是不用小的，须得十四五斤重的便好。"阮小七道："教授，却没讨处。便是五哥许五六斤的也不能够，渐紧。须是等得几日才得。我的船里有一桶小活鱼，就把来吃些。"文势突兀，有若神变。

要十四五斤大鱼是第一段。

○本是渔家，却单吃牛肉，失本色矣，故突然插入此句。虽然，此但论花色也，若以行文之法论之，则吴用故意要十四五斤者，小五只许五六斤者，吴用又固要十四五斤者，小七便连五六斤者亦道难得，文势至此，渐紧矣，故忽然寻此一法漾开去，且图布局宽转矣。阮小七便去船内取将一桶小鱼上来，约有五七斤，自去灶上安排，盛做三盘，把来放在桌上。阮小七道："教授胡乱吃些个。"四个又吃了一回，看看天色渐晚。

吴用寻思道："这酒店里须难说话。今夜必是他家权宿，到那里却又理会。"阮小二道："今夜天色晚了，请教授权在我家宿一宵，明日却再计较。"吴用道："小生来这里走一遭，千难万难，好。一句。○幸得你们弟兄今日做一处。好。二句。○眼见得这席酒不肯要小生还钱，好。三句。○今晚借二郎家歇一夜，小生有些须银子在此，相烦就此店中沽一瓮酒，买些肉，村中寻一对鸡，夜间同一醉如何？"阮小二道："那里要教授坏钱！我们弟兄自去整理，不烦恼没对付处。"吴用道："径来要请你们三位。若还不依小生时，只此告退。"阮小七道："既是教授这般说时，且顺情吃了，却再理会。"吴用道："还是七郎性直爽快。"顺他性格，固也，然写七郎，亦实实写得可爱。吴用取出一两银子，付与阮小七，就问主人家沽了一瓮酒，借个大瓮盛了，买了二十斤生熟牛肉，一对大鸡。阮小二道："我的酒钱一发还你。"店主人道："最好，最好。"细。○小二之为小二，与村店之为村店，俱比不得鲁达之于潘楼，动便记赊帐也。

四人离了酒店，再下了船，细。把酒肉都放在船舱里，细。解了缆索，细。径划将开去，一直投阮小二家来。到得门前上了岸，把船仍旧缆在桩上，细。取了酒肉，细。四人一齐都到后面坐地，便叫点起灯来。原来阮家弟兄三个只有阮小二有老小，阮小五、阮小七都不曾婚娶。四个人都在阮小二家后面水亭上坐定。

阮小七宰了鸡，小二家自有阿嫂，却偏要小七动手宰鸡，何也？要写小七天性粗快，杀人手溜，却在琐屑处写出，此见神妙之笔也。叫阿嫂同讨的小猴子在厨下安排。约有一更相次，酒肉都搬来摆在桌上。

吴用劝他弟兄们吃了几杯，又提起买鱼事来说道：九字句。"你这里偌大一个去处，却怎地没了这等大鱼？"看此句紧入，便信前文一桶小鱼句之妙。阮小二道："实不瞒教授说，这般大鱼只除梁山泊里便有。忽入梁山泊，有惊蛇脱兔之能。我这石碣湖中狭小，存不得这等大鱼。"吴用道："这里和梁山泊一望不远，相通一派之水，如何不去打些？"看他逼入去，恶极。阮小二叹了一口气道："休说！"只二字。吴用又问道："二弟如何叹气？"恶极，又逼入。阮小五接了说道：二个"接了说道"，非写后人性急，乃深写前人气愤也。"教授不知，在先这梁山泊是我弟兄们的衣饭碗，如今绝不敢去。"不说完。吴用道："偌大去处，终不成官司禁打鱼鲜？"又用一逼入之法。阮小五道："甚么官司敢来禁打鱼鲜，便是活阎王也禁治不得！"又不说完。吴用道："既没官司禁治，如何绝不敢去？"只管逼入去。阮小五道："原来教授不知来历，且和教授说知。"又不说。吴用道："小生却不理会得。"阮小七接着便道：小五要和教授说知，却提起即恼，故又不说，却用小七接着说也。"这个梁山泊去处，难说难言！四字不通文墨之极，盖难说即难言也，难言即难说也，而必重之，不通极矣。然吾每见今之以文名世者，亦止用叠床架屋一法，则何也？如今泊子里新有一伙强人占了，不容打鱼。"吴用道："小生却不知，原来如今有强人，我那里并不曾闻得说。"阮小二道：

迫问为何打不得鱼，是第二段。

"那伙强人，是一等题目。为头的是个落第举子，唤做白衣秀士王伦；第二个叫做摸着天杜迁；第三个叫做云里金刚宋万。以下有个旱地忽律朱贵，见在李家道口开酒店，专一探听事情，也不打紧。如今新来一个好汉，另是一等题目。是东京禁军教头，甚么豹子头林冲，十分好武艺。这几个贼男女聚集了五七百人，打家劫舍，抢掳来往客人。我们有一年多不去那里打鱼。如今泊子里把住了，绝了我们的衣饭，因此一言难尽！"

吴用道："小生实是不知有这段事。如何官司不来捉他们？"阮小五道："如今那官司一处处动掸便害百姓。但一声下乡村来，倒先把好百姓家养的猪羊鸡鹅尽都吃了，又要盘缠打发他。千古同悼之言，《水浒》之所以作也。如今也好教这伙人奈何！那捕盗官司的人那里敢下乡村来！作者胸中悲愤之极。○一路痛恨强人，乃说到官司，便深感之，笔力飘忽夭矫之极。若是那上司官员差他们缉捕人来，都吓得尿屎齐流，怎敢正眼儿看他！"阮小二道："我虽然不打得大鱼，也省了若干科差。"十五字，抵一篇《捕蛇者说》。吴用道："恁地时那厮们倒快活。""快活"二字，忽然倒插而入，笔力矫健飙悍之极。阮小五道："他们不怕天，不怕地，不怕官司，论秤分金银，异样穿绸锦，成瓮吃酒，大块吃肉，如何不快活！我们弟兄三个劈插成六个字，并不从吴用口中来。空有一身本事，怎地学得他们！"自来了。○"怎地"二字，有问计之辞。

"那厮们倒快活"，是第三段。

吴用听了，暗暗地欢喜道："正好用计了。"

阮小七说道："'人生一世，草生一秋'，八字，是弟兄三人立号之意。我们只管打鱼营生，学得他们过一日也好。""一日"之奇者，如做得一日神仙，虽死无憾，为绝倒也。吴用道："这等人学他做什么！他三个不来，便只管逼上去，他三个来了，便倒漾开去，行文神变之极。他做的勾当，不是笞杖五七十的罪犯，空自把一身虎威都撇下。倘或被官司拿住了，又挑出"官司"二字，以决其心。也是自做的罪。"阮小二道："如今该管官司没甚分晓，一片糊涂！千万犯了迷天大罪的倒都没事，千古同叹，只为确耳。我弟兄们不能快活。正入前文"快活"二字玄中。若是但有肯带挈我们的，也去了罢。"四字说得迅疾。阮小五道："我也常常这般思量：接一句，藏下生平无数心事，不描已见。我弟兄三个的本事又不是不如别人，谁是识我们的？"另自增出"识我"二字，又加一倍精采。○前只说得官司糊涂，及快活不快活等语，见豪杰悲愤；此增出"识我"二字，见豪杰肝肠，必不可少也。吴用道："假如便有识你们的，你们便如何肯去？"阮小七道："若是有识我们的，中心藏之之语。水里水里去，火里火里去，若能够见用得一日，便死了开眉展眼。"吴用暗暗喜道："这三个都有意了。我且慢慢地诱他。"又劝他三个吃了两巡酒。不惟照顾吃酒，有草蛇灰线之法，且又得一宽也。吴用又说道："你们三个敢上梁山泊捉这伙贼么？"换一头，用反跌法起。阮小七道："便捉得他们，那里去请赏？也吃江湖上好汉们笑话。"定是小七语，小二、小五说不出，爽快奇妙不可言。吴用道："小生短见，也入梁山撞筹，是主句。敢上梁山捉贼，是宾句。初亦为主句，不好便说，故先用一宾句也。然既用宾句跌过，则宜直入主句矣。然其言毕竟是口重语，不好便说，故又特用"短见"二字自责过，然后出下语，作者真有抠心呕血之苦也。假如你们怨恨打鱼不得，

"有识你们的"，是第四段。

也去那里撞筹，却不是好？”也入梁山，是第五段。

阮小二道：“老先生，老先生叫得妙。说心话时，每有此称。你不知我弟兄们几遍商量要去入伙。藏下无数生平心事，不描已见。听得那白衣秀士王伦的手下人明明照出杜迁、宋万、朱贵三人在外。都说道他心地窄狭，安不得人，前番那个东京林冲上山，呕尽他的气。此句前照限林冲，后照并王伦，有左顾右盼之妙。王伦那厮不肯胡乱着人，因此我弟兄们看了这般样，一齐都心懒了。”“一齐都”三字妙，活写出商量时。阮小七道：“他们若似老兄这等慷慨，爱我弟兄们便好。”小七语，天然不从小二、小五口中出。〇老兄、老先生，皆极亲昵之称也。阮小五道：“那王伦若得似教授这般情分时，我们也去了多时，不到今日。我弟兄三个便替他死也甘心！”此句正写心肯之极。吴用道：“量小生何足道哉，“小生”二字一接“何足道哉”一顿，奇笔妙笔。如今山东、河北多少英雄豪杰的好汉！”说山东，带河北，已伏卢员外矣。阮小二道：“好汉们尽有，我弟兄自不曾遇着。”千古同悼之言。吴用道：“只此间三字，说者口快，听者眼明。郓城县东溪村晁保正，你们曾认得他么？”疾入。阮小五道：“莫不是叫做‘托塔天王’的晁盖么？”疾入。吴用道：“正是此人。”出晁盖是第六段。

阮小七道：“虽然与我们只隔得百十里路程，缘分浅薄，闻名不曾相会。”吴用道：“这等一个仗义疏财的好男子，如何不与他相见？”此句不是反跌，只是又图一宽耳。阮小二道：“我弟兄们无事，也不曾到那里，因此不能够与他相见。”吴用道：“小生这几年也只在晁保正庄上左近，教些村学，此句“村学”二字，与前大财主家做门馆字，不相顾应，待三阮之法也。如今打听得他有一套富贵待取，特地来和你们商议，我等就那半路里拦住取了，如何？”奇绝之笔，不图至此又出一奇也。阮小五道：“这个却使不得。他既是仗义疏财的好男子，我们却去坏他的道路，须吃江湖上好汉们知时笑话。”《水浒》一百八人人品心术，尽此一言，然则梁中书之被劫，岂足惜哉。吴用道：“我只道你们弟兄心志不坚，原来真个惜客好义。“我只道”三字，“原来真个”四字，都是顺他性格，顺他口气语。锁住一篇奇文，锁住三位好汉，皆仗此言。我对你们实说，有次序，历历落落。果有协助之心，我教你们知此一事。有次序，历历落落。我如今见在晁保正庄上住。保正闻知你三个大名，特地教我来请你们说话。”其辞未毕。阮小二道：“我弟兄三个，真真实实地并没半点儿假。晁保正敢有件奢遮的私商买卖，有心要带挈我们，句。○敢有妙。一定是烦老兄来。句。○一定妙。若还端的有这事，句。○若还妙。我三个若舍不得性命相帮他时，残酒为誓，教我们都遭横事，恶病临身，死于非命！”数语淋淋沥沥，日在天之上，心在人之内。阮小五和阮小七把手拍着脖项道：“这腔热血，只要卖与识货的！”拉杂如火，使读者增长义气。

反劫晁盖，是第七段。

吴用道：“你们三位弟兄在这里，不是我坏心术来诱你们，又自责一句，真正设身处地而后作也。这件事非同小可的勾当！目今朝内蔡太师是六月十五日生辰，他的女婿是北京大名府梁中书，即日起解十万贯金珠宝贝与他丈人庆生辰。今有一个好汉，姓刘名唐，特来报知。如今欲要请你们去商议，聚几个好汉，向山凹

方出正意，是第八段。

僻静去处，取此一套不义之财，大家图个一世快活。因此特教小生只做买鱼来请你们三个计较，成此一事。不知你们心意如何？”阮小五听了道：“罢！罢！”叫道：“七哥，我和你说甚么来！”“罢罢”只二字，忽插入“叫道”二字作叙事，然后又说出九个字来，却无一字是实，而能令读者心前眼前，若有无数事情，无数说话。灵心妙笔，一至于此。阮小七跳起来道：“一世的指望，妙语。今日还了愿心！妙语。正是搔着我痒处。妙语。我们几时去？”五字天生是小七语，小二、小五不说。吴用道：“请三位即便去来，明日起个五更，一齐都到晁天王庄上去。”阮家三弟兄大喜。当夜过了一宿。

次早起来，吃了早饭，阮家三弟兄分付了家中，跟着吴学究，四个人离了石碣村，拽开脚步，取路投东溪村来。行了一日，早望见晁家庄。只见远远地绿槐树下，晁盖和刘唐在那里等。夏景。望见吴用引着阮家三兄弟直到槐树前，两下都厮见了。晁盖大喜道：“阮氏三雄名不虚传，且请到庄里说话。”六人却从庄外入来，到得后堂，分宾主坐定。吴用把前话说了。晁盖大喜，便叫庄客宰杀猪羊，安排烧纸。阮家三弟兄见晁盖人物轩昂，语言洒落，三个说道：“我们最爱结识好汉，原来只在此间。今日不得吴教授相引，如何得会？”三个弟兄好生欢喜。

当晚且吃了些饭，说了半夜话。要知半夜所说，只是闲话，若云商量此一件事，则岂有豪杰举事，只管商量者哉。次日天晓，去后堂前面列了金钱、纸马、香花、灯烛，摆了夜来煮的猪羊、“夜来煮的”，细，妙，赖此四字，遂不犯“次日天晓”字也。烧纸。众人见晁盖如此志诚，尽皆欢喜，个个说誓道：“梁中书在北京害民，诈得钱物，却把去东京与蔡太师庆生辰，此一等正是不义之财。我等六人中，但有私意者，天地诛灭，神明鉴察。”六人都说誓了，烧化纸钱。

六筹好汉，（提出"六筹"二字，然后接出公孙胜。）正在堂后散福饮酒，只见一个庄客报说："门前有个先生要见保正化斋粮。"晁盖道："你好不晓事！见我管待客人在此吃酒，你便与他三五升米便了，何须直来问我？"（闲闲写去。）庄客道："小人把米与他，他又不要，只要面见保正。"晁盖道："一定是嫌少，你便再与他三二斗米去。你说与他，保正今日在庄上请人吃酒，没工夫相见。"（闲闲写去。）庄客去了多时，只见又来说道："那先生与了他三斗米，又不肯去。自称是一清道人，不为钱米而来，只要求见保正一面。"晁盖道："你这厮不会答应，便说今日委实没工夫，教他改日却来相见拜茶。"（只是闲闲写去，再不肯合缝。）庄客道："小人也是这般说。那个先生说道：'我不为钱米斋粮，闻知保正是个义士，特求一见。'"晁盖道："你也这般缠，全不替我分忧！他若再嫌少时，可与他三四斗去，何必又来说？我若不和客人们饮时，便去厮见一面，打甚么紧！你去发付他罢，再休要来说！"（偏不合缝，奇笔恣墨。）庄客去了。

没半个时，只听得庄门外热闹。又见一个庄客飞也似来报道："那先生发怒，把十来个庄客都打倒了！"晁盖听得，吃了一惊，慌忙起身道："众位弟兄少坐，晁盖自去看一看。"便从后堂出来，到庄门前看时，只见那个先生身长八尺，道貌堂堂，生得古怪；正在庄门外绿槐树下，一头打，一头口里说道："不识好人！"晁盖见了叫道："先生息怒。你来寻晁保正，无非是投斋化缘；他已与了你米，（且不出自己。）何故嗔怪如此？"那先生哈哈大笑道："贫道不为酒食钱米而来。我觑得十万贯如同等闲，（逗一句。）特地来寻保正，有句话说。叵耐村夫无理，毁骂贫道，因此性发。"晁盖道："你可曾认得晁保正么？"那先生道："只闻其名，不曾会面。”晁盖道：“小子便是。出得径快。先生有甚话说？”那先生看了道：“保正休怪，贫道稽首。”晁盖道：“先生少礼。请到庄里拜茶如何？”那先生道：“多感。”两人入庄里来，吴用见那先生入来，自和刘唐、三阮一处躲过。

且说晁盖请那先生到后堂吃茶已罢，那先生道：“这里不是说话处，别有甚么去处可坐？”晁盖见说，便邀那先生又到一处小小阁儿内，分宾坐定。晁盖道：“不敢拜问先生高姓，贵乡何处？”那先生答道：“贫道复姓公孙，单讳一个胜字，道号‘一清先生’。小道是蓟州人氏，北地也。自幼乡中好习枪棒，学成武艺多般，人但呼为‘公孙胜大郎’。为因学得一家道术，善能呼风唤雨，驾雾腾云，江湖上都称贫道做‘入云龙’。贫道久闻郓城县东溪村晁保正大名，无缘不曾拜识，今有十万贯金珠宝贝，专送与保正作进见之礼，未知义士肯纳受否？”晁盖大笑道：“先生所言，莫非北地生辰纲么？”那先生大惊道：“保正何以知之？”晁盖道：“小子胡猜，未知合先生意否？”公孙胜道：“此一套富贵，不可错过。古人有云：‘当取不取，过后莫悔。’保正心下如何？”

正说之间，只见一个人从阁子外抢将入来，劈胸揪住公孙胜，说道：“好呀！明有王法，暗有神灵，你如何商量这等的勾当！我听得多时也！”吓得这公孙胜面如土色。非真有此等儿戏之事，只为每回住处，皆是绝奇险处，此处无奇险可住，故特幻出一段，以作一回收场耳。读者谅之。正是：机谋未就，争奈窗外人听；计策才施，又早萧墙祸起。毕竟抢来揪住公孙胜的却是何人，且听下回分解。

第十五回
杨志押送金银担
吴用智取生辰纲

盖我读此书而不胜三致叹焉曰：嗟乎，古之君子，受命于内，莅事于外，竭忠尽智，以图报称，而终亦至于身败名丧为世僇笑者，此其故，岂得不为之深痛哉！夫一夫专制可以将千军，两人牵羊，未有不僵于路者也。独心所运，不难于造五凤楼曾无黍米之失；聚族而谋，未见其能筑室有成者也。梁中书以道路多故，人才复难，于是致详致慎，独简杨志而畀之以十万之任，谓之知人，洵无忝矣，即又如之何而必副之以一都管与两虞候乎？观其所云，另有夫人礼物送与府中宝眷，亦要杨志认领，多恐不知头路。夫十万已领，何难一担？若言不知头路，则岂有此人从贵女爱婿边来，现护生辰重宝至于如此之盛，而犹虑及府中之人猜疑顾忌，不视之为机密者也？是皆中书视十万过重，视杨志过轻。视十万过重，则意必太师也者，虽富贵双极，然见此十万，必吓然心动；太师吓然心动，而中书之宠，固于磐石，夫是故以此为献，凡以冀其心之得一动也。视杨志过轻，则意或杨志也者，本单寒之士，今见此十万，必吓然心动；杨志吓然心动，而生辰十担，险于蕉鹿，夫是故以一都管、两虞候为监，凡以防其心之忽一动也。然其胸中，则又熟有“疑人勿用，用人勿疑”之成训者，于是即又伪装夫人一担，以自盖其相疑之迹。呜呼，为杨志者，不其难哉！虽当时亦曾有早晚行住，悉听约束，戒彼三人不得别拗之教敕，然而官之所以得治万民，与将之所以得制三军者，以其惟此一人故也。今也一杨志，一都管，又二虞候，且四人矣，以四人而欲押此十一禁军，岂有得乎？《易大传》曰：“阳一君二民，君子之道也；阴二君一民，小人之道也。”今中书徒以重视十万轻视杨志之故，而曲折计划，既已出于小人之道，而尚望黄泥冈上万无一失，殆必无之理矣。故我谓生辰纲之失，非晁盖八人之罪，亦非十一禁军之罪，亦并非一都管、两虞候之罪，而实皆梁中书之罪也，又奚议焉，又奚议焉！曰：然则杨志即何为而不争之也？圣叹答曰：杨志不可得而争也。夫十万金珠，重物也，不惟大名百姓之髓脑竭，并中书相公之心血竭矣。杨志自惟起于单寒，骤蒙显擢，夫乌知彼之遇我厚者之非独为今日之用我乎？故以十万之故而授统制易，以统制之故而托十万难，此杨志之所深知也。杨志于何知之？杨志知年年根括十万以媚于丈人者，是其人必不能以国士遇我者也。不能以国士遇我，而昔者东郭斗武，一日而逾数阶者，是其心中徒望我今日之出死力以相效耳。譬诸饲鹰喂犬，非不极其恩爱，然彼固断不信鹰之德为凤皇、犬之品为驺虞也。故于中书未拨都管、虞候之先，志反先告相公只须一个人和小人去。夫“一个人和小人去”者，非请武阳为副，殆请朝恩为监矣。若夫杨志早知人之疑之，而终亦主于必去，则固丈夫感恩知报，凡以酬东郭骤迁之遇耳，岂得已哉！呜呼，杨志其寓言也，古之国家，以疑立监者，比比皆有，我何能遍言之！

看他写杨志忽然肯去，忽然不肯去，忽然又肯去，忽然又不肯去，笔势夭矫，不可捉搦。

看他写天气酷热，不费笔墨，只一句两句便已焦热杀人。古称盛冬挂云汉图，满座烦闷，今读此书，乃知真有是事。

看他写一路老都管掣人肘处，真乃描摹入画。嗟乎！小人习承平之时，忽祸患之事，箕踞当路，摇舌骂人，岂不凿凿可听，而卒之变起仓猝，不可枝梧，为鼠为虎，与之俱败，岂不痛哉！

看他写枣子客人自一处，挑酒人自一处，酒自一处，瓢自一处，虽读者亦几忘其为东溪村中饮酒聚义之人，何况当日身在庐山者耶？耐庵妙笔，真是独有千古。

看他写卖酒人斗口处，真是绝世奇笔。盖他人叙此事至此，便欲骎骎相就，读之，满纸皆似惟恐不得卖者矣。今偏笔笔撇开，如弶弓怒马，急不可就，务欲极扳开去，乃至不可收拾，一似惟恐为其买者，真怪事也。

看他写七个枣子客人饶酒，如数鹰争雀，盘旋跳霍，读之欲迷。

话说当时公孙胜正在阁儿里对晁盖说，这北京生辰纲是不义之财，取之何碍，只见一个人从外面抢将入来，揪住公孙胜道："你好大胆！却才商议的事，我都知了也。"那人却是智多星吴学究。晁盖笑道："教授休取笑，且请相见。"两个叙礼罢，吴用道："江湖上久闻人说入云龙公孙胜一清大名，不期今日此处得会。"晁盖道："这位秀士先生，便是智多星吴学究。"公孙胜道："吾闻江湖上人多曾说加亮先生大名，岂知缘法却在保正庄上得会。只是保正疏财仗义，以此天下豪杰，都投门下。"晁盖道："再有几个相识在里面，一发请进后堂深处相见。"三个人入到里面，就与刘唐、三阮都相见了。众人道："今日此一会应非偶然，须请保正哥哥正面而坐。"晁盖道："量小子是个穷主人，怎敢占上。"吴用道："保正哥哥年长，依着小生，且请坐了。"晁盖只得坐了第一位，吴用坐了第二位，公孙胜坐了第三位，刘唐坐了第四位，阮小二坐了第五位，阮小五坐第六位，阮小七坐第七位。可称“晁天王夜梦动天文，东溪村英雄小排座”。却才聚义饮酒，重整杯盘，再备酒肴。

众人饮酌，吴用道：“保正梦见北斗七星坠在屋脊上，今日我等七人聚义举事，岂不应天垂象！此一套富贵，唾手而取。前日所说央刘兄去探听路程从那里来，今日天晚，来早便请登程。”公孙胜道：“这一事不须去了。贫道已打听知他来的路数了，——只是黄泥冈大路上来。”妙。一者公孙此来不虚，二者省却许多闲手。晁盖道：“黄泥冈东十里路，地名安乐村，有一个闲汉叫做‘白日鼠’白胜，也曾来投奔我，我曾赍助他盘缠。”吴用道：“北斗上白光，莫不是应在这人？住。自有用他处。”此五字，不与上文连说，乃心计之辞。刘唐道：“此处黄泥冈较远，何处可以容身？”吴用道：“只这个白胜家，便是我们安身处，亦还要用了白胜。”此句方明说出来。晁盖道：“吴先生，我等还是软取，奇文。却是硬取？”奇文。吴用笑道：“我已安排定了圈套，只看他来的光景，行军妙诀，加亮之号不虚也。力则力取，智则智取。我有一条计策，不知中你们意否？……如此如此。”晁盖听了大喜，攧着脚道：“好妙计！不枉了称你做智多星，果然赛过诸葛亮。好计策！”吴用道：“休得再提，常言道：‘隔墙须有耳，窗外岂无人。’只可你知我知。”晁盖便道：“阮家三兄且请回归，至期来小庄聚会。吴先生依旧自去教学。公孙先生并刘唐，只在敝庄权住。”当日饮酒至晚，各自去客房里歇息。

次日五更起来，安排早饭吃了，晁盖取出三十两花银，送与阮家三兄弟道：“权表薄意，切勿推却。”三阮那里肯受。吴用道：“朋友之意，不可相阻。”三阮方才受了银两，一齐送出庄外来。吴用附耳低言道：“……这般这般，至期不可有误。”三阮相别了，自回石碣村去。晁盖留住公孙胜、刘唐在庄上，吴学究常来议事。

话休絮繁。却说北京大名府梁中书，收买了十万贯庆贺生辰礼物完备，选日差人起程。当下一日在后堂坐下，只见蔡夫人问道："相公，生辰纲几时起程？"梁中书道："礼物都已完备，明后日便用起身。只是一件事，在此踌躇未决。"蔡夫人道："有甚事踌躇未决？"梁中书道："上年费了十万贯收买金珠宝贝，送上东京去；只因用人不着，半路被贼人劫将去了，至今无获。今年帐前眼见得又没个了事的人送去，在此踌躇未决。"多时相望，临用忽复疑之，总视十万重，视杨志轻也。蔡夫人指着阶下道："你常说这个人十分了得，何不着他委纸领状送去走一遭，不致失误。"

梁中书看阶下那人时，却是青面兽杨志。梁中书踌躇，妙。便唤杨志上厅，说道："我正忘了你，你若与我送得生辰纲去，我自有抬举你处。"杨志叉手向前禀道："恩相差遣，不敢不依！只不知怎地打点，几时起身？"第一段，不敢不去。梁中书道："着落大名府差十辆太平车子，帐前拨十个厢禁军监押着车，每辆上各插一把黄旗，上写着'献贺太师生辰纲'。每辆车子再使个军健跟着，三日内便要起身去。"杨志道："非是小人推托，其实去不得，乞钧旨别差英雄精细的人去。"第二段，忽然去不得，文势飘忽。梁中书道："我有心要抬举你，这献生辰纲的札子内，另修一封书在中间，太师跟前重重保你受道敕命回来，如何倒生支调，推辞不去？"杨志道："恩相在上，小人也曾听得上年已被贼人劫去了，至今未获，今岁途中盗贼又多，此去东京，又无水路，都是旱路。经过的是紫金山、虚。二龙山、实。桃花山、实。伞盖山、虚。黄泥冈、实。白沙坞、虚。野云渡、虚。赤松林，实。〇数出八处险害，却是四虚四实，然犹就一部书论之也，若只就一回书论之，则是七虚一实耳。这几处都是强人出没的去处。更兼单身客人亦不敢独自经过，他知道是金银宝物，如何不来抢劫？枉结果了性命。以此去不得。”梁中书道：“恁地时，多着军校防护送去便了。”杨志道：“恩相便差一万人去，也不济事。这厮们一声听得强人来时，都是先走了的。”借事说出千古官兵，可恼可笑，言者无罪，闻者足戒。梁中书道：“你这般地说时，生辰纲不要送去了？”写来天生是梁中书口中语，又写得飙忽。杨志又禀道：“若依小人一件事，便敢送去。”第三段，依了一件事，又便去得，飙忽之极。梁中书道：“我既委在你身上，如何不依你说。”杨志道：“若依小人说时，并不要车子，把礼物都装做十余条担子，只做客人的打扮行货，也点十个壮健的厢禁军，却装做脚夫挑着。只消一个人和小人去，此语可哀，前评详之矣。却打扮做客人，悄悄连夜送上东京交付，恁地时方好。”是。梁中书道：“你甚说得是。我写书呈重重保你受道诰命回来。”杨志道：“深谢恩相抬举。”当日当日。便叫杨志一面打拴担脚，一面选拣军人。

忽然去得，忽然去不得，凡四段，翻腾跳跃，看他却是无中生有。

次日，次日。叫杨志来厅前伺候，梁中书出厅来问道：“杨志，你几时起身？”杨志禀道：“告覆恩相，只在明早准行，就委领状。”梁中书道：“夫人也有一担礼物，另送与府中宝眷，也要你领。怕你不知头路，特地再教奶公谢都管并两个虞候，和你一同去。”非真有夫人一担礼物，定少不得也，只为冈上失事，定少不得老都管，则不得已，倒装出一担梯己礼物来。此皆作者苦心也。杨志告道：“恩相，杨志去不得了。”第四段，忽然又去不得了，飙忽如此，异哉。梁中书道：“礼物都已拴缚完备，如何又去不得？”真是奇事。杨志禀道：“此十担礼物都在小人身上，是。和他众人都由杨志，是。要早行便早行，要晚行便晚行，要住便住，要歇便歇，亦依杨志提调。是。如今又叫老都管并虞候和小人去，他是夫人行的人闲中捎带一句，千古同笑。又是太师府门下奶公，又捎带一句。倘或路上与小人别拗起来，杨志如何敢和他争执得？是。〇不惟杨志争执不得，依上二句，想相公亦争执不得。若误了大事时，杨志那其间如何分说？”是。〇一路都是特特写出杨志英雄精细，便把后文许多别拗争执，因而失事，隐隐都算出来，深表杨志不堕七个人计中也。梁中书道：“这个也容易，我叫他三个都听你提调便了。”杨志答道：“若是如此禀过，小人情愿便委领状。倘有疏失，甘当重罪。”梁中书大喜道：“我也不枉了抬举你，真个有见识！”随即唤老谢都管并两个虞候出来，当厅分付道：“杨志提辖情愿委了一纸领状，监押生辰纲——十一担金珠宝贝——赴京太师府交割。这干系都在他身上。你三人和他做伴去，一路上早起句。晚行句。住句。歇，句。都要听他言语，不可和他别拗。夫人处分付的勾当，你三人自理会。调侃一句，然却是分外闲笔，以派自家倒装之迹耳。小心在意，早去早回，休教有失。”老都管一一都应了。

当日杨志领了。次日早起五更，在府里把担仗都摆在厅前，老都管和两个虞候又将一小担财帛，共十一担，拣了十一个壮健的厢禁军，都做脚夫打扮。杨志戴上凉笠儿，穿着青纱衫子，系了缠带行履麻鞋，跨口腰刀，提条朴刀。老都管也打扮做个客人模样。两个虞候假装做跟的伴当。各人都拿了条朴刀，又带几根藤条。以备后用。〇不是此处放此一句，后来一时如何生得出。梁中书付与了札付书呈。一行人都吃得饱了，在厅上拜辞了梁中书。

看那军人担仗起程，杨志和谢都管、两个虞候监押着，一行共是十五人，离了梁府，出得北京城门，取大路投东京进发。此时正是五月半天气，虽是晴明得好，只是酷热难行。杨志一心要取六月十五日生辰，只得在路上趱行。自离了这北京五七日，端的只是起五更，趁早凉便行，日中热时便歇。先反衬出一句早行午歇，真是闲心妙笔。五七日后，人家渐少，行路又稀，一站站都是山路。杨志却要辰牌起身，申时便歇。写得前后明画。那十一个厢禁军，第一段，先写厢禁军。担子又重，无有一个稍轻。天气热了，行不得，见着林子便要去歇息。杨志赶着催促要行，如若停住，轻则痛骂，重则藤条便打，逼赶要行。第一段。两个虞候第二段，写两个虞候。虽只背些包裹行李，也气喘了行不上。杨志也嗔道："你两个好不晓事！这干系须是俺的！你们不替洒家打这夫子，却在背后也慢慢地挨，这路上不是耍处！"那虞候道："不是我两个要慢走，其实热了行不动，因此落后。前日只是趁早凉走，如今恁地正热里要行，正是好歹不均匀。"杨志道："你这般说话，却似放屁！前日行的须是好地面，如今正是尴尬去处，若不日里赶过去，谁敢五更半夜走？"两个虞候口里不道，肚中寻思："这厮不直得便骂人。"第二段。杨志提了朴刀，拿着藤条，自去赶那担子。

第一番。

两个虞候坐在柳阴树下，等得老都管来，第三段，写老都管。○看他三段三样来法。两个虞候告诉道：虞候诉都管。“杨家那厮，强杀只是我相公门下一个提辖，直这般会做大！”老都管道：“须是相公当面分付道：休要和他别拗，因此我不做声。这两日，也看他不得。权且耐他。”两个虞候道：“相公也只是人情话儿，都管自做个主便了。”老都管又道：“且耐他一耐。”第三段。当日行到申牌时分，寻得一个客店里歇了。那十一个厢禁军雨汗通流，都叹气吹嘘，对老都管说道：禁军诉都管。“我们不幸做了军健，情知道被差出来。这般火似热的天气，又挑着重担，这两日又不拣早凉行，动不动老大藤条打来。都是一般父母皮肉，我们直恁地苦！”老都管道：“你们不要怨怅，巴到东京时，我自赏你。”众军汉道：“若是似都管看待我们时，并不敢怨怅。”

又过了一夜。次日，天色未明，众人起来，都要乘凉起身去。写得妙，意中之事，意外之文。杨志跳起来喝道：“那里去！且睡了，写得妙，遂成趣语。却理会！”众军汉道：“趁早不走，日里热时走不得，却打我们。”杨志大骂道：“你们省得甚么！”拿了藤条要打，众军忍气吞声，只得睡了。当日直到辰牌时分，慢慢地写得妙。打火吃了饭走。一路上赶打着，不许投凉处歇。那十一个禁厢军口里喃喃呐呐地怨怅，一句禁军。两个虞候在老都管面前絮絮聒聒地搬口。一句虞候。老都管听了也不着意，心内自恼他。一句都管。

话休絮繁。似此行了十四五日，那十四个人没一个不怨怅杨志。如椽之笔。当日客店里辰牌时分慢慢地妙。打火吃了早饭行，正是六月初四日时节，天气未及晌午，先将未午写来，次入正午，便令分寸都出。一轮红日当天，没半点云彩，其实十分大热。当日行的路，都是山僻崎岖小第二番。

径，南山北岭，却监着那十一个军汉。约行了二十余里路程，那军人们思量要去柳阴树下歇凉，此一段单写军汉，都管、虞候都落在后。被杨志拿着藤条打将来，喝道：“快走！教你早歇。”众军人看那天时，写热却写不尽，写怨怅亦写不尽。陡然写出“看那天时”四字，遂已抵过云汉一篇。真是才子有才子之笔也。四下里无半点云彩，其实那热不可当。

杨志催促一行人在山中僻路里行。看看日色当午，先将未午一段，尽情写出炎热之苦，至此处交入正午，只用一句，便接入众人睡倒。行文详略之际，分寸不失。那石头上热了，脚疼，只得一句七个字，而热极之苦，描画已尽。叹令人千言之无当也。走不得。众军汉道：“这般天气热，兀的不晒杀人！”杨志喝着军汉道：“快走！赶过前面冈子去，却再理会。”正行之间，前面迎着那土冈子，一行十五人奔上冈子来。歇下担仗，那十四人都去松林树下睡倒了。奈何。〇笔势从上三番赶下来，有天崩地塌之势。杨志说道：“苦也！这里是甚么去处，你们却在这里歇凉？起来，快走！”众军汉道：“你便剁做我七八段，其实去不得了。”真有此语。杨志拿起藤条，劈头劈脑打去，打得这个起来，那个睡倒，真有此事。杨志无可奈何。

只见两个虞候和老都管气喘急急，也巴到冈子上此一段，都管、虞候方来。松树下坐了喘气。巴得他来，却也坐了，真奈何！〇写来真有此事。看这杨志打那军健，八个字，活写出心中刺，眼中钉来。老都管见了说道：“提辖，端的热了走不得，休见他罪过！”杨志道：“都管，你不知，这里正是强人出没的去处，地名叫做黄泥冈。闲常太平时节，白日里兀自出来劫人，休道是这般光景，谁敢在这里停脚？”两个虞候听杨志说了，便道：“我见你说好几遍了，只管把这话来惊吓人。”真有此语。○如国家太平既久，边防渐撤，军实渐废，皆此语误之也。老都管道：“权且教他们众人歇一歇，略过日中行，如何？”杨志道：“你也没分晓了，如何使得！这里下冈子去，兀自有七八里没人家。甚么去处，敢在此歇凉！”老都管道：“我自坐一坐了走，你自去赶他众人先走。”其言既不为杨志出力，亦不替众人分辨，而意旨已隐隐一句纵容，一句激变，老奸巨猾，何代无贤。杨志拿着藤条喝道：“一个不走的，吃俺二十棍。”

众军汉一齐叫将起来。一齐妙。数内一个分说道：一个妙。“提辖，我们挑着百十斤担子，须不比你空手走的。真有此语。你端的不把人当人！便是留守相公自来监押时，也容我们说一句。真有此语。你好不知疼痒，只顾逞辩！”杨志骂道：“这畜生不呕死俺！只是打便了。”拿起藤条，劈脸又打去。老都管喝道：从空忽然插入老都管一喝，借题写出千载说大话人，句句出神入妙。“杨提辖，增出一杨字，其辞甚厉。且住！你听我说，二句六字，其辞甚厉，“你听我说”四字，写老奴托大，声色俱有。我在东京太师府里做奶公时，吓杀丑杀，可笑可恼。○一句十二字，作两半句读，“我在东京太师府里”，何等轩昂，“做奶公时”，何等出丑，然狐辈每每自谓得志，乐道不绝。门下军官见了无千无万，四字可笑，说大话人每用之。都向着我喏喏连声。太师威焰，众官谄佞，奴才放肆，一语遂写尽之。不是我口栈，老奴真有此语。量你是个遭死的军人，第一句，说破杨志不是提辖，恶极。相公可怜抬举你做个提辖，第二句，说提辖实是我家所与，恶极。比得芥菜子大小的官职，第三句，说杨志即使是个提辖，亦只比之芥子，恶极。直得恁地逞能！已上骂杨志，已下说自家，妙绝。休说我是相公家都管，一句自夸贵。便是村庄一个老的，一句自夸老。○看他说来便活是老奴声口，尤妙在反借“村庄”二字，直显出太师府来，如云“休说相公家都管，便是村庄一老，亦该相让，何况我今不止是相公家都管”也。也合依我劝一劝。只顾把他们打，是何看待？”杨志道：“都管，你须是城市里人，生长在相府里，那里知道途路上千难万难！”老都管道：“四川、两广，也曾去来，不曾见你这般卖弄。”杨志道：“如今须不比太平时节。”都管道：“你说这话，该剜口割舌！今日天下怎地不太平？”老奴口舌可骇，真正从太师府来。

杨志却待要回言，不得不回言，然以疾接下文，故其言一时回不及也。只见对面松林里，影着一个人，在那里舒头探脑价望。过节甚疾。杨志道：“俺说甚么？此四字是折辨上文不太平语，却因疾忙接出松林有人，便将此语反穿过下文来，写此时杨志心忙眼疾如画。兀的不是歹人来了！”撇下藤条，拿了朴刀，赶入松林里来，喝一声道：“你这厮好大胆，怎敢看俺的行货！”赶来看时，只见松林里一字儿摆着七辆江州车儿，六个人脱得赤条条的，在那里乘凉，好。一个鬓边老大一搭朱砂记，拿着一条朴刀。好。见杨志赶入来，七个人齐叫一声：“阿也！”二字妙绝，只须此二字，杨志胸中已释然矣。都跳起来。杨志喝道：“你等是甚么人？”那七人道：“你是甚么人？”妙，只如学舌。杨志又问道：“你等莫不是歹人？”那七人道：“你颠倒问，我等是小本经纪，那里有钱与你？”又妙。○前句让杨志一先，此句便自占一先，笔端变换之极。杨志道：“你等小本经纪人，偏俺有大本钱！”释然语，只作谐谑。那七人问道：“你端的是甚么人？”又用一反扑句，妙极。杨志道：“你等且说那里来的人？”妙，杨志学舌。那七人道：“我等弟兄七人，是濠州人，贩枣子上东京去，路途打从这里经过，听得多人说，这里黄泥冈上时常有贼打劫客商。我等一面走，一头自说道：‘我七个只有些枣子，别无甚财货。’只顾过冈子来。上得冈子，当不过这热，权且在这林子里歇一歇，待晚凉了行。只听得有人上冈子来，我们只怕是歹人，因此使这个兄弟出来看一看。”杨志道：“原来如此，也是一般的客人。过几日便一般矣，今日殊未。却才见你们窥望，惟恐是歹人，因此赶来看一看。”

那七个人道：“客官请几个枣子了去。”无有一见即请吃枣之理，只为下文过酒用着枣子，故于此处先出一句，以见另有散枣也。杨志道：“不必。”提了朴刀，再回担边来。老都管坐着道：“既是有贼，我们去休！”坐着道，则明明听得非贼矣，却偏要还话，恶极。杨志说道：“俺只道是歹人，原来是几个贩枣子的客人。”老都管别了脸，对众军道：“似你方才说时，他们都是没命的！”老奴恶极。杨志道：“不必相闹，俺只要没事便好。你们且歇了，等凉些走。”众军汉都笑了。分明老奴所使，写得活画。〇凡老奸巨猾之人，欲排陷一人，自却不笑，而偏能激人使笑，皆如此奴矣，于国于家，何处无之。杨志也把朴刀插在地上，自去一边树下坐了歇凉。上文杨志如此赶打，至此亦便坐了歇凉，中间有老大用笔不得处，须看其逐递卸来。没半碗饭时，只见远远地一个汉子挑着一副担桶，唱上冈子来，唱道：

赤日炎炎似火烧，野田禾稻半枯焦。农夫心内如汤煮，公子王孙把扇摇。挑酒人唱歌，此为第三首矣。然第一首有第一首妙处，为其恰好唱入鲁智深心坎也。第二首有第二首妙处，为其恰好唱出崔道成事迹也。今第三首又有第三首妙处，为其恰好唱入众军汉耳朵也。作书者虽一歌不欲轻下如此，如之何读书者之多忽之也。〇上二句盛写大热之苦，下二句盛写人之不相体悉，犹言农夫当午在田，背焦汗滴，彼公子王孙深居水殿，犹令侍人展扇摇风，盖深喻众军身负重担，反受杨志空身走者打骂也。

那汉子口里唱着，走上冈子来，松林里头歇下担桶，坐地乘凉。众军看见了，便问那汉子道：“你桶里是甚么东西？”那汉子应道：“是白酒。”众军道：“挑往那里去？”那汉子道：“挑出村里卖。”众军道：“多少钱一桶？”那汉子道：“五贯足钱。”众军商量道：“我们又热又渴，何不买些吃，也解暑气。”正在那里凑钱，如画。杨志见了喝道：“你们又做甚么？”众军道：“买碗酒吃。”杨志调过朴刀杆便打，骂道：“你们不得凡此以下，皆花攒锦凑、龙飞凤走之文，须要逐递逐句细细看去。

洒家言语，胡乱便要买酒吃，好大胆！”众军道：“没事又来鸟乱，我们自凑钱买酒吃，干你甚事？也来打人！”杨志道：“你这村鸟，理会得甚么！到来只顾吃嘴，全不晓得路途上的勾当艰难，多少好汉被蒙汗药麻翻了！”那挑酒的汉子看着杨志冷笑道：写得好。“你这客官好不晓事！句。早是我不卖与你吃，句。却说出这般没气力的话来！”句。○三句三折，不烦不简，妙绝。

正在松树边闹动争说，疾。只见对面松林里那伙贩枣子的客人，都提着朴刀走出来，问道：“你们做甚么闹？”却做堤防光景，妙。那挑酒的汉子道：“我自挑这酒过冈子村里卖，热了在此歇凉，“我自”妙，非我自挑酒，乃我自歇凉也。要知此是十七字为句，不得读断。他众人要问我买些吃，“他众人要问我”，妙。我又不曾卖与他。“我又不曾”，妙。这个客官“这个客官”妙，深怪之之辞。道我酒里有甚么蒙汗药，“甚么”，妙。你道好笑么？“你道”，妙。说出这般话来！”“这般”，妙。○凡七句，句句入妙，读之真欲入其玄中。那七个客人说道：“呸！我只道有歹人出来，原来是如此。一接一落，飘忽之极。说一声也不打紧。只解一句，如不相关者，下便疾入买酒，真是声情俱有。我们正想酒来解渴。既是他们疑心，且卖一桶与我们吃。”“他们”“我们”，妙。那挑酒的道：“不卖！不卖！”故作奇波。这七个客人道：“你这鸟汉子也不晓事，我们须不曾说你。“也不晓事”，妙，上文挑酒者骂杨志不晓事，故此反骂之云“也不晓事”，接口成文，转笔如戏。你左右将到村里去卖，一般还你钱，便卖些与我们，打甚么不紧？看你不道得舍施了茶汤，便又救了我们热渴。”此二语之妙，不惟说过卖酒者，亦已罩定杨志矣。那挑酒的汉子便道：“卖一桶与你不争，只是被他们说的不好，此语虽有余恨未平，然只是带说。看他疾入下句。又没碗瓢舀吃。”疾入此一句妙，又确是村里去卖的酒。那七人道：“你这汉子忒认真！便说了一声，打甚么不紧？再为杨志解一句，不使疾入椰瓢，真乃刃利如风。我们自有椰瓢在这里。”疾。只见两个客人去车子前取出两个椰瓢来，明明瓢之与酒从两处来。一个捧出一大捧枣子来，七个人立在桶边欲其见之，妙绝。开了桶盖，轮替换着舀那酒吃，把枣子过口。无一时，一桶酒都吃尽了。七个客人道：“正不曾问得你多少价钱。”何必不问价，只为留得此句作饶酒地也。那汉道：“我一了不说价，“一了”二字妙绝，确是向村里主顾分说，忘其为过路客人，入神之笔也。五贯足钱一桶，十贯一担。”七个客人道：“五贯便依你五贯，只饶我们一瓢吃。”只用一“饶”字，便忽接入第二桶，奇计亦复奇文。那汉道：“饶不得，做定的价钱。”“做定”妙。一个客人把钱还他，一个还钱。一个客人便去揭开桶盖，兜了一瓢，拿上便吃。一个便吃，以示无他。那汉去夺时，这客人手拿半瓢酒望松林里便走。那汉赶将去，只见这边一个客人，从松林里走将出来，手里拿一个瓢，便来桶里舀了一瓢酒。一个然后下药。那汉看见，抢来劈手夺住，妙。望桶里一倾，妙。便盖了桶盖，妙。将瓢望地下一丢，妙。口里说道：妙。“你这客人好不君子相！戴头识脸的，也这般啰唣！”住。〇一段有山雨欲来风满楼之势。

此一段读者眼中有七手八脚之劳，作者腕下有细针婉线之妙，真是不慌不忙有庠有序之文。

那对过众军汉见了，疾接过，妙笔。心内痒起来，都待要吃。数中一个看着老都管道：如画。“老爷爷，与我们说一声，那卖枣子的客人买他一桶吃了，我们胡乱也买他这桶吃，润一润喉也好。其实热渴了，没奈何。这里冈子上又没讨水吃处，老爷爷方便！”单说枣子客人买过一桶，不说又饶一瓢，写众军是众军。老都管见众军所说，自心里也要吃得些，竟来对杨志说：“那贩枣子客人已买了他一桶吃，只有这一桶，胡乱教他们买吃了避暑气。冈子上端的没处讨水吃。”亦单说枣子客人买过一桶，不说又饶一瓢，写老儿是老儿。杨志寻思道：“俺在远远处望这厮们，闲处写出杨志半日英雄精细。都买他的酒吃了，那桶里当面也见吃了半瓢，想是好的。独说那桶当面亦吃过一瓢，表出杨志英雄精细，超过众人万倍。打了他们半日，胡乱容他买碗吃罢。”杨志道：“既然老都管说了，教这厮们买吃了便起身。”三字衬后“起不来，挣不动，说不得”九字，以为一笑。众军健听了这话，凑了五贯足钱，来买酒吃。那卖酒的汉子道：“不卖了，不卖了！这酒里有蒙汗药在里头！”故作奇波。○前七个人买时作此一波，实是无药好酒，故成奇趣，今十五个人买时作此一波，酒中却已有药，故又成奇趣，盖虽一样波折，而有两样翻涌也。众军陪着笑说道：“大哥，直得便还言语？”那汉道：“不卖了，休缠！”波头只是翻涌，不肯便落，妙。这贩枣子的客人劝道：用七个人劝，妙。“你这个鸟汉子，他也说得差了，一句。○是杨志。你也忒认真！一句。○是卖酒人。连累我们也吃你说了几声。一句。○是七人。须不关他众人之事，一句。○是众军。胡乱卖与他众人吃些。”那汉道：“没事讨别人疑心做甚么？”波头只是不落，妙。这贩枣子客人，把那卖酒的汉子推开一边，只顾将这桶酒提与众军去吃。龙跳虎卧之才，有此一笔，不然，则众军夺吃既不好，白胜肯卖又不好也。那军汉开了桶盖，无甚舀吃，八个字，写出妙景。○一桶酒，一个桶盖，十四个人，十四双眼，二十八只手，绝倒。陪个小心问客人借这椰瓢用一用。绝倒。众客人道：“就送这几个枣子与你们过酒。”借瓢送枣，疏密有致。众军谢道：“甚么道理！”客人道：“休要相谢，都是一般客人，何争在这百十个枣子上。”只争十一担金珠耳。

众军谢了，先兜两瓢，匆匆中，写来有体。叫老都管吃一瓢，杨提辖吃一瓢。杨志那里肯吃？写杨志英雄精细，固也。然杨志即使肯吃，亦不得于此处写他肯吃，何也？从来叙事之法，有宾有主，有虎有鼠。夫杨志虎也，主也，彼老都管与两虞候，特宾也，鼠也。设叙事者，于此不分宾主，不辨虎鼠，杂然写作老都管一瓢，杨志一瓢，两个虞候一瓢，众军汉各一瓢，将何以表其为杨志哉！故于此处特特勒出一句不吃，夫然后下文另自写来，此固史家叙事之体也。老都管自先吃了一瓢，两个虞候各吃一瓢。众军汉一发上，那桶酒登时吃尽了。杨志见众人吃了无事，自本不吃，一者天气甚热，二乃口渴难熬，拿起来只吃了一半；另自写，又写得曲折夭矫。枣子分几个吃了。那卖酒的汉子说道："这桶酒被那客人饶一瓢吃了，少了你些酒，我今饶了你众人半贯钱罢。"不惟尚有闲力写此闲文，亦借半贯钱，映衬出十万贯金珠，以为一笑也。众军汉凑出钱来还他，那汉子收了钱，挑了空桶，依然唱着山歌自下冈子去了。写出即溜。

那七个贩枣子的客人，立在松树傍边，指着这一十五人说道："倒也！倒也！"只见这十五个人头重脚轻，一个个面面厮觑，都软倒了。那七个客人从松树林里推出这七辆江州车儿，把车子上枣子都丢在地上，何争在这几个枣子，适已言之矣。将这十一担金珠宝贝都装在车子内，遮盖好了，叫声聒噪，四字绝倒。○一十五人应应之云"厚扰"。一直望黄泥冈下推去了。杨志口里只是叫苦，软了身体，挣扎不起。十五人眼睁睁地看着那七个人写来妙绝，三十只眼，看十四只脚去了。都把这金宝装了去，只是起不来，挣不动，说不得。九字妙文。

我且问你，这七人端的是谁？奇笔。○如杜诗题下，亦有公自注也。不是别人，原来正是晁盖、吴用、公孙胜、刘唐、三阮这七个。明画。却才那个挑酒的汉子便是白日鼠白胜。明画。却怎地用药？原来挑上冈子时，两桶都是好酒。七个人先吃了一桶，明画。刘唐揭起桶盖又兜了半瓢吃，故意要他们看着，只是叫人死心塌地。明画。次后吴用去松林里取出药来抖在瓢里，只做走来饶他酒吃，把瓢去兜时，药已搅在酒里，明画。假意兜半瓢吃，那白胜劈手夺来倾在桶里。明画。这个便是计策。那计较都是吴用主张，这个唤做“智取生辰纲”。直解至题。

原来杨志吃的酒少，便醒得快，爬将起来，前文杨志也吃酒，只吃得一半，我谓既已吃矣，何争一半，及读至此，始知前文吃少之妙，便于十五人中，先提出杨志，不与彼十四人者聚头作计，烦聒不已也。兀自捉脚不住。看那十四个人时，先看一看。口角流涎，都动不得。杨志愤闷道：“不争你把了生辰纲去，教俺如何回去见得梁中书！这纸领状须缴不得！”就扯破了。领状。“如今闪得俺有家难奔，有国难投，待走那里去？不如就这冈子上寻个死处！”撩衣破步，望着黄泥冈下便跳。岂有杨志如此，只是作者要住得怕人耳。正是：断送落花三月雨，摧残杨柳九秋霜。毕竟杨志在黄泥冈上寻死，性命如何，且听下回分解。

第十六回
花和尚单打二龙山
青面兽双夺宝珠寺

青面獸雙奪寶珠寺

一部书，将网罗一百八人而贮之山泊也。将网罗一百八人而贮之山泊，而必一人一至朱贵水亭，一人一段分例酒食，一人一枝号箭，一人一次渡船，是亦何以异于今之贩夫之唱筹量米之法也者，而以夸于世曰才子之文，岂其信哉！故自其天降石碣大排座次之日视之，则彼一百八人，诚已齐齐臻臻，悉在山泊矣。然当其一百八人，犹未得而齐齐臻臻悉在山泊之初，此时譬如大珠小珠，不得玉盘，迸走散落无可罗拾。当是时，殆几非一手二手之所得而施设也。作者于此，为之踌蹰，为之经营，因忽然别构一奇，而控扭鲁、杨二人藏之二龙，俟后枢机所发，乘势可动，夫然后冲雷破壁，疾飞而去。呜呼！自古有云良匠心苦，洵不诬也。

鲁达一孽龙也，杨志又一孽龙也。二孽龙同居一水，独不虞其斗乎？作者亦深知其然，故特于前文两人出身下，都预写作关西人，亦以望其有乡里之情也。虽然以鲁达、杨志二人而望其以乡里为投分之故，此倍难矣。以鲁达、杨志二人，而诚肯以乡里之故而得成投分，然则何不生于关西，长于关西，老死于关西，而又必破闲啮枥而至于斯也？破闲啮枥以至于斯，而尚思以“关西”二字羁之使合，是犹以藕丝之轻縶二孽龙，必不得之数耳。作者又深知其然，故特提操刀曹正，大书为林冲之徒，曹正贯索在手，而鲁、杨孽龙弭首帖尾，不敢复动。无他，天下怪物自须天下怪宝镇之，则读此篇者，其胡可不知林冲为禹王之金锁也？

顷我言此篇之中虽无林冲，然而欲制毒龙，必须禹王金锁，所以林冲独为一篇纲领之人，亦既论之详矣。乃今我又欲试问天下之读《水浒》者，亦尝知此篇之中，为止二龙，为更有龙？为止一锁，为更有锁？为止一贯索奴，为更有贯索奴耶？孔子曰：举此隅，不以彼隅反，则不复说。然而我终亦请试言之。夫鲁达、杨志双居珠寺，他日固又有武松来也。夫鲁达一孽龙也，武松又一孽龙也。鲁杨之合也，则锁之以林冲也，曹正其贯索者也。若鲁、武之合也，其又以何为锁，以谁为贯索之人乎哉？曰：而不见夫鲁达自述孟州遇毒之事乎？是事也，未尝见之于实事也，第一叙之于鲁达之口，一叙之于张青之口，如是焉耳。夫鲁与武即曾不相遇，而前后各各自到张青店中，则其贯索久已各各入于张青之手矣。故夫异日之有张青，犹如今日之有曹正也。曰：张青犹如曹正，则是贯索之人诚有之也，锁其奈何？曰：诚有之，未细读耳。观鲁达之述张青也，曰：看了戒刀吃惊。至后日张青之赠武松也，曰：我有两口戒刀。其此物此志也。鲁达之戒刀也，伴之以禅杖；武松之戒刀也，伴之以人骨念珠。此又作者故染间色，以眩人目也。不信，则第观武松初过十字坡之时，张青夫妇与之饮酒至晚，无端忽出戒刀，互各惊赏，此与前文后文悉不连属，其为何耶？嗟乎，读书随书读，定非读书人，即又奚怪圣叹之以钟期自许耶！

杨志初入曹正店时，不必先有曹正之妻也。自杨志初入店时，一写有曹正之妻，而下文遂有折本入赘等语，纠缠笔端，苦不得了，然而不得已也。何也？作者之胸中，夫固断以鲁、杨为一双，锁之以林冲，贯之以曹正，又以鲁、武为一双，锁之以戒刀，贯之以张青，如上所云矣。然而，其事相去越十余卷，彼天下之人方且眼小如豆，即又乌能凌跨二三百纸而得知其文心照耀，有如是之奇绝横极者乎？故作者万无如何而先于曹正店中凭空添一妇人，使之特与张青店中仿佛相似，而后下文飞空架险，结撰奇观，盖才子之才，实有化工之能也。

鲁、杨一双以关西通气，鲁、武一双以出家逗机，皆惟恐文章不成篇段耳。

读至末幅，已成拖尾，忽然翻出何清报信一篇有哭有笑文字，遂使天下无兄弟人读之心伤，有兄弟人读之又心伤，谁谓稗史无劝惩乎？

话说杨志当时在黄泥冈上被取了生辰纲去，如何回转去见得梁中书，欲要就冈子上自寻死路。却待望黄泥冈下跃身一跳，猛可醒悟，拽住了脚，败子回头，忠臣惜死，皆有此八个字。寻思道：“爹娘生下洒家，堂堂一表，凛凛一躯，自小学成十八般武艺在身，终不成只这般休了？杨志语。比及今日寻个死处，不如日后等他拿得着时，却再理会。”回身再看那十四个人时，再看一看。只是眼睁睁地看着杨志，妙言奇趣，令人绝倒。〇本是杨志看十四个人也，却反看出十四个人看杨志来，两“看”字，写得睁睁可笑。没个挣扎得起。杨志指着骂道：“都是你这厮们不听我言语，因此做将出来，连累了洒家！”树根头拿了朴刀，挂了腰刀，周围看时，别无物件。止有满地枣子，写来绝倒。〇此句先为赊酒作地。杨志叹了口气，一直下冈子去了。上文一路写来，都在杨志分中，此忽然写出“去了”二字，却似在十四人分中者，当知此句，真有移云接月之巧。盖杨志一路自去，固也，然冈上十四人，一夜毕竟作何情状，不争只要写杨志，却至后日重又追叙今夜耶？轻轻于杨志文尾，用“去了”二字，便令杨志自去，而读者眼光自住冈上，重复发放此十四人，此皆作者着乖处，偷力处，须要一一知其笔踪墨迹，毋为昔人所瞒，如是，始得谓之善读书人也。〇看他午间二十三个人在冈上，何等热闹，却一个人去了，又七个人去了，又一个人也去了，又十四个人也都去了，写得可发一笑，又想他连日十五个人，于路百般斗口，却一个人先去了，十四个人也都去了，写得又好笑，又好哭也。

那十四个人，直到二更方才得醒。一个个爬将起来，不图一坐直坐到恁地凉快。口里只叫得连珠箭的苦。老都管道：“你们众人不听杨提辖的好言语，今日送了我也！”众人道：“老爷，今日事已做出来了，且通个商量。”老都管道：“你们有甚见识？”众人道：“是我们不是了。古人有言：‘火烧到身，各自去扫；蜂虿入怀，随即解衣。’若还杨提辖在这里，我们都说不过。如今他自去得不知去向，我们回去见梁中书相公，何不都推在他身上，只说道：‘他一路上凌辱打骂众人，逼迫得我们都动不得。他和强人做一路，把蒙汗药将俺们麻翻了，缚了手脚，将金宝都掳去了。’”老都管道：“这话也说得是，我们等天明，先去本处官司首告，留下两个虞候随衙听候捉拿贼人。我等众人，连夜赶回北京，报与本官知道，教动文书，申覆太师得知，着落济州府，追获这伙强人便了。”次日天晓，老都管自和一行人来济州府该管官吏首告，不在话下。此时冈上，止剩一堆枣子矣。

且说杨志提着朴刀，闷闷不已，离黄泥冈，望南行了半夜，去林子里歇了，寻思道：“盘缠又没了，举眼无个相识，却是怎地好？”渐渐天色明亮，只得趁早凉了行。又走了二十余里，杨志走得辛苦，到一酒店门前。杨志道：“若不得些酒吃，怎地打熬得过？”便入那酒店去，向这桑木桌凳座头上坐了，写英雄无赖，却写出他没意思来，妙笔。身边倚了朴刀。处处写倚朴刀，偏于今日加“身边”二字，以便吃毕便走，写英雄无赖好笑。只见灶边一个妇人问道：此“妇人”二字，遥遥直与后武松文中，十字坡张青浑家母夜叉作对，岂不怪哉！“客官莫不要打火？”杨志道：“先取两角酒来吃，借些米来做饭，有肉安排些个，一句酒，一句饭，一句肉，一直都说出来，更不次第。写得无赖，又写得可怜。少停一发算钱还你。”只见那妇人先叫一个后生来面前筛酒。一面做饭，一边炒肉，亦用三句一叠法，叠成奇势，使下文走得迅疾可笑。都把来杨志吃了。

杨志起身，绰了朴刀，便出店门。写出无赖可笑。那妇人道：“你的酒肉饭钱都不曾有！”杨志道：“待俺回来还你，权赊咱一赊。”说了便走。又无赖，又没意思，真是写出可怜。那筛酒的后生赶将出来，揪住杨志，被杨志一拳打翻了。那妇人叫起屈来。杨志只顾走，又无赖，又可怜。只听得背后一个人赶来，叫道：“你那厮走那里去！”杨志回头看时，那人大脱着膊，六月。拖着杆棒抢奔将来。杨志道：“这厮却不是晦气，倒来寻洒家！”立脚住了不走。看后面时，那筛酒后生也拿条棍叉，随后赶来；衬。又引着三两个庄客，各拿杆棒飞也似都奔将来。衬。杨志道：“结果了这厮一个，那厮们都不敢追来。”便挺了手中朴刀来斗这汉。这汉也轮转手中杆棒，抢来相迎。两个斗了三二十合，这汉怎地敌得杨志，只办得架隔遮拦，上下躲闪。

那后来的后生并庄客，却待一发上，只见这汉托地跳出圈子外来，叫道：“且都不要动手！兀那使朴刀的大汉，你可通个姓名。”那杨志拍着胸是杨志，他人不然。道：“洒家行不更名，坐不改姓，青面兽杨志的便是！”这汉道：“莫不是东京殿司杨制使么？”杨志道：“你怎地知道洒家是杨制使？”这汉撇了枪棒便拜道：“小人有眼不识泰山。”杨志便扶这人起来，问道：“足下是谁？”这汉道：“小人原是开封府人氏，乃是八十万禁军都教头林冲的徒弟，安见曹正之必为林冲之徒，特是杨志曾与林冲水泊交手，则此处不问其为谁人，定不得不是林冲之徒，此文章家结撰之法也。姓曹名正，祖代屠户出身。小人杀的好牲口，挑斤剐骨开剥推剥，只此被人唤做‘操刀鬼’。为因本处一个财主，将五千贯钱教小人来此山东做客，不想折了本，回乡不得，在此入赘在这个庄农人家。却才灶边妇人，便是小人的浑家。这个拿棍叉的，便是小人的妻舅。却才小人和制使交手，见制使手段和小人师父林教师一般，轻轻将水泊雪中一番交手提出来，真有飞针走线之法。因此抵敌不住。”杨志道：“原来你却是林教师的徒弟，你的师父被高太尉陷害，落草去了。如今见在梁山泊。”反寄一信，遂觉亲热。曹正道：“小人也听得人这般说将来，未知真实，且请制使到家少歇。”杨志便同曹正再回到酒店里来。

曹正请杨志里面坐下，叫老婆和妻舅都来拜了杨志，好笑。一面再置酒食相待。饮酒中间，曹正动问道：“制使缘何到此？”杨志把做制使失陷花石纲，并如今又失陷了梁中书的生辰纲一事，从头备细告诉了。曹正道：“既然如此，制使且在小人家里住几时，再有商议。”杨志道：“如此却是深感你的厚意。只恐官司追捕将来，不敢久住。”曹正道：“制使这般说时，要投那里去？”杨志道：“洒家欲投梁山泊，去寻你师父林教头。投梁山泊去，却是寻林教头，英雄眼里心里，真有筋力。○武师方在庑下，而海内之士，已隐然归之，彼堂上者，尸居余气，何足道哉！俺先前在那里经过时，正撞着他下山来，与洒家交手。王伦见了俺两个本事一般，因此都留在山寨里相会，以此认得你师父林冲。王伦当初苦苦相留，俺却不肯落草。如今脸上又添了金印，却去投奔他时，好没志气。因此踌躇未决，进退两难。”曹正道：“制使见得是。小人也听的人传说王伦那厮，心地匾窄，安不得人，说我师父林教头上山时，受尽他的气。不若小人此间离不远，却是青州地面，有座山唤做二龙山。山上有座寺，唤做宝珠寺。那座山生来却好裹着这座寺，只有一条路上得去。如今寺里住持还了俗，养了头发，余者和尚都随顺了。特写和尚还俗做强盗，便衬出英雄削发做和尚来，故知此语非表邓龙脚色，乃作鲁达渲染也，不然者，几成剩语矣。说道他聚集的四五百人，打家劫舍。那人唤做‘金眼虎’邓龙。制使若有心落草时，到去那里入伙，足可安身。”

杨志道：“既有这个去处，何不去夺来安身立命？”当下就曹正家里住了一宿，借了些盘缠，拿了朴刀，相别曹正，拽开脚步，投二龙山来。行了一日，看看渐晚，却早望见一座高山。杨志道："俺去林子里且歇一夜，明日却上山去。"转入林子里来，吃了一惊。只见一个胖大和尚，杨志实吃一惊，读者却满面堆下笑来，道师兄久别，一向何处。脱得赤条条的，背上刺着花绣，坐在松树根头乘凉。六月。那和尚见了杨志，就树根头绰了禅杖，跳将起来，大喝道："兀那撮鸟，你是那里来的？"杨志听了道："原来也是关西和尚，俺和他是乡中，问他一声。"两汉相遇，已如两峰对插，两兽齐搏矣，偏要先通此一线，把杨志略一放倒，便让出鲁达头来。及至斗到四五十合，却又先是鲁达叫住，则又放倒鲁达，仍收回杨志本文，此史家相让之法也。杨志叫道："你是那里来的僧人？"那和尚也不回说，轮起手中禅杖只顾打来。久别师兄，便失记威仪矣，一句写来，不觉全身都现。杨志道："怎奈这秃厮无礼，且把他来出口气！"挺起手中朴刀，来奔那和尚。两个就林子里，一来一往，一上一下，两个放对。直斗到四五十合，不分胜败。

那和尚卖个破绽，托地跳出圈子外来，喝一声："且歇！"师兄威仪，诚乃可爱，可惜久别，几至忘之。○写鲁达，仍旧是鲁达，妙笔。两个都住了手。杨志暗暗地喝采道："那里来的这个和尚，真个好本事，手段高！俺却刚刚地只敌得他住！"鲁达本事，前林冲叹之矣，今杨志又叹之。至云自己刚刚敌得他住，则是杨志本事，林冲叹之，鲁达叹之，杨志亦自叹之也。那和尚叫道："兀那青面汉子，你是甚么人？"杨志道："洒家是东京制使杨志的便是。"那和尚道："你不是在东京卖刀杀了破落户牛二的？"杨志道："你不见俺脸上金印？"那和尚笑道："却原来在这里相见。"杨志道："不敢问师兄却是谁，缘何知道洒家卖刀？"那和尚道："洒家不是别人，俺是延安府老种经略相公帐前军官鲁提辖的便是。为因三拳打死了镇关西，却去五台山净发为僧。人见洒家背上有花绣，都叫俺做'花和尚'鲁智深。”杨志笑道：“原来是自家乡里，俺在江湖上多闻师兄大名。听得说道，师兄在大相国寺里挂搭，如今何故来在这里？”鲁智深道：“一言难尽。洒家在大相国寺管菜园，遇着那豹子头林冲陡然又提出林冲来。〇林冲实不在此书中，而忽然生出曹正自称林冲徒弟，于是杨志自述遇见林冲，鲁达又述遇见林冲，一时遂令林冲身虽不在，而神采奕奕，兼使杨、鲁二人，遂得加倍亲热，不独以同乡为投分也。此譬如二龙性各不驯，必得禹王金锁，方得制之一处，今杨志、鲁达如二孽龙，必不相能，作者凭空以林冲为之金锁，而又巧借曹正以为贯索之蛮奴。呜呼！二龙之居一山，其锁乃遥在水泊。试思作者之胸中，其才调为何如也！被高太尉要陷害他性命，俺却路见不平，直送他到沧州，救了他一命。不想那两个防送公人回来，对高俅那厮说道：‘正要在野猪林里结果林冲，却被大相国寺鲁智深救了。那和尚直送到沧州，因此害他不得。’这直娘贼恨杀洒家，分付寺里长老不许俺挂搭，又差人来捉洒家，却得一伙泼皮通报，不曾着了那厮的手。吃俺一把火烧了那菜园里廨宇，前文林冲到沧州，公人回来，未有下落；鲁达松林中别了林冲，重到不重到菜园，未有下落。却于此处补完，妙绝。逃走在江湖上，东又不着，西又不着。来到孟州十字坡过，险些儿被个酒店里妇人害了性命，把洒家着蒙汗药麻翻了。得他的丈夫归来得早，见了洒家这般模样，又看了俺的禅杖、戒刀吃惊，此一句作者直抵上文林冲二字用，其精神气色，有跌跃掷霍之势，不望读者能自知之，但望读者能牢记之足矣。〇牢记此句，俟后武松文中对看也。连忙把解药救俺醒来。因问起洒家名字，留住俺过了几日，结义洒家做了弟兄。那人夫妻两个，亦是江湖上好汉有名的，都叫他做‘菜园子’张青，出一菜园，遇一菜园，点笔成趣。其妻‘母夜叉’孙二娘，甚是好义气。一住四五日，如此一段奇文，却不正写，只用两番口中叙述而出，此非为鲁达已于此地得遇杨志，苟欲追记，则笔墨辽越，苟不追记，则情事疏漏，于是不得已，而勉出于口中叙述，以图草草塞责也。盖杨志、鲁达，各自千里怒龙，遥遥奔赴，却被曹正轻轻闪出林冲，锁住一处，固已。乃今作者胸中，已预欲为武松作地，夫武松之于鲁达，亦复千里二龙，遥遥奔赴，今欲锁之，则仗何人锁之，复用何法锁之乎？预藏下张青夫妇，以为贯索之蛮奴，而反以禅杖戒刀为金锁。呜呼，作者胸中之才调，为何如也！打听得这里二龙山宝珠寺可以安身，洒家特地来奔那邓龙入伙。叵耐那厮不肯安着洒家在这山上，和俺厮并，又敌洒家不过，只把这山下三座关牢牢地拴住，又没别路上去。那撮鸟由你叫骂，只是不下来厮杀，气得洒家正苦在这里没个委结。既用林冲作锁，便务要写得与林冲一般。不想却是大哥来。”杨志大喜，两个就林子里剪拂了，就地坐了一夜。

杨志诉说卖刀杀死了牛二的事，并解生辰纲失陷一节，都备细说了。又说曹正指点来此一事。便道：“既是闭了关隘，俺们住在这里，如何得他下来？不若且去曹正家商议。”两个厮赶着行离了那林子，来到曹正酒店里。杨志引鲁智深与他相见了，曹正慌忙置酒相待，商量要打二龙山一事。曹正道：“若是端的闭了关时，休说道你二位，便有一万军马，也上去不得。非赞邓龙之二龙山，赞杨、鲁之二龙山也。似此只可智取，不可力求。”鲁智深道：“叵耐那撮鸟，初投他时，只在关外相见。因不留俺，厮并起来，那厮小肚上，被俺一脚点翻了。却待要结果了他性命，被他那里人多，救了上山去，闭了这鸟关，由你自在下面骂，只是不肯下来厮杀。”杨志道：“既然好去处，俺和你如何不用心去打！”鲁智深道：“便是没做个道理上去，奈何不得他！”曹正道：“小人有条计策，不知中二位意也不中？”杨志道：“愿闻良策则个。”曹正道：“制使也休这般打扮，只照依小人这里近村庄家穿着。小人把这位师父禅杖、戒刀都拿了，却叫小人的妻弟带几个

一路皆听曹正处画，明曹正为二汉之斗笋合缝人也。

火家，直送到那山下，把一条索子绑了师父——小人自会做活结头，却去山下叫道：‘我们近村开酒店庄家。这和尚来我店中吃酒，吃得大醉了，不肯还钱，四字捎带杨志，趣绝。口里说道，去报人来打你山寨。因此，我们听得，乘他醉了，把他绑缚在这里，献与大王。’那厮必然放我们上山去。到得他山寨里面见邓龙时，把索子拽脱了活结头，小人便递过禅杖与师父。你两个好汉一发上，那厮走往那里去！若结果了他时，以下的人，不敢不伏。此计若何？”鲁智深、杨志齐道：“妙哉！妙哉！”

当晚众人吃了酒肉，又安排了些路上干粮。细。次日五更起来，众人都吃得饱了。鲁智深的行李包裹，都寄放在曹正家。细中之细，只因一句鲁达寄包裹，便将杨志冈上失事，店中赊酒等事，忽然衬出，令读者已忘了又提着也。当日杨志、鲁智深、曹正，带了小舅并五七个庄家，取路投二龙山来。晌午后，直到林子里，脱了衣裳，把鲁智深用活结头使索子绑了，“林子”二字细。不然，读者竟谓从曹正家直绑至二龙山矣，成何说话耶！教两个庄家牢牢地牵着索头。杨志戴了遮日头凉笠儿，身穿破布衫，手里倒提着朴刀。“倒提”妙，只如备而不用者。曹正拿着他的禅杖，众人都提着棍棒，在前后簇拥着。到得山下，看那关时，都摆着强弩硬弓、灰瓶炮石。

小喽啰在关上看见绑得这个和尚来，飞也似报上山去。多样时，三字写邓龙也，却活写出王伦，然亦活写出天下人矣。只见两个小头目上关来问道：“你等何处人，来我这里做甚么？那里捉得这个和尚来？”曹正答道：“小人等是这山下近村庄家，开着一个小酒店。这个胖和尚不时来我店中吃酒。吃得大醉，不肯还钱，口里说道：‘要去梁山泊叫千百个人来，打此二龙山，和你这近村坊，都洗荡了！’因此小人只得又将好酒请他，灌得醉了，一条索子绑缚这厮，来献与大王，表我等村邻孝顺之心，免得村中后患。”两个小头目听了这话，欢天喜地，说道：“好了！众人在此少待一时。”两个小头目就上山来报知邓龙，说拿得那胖和尚来。邓龙听了大喜，叫：“解上山来，且取这厮的心肝来做下酒，消我这点冤仇之恨！”

小喽啰得令，来把关隘门开了，便叫送上来。杨志、曹正，紧押鲁智深解上山来。看那三座关时，看得是，一者初到，不得不看，二乃即刻便是两位豪杰安身立命之处，脱使乇札不得，将天下万世读至此者，无不忧得好苦，故特顺着笔势，一路看进去，所以深慰后人，不劳相念，实实鲁达、杨志已占下一座好窟穴也。端的崄峻。两下高山环绕将来，包住这座寺，山峰生得雄壮，中间只一条路上关来。三重关上摆着擂木炮石、硬弩强弓，苦竹枪密密地攒着。过得三处关闸，来到宝珠寺前看时，三座殿门，一段镜面也似平地，周遭都是木栅为城。寺前山门下立着七八个小喽啰，看见缚得鲁智深来，都指手骂道：“你这秃驴，伤了大王，今日也吃拿了。慢慢的碎割了这厮！”鲁智深只不做声。押到佛殿看时，殿上都把佛来抬去了，中间放着一把虎皮交椅。众多小喽啰，拿着枪棒立在两边。

少刻，只见两个小喽啰扶出邓龙来，“扶出”二字，显是踢伤。坐在交椅上。曹正、杨志紧紧地帮着鲁智深到阶下。邓龙道：“你那厮秃驴，前日点翻了我，伤了小腹，至今青肿未消，今日也有见我的时节！”鲁智深睁圆怪眼，大喝一声：“撮鸟休走！”两个庄家把索头只一拽，拽脱了活结头，散开索子。鲁智深就曹正手里接过禅杖，云飞轮动。杨志撇了凉笠儿，倒转手中朴刀。曹正又轮起杆棒。众庄家一齐发作，并力向前。极忙文，写得极明画。邓龙急待挣扎时，早被鲁智深一禅杖当头打着，把脑盖劈作两半个，和交椅都打碎了。手下的小喽啰，早被杨志搠翻了四五个。曹正叫道："都来投降！若不从者，便行扫除处死！"如此两个大汉，却是曹正一人正名定位，固知捉刀者真英雄也。寺前寺后，五六百小喽啰并几个小头目，惊吓得呆了，只得都来归降投伏。随即叫把邓龙等尸首，扛抬去后山烧化了。了。一面简点仓廒，整顿房舍，再去看那寺后有多少物件，非表鲁、杨二人经纬，乃深表二龙山实是雄镇，足可安身立命耳。且把酒肉安排些来吃。

鲁智深并杨志做了山寨之主，置酒设宴庆贺。小喽啰们尽皆投伏了，仍设小头目管领。曹正别了二位好汉，领了庄家，自回家去了。不在话下。鲁达行李包裹寄曹正家，却漏送来。

却说那押生辰纲老都管并这几个厢禁军，晓行午住，这回得自在。○蓦地又魇出四字，却令前文苦热，兜的一现。赶回北京，到得梁中书府，直至厅前，齐齐都拜翻在地下告罪。梁中书道："你们路上辛苦，多亏了你众人。"又问："杨提辖何在？"众人告道："不可说！这人是个大胆二字收冈上失事。忘恩二字收东郭争功。的贼！自离了此间五七日后，行得到黄泥冈，天气大热，都在林子里歇凉。不想杨志和七个贼人通同假装做贩枣子客商，杨志约会与他做一路，先推七辆江州车儿，在这黄泥冈上松林里等候，却叫一个汉子挑一担酒来冈子上歇下。小的众人不合买他酒吃，被那厮把蒙汗药都麻翻了，又将索子捆缚众人。杨志和那七个贼人，却把生辰纲财宝并行李，尽装载车上将了去。见今去本管济州府呈告了，留两个虞候在那里随衙听候，捉拿贼人。写得有处分。小人等众人，星夜赶回来告知恩相。"梁中书听了大惊，听了大惊。骂道："这贼配军，你是犯罪的囚徒，我一力抬举你成人，怎敢做这等不仁忘恩的事！我若拿住他时，碎尸万段！"随即便唤书吏，写了文书，当时差人星夜来济州投下。

济州下书，是下文紧笋，东京下书，是上文余波，不得做一例读去。〇又东京下书报与太师，太师星夜差干办来济州捉贼。则紧笋反缓，缓笋反紧，又不可不知也。又写一封家书，着人也连夜上东京，报与太师知道。

且不说差人去济州下公文，只说着人上东京来到太师府报知。见了太师，呈上书札。蔡太师看了大惊看了大惊。道："这班贼人，甚是胆大！去年将我女婿送来的礼物，打劫去了，至今未获；今年又来无礼，如何干罢！"随即押了一纸公文，着一个府干，亲自赍了，星夜望济州来，着落府尹，立等捉拿这伙贼人，便要回报。北京、东京，双逼济州，如何不弄出来。

且说济州府尹，自从受了北京大名府留守司梁中书札付，每日理论不下。正忧闷间，只见门吏报道："东京太师府里，差府干见到厅前，有紧急公文，要见相公。"府尹听得大惊，听得大惊。〇梁中书听得强盗情由，大惊；府尹听得太师府干，大惊；蔡太师看见申报强盗，大惊；府尹看了太师钧帖，大惊。四"大惊"字连珠写出，痛骂不小。道："多管是生辰纲的事！"慌忙升厅，来与府干相见了，说道："这件事，下官已受了梁府虞候的状子，已经差缉捕的人，跟捉贼人，未见踪迹，前日留守司又差人行札付到来，又经着仰尉司并缉捕观察，杖限跟捉，未曾得获。若有些动静消息，下官亲到相府回话。"府干道："小人是太师府里心腹人，今奉太师钧旨，特差来这里要这一干人。临行时，太师亲自分付，教小人到本府，只就州衙里宿歇，奇语。立等相公要拿这七个贩枣子的并卖酒一人、在逃军官杨志各贼正身，限在十日捉拿完备，差人解赴东京。若十日不获得这件公事时，怕不先来请相公去沙门岛走一遭。小人也难回太师府里去，性命亦不知如何。相公不信，请看太师府里行来的钧帖。”

此段凡用四个“大惊”字。

府尹看罢大惊，看罢大惊。随即便唤缉捕人等。只见阶下一人声喏，立在帘前。太守道：“你是甚人？”那人禀道：“小人是三都缉捕使臣何涛。”太守道：“前日黄泥冈上打劫了去的生辰纲，是你该管么？”何涛答道：“禀覆相公，何涛自从领了这件公事，昼夜无眠，差下本管眼明手快的公人，去黄泥冈上往来缉捕。虽是累经杖责，到今未见踪迹。非是何涛怠慢官府，实出于无奈。”府尹喝道：“胡说！‘上不紧则下慢’。我自进士出身，历任到这一郡诸侯，非同容易，好货。今日东京太师府，差一干办来到这里，领太师台旨，限十日内，须要捕获各贼正身，完备解京。若还违了限次，我非止罢官，必陷我投沙门岛走一遭。你是个缉捕使臣，倒不用心，以致祸及于我。先把你这厮迭配远恶军州，雁飞不到去处！”便唤过文笔匠来，去何涛脸上刺下“迭配……州”字样，空着甚处州名，奇语。发落道：“何涛！你若获不得贼人，重罪决不饶恕。”何涛领了台旨下厅，前来到使臣房里，会集许多做公的，都到机密房中商议公事。

太师责府尹，府尹责观察，观察责公人，看他一路鹅翎卸下。

众做公的都面面相觑，如箭穿雁嘴，钩搭鱼腮，写来如画。尽无言语。何涛道："你们闲常时，都在这房里撰钱使用，如今有此一事难捉，都不做声。你众人也可怜我脸上刺的字样。"众人道："上覆观察，小人们人非草木，岂不省得。只是这一伙做客商的，必是他州外府深山旷野强人，遇着一时劫了他的财宝，自去山寨里快活，如何拿得着？便是知道，也只看得他一看。"何涛听了，当初只有五分烦恼，见说了这话，又添了五分烦恼。自离了使臣房里，上马回到家中，把马牵去后槽上拴了，独自一个酒肉兄弟既去，同胞合母未来，读"况也永叹，烝也无戎"二语，真有泪如泉涌之痛。闷闷不已。只见老婆问道："丈夫，你如何今日这般嘴脸？"何涛道："你不知，前日太守委我一纸批文，为因黄泥冈上一伙贼人，打劫了梁中书与丈人蔡太师庆生辰的金珠宝贝，计十一担，正不知是甚么样人打劫了去。我自从领了这道钧批，到今未曾得获。今日正去转限，不想太师府又差干办来，立等要拿这一伙贼人解京。太守问我贼人消息，我回覆道：'未见次第，不曾获得。'府尹将我脸上刺下'迭配空一字。……州'字样，只不曾填甚去处，在后知我性命如何！"老婆道："似此怎地好？句。却是如何得了！"句。○说出两句，却只是一句，写妇人着急情意如画。正说之间，只见兄弟何清来望哥哥。

何涛道："你一"你"字可叹，何不叫他一声兄弟耶！来做甚么？不去赌钱，却来怎地？"忽然接入何清，恐太急迫矣，故反借闷中恼人意思，特特推开去，却又随手带出"赌钱"二字来，妙绝。何涛的妻子乖觉，连忙招手，何清若无线索，书中何用他来，来而便说线索，又多见江郎才尽也。此特反用何涛激恼何清开去，而再用妻子收转之，"乖觉"二字，盖作者增入之辞，不必真谓此妇乖觉如何也。说道："阿叔，你且来厨下，和你说话。"何清当时跟了嫂嫂进到厨下坐了。嫂嫂安排些酒肉菜蔬，烫几杯酒，请何清吃。何清问嫂嫂道："哥哥忒杀欺负人，我不中也是你一个亲兄弟！真说得痛。你便奢遮杀，到底是我亲哥哥，真说得痛。便叫我一处吃盏酒，有甚么辱没了你！”真说得痛。阿嫂道：“阿叔，你不知道，你哥哥心里自过活不得哩！”何清道：“哥每日起了大钱大物，那里去了？做兄弟的又不来，有甚么过活不得处？”真说得痛。阿嫂道：“你不知，为这黄泥冈上，前日一伙贩枣子的客人，打劫了北京梁中书庆贺蔡太师的生辰纲去，如今济州府尹奉着太师钧旨，限十日内，定要捉拿各贼解京。若还捉不着正身时，便要刺配远恶军州去。你不见你哥哥，先吃府尹刺了脸上‘迭配……州’字样，只不曾填甚么去处，早晚捉不着得，实是受苦。他如何有心和你吃酒？我却才安排些酒食与你吃。他闷了几时了，你却怪他不得。”

何清与阿嫂交口，另作一篇小文读，盖《棠棣》之诗，逊其婉切矣。

何清道：“我也诽诽地听得人说道，有贼打劫了生辰纲去。正在那里地面上？”好。○知而故问者，深表哥哥之不交一言也。阿嫂道：“只听得说道黄泥冈上。”何清道：“却是甚么样人劫了？”好。阿嫂道：“叔叔，你又不醉，我方才说了，是七个贩枣子的客人打劫了去。”何清呵呵的大笑道：“原来恁地。既道是贩枣子的客人了，却闷怎地？何不差精细的人去捉？”说得离合跳跃，可喜。阿嫂道：“你倒说得好，便是没捉处。”何清笑道：“嫂嫂，倒要你忧！哥哥放着常来的一班儿好酒肉弟兄，痛。闲常不睬的是亲兄弟，痛。今日才有事，便叫没捉处。若是教兄弟闲常捱得几杯酒吃，痛。今日这伙小贼倒有个商量处。”可谓应以哥哥得度者，即现兄弟而为说法矣。阿嫂道：“阿叔，你倒敢知得些风路？”何清笑道：“直等亲哥临危之际，兄弟或者有个道理救他。”写得离合跳跃可喜。说了便起身要去。笔如惊鹰脱兔，其势骇人。阿嫂留住再吃两杯。

那妇人听了这话说得跷蹊，慌忙来对丈夫备细说了。何涛连忙叫请兄弟到面前。亦有今日。何涛陪着笑脸说道：“兄弟，久不闻此二字，写得痛人。你既知此贼去向，如何不救我？”何清道：“我不知甚么来历，我自和嫂子说要，兄弟何曾救得哥哥！”骂得好，说得透。○“兄弟、哥哥”四字，是一篇文字骨子，“兄弟何曾救得哥哥”，乃通说天下哥哥不要兄弟之故，非何清自谦救不得何涛也。何涛道：“好兄弟，三字可叹，自“兄弟”二字上，增出一“好”字，而天下哥哥之不以兄弟为兄弟也久矣，夫兄弟即安有不好者哉？休得要看冷暖，只想我日常的好处，休记我闲时的歹处，二语亦是陪笑急辞耳，夫哥哥兄弟，有何好处，有何歹处，只须常情足矣，固知二语，定非何清之所愿闻也。救我这条性命！”何清道：“哥哥，你别有许多眼明手快的公人，管下三二百个，何不与哥哥出些气力？说得透，骂得好。量一个兄弟怎救得哥哥！”说得透，骂得好。何涛道：“兄弟，可叹，只管叫兄弟了。休说他们。你的话眼里有些门路，休要把与别人做好汉。何清不愿闻。你且说与我些去向，我自有补报你处，何清不愿闻。正教我怎地心宽！”何清道：“有甚么去向，兄弟不省的！”此篇特为兄弟吐气，故上文何涛说话不合，何清便更不首肯，又非他文愈急愈纵之比也。何涛道：“你不要呕我，只看同胞共母之面。”此句却说入何清本怀，故下文便肯相许。作者真有人伦之责。天下万世，其奈何不读《水浒》也。何清道：“不要慌。且待到至急处，兄弟自来出些气力，拿这伙小贼。”阿嫂便道：“阿叔，胡乱救你哥哥，也是弟兄情分。此四字，是何清一片心事，是作者一团隐痛，是一篇文字结穴处。如今被太师府钧帖，立等要这一干人，天来大事，你却说小贼！”何清道：“嫂嫂，你须知我只为赌钱上，吃哥哥多少打骂。我是怕哥哥，不敢和哥争涉，闲常有酒有食，只和别人快活，今日兄弟也有用处！”说得透，骂得好。○言之至再至三者，亦所以沓发《棠棣》一章也。

何涛见他话眼有些来历，慌忙取一个十两银子，放在桌上，说道：“兄弟，权将这锭银收了，日后捕得贼人时，金银缎匹赏赐，我一力包办。”何清笑道：“哥哥正是‘急来抱佛脚，闲时不烧香’。痛语。我若要哥银子时，便是兄弟勒掯哥了。痛语。快把去收了，不要将来赚我。痛语。哥若如此，我便不说。痛语。既是哥两口儿我行陪话，痛语。我说与哥，不要把银子出来惊我。”痛语。何涛道：“银两都是官司信赏出的，如何没三五百贯钱！兄弟，你休推却。我且问你，这伙贼却在那里有些来历？”何清拍着大腿道：“这伙贼我都捉在便袋里了。”奇文。何涛大惊道：“兄弟，你如何说这伙贼在你便袋里？”何清道：“哥哥，只莫管我，自都有在这里便了。哥只把银子收了去，不要将来赚我，只要常情便了。”痛语。○作者痛杀，读者亦痛杀。○不要痛杀，只要常情便好。

何清不慌不忙，却说出来。有分教：郓城县里，引出仗义英雄；梁山泊中，聚起擎天好汉。毕竟何清说出甚人来，且听下回分解。

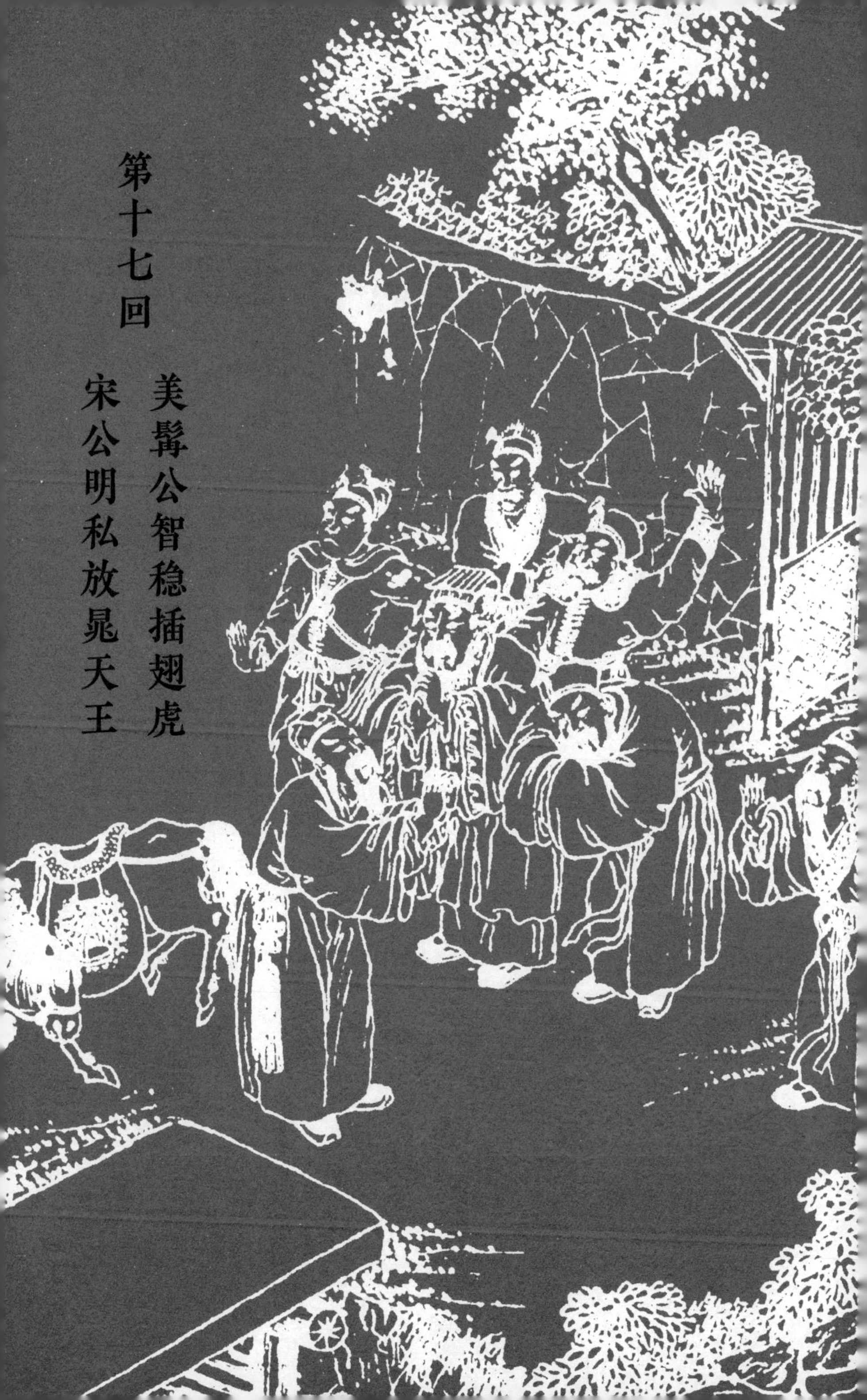
第十七回
美髯公智稳插翅虎
宋公明私放晁天王

美髯公智穩插
翅虎宋公明
私放晁天王

此回始入宋江传也。宋江，盗魁也。盗魁，则其罪浮于群盗一等。然而从来人之读《水浒》者，每每过许宋江忠义，如欲旦暮遇之。此岂其人性喜与贼为徒？殆亦读其文而不能通其义有之耳。自吾观之，宋江之罪之浮于群盗也，吟反诗为小，而放晁盖为大。何则？放晁盖而倡聚群丑祸连朝廷，自此始矣。宋江而诚忠义，是必不放晁盖者也；宋江而放晁盖，是必不能忠义者也。此入本传之始，而初无一事可书，为首便书私放晁盖。然则宋江通天之罪，作者真不能为之讳也。

岂惟不讳而已，又特致其辨焉。如曰：府尹叫进后堂，则机密之至也；叫了店主做眼，则机密之至也；三更奔到白家，则机密之至也；五更赶回城里，则机密之至也；包了白胜头脸，则机密之至也；老婆监收女牢，则机密之至也；何涛亲领公文，则机密之至也；就带虞候做眼，则机密之至也；众人都藏店里，则机密之至也；何涛不肯轻说，则机密之至也。凡费若干文字，写出无数机密，而皆所以深著宋江私放晁盖之罪。盖此书之宁恕群盗，而不恕宋江，其立法之严有如此者。世人读《水浒》而不能通，而遽便以忠义目之，真不知马之几足者也。

写朱仝、雷横二人，各自要放晁盖，而为朱仝巧雷横拙，朱仝快雷横迟，便见雷横处处让过朱仝一着，然殊不知朱仝未入黑影之先，又先有宋江早已做过人情，则是朱仝又让过宋江一着也。强手之中，更有强手，真是写得妙绝。

当时何观察与兄弟何清道：“这锭银子是官司信赏的，非是我把来赚你，后头再有重赏。兄弟，你且说这伙人如何在你便袋里？”只见何清去身边招文袋内摸出一个经折儿来，指道：“这伙贼人都在上面！”奇绝之文，匪夷所思。何涛道：“你且说怎的写在上面？”何清道：“不瞒哥哥说，兄弟前日为赌博输了，没一文盘缠，有个一般赌博的，引兄弟去北门外十五里地名安乐村，有个王家客店内，凑些碎赌。何涛骂兄弟好赌，不谓贼人消息却都在赌博上捞摸出来。看他逐段不脱“赌”字，妙绝。为是官司行下文书来，着落本村但凡开客店的，须要置立文簿，一面上用勘合印信。每夜有客商来歇宿，须要问他那里来？何处去？姓甚名谁？做甚买卖？都要抄写在簿子上，官司察照时，每月一次去里正处报名。闲闲说出一件事。○写何清口中一时说出数事，事事如画。○可见保甲法之当行也。为是小二哥不识字，央我替他抄了半个月。又闲闲说出一件事。当日是六月初三日，有七个贩枣子的客人，推着七辆江州车儿来歇。我却认得一个为头的客人，是郓城县东溪村晁保正。又闲闲说出一件事。因何认得他？我比先曾跟一个赌汉去投奔他，因此我认得。一件事中间，又说出一件事。○亦从赌上认得。我写着文簿，问他道：‘客人高姓？’只见一个三髭须白净面皮的，明明是吴用。抢将过来答应道：‘我等姓李，从濠州来贩枣子，去东京卖。’以吴用之智，而又适以智败，世界之窄，不已甚乎！我虽写了，有些疑心。第二日，他自去了，店主带我去村里相赌，又闲闲说出一件事，又从赌上来。来到一处三叉路口，只见一个汉子挑两个桶来。我不认得他。一个“我却认得”，一个“我不认得”，妙妙。店主人自与他厮叫道：‘白大郎，那里去？’那人应道：‘有担醋将去村里财主家卖。’店主人和我说道：‘这人叫做“白日鼠”白胜，他是个赌客。’亦从赌上出名。我也只安在心里。后来听得沸沸扬扬地说道：‘黄泥冈上一伙贩枣子的客人，把蒙汗药麻翻了人，劫了生辰纲去。’我猜不是晁保正，却是兀谁！如今只拿了白胜，只拿了白胜，只拿了晁保正，只拿了姓阮的三个，文字逐节传替而下。一问便知端的。这个经折儿是我抄的副本。”一段话，说出无数零星拉杂之事，却仍收到经折。

何涛听了大喜，随即引了兄弟何清，径到州衙里见了太守。府尹问道：“那公事有些下落么？”何涛禀道：“略有些消息了。”府尹叫进后堂来说。叫进后堂则机密之至也，机密之至而晁盖仍走，则非宋江私放而为谁也？〇一路极写机密，皆表并无别处走漏消息，所以正宋江私放之罪。仔细问了来历，何清一一禀说了。当下便差八个做公的，一同何涛、何清连夜来到安乐村，叫了店主人做眼，有店主做眼，便一径奔去，不致声张，机密之至也。径奔到白胜家里，却是三更时分。三更时分，则人都睡着，更无走漏消息，机密之至也。叫店主人赚开门来打火，只听得白胜在床上做声。问他老婆时，却说道害热病，不曾得汗。写心虚如画。从床上拖将起来，见白胜面色红白，面色红白。就把索子绑了，喝道：“黄泥冈上做得好事！”白胜那里肯认。把那妇人捆了，也不肯招。众做公的绕屋寻赃，寻到床底下，见地面不平，众人掘开，不到三尺深，众多公人发声喊，白胜面如土色，面色如土。就地下取出一包金银。随即把白胜头脸包了，又包其头脸，恐或有人见之，机密之至。带他老婆，扛抬赃物，都连夜赶回济州城里来。却好五更天明时分。到白家是三更，到州城是五更。三更则人都睡着，五更则人都未起，皆机密之至，更无走漏消息也。把白胜押到厅前，便将索子捆了，问他主情造意，白胜抵赖，死不肯招晁保正等七人。白胜之所以得与于一百八人也。连打三四顿，打得皮开肉绽，鲜血迸流。府尹喝道：“贼首捕人已知是郓城县东溪村晁保正了，你这厮如何赖得过！你快说那

自此以下都极写机密之至，无处走漏消息，以见晁盖之走实系宋江放之，所以大著其罪也。

六人是谁，便不打你了。”白胜又捱了一歇，写白胜。打熬不过，只得招道：“为首的是晁保正。他自同六人来纠合白胜与他挑酒，其实不认得那六人。”知府道：“这个不难，只拿住晁保正，那六人便有下落。”先取一面二十斤死囚枷，枷了白胜。他的老婆也锁了，押去女牢里监收。老婆亦监收在牢，更无走漏消息处也。随即押一纸公文，就差何涛亲自带领二十个眼明手快的公人径去郓城县投下，公文不另差人，机密之至，更不得消息走漏也。着落本县，立等要捉晁保正并不知姓名六个正贼，就带原解生辰纲的两个虞候，作眼拿人，有作眼人，便可一见就擒，不致打草惊蛇，走漏消息也。一同何观察领了一行人，去时不要大惊小怪，只恐怕走透了消息。又特书机密之至。

星夜来到郓城县，先把一行公人并两个虞候都藏在客店里，写得是众人都藏过，则更无走漏消息处，见机密之至也。只带一两个跟着来下公文，径奔郓城县衙门前来。当下巳牌时分，却值知县退了早衙，县前静悄悄地。何涛走去县对门一个茶坊里，坐下吃茶相等。吃了一个泡茶，问茶博士道：“今日如何县前恁地静？”茶博士说道：“知县相公早衙方散，一应公人和告状的都去吃饭了未来。”何涛又问道：“今日县里不知是那个押司直日？”茶博士指着道：“今日直日的押司来也。”出得径疾，纸墨都省。

何涛看时，只见县里走出一个押司来。那人姓宋名江，表字公明，排行第三，祖居郓城县，宋家村人氏。为他面黑身矮，人都唤他做黑宋江，又且驰名大孝，为人仗义疏财，人皆称他做“孝义黑三郎”。上有父亲在堂，母亲早丧，下有一个兄弟，唤做“铁扇子”宋清，自和他父亲宋太公在村中务农，守些田园过活。这宋江自在郓城县做押司。他刀笔精通，吏道纯熟；更兼爱习枪棒，学得武艺多般。平生只好结识江湖上好汉，但有人来投奔他的，若高若低，无有不纳，便留在庄上馆谷，终日追陪，并无厌倦。若要起身，尽力资助，端的是挥金似土。人问他求钱物，亦不推托，且好做方便，每每排难解纷，只是周全人性命。时常散施棺材药饵，济人贫苦，赒人之急，扶人之困，以此山东、河北闻名，都称他做“及时雨”，却把他比做天上下的及时雨一般，能救万物。一百八人中，独于宋江用此大书者，盖一百七人皆依列传例，于宋江特依世家例，亦所以成一书之纲纪也。当时宋江带着一个伴当，走将出县前来。只见这何观察当街迎住，叫道：“押司，此间请坐拜茶。”宋江见他似个公人打扮，慌忙答礼道：“尊兄何处？”何涛道：“且请押司到茶坊里面吃茶说话。”不便说话，机密之至。宋公明道：“谨领。”两个人到茶坊里坐定，伴当都叫去门前等候。伴当都回避过，机密之至，并不曾走漏消息也。

宋江道：“不敢拜问尊兄高姓？”何涛答道：“小人是济州府缉捕使臣何涛的便是。不敢动问押司高姓大名？”宋江道：“贱眼不识观察，少罪。小吏姓宋名江的便是。”何涛倒地便拜，说道：“久闻大名，无缘不曾拜识。”宋江道：“惶恐。观察请上坐。”何涛道：“小人安敢占上？”宋江道：“观察是上司衙门的人，又是远来之客。”两个谦让了一回，宋江坐了主位，何涛坐了客席，宋江便道：“茶博士将两杯茶来。”没多时茶到，两个吃了茶。宋江道：“观察到敝县，不知上司有何公务？”何涛道：“实不相瞒，来贵县有几个要紧的人。”宋江道：“莫非贼情公事否？”何涛道：“有实封公文在此，公文实封，见机密之至也。敢烦押司作成。”宋江道：“观察是上司差来该管的人，小吏怎敢怠慢？不知为甚么贼情紧事？”何涛道：“押司是当案的人，便说也不妨。当案之人，犹不容易便说，见何涛机密之至，无处走漏消息。○以上写出无数机密，皆表晁盖之走，实惟宋江放之，更无处可以委罪也。敝府管下黄泥冈上一伙贼人，共是八个，把蒙汗药麻翻了北京大名府梁中书差遣送蔡太师的生辰纲军健一十五人，三十一字为句。劫去了十一担金珠宝贝，计该十万贯正赃。今捕得从贼一名白胜，指说七个正贼都在贵县。这是太师府特差一个干办在本府，立等要这件公事，望押司早早维持。”宋江道：“休说太师处着落，便是观察自赍公文来，要敢不捕送？看他只是口头狡狯语，便令天下人奔走效死，宋江真权诈之雄哉。只不知道白胜供指那七人名字？”何涛道：“不瞒押司说，是贵县东溪村晁保正为首。更有六名从贼，不识姓名，烦乞用心。”

宋江听罢，吃了一惊，肚里寻思道：“晁盖是我心腹弟兄，他如今犯了迷天大罪，我不救他时，捕获将去，性命便休了！”心内自慌，却答应道：“晁盖这厮，奸顽役户，本县内上下人没一个不怪他。今番做出来了，好教他受！”自此以下入宋江传，皆极写其权术，所以为群贼之魁也。○宋江权术如此，读之真乃可爱。何涛道：“相烦押司，便行此事。”宋江道：“不妨，这事容易，‘瓮中捉鳖，手到拿来’。只是一件，这实封公文，须是观察自己当厅投下，宋江权术可爱。本官看了，便好施行发落差人去捉，小吏如何敢私下擅开？这件公事非是小可，不当轻泄于人。”宋江权术可爱。何涛道：“押司高见极明，相烦引进。”宋江道：“本官发放一早晨事务，倦怠了少歇。观察略待一时，少刻坐厅时，小吏来请。”何涛道：“望押司千万作成。”宋江道：“理之当然，休这等说话。小吏略到寒舍，分拨了些家务便到，一则曰家务，再则曰家务，后遂真成家务也。观察少坐一坐。”何涛道：“押司尊便，小弟只在此专等。”

宋江起身，出得阁儿，分付茶博士道：“那官人要再用茶，一发我还茶钱。”看他精到。离了茶坊，飞也似跑到下处。先分付伴当去叫直司在茶坊门前伺候，“若知县坐堂时，便可去茶坊里安抚那公人道：‘押司便来。’叫他略待一待”。看他精到。却自槽上鞁了马，牵出后门外去，后门妙。袖了鞭子，慌忙的跳上马，慢慢地离了县治。慌忙上马，慢慢行马，妙。出得东门，打上两鞭，那马拨喇喇的望东溪村撺将去。没半个时辰，早到晁盖庄上。只一上马，写得宋江有老大权术，其为群贼之魁，不亦宜乎？庄客见了，入去庄里报知。

且说晁盖正和吴用、公孙胜、刘唐在后园葡萄树下吃酒。夏景。此时三阮已得了钱财，自回石碣村去了。晁盖见庄客报说宋押司在门前，晁盖问道：“有多少人随后着？”写心虚人如画。庄客道：“只独自一个，飞马而来，说快要见保正。”晁盖道：“必然有事。”慌忙出来迎接。宋江道了一个喏，携了晁盖手，宋江携晁盖手第一。○宋江一生。以携手为第一要务，思之可叹。便投侧边小房里来。权术真正可爱。晁盖问道：“押司如何来得慌速？”宋江道：“哥哥不知，兄弟是心腹弟兄，我舍着条性命来救你。如今黄泥冈事发了！白胜已自拿在济州大牢里了，供出你等七人。济州府差一个何缉捕，带领若干人，奉着太师府钧帖并本州文书，来捉你等七人，道你为首。天幸撞在我手里，我只推说知县睡着，且教何观察在县对门茶坊里等我，以此飞马而来报你。哥哥，‘三十六计，走为上计。’大书此语，以表晁盖之入山泊，正是宋江教之也。若不快走时，更待甚么！我回去引他当厅下了公文，知县不移时便差人连夜下来。你们不可担阁。倘有些疏失，如之奈何！休怨小弟不来救你！”晁盖听罢，吃了一惊，道：“贤弟大恩难报！”宋江道：“哥哥你休要多话，只顾安排走路，不要缠障，我便回去也。”

晁盖道："七个人三个是阮小二、阮小五、阮小七，已得了财自回石碣村去了；后面有三个在这里，贤弟且见他一面。"七个人，三个虚，三个实，作两段写出，妙绝文字。宋江来到后园，晁盖指着道："这三位，一个吴学究；一个公孙胜，蓟州来的；一个刘唐，东潞州人。"又有此一段文字者，不重晁盖赤心白意，正表宋江私放，不止晁盖一人也。宋江略讲一礼，回身便走，真乃人中俊杰，写得矫健可爱。嘱付道："哥哥保重，作急快走，兄弟去也。"宋江出到庄前，上了马，打上两鞭，飞也似望县里来了。其人如此，即欲不出色，胡可得乎！

且说晁盖与吴用、公孙胜、刘唐三人道："你们认得那来相见的这个人么？"吴用道："却怎地慌慌忙忙便去了，正是谁人？"此句若出俗笔，便问正是谁人矣，此偏先怪其忙，次问为谁，只一问辞，便活画出宋江来也。晁盖道："你三位还不知哩！我们不是他来时，性命只在咫尺休了！"三人大惊道："莫不走了消息，这件事发了？"晁盖道："亏杀这个兄弟，担着血海也似干系，来报与我们。原来白胜已自捉在济州大牢里了，供出我等七人。本州差个缉捕何观察，将带若干人，奉着太师钧帖来，着落郓城县立等要拿我们七个。亏了他稳住那公人在茶坊里俟候，他飞马先来报知我们。如今回去下了公文，少刻便差人连夜到来捕获我们，却是怎地好！"吴用道："若非此人来报，都打在网里。这大恩人姓甚名谁？"晁盖道："他便是本县押司，呼保义宋江的便是。"吴用道："只闻宋押司大名，小生却不曾得会。虽是住居咫尺，无缘难得见面。"一个闻名。公孙胜、刘唐都道："莫不是江湖上传说的及时雨宋公明？"又是两个闻名。○无不闻名如此，宋江之为宋江何如耶？晁盖点头道："正是此人。他和我心腹相交，结义弟兄，吴先生不曾得会。三人皆不相识，而独指出吴用者，彼固远来不足多怪，吴用生在同县，而亦不一晤，则殊可惜也。四海之内，名不虚传，结义得这个兄弟，也不枉了。"

晁盖问吴用道："我们事在危急，却是怎地解救？"吴学究道："兄长不须商议，'三十六计，走为上计'。"晁盖道："却才宋押司也教我们走为上计，大书吴用与宋江同心，为一书之眼目。却是走那里去好？"逐节抽出，不作一笔直遂。吴用道："我已寻思在肚里了。如今我们收拾五七担挑了，一齐都奔石碣村三阮家里去。不便说梁山泊，且先说石碣村，文情事情，都渐渐而入。今急遣一人先与他弟兄说知。"写吴用有调有理，具见其才。晁盖道："三阮是个打鱼人家，如何安得我等许多人？"逐节抽出。吴用道："兄长你好不精细！石碣村那里一步步近去，便是梁山泊。如今山寨里好生兴旺，官军捕盗不敢正眼儿看他。若是赶得紧，我们一发入了伙。"宋江曰"走为上着"，吴用亦曰"走为上着"，如出一口也。然则吴用寻思梁山入伙，宋江独不寻思梁山入伙，如出一心乎？便极表宋江、吴用为一路，为全书之眼目也。晁盖道："这一论极是上策，只恐怕他们不肯收留我们。"吴用道："我等有的是金银，送献些与他，便入伙了。"调侃世人语，绝倒。〇做官须贿赂，做强盗亦须贿赂哉！晁盖道："既然恁地商量定了，事不宜迟。吴先生，你便和刘唐带了几个庄客，挑担先去阮家安顿了，却来旱路上接我们。我和公孙先生两个打并了便来。"吴用、刘唐把这生辰纲打劫得金珠宝贝做五六担装了，叫五六个庄客一发吃了酒食。吴用袖了铜炼，刘唐提了朴刀，监押着五七担一行十数人，投石碣村来。上文将七个人分作两段，此处又将四个人分作两段，妙绝文字也。晁盖和公孙胜在庄上收拾。有些不肯去的庄客，赍发他些钱物，从他去投别主。不惟情理兼尽，又留作勘出阮家之地。不愿去的，都在庄上并叠财物，打拴行李。不在话下。

再说宋江飞马去到下处，连忙到茶坊里来，只见何观察正在门前望。画来急状。宋江道："观察久等。却被村里有个亲戚，在下处说些家务，口口以为家务。因此担阁了些。"何涛道："有烦押司引进。”宋江道：“请观察到县里。”两个入得衙门来，正值知县时文彬在厅上发落事务。宋江将着实封公文，引着何观察，直至书案边，权术妙。叫左右挂上回避牌，权术妙。低声禀道：权术妙。“奉济州府公文，为贼情紧急公务，特差缉捕使臣何观察到此下文书。”知县接来拆开就当厅看了，大惊，对宋江道：“这是太师府差干办来，立等要回话的勾当！这一干贼，便可差人去捉！”宋江道：“日间去，只怕走了消息，只可差人就夜去捉拿得晁保正来，那六人便有下落。”极似为知县、为何涛，而不知其正是缓兵。宋江权术，其妙如此。

时知县道：“这东溪村晁保正，闻名是个好汉，他如何肯做这等勾当？”写知县赞晁盖，以显上文宋江骂晁盖之诈。随即叫唤尉司并两个都头：一个姓朱名仝，一个姓雷名横。他两个，非是等闲人也。又出二人传。当下朱仝、雷横两个来到后堂，领了知县言语，和县尉上了马，径到尉司，点起马步弓手并土兵一百余人，就同何观察并两个虞候作眼拿人。当晚都带了绳索军器，县尉骑着马，两个都头亦各乘马，各带了腰刀弓箭，手拿朴刀，前后马步弓手簇拥着，出得东门，飞奔东溪村晁家来。

到得东溪村里，已是一更天气，都到一个观音庵取齐。朱仝道：“前面便是晁家庄。晁盖家前后有两条路，既云晁盖庄上有前后两条路矣，后又云有三条路，活描出美髯一时随口生变来。若是一齐去打他前门，他望后门走了；一齐哄去打他后门，他奔前门走了。便见不得不与雷横分，绝妙。我须知晁盖好生了得，一也。〇已又生出一段话头，以见不得不分也。又不知那六个是甚么人，必须也不是善良君子。二也。那厮们都是死命，倘或一齐杀出来，三也。又有庄客协助，四也。却如何抵敌他？只好声东击西，等那厮们乱撺便好下手。说得确然应分，妙绝。不若我和雷都头分做两路，我与你分一半人，都是步行去，先望他后门埋伏了，等候唿哨响为号，你等向前门只顾打入来，见一个捉一个，见两个捉一双。”写美髯，真有过人之才。雷横道：“也说得是。朱都头，你和县尉相公从前门打入来，我去截住后门。”朱仝有朱仝心事，雷横有雷横心事，写两人争后门，妙绝。朱仝道：“贤弟，你不省得。晁盖庄上有三条活路，忽然增出一条路，绝妙。我闲常时都看在眼里了。我去那里，须认得他的路数，不用火把便见。此三句，说己之必应后门。○“不用火把”四字，轻轻插入，便知下文朱仝在黑影里也。你还不知他出没的去处，倘若走漏了事情，不是要处。”此三句，说雷之必不应后门。○写美髯真有过人之才。县尉道：“朱都头说得是，你带一半人去。”朱仝道：“只消得三十来个够了。”莫如不分更便耳，然而事理有所不可，则姑以三十来个遮饰之也。朱仝领了十个弓手，二十个土兵，先去了。下文“大惊小怪”三句在此内。县尉再上了马，雷横把马步弓手都摆在前后，帮护着县尉。土兵等都在马前，明晃晃照着三二十个火把，拿着梲叉、朴刀、留客住、钩镰刀，一齐都奔晁家庄来。

到得庄前，兀自有半里多路，只见晁盖庄里一缕火起，从中堂烧将起来，涌得黑烟遍地，红焰飞空。于朱、雷未到之前，特写晁盖预作走计，以表宋江之罪也。又走不到十数步，只见前后门四面八方，约有三四十把火发，焰腾腾地一齐都着。看他写晁盖预作走计。又分二段。○此处正写朱、雷二人争放晁盖也，又必先书此二段者，所以正私放晁盖之罪，独归宋江，不得分之朱、雷两人也。前面雷横挺着朴刀，背后众土兵发着喊，一齐把庄门打开，都扑入里面。此一段写雷横。看时，火光照得如同白日一般明亮，并不曾见有一个人。只听得后面发着喊，叫将起来，叫前面捉人。此是写朱仝。○看他三个人，各各自放晁盖。原来朱仝有心要放晁盖，故意赚雷横去打前门。这雷横亦有心要救晁盖，以此争先要来打后门，却被朱仝说开了，只得去打他前门，故意这等大惊小怪，声东击西，要催逼晁盖走了。注朱仝意中事。

朱仝那时到庄后时，兀自晁盖收拾未了。庄客看见，来报与晁盖说道："官军到了！事不宜迟！"晁盖叫庄客四下里只顾放火，注朱仝先来事。他和公孙胜引了十数个去的庄客，呐着喊，挺起朴刀，从后门杀将出来，大喝道："当吾者死，避吾者生！"自晁盖出来以下，皆详写朱仝，略写雷横。朱仝在黑影里捉贼不是住在黑影里事，写来绝倒。○朱仝在黑影里，雷横在火光里，皆成绝倒。叫道："保正快走！朱仝在这里等你多时。"一腔心事，不说又不得，要说又不得，看他匆匆只此一句。晁盖那里听得说，与同公孙胜舍命只顾杀出来。此一段写晁盖舍命杀出。不顾朱仝说话。朱仝虚闪一闪，放开条路让晁盖走。晁盖却叫公孙胜引了庄客先走，他独自押着后。此一段写晁盖摆布押后，不见朱仝让路。朱仝使步弓手从后门扑入去，叫道："前面赶捉贼人！"让走了却扑入，所以稳住雷横，便好赶上说明心事也。雷横听得，转身便出庄门外，叫马步弓手分头去赶。朱仝稳住雷横，便好自去做人情，雷横却又发脱土兵，要来自己做人情。以一笔写两人，而两人皆活灵活现，真奇事也。雷横自在火光之下，东观西望做寻人。捉贼不是火光之下事，写来绝倒。○寄语都头，剑去久矣。○雷横每让朱仝一筹如此。朱仝撇了土兵，挺着刀，去赶晁盖。晁盖一面走，口里说道："朱都头，你只管追我做甚么？我须没歹处！"说又不听得，让又不看见，自应有此一番问答也。朱仝见后面没人，方才敢说道："保正，你兀自不见我好处。我怕雷横执迷，不会做人情，被我赚他打你前门，我在后面等你出来放你。你见我闪开条路，让你过去。你不可投别处去，只除梁山泊可以安身。"亦便算到梁山泊，朱仝之与宋江相厚有以也。○朱仝一番好心，凡作三段写来方得明之晁盖，写尽一时人多火杂，手忙脚乱也。○朱仝得见人情，雷横不得见人情，甚矣朱仝之强于雷横也。然殊不知先有宋江早已做过人情，真乃夜眠清早起，又有早行人也。晁盖道："深感救命之恩，异日必报！"小衙内死于此十字矣。

朱仝正赶间，只听得背后雷横大叫道："休教走了人！"雷横之让朱仝一筹如此。朱仝分付晁盖道："保正，你休慌，只顾一面走，我自使转他去。"朱仝回头叫道："有三个贼望东小路去了，雷都头你可急赶。”只谓忽写雷横，却是仍写朱仝，妙绝。雷横领了人，便投东小路上，并土兵众人赶去。雷横之让朱仝一筹如此。朱仝一面和晁盖说着话，一面赶他，却如防送的相似。写得活现。渐渐黑影里不见了晁盖，朱仝只做失脚扑地，倒在地下，写美髯，真有过人之才。众土兵随后赶来，向前扶起。朱仝道：“黑影里不见路径，失脚走下野田里，滑倒了，闪挫了左腿。妙妙，不惟自解赶不着，亦复自委不复赶也。县尉道：“走了正贼，怎生奈何？”朱仝道：“非是小人不赶，其实月黑了，没做道理处。这些土兵，全无几个有用的人，不敢向前。”县尉再叫土兵去赶，是县尉。○上文两个都头已不知费了无数曲折，县尉睡里梦里不知也。众土兵心里道：“两个都头尚兀自不济事，近他不得，我们有何用？”都去虚赶了一回，转来道：“黑地里，正不知那条路去了。”了。

雷横也赶了一直回来，心内寻思道：“朱仝和晁盖最好，多敢是放了他去，我却不见了人情。”朱仝事毕后，雷横始见事，其让一地如此也。回来说道：“那里赶得上？这伙贼端的了得！”了。县尉和两个都头回到庄前时，已是四更时分。何观察见众人四分五落，赶了一夜，不曾拿得一个贼人，只叫苦道：“如何回得济州去见府尹！”县尉只得捉了几家邻舍去，解将郓城县里来。县尉好笑从来如此。○不便拿庄客，且先拿邻舍，文势逶迤曲折之极。

这时知县一夜不曾得睡，立等回报，听得道：“贼都走了，只拿得几家邻舍。”知县把一干拿到的邻舍且当厅勘问。众邻舍告道：“小人等虽在晁保正邻近居住，远者三二里田地，近者也隔着些村坊。他庄上时常有搠枪使棒的人来，如何知他做这般的事？”知县逐一问了时，务要问他们一个下落。数内一个贴邻告道：“若要知他端的，除非问他庄客。”行文逶迤曲折如此。知县道：“说他家庄客也都跟着走了。”邻舍告道：“也有不愿去的，还在这里。”好，真写得好。知县听了，火速差人，就带了这个贴邻做眼，店主人做眼一，两个虞候做眼二，两个虞候同何观察做眼三，贴邻做眼四。来东溪村捉人。无两个时辰，早拿到两个庄客。

当厅勘问时，那庄客初时抵赖，吃打不过，只得招道：“先是六个人商议，小人只认得一个是本乡中教学的先生，叫做吴学究。一个叫做公孙胜，是全真先生。又有一个黑大汉，姓刘。更有那三个，小人不认得，却是吴学究合将来的。听得说道：他姓阮，在石碣村住，他是打鱼的，弟兄三个。只此是实。”招七人，错落参差之甚。知县取了一纸招状，把两个庄客交割与何观察，回了一道备细公文，申呈本府。宋江自周全那一干邻舍，保放回家听候。非表宋江仁义，正见宋江权术。然其实则为一路宋江已冷，恐人遂至忘之，故借事提出一句也。

且说这众人与何涛，押解了两个庄客，连夜回到济州，正值府尹升厅。何涛引了众人到厅前禀说晁盖烧庄在逃一事，再把庄客口词说一遍。府尹道：“既是恁地说时，再拿出白胜来！”问道：“那三个姓阮的端的住在那里？”白胜抵赖不过，只得供说：“三个姓阮的，一个叫做立地太岁阮小二，一个叫做短命二郎阮小五，一个是活阎罗阮小七，都在石碣湖村里住。”又作逐一半说。知府道：“还有那三个姓甚么？”白胜告道：“一个是智多星吴用，一个是入云龙公孙胜，一个叫做赤发鬼刘唐。”又作一半说。知府听了便道：“既有下落，且把白胜依原监了，收在牢里。”随即又唤何观察差去石碣村，“只拿了姓阮三个，便有头脑”。

不是此一去，有分教：天罡地煞，来寻聚会风云；水浒山城，去聚纵横人马。毕竟何观察怎生差去石碣村缉捕。且听下回分解。

第十八回
林冲水寨大并火
晁盖梁山小夺泊

林冲水寨
大併火

此回前半幅借阮氏口痛骂官吏，后半幅借林冲口痛骂秀才。其言愤激，殊伤雅道。然怨毒著书，史迁不免，于稗官又奚责焉。

前回朱、雷来捉时，独书晁盖断后。此回何涛来捉时，忽分作两半。前半独书阮氏水战，后半独书公孙火攻。后入山泊见林冲时，则独书吴用舌辩。盖七个人，凡大书六个人各建奇功也。中间止有刘唐未尝自效，则又于后回补书月夜入险，以表此七人者，悉皆出奇争先，互不冒滥。嗟乎，强盗犹不可以白做，奈何今之在其位、食其食者，乃曾无所事事而又殊不自怪耶！

是稗史也。稗史之作，其何所昉？当亦昉于风刺之旨也。今读何涛捕贼一篇，抑何其无罪而多戒，至于若是之妙耶！夫未捉贼，先捉船。夫孰不知捉船以捉贼也，而殊不知百姓之遇捉船，乃更惨于遇贼，则是捉船以捉贼者之即贼，百姓之胸中久已疑之也。及于船既捉矣，贼又不捉，而又即以所捉之船排却乘凉。百姓夫而后又知向之捉船者，固非欲捉贼，正是贼要乘凉耳。嗟乎，捉船以捉贼，而令百姓疑其以贼捉贼，已大不可，奈何又捉船以乘凉，而令百姓竟指为贼要乘凉，尚忍言哉，尚忍言哉！世之君子读是篇者，其亦恻然中感而慎戢官军，则不可谓非稗史之一助也。

何涛领五百官兵、五百公人，而写来恰似深秋败叶聚散无力。晁盖等不过五人，再引十数个打鱼人，而写来便如千军万马奔腾驰骤，有开有合，有诱有劫，有伏有应，有冲有突。凡若此者，岂谓当时真有是事，盖是耐庵墨兵笔阵，纵横入变耳。

圣叹蹙然叹曰：嗟乎，怨毒之于人甚矣哉！当林冲弭首庑下，坐第四，志岂能须臾忘王伦耶？徒以势孤援绝，惧事不成，为世僇笑，故隐忍而止。一旦见晁盖者兄弟七人，无因以前，彼讵不心动乎？此虽王伦降心优礼，欢然相接，彼犹将私结之以得肆其欲为，况又加之以猜疑耶？夫自雪天三限以至今日，林冲渴刀已久与王伦颈血相吸，虽无吴用之舌，又岂遂得不杀哉？或林冲之前无高俅相恶之事，则其杀王伦犹未至于如是之毒乎？顾虎头针刺画影，而邻女心痛，然则杀王伦之日，俅其气绝神灭矣乎？人生世上，睚眦之事可自恣也哉！

话说当下何观察领了知府台旨下厅来，随即到机密房里，与众人商议。众多做公的道："若说这个石碣村湖荡紧靠着梁山泊，都是茫茫荡荡，芦苇水港。若不得大队官军，舟船人马，深感此一论。不然，安得下文一回好书看耶？谁敢去那里捕捉贼人？"何涛听罢，说道："这一论也是。"再到厅上禀覆府尹道："原来这石碣村湖泊，正傍着梁山水泊，周围尽是深港水汊，芦苇草荡。闲常时也兀自劫了人，莫说如今又添了那一伙强人在里面。若不起得大队人马，如何敢去那里捕获得人。"府尹道："既是如此说时，再差一员了得事的捕盗巡简，点与五百官兵人马，五百官兵人马。和你一处去缉捕。"何观察领了台旨，再回机密房来，唤集这众多做公的，整选了五百余人，五百余做公的人。各各自去准备什物器械。次日，那捕盗巡简领了济州府帖文，与同何观察两个，点起五百军兵，同众多做公的，一齐奔石碣村来。

且说晁盖、公孙胜，自从把火烧了庄院，带同十数个庄客来到石碣村，半路上三字疏密正妙，已藏下吴用调度，三阮义勇在内。撞见三阮弟兄，各执器械，却来接应到家。七个人都在阮小五庄上。那时阮小二已把老小搬入湖泊里，好。七人商议要去投梁山泊一事。吴用道："见今李家道口有那旱地忽律朱贵，在那里开酒店，招接四方好汉，但要入伙的须是先投奔他。我们如今安排了船只，把一应的物件装在船里，将些人情送与他引进。"此语非揶揄朱贵，盖王伦之恶名，流布久矣。〇又于此处着此一语，则知来日火并，全出林冲，殊非晁盖七人预图之也。大家正在那里商议投奔梁山泊，只见几个打鱼的便。来报道："官军人马，飞奔村里来也。"晁盖便起身叫道："这厮们赶来，我等休走！"写晁盖。阮小二道："不妨！写阮家。我自对付他。叫那厮大半下水里去死，小半都搠杀他！"公孙胜道："休慌！写公孙胜。且看贫道的本事！"晁盖道："刘唐兄弟，不必尽用，妙。杀鼠岂须全力哉！你和学究先生不必出自加亮，妙。割鸡乌用牛刀哉。且把财赋老小装载船里，径撑去李家道口左侧相等。我们看些头势，四字妙笔，深明虎鼠不敌，不过看他如何耳。随后便到。"阮小二选两只棹船，把娘王进娘自到延安府去。此娘却入水泊里来。天下无不是的娘，只是其所由来有渐耳，做娘可不慎哉！〇"把娘"二字，成文可笑。王进扶娘，是孝子身分，阮二把娘，是逆子身分。至后来李逵背娘，则竟是恶兽身分矣。和老小、家中财赋，都装下船里。吴用、刘唐各押着一只，叫七八个伴当摇了船，先到李家道口去等。又分付阮小五、阮小七撑驾小船……如此迎敌。两个各棹船去了。不惟阮二有才，又表两弟快便。

且说何涛并捕盗巡简带领官兵渐近石碣村，但见河埠有船，尽数夺了，此句调侃官兵。公余读此，恻然念之。便使会水的官兵，下船里进发，岸上的骑马，船骑相迎，水陆并进。到阮小二家，一齐呐喊，人兵并起，扑将入去，早是一所空房，绝倒。〇想见呐喊之声，齐起齐止。里面只有些粗重家火。何涛道："且去拿几家附近渔户。"问时，说道："他的两个兄弟，阮小五、阮小七，都在湖泊里住，非船不能去。"何涛与巡简商议道："这湖泊里港汊又多，路径甚杂，抑且水荡坡塘，不知深浅，若是四分五落去捉时，又怕中了这贼人奸计。我们把马匹都教人看守在这村里，一发都下船里去。”当时，捕盗巡简并何观察一同做公的人等都下了船。那时捉的船，非止百十只，也有撑的，亦有摇的，写得纷纷可笑。○“撑”“摇”二字，写成一笑，使船如马，固如是耶？一齐都望阮小五打鱼庄上来。

此文凡有两番，今第一番。

行不到五六里水面，只听得芦苇中间有人嘲歌。众人且住了船，听时，“只听得”三字，纸上如有一人直闪出来；“住了船，听时”五字，纸上如有一人复闪入去。写得变诡之极。那歌道：“打鱼一世蓼儿洼，不种青苗不种麻。酷吏赃官都杀尽，忠心报答赵官家。”以杀尽赃酷为报答国家，真能报答国家者也。何观察并众人听了，尽吃一惊。只见远远地一个人独棹一只小船儿唱将来。有认得的指道：“这个便是阮小五！”阮小五先听后见。何涛把手一招，众人并力向前，各执器械，挺着好笑，见鬼。迎将去。只见阮小五大笑，妙人。骂道：“你这等虐害百姓的贼，官是贼，贼是老爷。然则官也，贼也；贼也，老爷也。一而二，二而一者也。○快绝之文。直如此大胆，敢来引老爷做甚么！却不是来捋虎须！”何涛背后有会射弓箭的，搭上箭，拽满弓，一齐放箭。

阮小五见放箭来，拿着桦楸，翻筋斗钻下水里去。来时来得出奇，去时去得出奇。众人赶到跟前，拿个空。又撑不到两条港汊，只听得芦花荡里打唿哨，众人把船摆开，好笑，又见鬼。见前面两个人棹着一只船来，船头上立着一个人，头戴青箬笠，身披绿蓑衣，手里撚着条笔管枪，阮小七先见后听。口里也唱道："老爷生长石碣村，禀性生来要杀人。先斩何涛巡简首，京师献与赵王君。"斩赃酷首级以献其君，真能献其君矣。〇又两歌辞义相承。如断若续。前云"杀尽"，后云"先斩"；前歌大，后歌紧，妙绝。何观察并众人听了，又吃一惊。有认得的说道："这个正是阮小七！"何涛喝道："众人并力向前，先拿住这个贼！休教走了！"阮小七听得，笑道：也笑，妙人。"泼贼！"前云虐害百姓的贼，乃明正贼之罪也。此却并"虐害百姓"四字都省去。只以二字直呼之云"泼贼"。下亦更不别接一语，更为快绝也。便把枪只一点，那船便使转来，望小港里串着走。妙。

众人舍命喊，可笑，又见鬼。赶将去，这阮小七和那摇船的，飞也似摇着橹，口里打着唿哨，串着小港汊中只顾走。妙。众官兵赶来赶去，看见那水港窄狭了，何涛道："且住！把船且泊了，都傍岸边。"上岸看时，只见茫茫荡荡，都是芦苇，正不见一些旱路，何涛心内疑惑，却商议不定，便问那当村住的人，说道："小人们虽是在此居住，也不知道这里有许多去处。"何涛便教划着两只小船，船上各带三两个做公的，去前面探路。去了两个时辰有余，不见回报。妙。何涛道："这厮们好不了事！"再差五个做公的，又划两只船去探路。这几个做公的，划了两只船，又去了一个多时辰，并不见些回报。妙。何涛道："这几个都是久惯做公的，四清六活的人，却怎地也不晓事，如何不着一只船转来回报？不想这些带来的官兵，人人亦不知颠倒！"

天色又看看晚了，夹此一句妙。何涛思想："在此不着边际，怎生奈何？我须用自去走一遭。"妙。拣一只疾快小船，选了几个老郎做公的，各拿了器械，桨起五六把桦楫，何涛坐在船头上，望这个芦苇港里荡将去。那时已是日没沉西，夹此一句妙。划得船开，约行了五六里水面，看见侧边岸上一个人，提着把锄头走将来。千奇百怪，横现侧出。何涛问道："兀那汉子，你是甚人？这里是甚么去处？"那人应道："我是这村里庄家。这里唤做断头沟，好地名。没路了。"何涛道："你曾见两只船过来么？"那人道："不是来捉阮小五的？"何涛道："你怎地知得是来捉阮小五的？"那人道："他们只在前面乌林里厮打。"不是厮打之事，说得好笑。何涛道："离这里还有多少路？"那人道："只在前面望得见便是。"何涛听得，便叫拢船，前去接应，便差两个做公的，拿了桡叉上岸来。只见那汉提起锄头来，手到，把这两个做公的，一锄头一个，快事快文。○乡间百姓锄头，千推不足供公人一饭也，岂意今日一锄头已足。翻筋斗都打下水里去。何涛见了吃一惊，急跳起身来时，却待奔上岸，只见那只船忽地搪将开去，水底下钻起一个人来，只是一两个人，写得便如怒龙行雨，其鳞爪有东现西没之势。把何涛两腿只一扯，扑通地倒撞下水里去。那几个船里的，却待要走，被这提锄头的赶将上船来，一锄头一个，索性快事。排头打下去，脑浆也打出来。

这何涛被水底下这人倒拖上岸来，就解下他的搭膊来捆了。趣绝。朱文公见此，必当注之云：即以其人搭膊，还缚其人之身矣。看水底下这人，却是阮小七。岸上提锄头的那汉，便是阮小二。带叙带记。弟兄两个，看着何涛骂道："老爷弟兄三个，从来只爱杀人放火。嵇康好锻，何至于此。量你这厮，直得甚么！你如何大胆，特地引着官兵来捉我们！"何涛道："好汉，小人奉上命差遣，盖不由己。小人怎敢大胆，要来捉好汉？望好汉可怜见家中有个八十岁的老娘，无人养赡，随手噶出一句"有娘"，以映衬三阮之有娘也。后李鬼文中，亦有此一句，正与今文遥遥相对。望乞饶恕性命则个！"阮家弟兄道："且把他来捆做个粽子，撇在船舱里。"不完。把那几个尸首，都撺去水里去了。个个胡哨一声，芦苇丛中钻出四五个打鱼的人来，都上了船。不漏。阮小二、阮小七各驾了一只船出来。只消小二、小七驾船出来，读者亦出来矣。若自俗笔，不免老大段落。

且说这捕盗巡简领着官兵，都在那船里说道："何观察他道做公的不了事，自去探路，也去了许多时，不见回来。"那时正是初更左右，星光满天。夹此一句，妙。〇又加"星光满天"四字，如画。众人都在船上歇凉，不是歇凉之事，写得好笑。〇日里夺船，夜里歇凉，千载官兵，于今为烈。忽然只见起一阵怪风，从背后吹将来，又是一番。吹得众人掩面大惊，只叫得苦，把那缆船索都刮断了。正没摆布处，只听得后面胡哨响。先听得。迎着风看时，"迎着风"三字妙，是看背后，精细之至。只见芦花侧畔，射出一派火光来。次见。众人道："今番却休了！"那大船小船，约有百十来只，正被这大风刮得你撞我磕，捉摸不住，那火光却早来到面前。深赞好风也。原来都是一丛小船，两只价帮住，村中苦无大船，若用小船，又不发火势。设身处地，算出此五字来。〇此书处处设身处地而后成文，真怪事也。上面满满堆着芦苇柴草，刮刮杂杂烧着，乘着顺风直冲将来。那百十来只官船，屯塞做一块，写得如画，便画亦难画。港汊又狭，又没回避处。那头等大船也有十数只，却被他火船推来，钻在大船队里一烧。妙。水底下原来又有人扶助着船烧将来，妙。烧得大船上官兵都跳上岸来，逃命奔走。不想四边尽是芦苇野港，又没旱路。只见岸上芦苇又刮刮杂杂，也烧将起来。写得如画，便画亦难画。那捕盗官兵，两头没处走。风又紧，火又猛，众官兵只得都奔烂泥里立地。"烂泥里"三字，绝倒。〇此烂泥句，算做官军仓卒应变。火光丛中，只见此六字，冒下三段。一只小快船，船尾上一个摇着船，船头上坐着一个先生，手里明晃晃地拿着一口宝剑，只是船头一个先生，船尾一个摇着，写得便如中军一阵相似。口里喝道："休教走了一个！"众兵都在烂泥里慌做一堆。此烂泥句，算做官军运筹帷幄。

说犹未了，只见芦苇东岸，两个人引着四五个打鱼的，都手里明晃晃拿着刀枪走来。只是两个人引着四五个渔人，写得便如左边一阵相似。这边芦苇西岸，又是两个人，也引着四五个打鱼的，手里也明晃晃拿着飞鱼钩走来。亦只是两个人引着四五个渔人，写得便如右边一阵相似。东西两岸，四个好汉并这伙人，两岸合来，连中间一人，只是公孙胜、晁盖、阮小五、阮小二、阮小七耳，写得便如两军合入中军相似。〇不惟当时官军在暗里，疑他有千军万马，便是今日读者在亮里，也疑他有千军万马。作者才调如此。〇每见近代露布大文，写得印板相似。便令千军万马反像街汉厮打。因叹人之才与不才，何啻河汉。一齐动手，排头儿搠将来。无移时，把许多官兵都搠死在烂泥里。此“烂泥”句，算做官军疆场效命。东岸两个是晁盖、阮小五，西岸两个是阮小二、阮小七，船上那个先生便是祭风的公孙胜。带叙带记，叙处有奔风激电之能，记处有水落石出之致。五位好汉引着数十个打鱼的庄家，忽然结算一句。五个好汉，十个渔人，收拾上文一片五花八门文字，才调异常。把这伙官兵，都搠死在芦苇荡里。第二番完。〇下忽又转过第一番。单单只剩得一个何观察，捆做粽子也似，丢在船舱里。忽然按转观察，笔如惊鹰饿虎。阮小二提将上岸来，指着骂道：“你这厮，是济州一个诈害百姓的蠢虫！二寄奇文。〇虎称大虫，鼠称老虫，马称聋虫，官称蠢虫，皆奇文。我本待把你碎尸万段，却要你回去对那济州府管事的贼说：俺这石碣村阮氏三雄，东溪村天王晁盖，都不是好撩拨的！我也不来你城里借粮，他也休要来我这村中讨死！竟作酬酢语，妙绝。〇贼与贼，老爷与老爷，正应酬酢也。倘或正眼儿觑着，休道你是一个小小州尹，也莫说蔡太师差干人来要拿我们，便是蔡京亲自来时，我也搠他三二十个透明的窟窿。只算上寿。俺们放你回去，休得再来！传与你的那个鸟官人，教他休要做梦！这里没大路，五个字里，结果一员巡简，千余人兵，读之失笑。我着兄弟送你出路口去。”当时阮小七把一只小快船载了何涛，直送他到大路口，喝道：“这里一直去，便有寻路处。别的众人都杀了，难道只恁地好好放了你去，也吃你那州尹贼驴笑！一篇如奔风激浪，至此已得收港，却不肯便住，故又另自蹴起一波，其才如许。且请下你两个耳朵来做表证！”七哥趣人。不枉姓阮。阮小七身边拔起尖刀，把何观察两个耳朵割下来，鲜血淋漓，插了刀，解了搭膊，幽细之极。〇百忙之后，人必忘之矣。放上岸去。何涛得了性命，自寻路寻路妙。送出路口，尚要寻路。笑上文深入虎口之易也。自寻又妙，千余人来，一个回去，回思夺船时，真成一梦也。回济州去了。

且说晁盖、公孙胜和阮家三弟兄，并十数个打鱼的，一发都驾了五七只小船，离了石碣湖村泊，径投李家道口来。到得那里，相寻着吴用、刘唐船只，合做一处。吴用问起拒敌官兵一事，晁盖备细说了，吴用众人大喜。整顿船只齐了，一同来到旱地忽律朱贵酒店里。

朱贵见许多人来说投托入伙，慌忙迎接。吴用将来历实说与朱贵听了，待朱贵不薄。大喜，逐一都相见了，请入厅上坐定，忙叫酒保安排分例酒来，管待众人。随即取出一张皮靶弓来，搭上一枝响箭，望着那对港芦苇中射去。响箭到处，早见有小喽啰摇出一只船来。朱贵急写了一封书呈，备细写众豪杰入伙姓名人数，四字写出朱贵欢喜。先付与小喽啰赍了，教去寨里报知。一面又杀羊管待深表朱贵。众好汉。过了一夜，次日早起，朱贵唤一只大船，请众多好汉下船，就同带了晁盖等来的船只，细。一齐望山寨里来。

行了多时，早来到一处水口，只听的岸上鼓响锣鸣，晁盖看时，只见七八个小喽啰，划出四只哨船来，见了朱贵，都声了喏，自依旧先去了。此一段，俗笔不及。再说一行人来到金沙滩上岸，便留老小船只并打鱼的人在此等候，老小并打鱼人，留在滩上船里。又见数十个小喽啰，下山来接引到关上。写事有层次。王伦领着一班头领，出关迎接。晁盖等慌忙施礼，王伦答礼道："小可王伦，久闻晁天王大名，如雷灌耳。今日且喜光临草寨。"晁盖道："晁某是个不读书史的人，甚是粗卤。今日事在藏拙，甘心与头领帐下做一小卒，不弃幸甚。"王伦道："休如此说，且请到小寨，再有计议。"一行从人，都跟着上山来。从人跟上山来。

到得大寨聚义厅上，王伦再三谦让晁盖一行人上阶。晁盖等七人，在右边一字儿立下。王伦与众头领，在左边一字儿立下。一个个都讲礼罢，分宾主对席坐下。王伦唤阶下众小头目声喏已毕，一壁厢动起山寨中鼓乐。先叫小头目去山下管待来的从人，关下另有客馆安歇。从人仍发放关下去。

单说山寨里宰了两头黄牛，十个羊，五个猪，大吹大擂筵席。众头领饮酒中间，晁盖把胸中之事，从头至尾，都告诉王伦等众位。王伦听罢，骇然了半晌，外边写一句。心内踌躇，里边写一句。做声不得，又于外边写一句。自己沉吟，又于里边写一句。虚作应答。又于外边写一句。〇五句，活写出秀才。筵宴至晚席散，众头领送晁盖等众人关下客馆内安歇，此一句，写王伦异心。自有来的人伏侍。此一句，写王伦疏漏。〇一句写王伦密，一句写王伦疏，活写出秀才。晁盖心中欢喜，对吴用等六人说道："我们造下这等迷天大罪，那里去安身？不是这王头领如此错爱，我等皆已失所，此恩不可忘报！"吴用只是冷笑。妙。〇七个人，须要逐个出色一写。故前朱仝来捉时，晁盖已着吴用、刘唐先行了，却又着公孙胜先行，他便独自一个挺刀押后，此是出色写个晁盖。何涛来捉时，阮小二道不妨，我自对付他，便调度小五、小七两只船、两个山歌来，此是出色写个三阮。后来一阵怪风，一片火光，一只小船，一口宝剑，便把一千官军烧得罄尽，此是出色写个公孙胜。今自"冷笑"二字已去完火并一篇，乃是出色写个吴用也。七个人中，独刘唐不曾出色自效，便为补写月夜一走，以见行文如行兵，遣笔如遣将，非可草草无纪也。晁盖道："先生何故只是冷笑？有事可以通知。"吴用道："兄长性直，此四字，是一部大书中如椽之笔。晁盖只是直，宋江只是曲，此晁、宋之别也。你道王伦肯收留我们？兄长不看他的心，只观他的颜色动静规模。"晁盖道："观他颜色怎地？"吴用道："兄长不见他早间席上与兄长说话，倒有交情。次后因兄长说出杀了许多官兵捕盗巡简，放了何涛，阮氏三雄如此豪杰，他便有些颜色变了。虽是口中应答，心里好生不然。若是他有心收留我们，只就早上便议定了坐位。明日排宴，已分付山南水亭矣。杜迁、宋万这两个自是粗卤的人，轻。○只点一句，便放过。待客之事，如何省得？只有林冲那人，陡然提出林冲。有如榛莽之中，怪石斫露。原是京师禁军教头，大郡的人，诸事晓得，今不得已，知己语，只四字洒下人泪来。坐了第四位。早间见林冲看王伦答应兄长模样，十四字一句，又如活，又如画。○王伦应晁盖，林冲看王伦应晁盖，吴用见林冲看王伦应晁盖，一句看他多曲。他自便有些不平之气，频频把眼瞅这王伦，心内自己踌躇。活画林冲。○亦用外一句，里一句。我看这人，倒有顾盼之心，只是不得已。数语中，凡用两“不得已”句，写林冲乎哉？写天下丈夫也。小生略放片言，此语丑。教他本寨自相火并。”晁盖道：“全仗先生妙策。”

当夜七人安歇了。次早天明，只见人报道：“林教头相访。”疾。○前写晁盖挺刀押后文中，都将朱仝、雷横夹杂而写。此写吴用文中，亦将林冲夹杂而写。读者须分作两分眼色，一半去看吴用，一半去看林冲，乃双得之也。吴用便对晁盖道：“这人来相探，中俺计了。”七个人慌忙起来迎接，邀请林冲入到客馆里面。吴用向前称谢道：“夜来重蒙恩赐，拜扰不当。”林冲道：“小可有失恭敬。虽有奉承之心，奈缘不在其位，林冲心事。望乞恕罪。”吴学究道：“我等虽是不才，非为草木，岂不见头领错爱之心，顾盼之意，就势便用一迎，妙绝。感恩不浅！”晁盖再三谦让林冲上坐，林冲那里肯，推晁盖上首坐了，林冲便在下首坐定，吴用等六人一带坐下。只客馆中片时小坐，亦不草草，深写林冲在王伦下第四椅，真是不在其位也。

晁盖道：“久闻教头大名，不想今日得会。”晁盖性直，只说闲话，并不与林冲对针，然却少不得。林冲道：“小人旧在东京时，与朋友交，礼节不曾有误。林冲语。○武师自说海话，圣叹却蓦然想着深公，私谓除此寒山片石，恐武师之在东京，亦未必更有可语。虽然今日能够得见尊颜，不得遂平生之愿，特地径来陪话。”林冲语。晁盖称谢道：“深感厚意。”晁盖说闲话。吴用便动问道：“小生旧日久闻头领在东京时，十分豪杰，不知缘何与高俅不睦，致被陷害？后闻在沧州，亦被火烧了大军草料场，又是他的计策。闲话七句。向后不知谁荐头领上山？”正话一句。林冲道：“若说高俅这贼陷害一节，但提起毛发植立！句法亦有毛发植立之势。又不能报得此仇！答一。来此容身，皆是柴大官人举荐到此。”答一。吴用道：“柴大官人，莫非是江湖上人称为小旋风柴进的么？”撇过高俅，单擒柴大官人，手法敏辣，有纵蛟锁龙之妙。林冲道：“正是此人。”晁盖道：“小可多闻人说柴大官人仗义疏财，接纳四方豪杰，说是大周皇帝嫡派子孙，如何能够会他一面也好。”百忙中，晁盖又说闲话，真是闲口闲嗑，全与林冲不对。然上特注云却少不得者，正为林、吴相对，镞镞相拄，括括相击，反觉斧凿之痕，太是显然，深赖晁盖夹在中间，顺他直性，自说自话，以泯其迹也。

吴用又对林冲道：“据这柴大官人名闻寰海，声播天下的人，妙。○擒住柴大官人更不放。教头若非武艺超群，妙。○“若非”二字反踢，妙。他如何肯荐上山？妙。○“如何肯”三字反踢，妙。非是吴用过称，妙。○“非是”二字，亦用反踢。理合王伦让这第一位与头领坐。此天下公论，承“若非”句。也不负了柴大官人的书信。”承“如何肯”句。林冲道：“承先生高谈，只因小可犯下大罪，投奔柴大官人，非他不留林冲，此六字令我读之骇然。盖写林冲，便活写出林冲来，写林冲精细，便活写出林冲精细来。何以言之？夫上文吴用文中，乃说柴进肯荐林冲上山也，林冲却忽然想道：他说柴进荐我上山，或者疑到柴进不肯留我在家耶？说时迟，那时疾，便急道一句“非他不留林冲”六个字，千伶百俐，一似草枯鹰疾相似。妙哉妙哉，盖自非此句，则写来已几乎不是林冲也。诚恐负累他不便，自愿上山。不想今日去住无门！“去住”二字，写林冲动摇已久也。非在位次低微，只为王伦心术不定，语言不准，难以相聚。”说得矫健。○心术不定，语言不准，犯此八字者，贼也做不成，痛言哉！吴用道：“王头领待人接物一团和气，如何心地倒恁窄狭？”换一头。林冲道：“今日山寨天幸，得众多豪杰到此相扶相助，似锦上添花，如旱苗得雨。此人只怀妒贤嫉能之心，但恐众豪杰势力相压。千古同之，仲尼之所以致叹于臧孙也。夜来因见兄长所说众位杀死官兵一节，他便有些不然，就怀不肯相留的模样，以此请众豪杰来关下安歇。”

吴用便道：“既然王头领有这般之心，我等休要待他发付，恶极，只八个字，把雪天三限，直提出来。自投别处去便了。”林冲道：“众豪杰休生见外之心，林冲自有分晓。林冲已决。○要知此六个字，全是上文“休要待他发付”八个字逼出。小可只恐众豪杰生退去之意，特来早早说知。是林冲。今日看他如何相待。若这厮语言有理，不似昨日，万事罢论。倘若这厮今朝有半句话参差时，尽在林冲身上。”决。晁盖道：“头领如此错爱，俺弟兄皆感厚恩。”又插入晁盖直性人说直活，全不摸林冲头脑，全不对林冲箭括，读之如活。吴用便道：“头领为新弟兄面上，倒与旧弟兄分颜。“新弟兄”“旧弟兄”六个字有钩枪拐马之妙。○新弟兄以亲之，旧弟兄以羞之，不谓弟兄二字，又可作胶漆用，又可作刀剑用也。若是可容即容，不可容时，小生等登时告退。”四字是吴用一篇结煞语，盖欲讨一的当相许也，恶哉！林冲道：“先生差矣！“差”字来得疾，紧辨“新弟兄”“旧弟兄”字也。古人有言：‘惺惺惜惺惺，好汉惜好汉。’量这一个泼男女，腌臜畜生，说甚弟兄！豪杰之惜“弟兄”二字也如此矣。众豪杰且请宽心。”七字是林冲一篇结煞语，紧答“登时告退”四字。林冲起身别了众人，说道：“少间相会。”也说一句闲话。○林冲此来，只此一句是闲话。众人相送出来，林冲自上山去了。

没多时，只见小喽啰到来相请，说道：“今日山寨里头领相请众好汉，去山南水寨亭上筵会。”特特避开聚义堂上。晁盖道：“上覆头领，少间便到。”小喽啰去了，晁盖问吴用道：“先生，此一会如何？”吴学究笑道：“兄长放心，此一会倒有分做山寨之主。今日林教头必然有火并王伦之意，他若有些心懒，小生凭着三寸不烂之舌，不由他不火并。兄长身边各藏了暗器，要。只看小生把手来撚须为号，要。兄长便可协力。”晁盖等众人暗喜。辰牌已后，三四次人来邀请，晁盖和众头领身边各各带了器械，暗藏在身上，结束得端正，却来赴席。只见宋万亲自骑马，又来相请，前已表出朱贵，此又表出宋万，笔墨周详。独不及杜迁者，王伦为杜迁所引，且故留以伴之，亦文家疏密相间之法也。小喽啰抬过七乘山轿，七个人都上轿子，一径投南山水寨里来，直到水亭子前下了轿。

王伦、杜迁、林冲、朱贵都出来相接，邀请到那水亭子上，分宾主坐定。王伦与四个头领——杜迁、宋万、林冲、朱贵——坐在左边主位上，晁盖与六个好汉——吴用、公孙胜、刘唐、三阮——坐在右边客席。阶下小喽啰轮番把盏。酒至数巡，食供两次，晁盖和王伦盘话，但提起聚义一事，王伦便把闲话支吾开去。吴用把眼来看林冲时，只一句急递入去，妙绝笔力。只见林冲侧坐交椅上，把眼瞅王伦身上。写得如画，便画也画不出。○写林冲，写得崒嵂之极，郁勃之极。看看饮酒至午后，王伦回头叫小喽啰取来。三四个人去不多时，只见一人捧个大盘子里，放着五锭大银。丑。王伦便起身把盏，对晁盖说道："感蒙众豪杰到此聚义，只恨敝山小寨，是一洼之水，如何安得许多真龙？聊备些小薄礼，万望笑留，烦投大寨歇马，小可使人亲到麾下纳降。"晁盖道："小子久闻大山招贤纳士，一径地特来投托入伙，若是不能相容，我等众人自行告退。重蒙所赐白金，决不敢领。非敢自夸丰富，小可聊有些盘缠使用。速请纳回厚礼，只此告别。"王伦道："何故推却？非是敝山不纳众位豪杰，奈缘只为粮少房稀，恐日后误了足下，众位面皮不好，因此不敢相留。"

说言未了，只见林冲八字疾。双眉剔起，两眼圆睁，坐在交椅上大喝道：此处若便立起，却起得没声势，若便踢倒桌子立起，又踢得没节次。故特地写个"坐在交椅上"骂，直等骂到分际性发，然后一脚踢开桌子，抢起身来，刀亦就势掣出。有节次，有声势，作者实有设身处地之劳也。"你前番我上山来时，也推道粮少房稀。胸中主句，眼前宾句。今日晁兄与众豪杰到此山寨，你又发出这等言语来，眼前主句，胸中宾句。是何道理？"吴用便说道："头领息怒。自是我等来的不是，倒坏了你山寨情分。恶极，不惟自说不是，看他下“坏情分”三字，已直说林冲不是矣。今日王头领以礼发付我们下山，送与盘缠，又不曾热赶将去，恶极，只七个字，陡然把雪天三限又提出来。请头领息怒，我等自去罢休。”明明催之。林冲道：“这是笑里藏刀，言清行浊的人！我其实今日放他不过！”快绝妙绝，读之神旺，非一朝一夕之心矣。王伦喝道：“你看这畜生！看他骂人法，活是个秀才。又不醉了，倒把言语来伤触我，却不是反失上下！”林冲大骂道：“量你是个落第穷儒，即不落第又奈何。胸中又没文学，即有文学又奈何。怎做得山寨之主！”可见秀才，虽强盗亦不服也。吴用便道：“晁兄，更不向林冲说，妙绝。只因我等上山相投，反坏了头领面皮。只今办了船只，便当告退。”又催之。晁盖等七人便起身，句。要下亭子。句。〇俗人不知此句之妙，便作一句读，不知上半句是真，下半句是假也。王伦留道：“且请席终了去。”秀才可怜，睡里梦里。

林冲把桌子只一脚踢在一边，抢起身来，衣襟底下掣出一把明晃晃刀来，有山崩海立、风起云涌之势。搭的火杂杂。五字不知是写人，不知是写刀，但觉人刀俱活。吴用便把手将髭须一摸，晁盖、刘唐便上亭子来，虚拦住王伦叫道：“不要火并！”吴用便假意扯林冲道：“头领不可造次！”公孙胜便两边道：“休为我等坏了大义。”阮小二便去帮住杜迁，阮小五帮住宋万，阮小七帮住朱贵，百忙中，写来何等明画。吓得小喽啰们目瞪口呆。林冲拿住王伦，骂道：“你是一个村野穷儒，亏了杜迁得到这里。柴大官人这等资助你，赒给盘缠，与你相交，举荐我来，尚且许多推却。今日众豪杰特来相聚，又要发付他下山去。这梁山泊便是你的！天下人听者。你这嫉贤妒能的贼，天下人听者。不杀了，要你何用！却作商量语，绝倒。你也无大量大才，也做不得山寨之主！”有大才，又必有大量，强盗头犹必若是耶？杜迁、宋万、朱贵本待要向前来劝，被这几个紧紧帮着，那里敢动。王伦那时也要寻路走，却被晁盖、刘唐两个拦住。王伦见头势不好，口里叫道："我的心腹都在那里？"活秀才。虽有几个身边知心腹的人，本待要来救，见了林冲这般凶猛头势，谁敢向前？林冲即时拿住王伦，又骂了一顿，再添一句，为雪天三限吐气。去心窝里只一刀，胳察地搠倒在亭上。

晁盖见搠王伦，各掣刀在手。方掣出暗器。林冲疾把王伦首级割下来，提在手里，林冲能。〇却是耐庵能。吓得那杜迁、宋万、朱贵都跪下说道："愿随哥哥执鞭坠镫！"晁盖等慌忙扶起三人来。吴用就血泊里拽过头把交椅来，何必聚义堂上，只山南水亭有何不可，笑秀才之多计也。便纳林冲坐地，叫道："如有不伏者，将王伦为例！今日扶林教头为山寨之主。"好吴用。林冲大叫道："先生差矣！好林冲。我今日只为众豪杰义气为重上头，火并了这不仁之贼，实无心要谋此位。今日吴兄却让此第一位与林冲坐，岂不惹天下英雄耻笑！若欲相逼，宁死而已。弟有片言，愿闻。不知众位肯依我么？"众人道："头领所言，谁敢不依。愿闻其言。"

林冲言无数句，话不一席，有分教：断金亭上，招多少断金之人；聚义厅前，开几番聚义之会。正是：替天行道人将至，仗义疏财汉便来。毕竟林冲对吴用说出甚言语来，且听下回分解。

第十九回
梁山泊义士尊晁盖
郓城县月夜走刘唐

鄆城縣月
夜走劉唐

此书笔力大过人处，每每在两篇相接连时，偏要写一样事，而又断断不使其间一笔相犯。如上文方写过何涛一番，入此回又接写黄安一番是也。看他前一番，翻江搅海，后一番，搅海翻江，真是一样才情，一样笔势，然而读者细细寻之，乃至曾无一句一字偶尔相似者。此无他，盖因其经营图度，先有成竹藏之胸中，夫而后随笔迅扫，极妍尽致，只觉干同是干，节同是节，叶同是叶，枝同是枝，而其间偃仰斜正各自入妙，风痕露迹变化无穷也。此书写何涛一番时分作两番写，写黄安一番时也分作两番写固矣，然何涛却分为前后两番，黄安却分为左右两番。又何涛前后两番，一番水战，一番火攻；黄安左右两番，一番虚描，一番实画。此皆作者胸中预定之成竹也。夫其胸中预定成竹，既已有如是之各各差别，则虽湖荡即此湖荡，芦苇即此芦苇，好汉即此好汉，官兵一样官兵，然而间架既已各别，意思不觉都换。此虽悬千金以求一笔之犯，且不可得，而况其有偶同者耶！

宋江婆惜一段，此作者之纡笔也。为欲宋江有事，则不得不生出宋江杀人。为欲宋江杀人，则不得不生出宋江置买婆惜。为欲宋江置买婆惜，则不得不生出王婆化棺。故凡自王婆求施棺木以后，遥遥数纸，而直至于王公许施棺木之日，不过皆为下文宋江失事出逃之楔子。读者但观其始于施棺，终于施棺，始于王婆，终于王公，夫亦可以悟其洒墨成戏也。

此一段特特写林冲。

话说林冲杀了王伦，手拿尖刀，指着众人八字读之不寒而栗。说道："据林冲身系禁军遭配到此，开口第一句的是林冲语，他人不肯说。〇汉文帝《与南粤王书》第一句云"朕，高皇帝侧室之子"与林冲第一句"身系禁军，遭配到此"，二语正是一样文法。然汉文推心置腹，林冲提心在口，一是忠恕而行，一是机变立应，其厚其薄，乃如天渊。今日为众豪杰至此相聚，争奈王伦心胸狭隘，嫉贤妒能，推故不纳，因此火并了这厮，非林冲要图此位。据着我胸襟胆气，焉敢拒敌官军，他日剪除君侧元凶首恶？《水浒》一书大题目，林冲一生大胸襟。今有晁兄仗义疏财，智勇足备，方今天下人闻其名，无有不伏。我今日以义气为重，立他为山寨之主，不是势利，不是威胁，不是私恩小惠，写得豪杰有泰山岩岩之象。好么？"众人道："头领言之极当。"晁盖道："不可。自古'强宾不压主'。晁盖强杀，只是个远来新到的人，安敢便来占上？"林冲拓手向前，将晁盖推在交椅上，定大计，立大业，林冲之功，顾不伟哉！叫道："今日事已到头，不必推却，若有不从，即以王伦为例！"妙绝快绝，骂杀秀才。〇盖谦恭多者，即系秀才，以秀才易秀才而不知其非，岂不辜负尖刀耶！再三再四扶晁盖坐了。林冲喝叫众人，就于亭前参拜了。写得与韩琦卷帘相似。一面使小喽啰去大寨里摆下筵席，林冲才。一面叫人抬过了王伦尸首，林冲才。一面又着人去山前山后唤众多小头目，都来大寨里聚义。林冲才。林冲等一行人，请晁盖上了轿马，都投大寨里来。

到得聚义厅前，下了马，都上厅来。众人扶晁天王去正中第一位交椅上坐定，连日读《水浒》，已得十九回矣，直至此时方是开部第一句，看官都要重添眼色。中间焚起一炉香来。是。林冲向前道：顷在亭上已定第一座矣，今第二、第三座，亦须武师手定，故复凛然而前。“小可林冲，只是个粗匹夫，不过只会些枪棒而已，无学无才，无智无术。林冲何尝不谦，只是谦得光明历落，可以作自叙，可以作列传，乃至遂可以作墓表、谥议，不须更易一字。而林冲自说如此，人说林冲亦如此，故知永异于秀才之谦也。今日山寨天幸，得众豪杰相聚，大义既明，非比往日苟且。十字洗出梁山泊来。○《埤雅》云：“狗，苟也。以其苟于得食，故谓之狗。”今释“苟”字，亦应倒借云：苟，狗也，以其与狗无择，故谓之苟。呜呼！审如斯言，然则不苟且者谁乎？学究先生在此便请做军师，执掌兵权，调用将校，须坐第二位。”尊师重傅，真定得是。吴用答道：“吴某村中学究，胸次未见经纶济世之才，虽曾读些孙吴兵法，未曾有半粒微功，岂可占上！”林冲道：“事已到头，不必谦让。”吴用只得坐了第二位。林冲道：“公孙先生请坐第三位。”神道设教，真定得是。晁盖道：定一个，推一个，便印板可笑矣，换晁盖代之。“却使不得。若是这等推让之时，晁盖必须退位。”林冲道：“晁兄差矣！公孙先生名闻江湖，善能用兵，有鬼神不测之机，呼风唤雨之法，那个及得！”公孙胜道：“虽有些小之法，亦无济世之才，如何敢占上。还是头领坐了。”林冲道：“只今番克敌制胜，便见得先生妙法。此句便。正是鼎分三足，缺一不可，先生不必推却。”公孙胜只得坐了第三位。林冲再要让时，过文法。晁盖、吴用、公孙胜都不肯，三人俱道：“适蒙头领所说，鼎分三足，以此不敢违命。我三人占上，头领再要让人时，晁盖等只得告退。”三人扶住，林冲只得坐了第四位。论功行赏，真定得是。晁盖道：“今番须请宋、杜二头领来坐。”此句乃是作者惟恐文字直遂，故聊借作一曲，若真有此事，便当抹之。杜迁、宋万却那里肯，苦苦地请刘唐坐了第五位，阮小二坐了第六位，阮小五坐了第七位，阮小七坐了第八位，刘、阮序齿真定得是。杜迁坐了第九位，宋万坐了第十位，朱贵坐了第十一位。三个与上四个序贤坐得是。梁山泊自此是十一位好汉坐定。总结一句，有笔力，有经纬。山前山后共有七八百人，都来参拜了，分立在两下。

晁盖道：听令。"你等众人在此：今日林教头扶我做山寨之主，嗄。吴学究做军师，嗄。公孙先生同掌兵权，嗄。林教头等共管山寨，嗄。汝等众人，各依旧职，管领山前山后事务，守备寨栅滩头，休教有失。嗄。各人务要竭力同心，共聚大义。"嗄。〇并不增添一语，只依上文林冲所定宣谕一遍，真是又好晁盖，又好林冲。昭烈之言曰："孤有孔明，如鱼有水。"其乐如是也。再教收拾两边房屋，安顿了阮家老小，细。〇收完阮家老小。便教取出打劫得的生辰纲金珠宝贝，收完生辰纲。并自家庄上过活的金银财帛，收完保正家私。就当厅赏赐众小头目并众多小喽啰。大贵。

当下椎牛宰马，祭祀天地神明，庆贺重新聚义。众头领饮酒至半夜方散，次日又办筵宴庆会，一连吃了数日筵席。晁盖与吴用等众头领计议：整点仓廒，一。修理寨栅，二。打造军器——枪刀弓箭，衣甲头盔——准备迎敌官军，三。安排大小船只，教演人兵水手上船厮杀，好做堤备，四。〇此只是计议一遍，尚未曾得周备，故下文吴用又重申之。不在话下。

一日，林冲见晁盖作事宽洪，疏财仗义，安顿各家老小在山，蓦然思念妻子在京师，存亡未保，遂将心腹备细诉与晁盖文情如千丈游丝，忽然飘落。道："小人自从上山之后，欲要搬取妻子上山来，因见王伦心术不定，难以过活，一向蹉跎过了。流落东京，不知死活。"晁盖道："贤弟既有宝眷在京，如何不去取来完聚？你快写书，便教人下山去，星夜取上山来，多少是好。"林冲当即写下了一封书，叫两个自身边心腹小喽啰下山去了。不过两个月，小喽啰还寨，说道："直至东京城内殿帅府前，寻到张教头家，闻说娘子被高太尉威逼亲事，自缢身死，应前。已故半载。完林冲娘子。○颇有人读至此处，潸然泪落者，错也。此只是作书者随手架出、随手抹倒之法，当时且实无林冲，又焉得有娘子乎哉？不宁惟是而已，今夫人之生死，亦都是随手架出、随手抹倒之事也。岂真有人昔日曾作此书，亦岂真有我今日方读此书乎哉！然则泪落亦不曾泪落，圣叹说错，乃真错也。张教头亦为忧疑，半月之前，染患身故。完张教头。止剩得女使锦儿已招赘丈夫在家过活。完锦儿。访问邻里，亦是如此说。加一句。打听得真实，又加一句。○加此二句，所以深明不是高府迫去，待林冲不得不如此，活写出心腹喽啰。回来报与头领。"林冲见说了，潸然泪下，自此杜绝了心中挂念。哭得真，放得快，真豪杰，真林冲。晁盖等见说，怅然嗟叹。

山寨中自此无话，每日只是操练人兵，准备抵敌官军。忽一日，众头领正在聚义厅上商议事务，只见小喽啰报上山来说道："济州府差拨军官，带领约有二千人马，乘驾大小船四五百只，见在石碣村湖荡里屯住，特来报知。"晁盖大惊，便请军师吴用商议道："官军将至，如何迎敌？"吴用笑道："不须兄长挂心，吴某自有措置。自古道：'水来土掩，兵到将迎。'"随即唤阮氏三雄，附耳低言道："……如此如此。"又唤林冲、刘唐受计道："你两个便……这般这般。"再叫杜迁、宋万，也分付了。

且说济州府尹点差团练使黄安，并本府捕盗官一员，带领一千余人，拘集本处船只，就石碣村湖荡调拨，分开船只，作两路来取泊子。一句，遂令文字分作两扇。且说团练使黄安，带领人马上船，摇旗呐喊，杀奔金沙滩来。看看渐近滩头，只听得水面上呜呜咽咽吹将起来。黄安道："这不是画角之声？"前何涛文出色写，此黄安文便约略写，疏密浓淡正妙。且把船湾住看时，只见水面上远远地三只船来。只是三只船。

看那船时，每只船上只有五个人，只有五个人。四个人摇着双橹，船头上立着一个人，五个人又只是一个人，然则十五个人只是三个人。头带绛红巾，都是一样红罗绣袄，棋子布背心，不知抛向何处，贫富之际，令人深感。手里各拿着留客住。三只船上人，都一般打扮。于内有人认得的，便对黄安说道："这三只船上三个人：一个是阮小二，一个是阮小五，一个是阮小七。"黄安道："你众人与我一齐并力向前，拿这三个人。"两边有四五十只船，一齐发着喊，杀奔前去。那三只船唿哨了一声，一齐便回。四字如戏，不知视黄安如小儿，如虫蚁？黄团练把手内枪撚搭动，向前来叫道："只顾杀这贼，我自有重赏。"那三只船前面走，既不来。背后官军船上把箭射将去。那三阮去船舱里各拿起一片青狐皮来，遮那箭矢。又不去。后面船只只顾赶。

赶不过二三里水港，黄安背后一只小船飞也似划来报道：于报子口中，完却一路，文情变诡，令我不测。"且不要赶！我们那一条杀入去的船只，都被他杀下水里去，把船都夺去了。"黄安问道："怎的着了那厮的手？"小船上人答道：尽向口中说出。"我们正行船时，只见远远地两只船来，每船上各有五个人。只是五个人。我们并力杀去赶他，赶不过三四里水面，四下里小港钻出七八只小船来。只是七八只船。船上弩箭似飞蝗一般射来，我们急把船回时，来到窄狭港口，只见岸上约有二三十人，只是二三十人。两头牵一条大篾索，横截在水面上。只是一条篾索。却待向前看索时，又被他岸上灰瓶、石子如雨点一般打将来。只是灰瓶、石子。众官军只得弃了船只，下水逃命。我众人逃得出来，到旱路边看时，那岸上人马皆不见了，马也被他牵去了，看马的军人都杀死在水里。一路完。我们芦花荡边寻得这只小船儿，径来报与团练。"此船定是吴用留与报信，以乱其军心者也，不得疑作者捏凑。黄安听得说了，叫苦不迭，便把白旗招动，教众船不要去赶，且一发回来。

那众船才拨得转头，未曾行动，只见背后那三只船又引着十数只船，十数只船。都只是这三五个人，三五个人。把红旗摇着，口里吹着胡哨，飞也似赶来。黄安却待把船摆开迎敌时，只听得芦苇丛中炮响。黄安看时，四下里都是红旗摆满，又似极多者。慌了手脚。后面赶来的船上叫道："黄安，留下了首级回去！"趣语绝倒。留下首级，如何回去？且留下首级，回去如何吃饭耶？黄安把船尽力摇过芦苇岸边，却被两边小港里钻出四五十只小船来，四五十只。船上弩箭如雨点射将来。黄安就箭林里字法之奇者，如"肉雨""箭林""血粥"等，皆可入谐史。夺路时，只剩得三四只小船了。黄安便跳过快船内，回头看时，只见后面的人一个个都扑通的跳下水里去了。有和船被拖去的，大半都被杀死。一路完。黄安驾着小快船正走之间，只见芦花荡边一只船上，立着刘唐。一挠钩搭住黄安的船，托地跳将过来，只一把拦腰提住，喝道："不要挣扎！"一时军人能识水的，水里被箭射死；不敢下水的，就船里都活捉了。事曰扫荡。文曰收拾。黄安被刘唐扯到岸边，上了岸。

远远地，晁盖、公孙胜山边骑着马，挺着刀，引五六十人，三二十匹马，齐来接应。写晁盖、吴用、公孙胜，宛然是个中军，真有不劳而定之体。然又特特藏过吴用者，盖深喻谋于九渊，发于九天，枢密之地非可以示人也。读《水浒》有极大学问，后世其念之也哉。一行人生擒活捉得一二百人，夺的船只，尽数都收在山南水寨里安顿了。大小头领，一齐都到山寨，晁盖下了马，来到聚义厅上坐定。众头领各去了戎装军器，团团坐下。捉那黄安绑在将军柱上，取过金银缎匹，赏了小喽啰。点简共夺得六百余匹好马，山寨从此有许多马匹。这是林冲的功劳。明画。东港是杜迁、宋万的功劳，明画。西港是阮氏三雄的功劳，明画。捉得黄安是刘唐的功劳。明画。〇山寨中共是十一位英雄，今单叙出七个有功，而不言晁盖者，凡众人之功皆晁盖之功，晁盖固不得与众人争功也。吴用、公孙胜者，运筹于内，决胜于外，有发纵之能焉，亦不必与众人争功也。止有朱贵例应立功，然身在外司，势不得与，因为另生下文一段，以明无一人尸位素餐也。众头领大喜，杀牛宰马，山寨里筵会。自酝的好酒，水泊里出的新鲜莲藕并鲜鱼，山南树上自有时新的桃、杏、梅、李、枇杷、山枣、柿、栗之类，自养的鸡、猪、鹅、鸭等品物，不必细说。写得山泊无物不备。

众头领只顾庆赏。新到山寨，得获全胜，非同小可。正饮酒间，只见小喽啰报道："山下朱头领使人到寨。"上文人各立功，此特补出朱贵，不重在晁盖诸人劫掠客商也。晁盖唤来问有甚事。小喽啰道："朱头领探听得一起客商，有数十人结联一处，今晚必从旱路经过，特来报知。"晁盖道："正没金帛使用，特着一句，为朱贵地。谁领人去走一遭？"三阮道："我弟兄们去。"三阮去了。晁盖道："好兄弟，小心在意，速去早来。"三阮便下厅去换了衣裳，跨了腰刀，拿了朴刀、㮶叉、留客住，点起一百余人，上厅来别了头领，便下山，就金沙滩把船载过朱贵酒店里去了。晁盖恐三阮担负不下，又使刘唐又刘唐去了。点起一百余人，教领了下山去接应。又分付道："只可善取金帛财物，切不可伤害客商性命。"又带表晁盖。刘唐去了。

一事是合传，不得分作两番。

晁盖到三更，不见回报，又使杜迁、宋万又杜迁、宋万去了。〇于朱贵文中，又特着许多人去者，非令众人与朱贵分功，盖又深表朱贵乃系耳目探听之司，不重一枪一刀，故是役虽全赖阮、刘、杜、宋四人，而功必归之朱贵也。引五十余人下山接应。晁盖与吴用、公孙胜、林冲饮酒至天明，上文特遣阮、刘、杜、宋都去者，非必用四人也，正独留林冲也。盖为前文抵敌黄安时，单留晁盖、吴用、公孙胜，而令林冲与彼六人一例在军前听用，虽意在显出武师材勇过人，然已几于绛灌伍之矣。此特调尽群公，大书四人饮酒，呜呼，妙哉！只见小喽啰报道：“亏得朱头领，得了二十余辆车子金银财物，并四五十匹驴骡头口。”叙朱贵功已定。晁盖又问道：“不曾杀人么？”带表。小喽啰答道：“那许多客人，见我们来得头势猛了，都撇下车子头口、行李，逃命去了，并不曾伤害他一个。”晁盖见说大喜：“我等自今已后不可伤害于人。”是。取一锭白银，赏了小喽啰，便叫将了酒果下山来，直接到金沙滩上。见众头领尽把车辆扛上岸来，再叫撑船去载头口、马匹。细。众头领大喜，把盏已毕，教人去请朱贵上山来筵宴。半日只为此一句耳，作文顾不难哉！

晁盖等众头领都上到山寨聚义厅上，簸箕掌、栲栳圈坐定。叫小喽啰打抬过许多财物在厅上，一包包打开，将彩帛衣服堆在一边，好。行货等物堆在一边，好。金银宝贝堆在正面。好。便叫掌库的小头目，每样取一半收贮在库，听候支用。好。这一半分做两分：厅上十一位头领均分一分，好。山上山下众人均分一分。好。把这新拿到的军健脸上刺了字号，好。选壮浪的分拨去各寨喂马砍柴，好。软弱的，各处看车切草。好。黄安锁在后寨监房内。好。〇结到黄安，断知前文不是二事也。

晁盖道：听晁盖说。“我等今日初到山寨，当初只指望逃灾避难，投托王伦帐下，为一小头目。多感林教头贤弟，推让我为尊，不想连得了两场喜事：第一赢得官军，收得许多人马船只，捉了黄安；二乃又得了若干财物金银。此不是皆托众弟兄的才能？”众头领道：“皆托得大哥哥的福荫，以此得采。”晁盖再与吴用道：“俺们弟兄七人的性命，皆出于宋押司、朱都头两个。古人道：‘知恩不报，非为人也。’若论大事，则下文吴用之言为得大体，今自为后文波节，则此语真是宋江钩饵。乃今作者，反若置此语于第二，而以下文申作第一，遂使后人读之而迷也，盖笔墨真能颠倒人哉！今日富贵安乐，从何而来？早晚将些金银，可使人亲到郓城县走一遭，此是第一件要紧的事务。再有白胜陷在济州大牢里，竟以两事双举，作者之欲迷人如此，读书可不慎欤！我们必须要去救他出来。”吴用道：“兄长不必忧心，小生自有摆划。宋押司是个仁义之人，紧地不望我们酬谢。然虽如此，礼不可缺，早晚待山寨粗安，必用一个兄弟自去。主句。白胜的事，可教蓦生人去那里使钱，买上嘱下，松宽他，便好脱身。只带着轻轻说。我等且商量屯粮，造船，制办军器，安排寨栅、城垣，添造房屋，整顿衣袍、铠甲，打造枪刀弓箭，防备迎敌官军。”此段极似最重，却是故设迷人。晁盖道：“既然如此，全仗军师妙策指教。”吴用当下调拨众头领分派去办，不在话下。

且不说梁山泊自从晁盖上山好生兴旺，却说济州府太守见黄安手下逃回的军人，备说梁山泊杀死官军，生擒黄安一事，又说梁山泊好汉，十分英雄了得，无人近傍得他，难以收捕，抑且水路难认，港汊多杂，以此不能取胜。府尹听了，只叫得苦，向太师府干办说道：“何涛先折了许多人马，独自一个逃得性命回来，已被割了两个耳朵，自回家将息，至今不痊。去的五百人，无一个回来。因此又差团练使黄安并本府捕盗官，带领军兵前去追捉，亦皆失陷。黄安已被活捉上山，杀死官军，不知其数，又不能取胜，怎生是好？”太守肚里正怀着鬼胎，没个道理处，只见承局来报说：“东门接官亭上，有新官到来，飞报到此。”太守慌忙上马，来到东门外接官亭上，望见尘土起处，新官已到亭子前下马。府尹接上亭子，相见已了，那新官取出中书省更替文书来，度与府尹。太守看罢，随即和新官到州衙里，交割牌印，一应府库钱粮等项。当下安排筵席，管待新官。旧太守备说梁山泊贼盗浩大，杀死官军一节。说罢，新官面如土色，心中思忖道："蔡太师将这件勾当抬举我，却是此等地面，这般府分。又没强兵猛将，如何收捕得这伙强人！倘或这厮们来城里借粮时，却怎生奈何！"

旧官太守次日收拾了衣装行李，自回东京听罪，完济州太守。不在话下。且说新府尹到任之后，请将一员新调来镇守济州的军官来，当下商议招军买马，集草屯粮，招募悍勇民夫，智谋贤士，准备收捕梁山泊好汉。一面申呈中书省，转行牌仰附近州郡，并力剿捕，一面自行下文书所属州县，知会收剿，及仰属县着令守御本境。这个都不在话下。

且说本州孔目，差人赍一纸公文，行下所属郓城县，教守御本境，防备梁山泊贼人。郓城县知县看了公文，教宋江叠成文案，行下各乡村一体守备。

宋江见了公文，心内寻思道："晁盖等众人不想做下这般大事，劫了生辰纲，杀了做公的，伤了何观察，又损害了许多官军人马，又把黄安活捉上山。如此之罪，是灭九族的勾当。虽是被人逼迫，事非得已，于法度上却饶不得。倘有疏失，如之奈何？"自家一个心中纳闷，分付贴书后司张文远，无意有意，安放此人在此处。将此文书立成文案，行下各乡各保，自理会文卷。

宋江却信步走出县来，走不过三二十步，只听得背后有人叫声："押司！"春云渐展。宋江转回头来看时，却是做媒的王婆，此下一篇，自讨婆惜直至杀婆惜，皆是借作宋江在逃楔子。所以始于王婆，终于王公，始于施棺，终于施棺，凡以自表其非正文，只是随手点染而已。引着一个婆子，却与他说道："你有缘，做好事的押司来也。"宋江转身来问道："有甚么话说？"王婆拦住，指着阎婆对宋江说道："押司不知，这一家儿，从东京来，不是这里人家，嫡亲三口儿。夫主阎公，有个女儿婆惜。他那阎公，平昔是个好唱的人，自小教得他那女儿婆惜，也会唱诸般耍令，年方一十八岁，颇有些颜色。三口儿因来山东投奔一个官人不着，流落在此郓城县。不想这里的人，不喜风流宴乐，因此不能过活，在这县后一个僻净巷内权住。昨日他的家公，因害时疫死了，这阎婆无钱津送，没做道理处，央及老身做媒。我道这般时节，那里有这等恰好。又没借换处。正在这里走头没路的，只见押司打从这里过，以此老身与这阎婆赶来，望押司可怜见他则个，作成一具棺材。"一具棺材。〇从棺材上起。

宋江道："原来恁地。你两个跟我来，去巷口酒店里，借笔砚写个帖子，与你去县东陈三郎家，取具棺材。"宋江又问道："你有结果使用么？"阎婆答道："实不瞒押司说，棺材尚无，那讨使用？"宋江道："我再与你银子十两，做使用钱。"阎婆道："便是重生的父母，再长的爹娘，做驴做马，却不道做鸨做鸭。报答押司。"宋江道："休要如此说。"随即取出一锭银子，递与阎婆，自回下处去了。且说这婆子将了帖子，径来县东街陈三郎家，取了一具棺材，回家发送了当，兀自余剩下五六两银子，娘儿两个把来盘缠，不在话下。

忽一朝，那阎婆因来谢宋江，见他下处没有一个妇人家面，回来问间壁王婆道：春云再展。"宋押司下处，不见一个妇人面，他曾有娘子也无？"王婆道："只闻宋押司家里住在宋家村，却不曾见说他有娘子。在这县里做押司，只是客居。常常见他散施棺材药饵，极肯济人贫苦，敢怕是未有娘子。”阎婆道：“我这女儿长得好模样，又会唱曲儿，省得诸般耍笑，从小儿在东京时只去行院人家串，那一个行院不爱他！显得是个歪货。有几个上行首，要问我过房了几次，我不肯。只因我两口儿无人养老，因此不过房与他。不想今来倒苦了他。我前日去谢宋押司，见他下处没娘子，因此央你与我对宋押司说，他若要讨人时，我情愿把婆惜与他。我前日得你作成，亏了宋押司救济，无可报答他，与他做个亲眷来往。”

王婆听了这话，次日来见宋江，备细说了这件事。宋江初时不肯，怎当这婆子撮合山的嘴撺掇，一路只是要宋江失事，便特特生出杀婆惜来，杀之无名，便特特倒装出张三勾搭来。又恐张三有玷宋江闺门，便特特倒装出讨做外宅，以明非系正妻妾来。讨做外宅，即宋江不免近于赵员外、西门官人之徒，便特特倒装出鸨儿见他没有娘子，情愿把女与他来。鸨儿为何情愿把女与他，便特特倒装出施棺木来。曲曲折折，层层次次，当知悉是闲文，不得亦比正文例，一概认真读也。宋江依允了，就在县西巷内讨了一所楼房，置办些家火什物，安顿了阎婆惜娘儿两个在那里居住。没半月之间，打扮得阎婆惜满头珠翠，遍体绫罗。又过几日，连那婆子也有若干头面、衣服，写婆惜衣饰写不尽，却写一句婆子，妙绝。端的养的婆惜丰衣足食。点染。

初时，宋江夜夜与婆惜一处歇卧，向后渐渐来得慢了。却是为何？原来宋江是个好汉，只爱学使枪棒，于女色上不十分要紧。这阎婆惜水也似后生，如何譬，却譬得妙绝，只是讲解不得。况兼十八九岁，正在妙龄之际，因此宋江不中那婆娘意。一日，宋江不合带后司贴书张文远来阎婆惜家吃酒。春云三展。这张文远，却是宋江的同房押司，那厮唤做“小张三”，生得眉清目秀，齿白唇红。平昔只爱去三瓦两舍，飘蓬浮荡，学得一身风流俊俏，更兼品竹调丝，无有不会。这婆惜是个酒色娼妓，一见张三，心里便喜，倒有意看上他。那张三亦是个酒色之徒，这事如何不晓得？见这婆娘眉来眼去，十分有情，便记在心里。向后但是宋江不在，这张三便去那里，假意儿只说来寻宋江。那婆娘留住吃茶，言来语去，成了此事。

谁想那婆娘自从和那张三两个搭识上了，打得火块一般热，并无半点儿情分在这宋江身上。宋江但若来时，只把言语伤他，全不兜揽他些个。这宋江是个好汉，不以这女色为念，因此半月十日去走得一遭。那张三和这婆惜，如胶似漆，夜去明来，街坊上人也都知了。却有些风声吹在宋江耳朵里，春云四展。宋江半信不信，自肚里寻思道："又不是我父母匹配的妻室，他若无心恋我，我没来由惹气做甚么？我只不上门便了。"自此有几个月不去。阎婆累使人来请，宋江只推事故，不上门去。忽然住，妙绝。

话分两头。忽一日将晚，宋江从县里出来，去对过茶房里坐定吃茶，只见一个大汉，奇文涌拔。头带白范阳毡笠儿，身穿一领黑绿罗袄，白笠黑袄，为月下出色，然在苍然暮色中，更怕人。下面腿绑护膝，八搭麻鞋，腰里跨着一口腰刀，背着一个大包，走得汗雨通流，气急喘促，把脸别转着看那县里。写得作怪，妙。宋江见了这个大汉走得跷蹊，慌忙起身，赶出茶房来，跟着那汉走。亦写得作怪。约走了三二十步，那汉回过头来，看了宋江，却不认得。写得作怪。宋江见了这人，略有些面熟，"莫不是那里曾厮会来？"心中一时思量不起。亦写得作怪。那汉见宋江看了一回，也有些认得，立住了脚，定睛看那宋江，又不敢问。真写得作怪。宋江寻思道："这个人好作怪！却怎地只顾看我？"宋江亦不敢问他。真写得作怪。

只见那汉去路边一个篦头铺里问道："大哥，前面那个押司是谁？”此一段写得有鬼怪气，深灯读之，要怕起来。筐头待诏应道：“这位是宋押司。”那汉提着朴刀，走到面前唱个大喏，作怪煞。说道：“押司，认得小弟么？”作怪煞。宋江道：“足下有些面善。”作怪煞。那汉道：“可借一步说话。”宋江便和那汉入一条僻净小巷。细。那汉道：“这个酒店里好说话。”两个上到酒楼，拣个僻净阁儿里坐下。那汉倚了朴刀，解下包裹，撇在桌子底下。细。那汉扑翻身便拜。宋江慌忙答礼道：“不敢拜问足下高姓？”那人道：“大恩人，如何忘了小弟？”宋江道：“兄长是谁？真个有些面熟，小人失忘了。”那汉道：“小弟便是晁保正庄上曾拜识尊颜、蒙恩救了性命的赤发鬼刘唐便是。”廿八字句。宋江听了大惊，说道：“贤弟，你好大胆！早是没做公的看见，险些儿惹出事来？”刘唐道：“感承大恩，不惧一死，特地来酬谢。”特表刘唐也。宋江道：“晁保正弟兄们，近日如何？兄弟，谁教你来？”怪之之辞，吃惊如画。刘唐道：“晁头领哥哥，再三拜上大恩人。得蒙救了性命，见今做了梁山泊主都头领。吴学究做了军师，公孙胜同掌兵权。林冲一力维持，火并了王伦。山寨里原有杜迁、宋万、朱贵，和俺弟兄七个，共是十一个头领。见今山寨里聚集得七八百人，粮食不计其数。只想兄长大恩，无可报答，特使刘唐赍一封书，并黄金一百两，相谢押司，再去谢那朱都头。”只带一句已足。刘唐便打开包裹，取出书来，递与宋江。此乃半句也。夫打开包裹，则应取出书与金子矣。今却因宋江开书太疾，便使刘唐取出金子不及，于是宋江一边自看书，刘唐一边自去开包取出金子，到得刘唐打开金子了，宋江却已看完了书，摸出招文袋来，盖其时真甚疾也。

宋江看罢，便拽起褶子前襟，摸出招文袋。此亦半句也。宋江摸出招文袋时，刘唐方乃取出金子，下文宋江便紧接一齐插入，盖甚疾也。打开包儿时，刘唐取出金子，放在桌上。宋江把那封书——就取了一条金子和这书包了——插在招文袋内，放下衣襟。飞梁驾笋，造五凤楼手也。便道："贤弟，将此金子依旧包了。"随即便唤量酒的并不说明，便唤量酒的，写宋江吃惊如画。打酒来，叫大块切一盘肉来，铺下些菜蔬果子之类，叫量酒人筛酒与刘唐吃。宋江不陪吃者，深写吃惊之后，惟恐有失也。看看天色晚了，刘唐吃了酒，量酒人自下去。刘唐把桌上金子包打开，要取出来，写一时匆匆相视如画。宋江慌忙拦住道："贤弟，你听我说：你们七个弟兄初到山寨，正要金银使用。宋江家中颇有些过活，且放在你山寨里，等宋江缺少盘缠时，却来取。今日非是宋江见外，于内已受了一条。朱仝那人，也有些家私，不用送去，我自与他说知人情便了。只答一句已足。贤弟，我不敢留你去家中住，活是吃惊语。倘或有人认得时，不是要处。今夜月色必然明朗，你便可回山寨去，莫在此停阁。宋江再三申意众头领，不能前来庆贺，切乞恕罪。"刘唐道："哥哥大恩，无可报答，特令小弟送些人情来与押司，微表孝顺之心。保正哥哥今做头领，学究军师号令非比旧日，小弟怎敢将回去？到山寨中必然受责。"是。宋江道："既是号令严明，我便写一封回书，与你将去便了。"

刘唐苦苦相央宋江收受，宋江那里肯接，随即取一幅纸来，借酒家笔砚，备细写了一封回书，与刘唐收在包内。刘唐是个直性的人，深表刘唐。见宋江如此推却，想是不肯受了，便将金子依前包了。看看天色夜来，刘唐道："既然兄长有了回书，小弟连夜便去。"宋江道："贤弟，不及相留，以心相照。"刘唐又下了四拜。宋江教量酒人来道："有此位官人留下白银一两在此，我明日却自来算。"连帐亦不算，不惟押司托熟，亦为吃惊不小。刘唐背上包裹，拿了朴刀，跟着宋江下楼来。离了酒楼，出到巷口，天色昏黄，是八月半天气，月轮上来。写还题中"月夜"二字。宋江携住刘唐的手，宋江携刘唐手第二。分付道："贤弟保重，再不可来。此间做公的多，不是要处。我更不远送，只此相别。"

刘唐见月色明朗，拽开脚步，望西路便走，连夜回梁山泊来。却说宋江与刘唐别了，自慢慢走回下处来。一头走，一面肚里寻思道："早是没做公的看见，争些惹出一场大事来！"一头想："那晁盖倒去落了草，直如此大弄。"转不过两个湾，只听得背后有人叫一声："押司，那里去来？好两日不见面。"

宋江回头看时，倒吃一恼。不因这番，有分教：宋江小胆翻为大胆，善心变做恶心。毕竟叫宋江的却是何人，且听下回分解。

第二十回
虔婆醉打唐牛儿
宋江怒杀阎婆惜

此篇借题描写妇人黑心，无幽不烛，无丑不备，暮年荡子读之咋舌，少年荡子读之收心，真是一篇绝妙针扎荡子文字。

写淫妇便写尽淫妇，写虔婆便写尽虔婆，妙绝。

如何是写淫妇便写尽淫妇？看他一晚拿班做势，本要压伏丈夫，及至压伏不来，便在脚后冷笑，此明明是开关接马，送俏迎奸也。无奈正接不着，则不得已，乘他出门恨骂时，不难撒娇撒痴，再复将他兜住。乃到此又兜不住，正觉自家没趣，而陡然见有赃物，便早把一接一兜面孔一齐收起，竟放出狰狰食人之状来。刁时便刁杀人，淫时便淫杀人，狠时便狠杀人，大雄世尊号为“花箭”，真不诬也。

如何是写虔婆便写尽虔婆？看他先前说得女儿恁地思量，及至女儿放出许多张致来，便改说女儿气苦了，又娇惯了。一黄昏嘈出无数说话，句句都是埋怨宋江，怜惜女儿，自非金石为心，亦孰不入其玄中也。明早骤见女儿被杀，又偏不声张，偏用好言反来安放，直到县门前了，然后扭结发喊，盖虔婆真有此等辣手也。

话说宋江别了刘唐，乘着月色满街，六字不惟找足前题，兼乃递入后事，盖良夜如此，美人奈何，便不须遇着阎婆，宋江亦转入西巷矣。〇月毕竟是何物，乃能令人情思满巷如此，真奇事也。〇人每言英雄无儿女子情，除是英雄到夜便睡着耳。若使坐至月上时节，任是楚重瞳，亦须倚栏长叹。〇见夜月便若相思，见晓月便若离别，然其实生平寡缘，无人可思，生平在家，无人可别也，见此茫茫，无端忽集，世又无圣人，我将问谁矣？〇已上皆吴趋王斫山先生语，偶附于此。先生妙言奇趣，口作风云，自有斫山语录行世，想亦天下之所乐得而读也。信步自回下处来。却好的遇着阎婆，春云五展。〇前忽然住，此忽然接，有云穿月漏之妙。赶上前来叫道：“押司，多日使人相请，好贵人，难见面！便是小贱人有些言语高低，伤触了押司，只说言语伤触，虔婆成精语。也看得老身薄面，自教训他与押司陪话。今晚老身有缘，得见押司，同走一遭去。”宋江道：“我今日县里事务忙，摆拨不开，改日却来。”一。阎婆道：“这个使不得。我女儿在家里专望押司，胡乱温顾他便了。直恁地下得！”反责宋江下得，虔婆成精语。宋江道：“端的忙些个，明日准来。”二。阎婆道：“我今晚要和你去。”便把宋江衣袖扯住了，发话道：“是谁挑拨你？反责宋江受人挑拨，虔婆成精语。我娘儿两个下半世过活，都靠着押司。外人说的闲是闲非，都不要听他，押司自做个主张。我女儿但有差错，都在老身身上。又包办一句，虔婆成精语。押司胡乱去走一遭。”宋江道：“你不要缠，我的事务分拨不开在这里。”三。阎婆道：“押司便误了些公事，知县相公不到得便责罚你。又奉承一句，虔婆成精语。这回错过，后次难逢。押司只得和老身去走一遭，到家里自有告诉。”又糊涂一句，虔婆成精语。

宋江是个快性的人，吃那婆子缠不过，便道：“你放了手，我去便了。”春云六展。阎婆道：“押司不要跑了去，老人家赶不上。”又打诨一句，虔婆成精语。宋江道：“直恁地这等！”直性宋江如画。两个厮跟着来到门前。宋江立住了脚，前三段写不肯去，此又云“立住脚”，见宋江之不必杀婆惜也。阎婆把手一拦，说道：“押司来到这里，终不成不入去了！”虔婆成精如画。宋江进到里面凳子上坐了。前三段不肯去，一段立住脚，此又云凳子上坐，见宋江之不必杀婆惜也。

那婆子是乖的，生怕宋江走去，便帮在身边坐了，写虔婆成精如画。叫道：“我儿，你心爱的三郎在这里。”看他句句包荒女儿，兜揽宋江，费心费口，风云转换，入后乃渐渐搓捏不拢，读之失笑。那阎婆惜倒在床上，对着盏孤灯，正在没可寻思处，只等这小张三来，听得娘叫道“你心爱的三郎在这里”，那婆娘只道是张三郎，错认陶潜，写来入画。慌忙起来，把手掠一掠云髻，丑。口里喃喃的骂道：“这短命，等得我苦也！丑。老娘先打两个耳刮子着！”

丑。飞也似跑下楼来，就槅子眼里张时，丑。堂前琉璃灯却明亮，照见是宋江，那婆娘复翻身转又上楼去，依前倒在床上。丑。

阎婆听得女儿脚步下楼来，又听得再上楼去了，两句不是听出花娘也邪，正是写出虔婆着急。婆子又叫道："我儿，你的三郎在这里，怎地倒走了去？"那婆惜在床上应道："这屋里多远，他不曾来！句。他又不瞎，如何自不上来，直等我来迎接他。句。没了当絮絮聒聒地！"阎婆道："这贱人真个望不见押司来，气苦了。恁地说也好，教押司受他两句儿。"一场官司，反打在宋江屋里，婆舌可畏如此。婆子笑道："押司，我同你上楼去。"春云七展。宋江听了那婆娘说这几句，心里自有五分不自在。为这婆子来扯，勉强只得上楼去。本是一间六椽楼屋，前半间安一副春台、实。凳子，虚。后半间铺着卧房。贴里安一张三面棱花的床，两边都是栏干，实。上挂着一顶红罗幔帐，虚。侧首放个衣架，实。搭着手巾。虚。这边放着个洗手盆，实。一个刷子。虚。一张金漆桌子上，实。放一个锡灯台。虚。边厢两个杌子。实。正面壁上挂一幅仕女。虚。对床排着四把一字交椅。实。○上得楼来，无端先把几件铺陈数说一遍，到后文中，或用着，或不用着，恰好虚实间杂成文，真是闲心妙笔。宋江来到楼上，阎婆便拖入房里去，宋江便向杌子上朝着床边坐了。如画。○杌子。

阎婆就床上拖起女儿来，拖起了，然仍在床上，如画。○床。说道："押司在这里。我儿，你只是性气不好，把言语来伤触他，恼得押司不上门，二十一字句。闲时却在家里思量。我如今不容易请得他来，你却不起来陪句话儿，颠倒使性！"三十一字句。○俗本不知此两行半是二句，便读得七零八碎，减多少色。○一句是凭空生出"言语伤触"四字，便将宋江一向不来缘故，轻轻改得好了。一句是当面生出"颠倒使性"四字，便将婆惜日常相思气苦，明明显得真了。灵心妙舌，其斯以为婆哉！婆惜把手拓开，说那婆子："你做甚么这般鸟乱！我又不曾做了歹事！浪妇偏嘴硬。○嘴硬，所以掩其浪也，乃人又反因嘴硬而断其为浪，今古皆然，浪妇戒哉！他自不上门，教我怎地陪话！”宋江听了，也不做声。婆子便掇过一把交椅在宋江肩下，便推他女儿过来，此句放下床来。○交椅。说道：“你且和三郎坐一坐。不陪话便罢，不肯陪话，便算到同坐，亦是不得已而思其次也。不要焦躁。”那婆娘那里肯过来，便去宋江对面坐了。

宋江低了头不做声，婆子看女儿时，也别转了脸。一写。○此语凡写数番，作一篇烟波。阎婆道：“‘没酒没浆，做甚么道场。’天生妙语与婆用。老身有一瓶儿好酒在这里，春云八展。买些果品来与押司陪话。我儿，你相陪押司坐地，不要怕羞，前要女儿陪话，既不陪话，便换作女儿同坐；及至又不同坐，便随口插出“陪坐”二字来，却又倒拴一句“不要怕羞”，抬得女儿金枝玉叶相似，妙哉婆也！我便来也。”宋江自寻思道：“我吃这婆子钉住了，脱身不得。等他下楼去，我随后也走了。”先不肯来，既又立住，既又坐凳上，既又要逃走，见宋江之不必杀婆惜也。那婆子瞧见宋江要走的意思，出得房门去，门上却有屈戌，便把房门拽上，将屈戌搭了。细婉之文。宋江暗忖道：“那虔婆倒先算了我。”

且说阎婆下楼来，先去灶前点起个灯，灶里见成烧着一锅脚汤，再凑上些柴头。细婉之文。拿了些碎银子，出巷口去买得些时新果品、鲜鱼、嫩鸡、肥鲊之类，归到家中，都把盘子盛了。取酒倾在盆里，舀半镟子，在锅里烫热了，倾在酒壶里。细婉之文。收拾了数盆菜蔬，三只酒盏，三双箸，一桶盘托上楼来，放在春台上。春台。开了房门，细。搬将入来，摆满金漆桌子。桌子。看宋江时，只低着头。看女儿时，也朝着别处。二写。阎婆道：“我儿，起来把盏酒。”婆惜道：“你们自吃，我不耐烦！”婆子道：“我儿，爷娘手里从小儿惯了你性儿，说得女儿娇稚可怜之极。别人面上须使不得。”婆惜道：“不把盏便怎地？终不成飞剑来取了我头！”闲中先衬一句。那婆子倒笑起来，一个“笑”字。○吓人语，不得不笑。说道：“又是我的不是了。其语太唐突矣，便如飞一笑，引归自己。押司是个风流人物，不和你一般见识。一边又去如飞温住宋江。你不把酒便罢，且回过脸来吃盏酒儿。”一边又去如飞按下女儿。○看他三四转，如盘珠不定。婆惜只不回过头来。

那婆子自把酒来劝宋江。宋江勉意吃了一盏。婆子笑道：两个“笑”字。○不好开口，只得先笑。“押司莫要见责。闲话都打叠起，明日慢慢告诉。既云打叠起明日告诉矣，下又接出话来，看他粲花之舌。○要看他将张三事，在半含半吐间，说不得，不说不得，正如飞燕掠水，只是一点两点，真是绝世文情。外人见押司在这里，多少干热的不怯气，又还他一个缘故，又抬得女儿珍珠宝贝相似，若在必争也者。胡言乱语，放屁辣臊，八字糊涂得妙。押司都不要听，且只顾吃酒。”又是他自己说，又是他劝吃酒，教不要听，写出许多亲热，活是虔婆出现。筛了三盏在桌子上，说道：“我儿，不要使小孩儿的性，胡乱吃一盏酒。”先代作一解，次复劝之饮。婆惜道：“没得只顾缠我！我饱了，吃不得。”阎婆道：“我儿，你也陪侍你的三郎吃盏使得。”上只复劝之饮，此复插入三郎，苦心之婆，匠心之文也。婆惜一头听了，一面肚里寻思：“我只心在张三身上，兀谁耐烦相伴这厮！若不把他灌得醉了，他必来缠我！”婆惜只得勉意拿起酒来，吃了半盏。春云九展。婆子笑道：三个“笑”字。○此笑，真是乐。“我儿只是焦躁，且开怀吃两盏儿睡。才见肯吃酒，便轻轻递过一“睡”字，妙绝。押司也满饮几杯。”递过俏来。

宋江被他劝不过，连饮了三五杯。婆子也连连吃了几杯，为明早失救地。再下楼去烫酒。春云十展。那婆子见女儿不吃酒，心中不悦，才见女儿回心吃酒，欢喜道：“若是今夜兜得他住，那人恼恨都忘了！且又和他缠几时，却再商量。”婆子一头寻思，一面自在灶前吃了三大钟酒，觉道有些痒麻上来，却又筛了一碗吃。为明早失救地，穿插无痕，真是妙手。镟了大半镟，倾在注子里，爬上楼来。见那宋江低着头不做声，女儿也别转着脸弄裙子。三写。○增弄裙子，写淫妇心动。这婆子哈哈地笑道：四个“笑”字。○此“笑”字上增出“哈哈”二字，写婆子带酒如画。“你两个又不是泥塑的，做甚么都不做声？赵松雪《戏赠管夫人词》云："我侬两个，忒煞情多。好一似练一块泥，捏一个你，塑一个我。却将来一齐都打破，再团再练，再捏一个你，再塑一个我。那时节我泥里有你也，你泥里也有了我。"据此，则目下泥塑亦不妨，只须少顷再团再练也。附作一笑。押司，你不合是个男子汉，只得装些温柔，说些风话儿耍。"扳女儿不下了，忽然想到扳下宋江来，舌端变换之极。

宋江正没做道理处，口里只不做声，肚里好生进退不得。此处本直接下唐二哥，却不便接去，又将他母女两个再作一顿，文笔宽转。阎婆惜自想道："你不来睬我，指望老娘一似闲常时来陪你话，相伴你耍笑，我如今却不耍！"那婆子吃了许多酒，口里只管夹七带八嘈，正在那里张家长，李家短，说白道绿。

却有郓城县一个卖糟腌的唐二哥，叫做"唐牛儿"，春云十一展。如常在街上只是帮闲，常常得宋江赍助他。但有些公事去告宋江，也落得几贯钱使。宋江要用他时，死命向前。只为明日夺放宋江，恐有突如其来之嫌，故先插过隔夜。这一日晚，正赌钱输了，没做道理处，却去县前寻宋江。奔到下处寻不见。街坊都道："唐二哥，你寻谁，这般忙？"唐牛儿道："我喉急了，要寻孤老，一地里不见他。"众人道："你的孤老是谁？"唐牛儿道："便是县里宋押司。"众人道："我方才见他和阎婆两个过去，一路走着。"唐牛儿道："是了。这阎婆惜贼贱虫，他自和张三两个打得火块也似热，只瞒着宋押司一个，他敢也知些风声，好几时不去了。今晚必然吃那老咬虫假意儿缠了去。我正没钱使，喉急了，胡乱去那里寻几贯钱使，就帮两碗酒吃。"一径奔到阎婆门前，见里面灯明，门却不关。入到胡梯边，细婉之文。听得阎婆在楼上哈哈地笑。第五个"笑"字，只是第四个"笑"字的影子。唐牛儿捏脚捏手上到楼上，板壁缝里张时，见宋江和婆惜两个都低着头，四写。那婆子坐在横头桌子边，口里七十三、八十四只顾嘈。此行与前夹七带八行，只是一行书，分作两行写，又一过接之法也。

唐牛儿闪将入来，看着阎婆和宋江、婆惜唱了三个喏，立在边头。宋江寻思道："这厮来得最好。"把嘴望下一努。又要走，见宋江之不欲杀婆惜也。唐牛儿是个乖的人，便瞧科，春云十二展。看着宋江便说道："小人何处不寻过，原来却在这里吃酒耍。好吃得安稳！"宋江道："莫不是县里有甚么要紧事？"唐牛儿道："押司，你怎地忘了？便是早间那件公事。知县相公在厅上发作，着四五替公人来下处寻押司，一地里又没寻处。相公焦躁做一片。押司便可动身。"宋江道："恁地要紧，只得去。"便起身要下楼，吃那婆子拦住道："押司，不要使这科分！这唐牛儿捻泛过来，你这精贼也瞒老娘！正是'鲁般手里调大斧'！这早晚知县自回衙去，和夫人吃酒取乐，妙语随口而成，映衬多少。有甚么事务得发作？你这般道儿，只好瞒魑魅，老娘手里说不过去！"唐牛儿便道："真个是知县相公紧等的勾当，我却不会说谎。"阎婆道："放你娘狗屁！老娘一双眼，却是琉璃葫芦儿一般！却才见押司努嘴过来，叫你发科，你倒不撺掇押司来我屋里，颠倒打抹他去！常言道：'杀人可恕，情理难容。'"这婆子跳起身来，便把那唐牛儿劈脖子只一叉，踉踉跄跄，直从房里叉下楼来。春云十三展。

唐牛儿道："你做甚么便叉我？"婆子喝道："你不晓得破人买卖衣饭，如杀父母妻子，你高做声，便打你这贼乞丐！"唐牛儿钻将过来道："你打！"这婆子乘着酒兴，叉开五指去那唐牛儿脸上只一掌，直攧出帘子外去。总为明早作地。婆子便扯帘子，撇放门背后，却把两扇门关上，拿拴拴了，口里只顾骂。细婉之文。那唐牛儿吃了这一掌，立在门前大叫道："贼老咬虫，不要慌！我不看宋押司面皮，教你这屋里粉碎！教你‘双日不着单日着’！我不结果了你，不姓唐！”拍着胸，大骂了去。为明早作地。

婆子再到楼上，看着宋江道：“押司没事睬那乞丐做甚么？那厮一地里去搪酒吃，只是搬是搬非。这等倒街卧巷的横死贼，也来上门上户欺负人！”宋江是个真实的人，吃这婆子一篇道着了真病，倒抽身不得。春云十四展。婆子道：“押司不要心里见责，老身只恁地知重得了。我儿，和押司只吃这杯。此句已不是劝酒矣。我猜着你两口多时不见，一定要早睡，收拾了罢休。”无数风云，一齐收拾。

婆子又劝宋江吃两杯，收拾杯盘下楼来，自去灶下去。细婉之文。○去灶下，却不收拾，婆心可怜。宋江在楼上，自肚里寻思说：“这婆子女儿和张三两个有事，我心里半信不信，眼里不曾见真实，况且夜深了，我只得权睡一睡，且看这婆娘怎地，今夜与我情分如何。”丑。○春云十五展。只见那婆子又上楼来说道：“夜深了，我叫押司两口儿早睡。”又作余波荡漾，诚恐寂然便住，须不称上文无数风云也。那婆娘应道：“不干你事，你自去睡。”婆子笑下楼来，六个“笑”字。口里道：“押司安置。今夜多欢，明日慢慢地起。”再作一余波，却便顺手带出明日宋江早起来，妙笔趣笔。

婆子下楼来，收拾了灶上，洗了脚手。吹灭灯，自去睡了。细婉之文。宋江坐在杌子上，睃那婆娘时，复地叹口气。约莫已是二更天气，二更。那婆娘不脱衣裳，又活写花娘气恼，又为来朝拾鸾带地。便上床去，自倚了绣枕，扭过身，朝里壁自睡了。扭过身去，如画。○春云十六展。宋江看了，寻思道：“可奈这贱人全不睬我些个，他自睡了！我今日吃这婆子言来语去，央了几杯酒，打熬不得夜深，只得睡了罢。”把头上巾帻除下，放在桌子上，桌子。脱下上盖衣裳，搭在衣架上。衣架。○以此二行，陪下一行。腰里解下鸾带，上有一把解衣刀和招文袋，却挂在床边栏干子上。栏干。脱去了丝鞋净袜，便上床去那婆娘脚后睡了。春云十七展。半个更次，二更半。听得婆惜在脚后冷笑。春云十八展。〇写花娘，直写出花娘心上万转千回以后事来。真是神化之笔。〇一晚要宋江撑岸就船，至此忽然撑船就岸，古今无气男子，被此笑纵擒多少。宋江心里气闷，如何睡得着？

自古道："欢娱嫌夜短，寂寞恨更长。"看看三更三更。交四更，四更。酒却醒了。捱到五更，五更。〇逐更叙得好。宋江起来，面盆里冷水洗了脸，面盆。便穿了上盖衣裳，带了巾帻，读者而亦必至王公汤药担边，始知失却鸾带，则斯人者，其亦不必与于读书之数也已。夫夜来明明作三番脱卸，朝来明明只两番结束，岂有两三行间所叙之事，而眼光漏落者哉。口里骂道："你这贼贱人，好生无礼！"婆惜也不曾睡着，听得宋江骂时，扭过身回道："你不羞这脸！"扭过身来，如画。〇春云十九展。〇上"冷笑"犹不开口，却为兜宋江不住，故又作撒娇势骂一句。宋江忿那口气，便下楼来。阎婆听得脚步响，便在床上说道：如画。〇写此一句，正为少间失救地也，却甚似为夜来酒深者，妙绝。"押司且睡歇，等天明去。没来由起五更做甚么？"宋江也不应，只顾来开门。婆子又道："押司出去时，与我拽上门。"如画。妙绝。宋江出得门来，就拽上了。忿那口气没出处，一直要奔回下处来。

却从县前过，见一碗灯明，看时，却是卖汤药的王公来到县前赶早市。春云二十展。那老儿见是宋江来，慌忙道："押司，如何今日出来得早？"宋江道："便是夜来酒醉，错听更鼓。"王公道："押司必然伤酒，且请一盏醒酒二陈汤。"宋江道："最好。"就凳上坐了。那老子浓浓的奉一盏二陈汤，递与宋江吃。宋江吃了，蓦然想起道："时常吃他的汤药，不曾要我还钱。我旧时曾许他一具棺材，又是一具棺材。不曾与得他。想起昨日有那晁盖送来的金子，受了他一条，在招文袋里，何不就与那老儿做棺材钱，教他欢喜？"春云二十一展。宋江便道："王公，我日前曾许你一具棺木钱，一向不曾把得与你。今日我有些金子在这里，把与你，你便可将去陈三郎家买了一具棺材，放在家里。你百年归寿时，我却再与你些送终之资。”王公道：“恩主时常觑老汉，又蒙与终身寿具，老子今世不能报答，后世做驴做马，报答押司！”前者阎婆亦有此言。宋江道：“休如此说。”便揭起背子前襟，去取那招文袋时，吃了一惊道：“苦也！春云二十二展。昨夜正忘在那贱人的床头栏干子上。我一时气起来，只顾走了，不曾系得在腰里。这几两金子直得甚么，须有晁盖寄来的那一封书，包着这金。我本欲在酒楼上刘唐前烧毁了，他回去说时，只道我不把他来为念。一解。正要将到下处来烧，却被这阎婆缠将我去。二解。昨晚要就灯下烧时，恐怕露在贱人眼里，三解。因此不曾烧得。今早走得慌，不期忘了。我常时见这婆娘看些曲本，颇识几字，先补一句。若是被他拿了，倒是利害！”便起身道：“阿公休怪。不是我说谎，只道金子在招文袋里，不想出来得忙，忘了在家。我去取来与你。”王公道：“休要去取，明日慢慢的与老汉不迟。”宋江道：“阿公，你不知道，我还有一件物事做一处放着，以此要去取。”宋江慌慌急急，奔回阎婆家里来。

且说这婆惜听得宋江出门去了，爬将起来，口里自言自语道：“那厮搅了老娘一夜睡不着！那厮含脸，只指望老娘陪气下情。我不信你，老娘自和张三过得好，谁耐烦睬你！你不上门来倒好！”口里说着，一头铺被，脱下上截袄儿，解了下面裙子，袒开胸前，脱下截衬衣。细婉之文。〇与前不脱衣裳照耀。床面前灯却明亮，照见床头栏干子上拖下条紫罗鸾带。春云二十三展。婆惜见了，笑道：“黑三那厮吃嚯不尽，忘了鸾带在这里。老娘且捉了，把来与张三系。”点染。便用手去一提，提起招文袋和刀子来，只觉袋里有些重，春云二十四展。便把手抽开，望桌子上只一抖，桌子。正抖出那包金子和书来。这婆娘拿起来看时，灯下照见是黄黄的一条金子。婆惜笑道："天教我和张三买物事吃！这几日我见张三瘦了，我也正要买些东西和他将息。"丑语，只是随手点染。将金子放下，却把那纸书展开来灯下看时，上面写着晁盖并许多事务。春云二十五展。婆惜道："好呀！我只道'吊桶落在井里'，原来也有'井落在吊桶里'！我正要和张三两个做夫妻，单单只多你这厮，今日也撞在我手里！原来你和梁山泊强贼通同往来，送一百两金子与你！且不要慌，老娘慢慢地消遣你！"就把这封书依原包了金子，还插在招文袋里，自言自语中间忽插一句叙事。"不怕你教五圣来摄了去"！妇人语。

正在楼上自言自语，只听得三字妙绝。不更从宋江边走来，却竟从婆娘边听去，神妙之笔。楼下呀地门响。床上问道："是谁？"门前道："是我。"床上道："我说早哩，押司却不信，要去，原来早了又回来。且再和姐姐睡一睡，到天明去。"这边也不回话，一径已上楼来。一片都是听出来的。有影灯漏月之妙。那婆娘听得是宋江了，慌忙把鸾带、刀子、招文袋一发卷做一块，藏在被里，扭过身，又扭过身去。靠了床里壁，只做齁齁假睡着。春云二十六展。宋江撞到房里，径去床头栏干上取时，却不见了。宋江心内自慌，只得忍了昨夜的气，把手去摇那妇人道："你看我日前的面，还我招文袋。"那婆惜假睡着，只不应。宋江又摇道："你不要急躁，我自明日与你陪话。"婆惜道："老娘正睡哩，是谁搅我！"宋江道："你情知是我，假做甚么？"婆惜扭过身，又扭过身来。道："黑三，你说甚么？"宋江道："你还了我招文袋。"婆惜道："你在那里交付与我手里，却来问我讨？"宋江道："忘了在你脚后小栏干上。这里又没人来，只是你收得。"

婆惜道："呸！你不见鬼来！"宋江道："夜来是我不是了，明日与你陪话。你只还了我罢，休要作耍。"婆惜道："谁和你作耍？我不曾收得。"宋江道："你先时不曾脱衣裳睡，如今盖着被子睡，情事明画。一定是起来铺被时拿了。"只见那婆惜柳眉踢竖，星眼圆睁，说道："老娘拿是拿了，只是不还你！你使官府的人便拿我去做贼断！"骇人。宋江道："我须不曾冤你做贼。"婆惜道："可知老娘不是贼哩！"骇人。

宋江见这话，心里越慌，便说道："我须不曾歹看承你娘儿两个，还了我罢！我要去干事。"婆惜道："闲常也只嗔老娘和张三有事，至此便竟承当，写得花娘可畏。他有些不如你处，也不该一刀的罪犯。骇人。不强似你和打劫贼通同！"宋江道："好姐姐，不要叫！邻舍听得，不是耍处！"婆惜道："你怕外人听得，你莫做不得！语语骇人。这封书，老娘牢牢地收着！若要饶你时，只依我三件事便罢！"春云二十七展。宋江道："休说三件事，便是三十件事也依你！"婆惜道："只怕依不得。"宋江道："当行即行。敢问那三件事？"阎婆惜道："第一件，你可从今日便将原典我的文书来还我，再写一纸任从我改嫁张三，并不敢再来争执的文书。"宋江道："这个依得。"婆惜道："第二件，我头上带的，我身上穿的，家里使用的，虽都是你办的，也委一纸文书，不许你日后来讨。"宋江道："这个也依得。"阎婆惜又道："只怕你第三件依不得。"春云二十八展。宋江道："我已两件都依你，缘何这件依不得？"婆惜道："有那梁山泊晁盖送与你的一百两金子，快把来与我，我便饶你这一场天字第一号官司，还你这招文袋里的款状。"宋江道："那两件倒都依得。这一百两金子果然送来与我，我不肯受他的，依前教他把了回去。若端的有时，双手便送与你。”婆惜道：“可知哩！常言道：‘公人见钱，如蝇子见血。’他使人送金子与你，你岂有推了转去的，这话却似放屁！做公人的‘那个猫儿不吃腥’，阎罗王面前须没放回的鬼！一篇中，如“飞剑”句，“五圣”句，“阎王”句，确是识字看曲本妇人口中语。你待瞒谁！便把这一百两金子与我，直得甚么！你怕是贼赃时，快熔过了与我。”骇人。宋江道：“你也须知我是老实的人，不会说谎。你若不信，限我三日，我将家私变卖一百两金子与你。你还了我招文袋！”婆惜冷笑此冷笑，正与更余脚后冷笑映衬出花娘蜜中有刺来也。道：“你这黑三倒乖，把我一似小孩儿般捉弄。我便先还了你招文袋这封书，歇三日却问你讨金子，正是‘棺材出了讨挽歌郎钱’！我这里一手交钱，一手交货。你快把来两相交割！”

宋江道：“果然不曾有这金子。”婆惜道：“明朝到公厅上，你也说不曾有这金子？”骇人。宋江听了“公厅”两字，春云二十九展。怒气直起，那里按捺得住，睁着眼道：“你还也不还？”那妇人道：“你恁地狠，我便还你不迭！”活是伶俐妇人语，又可恼，又可爱。宋江道：“你真个不还？”婆惜道：“不还！再饶你一百个不还！伶俐妇人语。若要还时，在郓城县还你！”骇人。宋江便来扯那婆惜盖的被。妇人身边却有这件物，倒不顾被，四字妙手。两手只紧紧地抱住胸前。宋江扯开被来，却见这鸾带头正在那妇人胸前拖下来。如画。宋江道：“原来却在这里！”一不做，二不休，两手便来夺。那婆娘那里肯放。宋江在床边舍命的夺。婆惜死也不放。重沓写一句，见夺之久。宋江恨命只一拽，倒拽出那把压衣刀子在席上，春云三十展。宋江便抢在手里。那婆娘见宋江抢刀在手，叫：“黑三郎杀人也！”只这一声，提起宋江这个念头来。叙事真有龙跳虎卧之能。〇宋江之杀，从婆惜叫中来，婆惜之叫，从鸾刀中来，作者真已深达十二因缘法也。那一肚皮气正没出处。婆惜却叫第二声时，宋江左手早按住那婆娘，右手却早刀落，去那婆惜颡子上只一勒，鲜血飞出。那妇人兀自吼哩，宋江怕他不死，再复一刀，那颗头伶伶仃仃落在枕头上。连忙取过招文袋，招文袋取了。抽出那封书来，便就残灯下烧了。书烧了。〇痴人读至此语，叹云：何不早烧？圣叹闻之，不觉一笑。系上鸾带，带系了。〇只不见鸾刀下落。走下楼来。

那婆子在下面睡，听他两口儿论口，倒也不着在意里。梦中醉里，写来如画。只听得女儿叫一声"黑三郎杀人也"，正不知怎地，梦中醉里，写来如画。慌忙跳起来，穿了衣裳，奔上楼来，却好和宋江打个胸厮撞。阎婆问道："你两口儿做甚么闹？"宋江道："你女儿忒无礼，被我杀了！"婆子笑道：七个"笑"字。〇以此一"笑"字，结夜来六"笑"字，绝倒。"却是甚话！便是押司生的眼凶，妙。又酒性不好，妙。专要杀人？押司休取笑老身。"宋江道："你不信时，去房里看，我真个杀了！"婆子道："我不信。"推开房门看时，只见血泊里挺着尸首。婆子道："苦也！却是怎地好！"宋江道："我是烈汉，一世也不走，随你要怎地。"婆子道："这贱人果是不好，押司不错杀了，成精虔婆。只是老身无人养赡！"宋江道："这个不妨。既是你如此说时，你却不用忧心。我颇有家计，只教你丰衣足食便了，快活过半世。"阎婆道："恁地时却是好也！深谢押司！我女儿死在床上，怎地断送？"成精虔婆。宋江道："这个容易。我去陈三郎家买一具棺材与你。又一具棺材。仵作行人入殓时，我自分付他来。我再取十两银子与你结果。"婆子谢道："押司，只好趁天未明时讨具棺材盛了，邻舍街坊都不要见影。"宋江道："也好。你取纸笔来，我写个票子与你去取。"阎婆道："票子也不济事，须是押司自去取，便肯早早发来。”成精虔婆。宋江道：“也说得是。”

两个下楼来，婆子去房里拿了锁钥，出到门前，把门锁了，带了钥匙。细婉之文。宋江与阎婆两个投县前来。此时天色尚早，未明，县门却才开。那婆子约莫到县前左侧，把宋江一把结住，发喊叫道：“有杀人贼在这里！”吓得宋江慌做一团，连忙掩住口道：“不要叫！”那里掩得住。县前有几个做公的走将拢来看时，认得是宋江，便劝道：“婆子闭嘴！押司不是这般的人，有事只消得好说。”阎婆道：“他正是凶首，与我捉住，同到县里。”原来宋江为人最好，上下爱敬，满县人没一个不让他，因此做公的都不肯下手拿他，又不信这婆子说。正在那里没个解救，恰好唐牛儿托一盘子洗净的糟姜来县前赶趁，夜来写牛儿，不知费几许笔墨，只为此时用得着耳。〇不因夜来先写一番，则牛儿此时便是蓦生人，今却令读者皆与牛儿厮熟也。正见这婆子结扭住宋江在那里叫冤屈。唐牛儿见是阎婆一把扭结住宋江，想起昨夜的一肚子鸟气来，本是为了今早夺人，倒生出夜来呕气，却偏写做为了夜来呕气，顺生出今早夺人。如此用笔，真令人寻觅不出。便把盘子放在卖药的老王凳子上，王公两用，前用来提着招文袋，后用来安放姜盘子，妙。钻将过来，喝道：“老贼虫，你做甚么结扭住押司？”婆子道：“唐二！你不要来打夺人去，要你偿命也！”唐牛儿大怒，那里听他说？把婆子手一拆，拆开了，不问事由，四字妙手。叉开五指，去阎婆脸上只一掌，打个满天星。夜来亦有一掌。那婆子昏撒了，只得放手。宋江得脱，往闹里一直走了。婆子便一把却结扭住唐牛儿，叫道：“宋押司杀了我的女儿，你却打夺去了！”唐牛儿慌道：“我那里得知！”阎婆叫道：“上下，替我捉一捉杀人贼则个！不时，须要带累你们！”众做公的只碍宋江面皮，不肯动手。拿唐牛儿时，须不担阁。

众人向前，一个带住婆子，三四个拿住唐牛儿，把他横拖倒拽，直推进郓城县里来。正是：祸福无门，惟人自召；披麻救火，惹焰烧身。毕竟唐牛儿被阎婆结住，怎地脱身，且听下回分解。

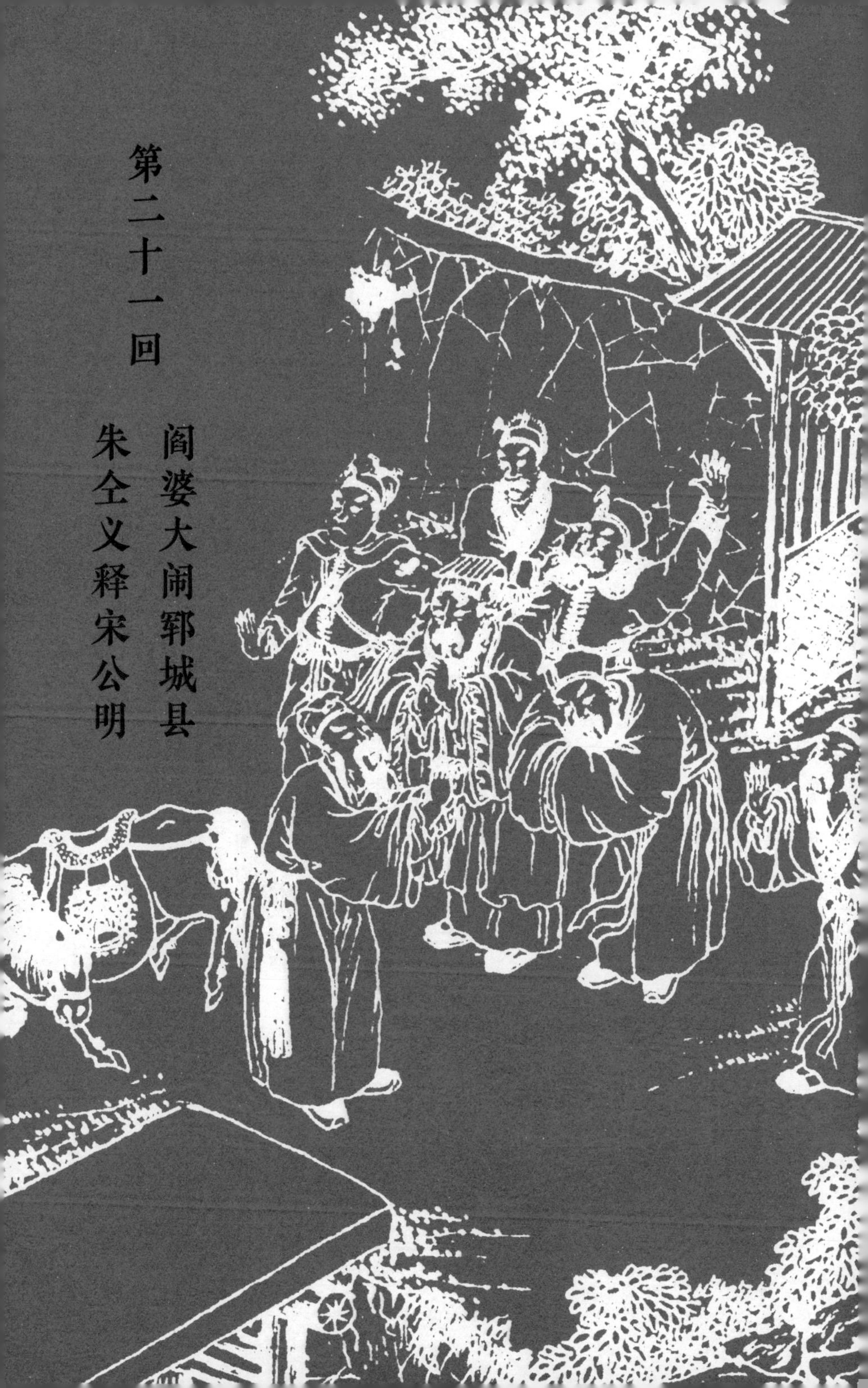
第二十一回
阎婆大闹郓城县
朱全义释宋公明

朱仝義釋宋公明

昔者伯牙有流水高山之曲，子期既死，终不复弹。后之人述其事，悲其心，孰不为之嗟叹弥日，自云：我独不得与之同时，设复相遇，当能知之。呜呼，言何容易乎！我谓声音之道，通乎至微，是事甚难，请举易者，而易莫易于文笔。乃文笔中，有古人之辞章，其言雅驯，未便通晓，是事犹难，请更举其易之易者，而易之易莫若近代之稗官。今试开尔明月之目，运尔珠玉之心，展尔粲花之舌，为耐庵先生一解《水浒》，亦复何所见其闻弦赏音便知雅曲者乎？即如宋江杀婆惜一案，夫耐庵之繁笔累纸，千曲百折而必使宋江成于杀婆惜者，彼其文心，夫固独欲宋江离郓城而至沧州也。而张三必固欲捉之，而知县必固欲宽之。夫诚使当时更无张三主唆虔婆，而一凭知县迁罪唐牛，岂其真将前回无数笔墨，悉复付之唐案乎耶？夫张三之力唆虔婆，主于必捉宋江者，是此回之正文也。若知县乃至满县之人，其极力周全宋江，若惟恐其或至于捉者，是皆旁文蹋蹴，所谓波澜者也。张三不唆，虔婆不禀；虔婆不禀，知县不捉；知县不捉，宋江不走；宋江不走，武松不现。盖张三一唆之力，其筋节所系，至于如此。而世之读其文者，已莫不啧啧知县，而呶呶张三，而尚谓人我知伯牙。嗟乎，尔知何等伯牙哉！

写朱、雷两人各有心事，各有做法，又各不相照，各要热瞒，句句都带跳脱之势，与放走晁天王时，正是一样奇笔，又却是两样奇笔。才子之才，吾无以限之也。

话说当时众做公的，拿住唐牛儿解进县里来。知县听得有杀人的事，慌忙出来升厅。众做公的把这唐牛儿簇拥在厅前，知县看时，只见一个婆子跪在左边，一个猴子跪在右边。知县问道："甚么杀人公事？"婆子告道："老身姓阎，有个女儿唤做婆惜，典与宋押司做外宅。昨夜晚间，我女儿和宋江一处吃酒，这个唐牛儿，一径来寻闹，叫骂出门，邻里尽知。今早宋江出去走了一遭回来，把我女儿杀了。老身结扭到县前，这唐二又把宋江打夺了去，告相公做主！"知县道："你这厮怎敢打夺了凶身？"唐牛儿告道："小人不知前后因依。只因昨夜去寻宋江搪碗酒吃，被这阎婆叉小人出来，今早小人自出来卖糟姜，遇见阎婆结扭宋押司在县前，小人见了不合去劝他，他便走了。却不知他杀死他女儿的缘由。"知县喝道："胡说！宋江是个君子诚实的人，如何肯造次杀人？这人命之事，必然在你身上！不是写知县，亦不是写宋江，都是故作翻跌。左右在那里？"便唤当厅公吏。当下转上押司张文远来，借得便。○若非此人，则满县都和宋江好，谁人肯与虔婆出力，直逼宋江去柴进庄上引出武松来耶？见说阎婆告宋江杀了他女儿，正是他的表子，随即取了各人口词，就替阎婆写了状子，叠了一宗案，便唤当地方仵作行人并坊厢里正邻佑一干人等，来到阎婆家，开了门，取尸首登场检验了。身边放着行凶刀子一把。鸾刀却在此。当日再三看验得系是生前项上被刀勒死。众人登场了当。尸首把棺木盛了，寄放寺院里，将一干人带到县里。

知县却和宋江最好，有心要出脱他，只把唐牛儿来再三推问。不是写知县，亦非写宋江，都是故作翻跌。唐牛儿供道："小人并不知前后。"知县道："你这厮如何隔夜去他家寻闹？一定你有干涉！"唐牛儿告道："小人一时撞去搪碗酒吃。"知县道："胡说！打这厮！"左右两边狼虎一般公人把这唐牛儿一索捆翻了，打到三五十，前后语言一般。知县明知他不知情，一心要救宋江，只把他来勘问。

且叫取一面枷来钉了，禁在牢里。知县、张三一番结卷。

知县、张三一番结案。

那张文远上厅来禀道："虽然如此，见有刀子是宋江的压衣刀，必须去拿宋江来对问，便有下落。"不是与婆惜有情，正是替武松出力。○读书须心知轻重，方名善读书人；不然者，不免有懵懂葫芦之诮也。如此书，既已了却晁盖，便须接入武松，正是别起一番楼台殿阁。乃今知县只管要宽，此时若更不得张三立主文案，几番勾捉，则又安得逼走宋公明，撞出武都头乎？后人不知，遂反谓张三于公明甚薄，殊不知于公明甚薄者，于读书之人殊厚也。知县吃他三回五次来禀，遮掩不住，只得差人去宋江下处捉拿。宋江已自在逃去了。只拿得几家邻人来回话："凶身宋江在逃，不知去向。"知县、张三二番结卷。张文远又禀道：武松全仗。"犯人宋江逃去，他父亲宋太公并兄弟宋清见在宋家村居住，可以勾追到官，责限比捕，跟寻宋江到官理问。"知县本不肯行移，只要朦胧做在唐牛儿身上，日后自慢慢地出他。都是故作翻跌。怎当这张文远立主文案，唆使阎婆上厅，只管来告。

知县、张三二番结案。

知县情知阻当不住，只得押纸公文，差三两个做公的去宋家庄勾追宋太公并兄弟宋清。公人领了公文，来到宋家村宋太公庄上。太公出来迎接，至草厅上坐定。公人将出文书，递与太公看了。宋太公道："上下请坐，容老汉告禀。老汉祖代务农，守此田园过活。不孝之子宋江，自小忤逆，不肯本分生理，要去做吏，百般说他不从。因此老汉数年前，本县官长处告了他忤逆，出了他籍，不在老汉户内人数。他自在县里住居，老汉自和孩儿宋清，在此荒村守些田亩过活。他与老汉水米无交，并无干涉。老汉也怕他做出事来，连累不便，因此在前官手里，告了执凭文帖在此存照。老汉取来，教上下看。”众公人都是和宋江好的，明知道这个是预先开的门路，苦死不肯做冤家。不是写众人，亦不是写宋江，都是故作翻跌。众人回说道：“太公既有执凭，把将来我们看，抄去县里回话。”太公随即宰杀些鸡鹅，置酒管待了众人，赍发了十数两银子，取出执凭公文，教他众人抄了。众公人相辞了宋太公，自回县去回知县的话，说道：“宋太公三年前出了宋江的籍，告了执凭文帖，见有抄白在此，难以勾捉。”知县又是要出脱宋江的，便道：“既有执凭公文，他又别无亲族，只可出一千贯赏钱，行移诸处，海捕捉拿便了。”知县、张三三番结卷。

知县、张三三番结案。

那张三又挑唆阎婆，去厅上披头散发来告道：武松全仗。“宋江实是宋清隐藏在家，不令出官。相公如何不与老身做主，去拿宋江？”知县喝道：“他父亲已自三年前告了他忤逆在官，出了他籍，见有执凭公文存照，如何拿得他父亲兄弟来比捕？”阎婆告道：“相公，谁不知道他叫做孝义黑三郎，这执凭是个假的。分明说个分上，可发一笑。只是相公做主则个！”知县道：“胡说！前官手里押的印信公文，如何是假的？”阎婆在厅下叫屈叫苦，哽哽咽咽地价哭，告道：“相公，人命大如天，若不肯与老身做主时，只得去州里告状。只是我女儿死得甚苦！”那张三又上厅来替他禀道：武松全仗。“相公不与他行移拿人时，这阎婆上司去告状，倒是利害。倘或来提问时，小吏难去回话。”知县情知有理，只得押了一纸公文，便差朱仝、雷横二都头当厅发落：“你等可带多人，去宋家村宋大户庄上，搜捉犯人宋江来。”朱、雷二都头领了公文，便来点起土兵四十余人，径奔宋家庄上来。

宋太公得知，慌忙出来迎接。朱仝、雷横二人说道：“太公，休怪我们。上司差遣，盖不由己。你的儿子押司见在何处？”宋太公道：“两位都头在上：我这逆子宋江，他和老汉并无干涉，前官手里已告开了他，见告的执凭在此。已与宋江三年多各户另籍，不同老汉一家过活，亦不曾回庄上来。”朱仝道：“然虽如此，我们凭书请客，奉帖勾人，难凭你说不在庄上。你等我们搜一搜看，好去回话。”——便叫土兵三四十人围了庄院，——“我自把定前门，雷都头，你先入去搜”。写朱仝出色过人。〇若使真正要搜，则应拨令众人围定前后门，朱、雷一同进去搜也。只因朱仝自己胸中有事，必要独自进去，却恐雷横见疑，因倒自来把定门外，却使雷横进去独搜一遍，毕，然后换转雷横把定门外，不由不放他也进去独搜一遍，此皆欲故故予之法也。

雷横便入进里面，庄前庄后搜了一遍，出来对朱仝说道：“端的不在庄里。”朱仝道：“我只是放心不下，雷都头，你和众弟兄把了门，我亲自细细地搜一遍。”视雷如戏。宋太公道：“老汉是识法度的人，如何敢藏在庄里？”朱仝道：“这个是人命的公事，你却嗔怪我们不得。”太公道：“都头尊便，自细细地去搜。”朱仝道：“雷都头，你监着太公在这里，休教他走动。”连太公亦遣开，写朱仝出色过人。朱仝自进庄里，把朴刀倚在壁边，细。把门来拴了，细。走入佛堂内去，细。把供床拖在一边，细。揭起那片地板来。细。板底下有条索头，细。将索子头只一拽，细。铜铃一声响，宋江从地窨子里钻将出来，分外出奇，非心所料。见了朱仝，吃那一惊。朱仝道："公明哥哥，休怪小弟捉你。只为你闲常和我最好，有的事都不相瞒。一日酒中，兄长曾说道：'我家佛堂底下有个地窨子，上面供的三世佛，佛座下有片地板盖着，上便压着供床。你有些紧急之事，可来这里躲避。'小弟那时听说，记在心里。以叙述为疏解，手笔甚妙。今日本县知县差我和雷横两个来时，没奈何，要瞒生人眼目。相公也有觑兄长之心，只是被张三和这婆子在厅上发言发语，道本县不做主时，定要在州里告状，因此上又差我两个来搜你庄上。我只怕雷横执着，不会周全人，要知此语不是排下雷横，自见殷勤，实乃真正各不相照。倘或见了兄长，没个做圆活处，因此小弟赚他在庄前，一径自来和兄长说话。此地虽好，也不是安身之处，倘或有人知得，来这里搜着，如之奈何？"

宋江道："我也自这般寻思。若不是贤兄如此周全，宋江定遭缧绁之厄。"朱仝道："休如此说。兄长却投何处去好？"宋江道："小可寻思，有三个安身之处。一是沧州横海郡小旋风柴进庄上，二乃是青州清风寨小李广花荣处，三者是白虎山孔太公庄上。先于此处伏得三支，入后翻腾颠倒，变出无数文字。譬诸龙也，当其在渊，亦与径寸之虫何异？殆其飞去，霖雨万国，天地失色，然后乃叹向之可掬而观者，今乃不测其鳞爪之所在也。文章有此，真奇矣哉。他有两个孩儿，长男叫做'毛头星'孔明，次子叫做'独火星'孔亮，多曾来县里相会。那三处在这里踌躇未定，不知投何处去好。"朱仝道："兄长可以作急寻思，当行即行。今晚便可动身，切勿迟延自误。"宋江道："上下官司之事，全望兄长维持，金帛使用，只顾来取。"朱仝道："这事放心，都在我身上，兄长只顾安排去路。"宋江谢了朱仝，再入地窖子去。细。

朱仝依旧把地板盖上，细。还将供床压了，细。开门，细。拿朴刀，细。出来说道："真个没在庄里。"叫道："雷都头，我们只拿了宋太公去，如何？"不会看书人，只谓此句为朱仝自解，会看书人，便知此句为雷横出色。○雷横之心与朱仝之心，一也。却因雷横粗，朱仝细，便让朱仝事事高出一头去。乃今既已表过朱仝，便当以次表出雷横，行文亦不别起一头，只就上文脱卸而下，真称好手。雷横见说要拿宋太公去，寻思："朱仝那人和宋江最好，他怎地颠倒要拿宋太公？这话一定是反说，他若再提起，我落得做人情！"特表雷横，用笔却又曲折之极。朱仝、雷横叫拢土兵，都入草堂上来。宋太公慌忙置酒管待众人。朱仝道："休要安排酒食，且请太公和四郎同到本县里走一遭。"雷横道："四郎如何不见？"先卸去四郎，好手。宋太公道："老汉使他去近村打些农器，不在庄里。干净。宋江那厮，自三年已前把这逆子告出了户，见有一纸执凭公文在此存照。"朱仝道："如何说得过！我两个奉着知县台旨，叫拿你父子二人，自去县里回话！"雷横道："朱都头，你听我说：写朱、雷二人句句防贼，声声捣鬼，令我失笑。宋押司他犯罪过，其中必有缘故，也未便该死罪。反与朱仝说，故妙。既然太公已有执凭公文，系是印信官文书，又不是假的，反与朱仝说，故妙。我们须看押司日前交往之面，权且担负他些个，反劝朱仝，故妙。读之句句欲失笑也。只抄了执凭去回话便了。"朱仝寻思道："我自反说，要他不疑。"朱仝道："既然兄弟这般说了，我没来由做甚么恶人！"宋太公谢了道："深感二位都头相觑。"随即排下酒食犒赏众人，将出二十两银子送与两位都头。朱仝、雷横坚执不受，把来散与众人双表朱、雷。——四十个土兵——分了。抄了一张执凭公文，相别了宋太公，离了宋家村，朱、雷二位都头自引了一行人回县去了。

知县、张三四番结案。只逼走宋江一篇，写得至再至三，笔墨淋漓如此。

县里知县正值升厅，见朱仝、雷横回来了，便问缘由。两个禀道："庄前庄后，四围村坊，搜遍了二次，其实没这个人。宋太公卧病在床，不能动止，早晚临危。宋清已自前月出外未回。因此只把执凭抄白在此。"知县道："既然如此……"一面申呈本府，一面动了一纸海捕文书，知县、张三四番结卷。不在话下。县里有那一等和宋江好的相交之人，都替宋江去张三处说开。那张三也耐不过众人面皮，一句。况且婆娘已死了，二句。张三又平常亦受宋江好处，三句。因此也只得罢了。上来岂真写张三情重哉，意只在逼走宋江耳。今宋江既已走了，张三便可善刀而藏。此真得风即转，得采即罢之文，不比近日灰堆学究，所撰无轻无重者也。〇完张三。朱仝自凑些钱物把与阎婆，教不要去州里告状。既已逼走宋江，亦便收拾婆子，却又因便写在朱仝名下。这婆子也得了些钱物，没奈何，只得依允了。完阎婆。朱仝又将若干银两教人上州里去使用，文书不要驳将下来。完申文。又得知县一力主张，出一千贯赏钱，行移开了一个海捕文书，只把唐牛儿问做成个"故纵凶身在逃"，脊杖二十，刺配五百里外；完知县、唐牛儿。干连的人尽数保放宁家。完众人。

且说宋江他是个庄农之家，如何有这地窨子？原来故宋时，为官容易，做吏最难。为甚的为官容易？皆因那时朝廷奸臣当道，谗佞专权，非亲不用，非财不取。为甚做吏最难？那时做押司的但犯罪责，轻则刺配远恶军州，重则抄扎家产，结果了残生性命。以此预先安排下这般去处躲身。又恐连累父母，教爹娘告了忤逆，出了籍册，各户另居，官给执凭公文存照，不相来往，却做家私在屋里。宋时多有这般算的。

且说宋江从地窖子出来，和父亲、兄弟商议："今番不是朱仝相觑，须吃官司，此恩不可忘报。如今我和兄弟两个，且去逃难。天可怜见，若遇宽恩大赦，那时回来，父子皆见。父亲可使人暗暗地送些金银去与朱仝，央他上下使用，及资助阎婆些少，免得他上司去告扰。"太公道："这事不用你忧心。你自和兄弟宋清，在路小心。若到了彼处，那里使个得托的人，寄封信来。"当晚弟兄两个，拴束包裹。到四更时分起来，洗漱罢，吃了早饭，两个打扮动身。

宋江戴着白范阳毡笠儿，上穿白缎子衫，系一条梅红纵线绦，下面缠脚绑衬着多耳麻鞋。宋清做伴当打扮，背了包裹，都出草厅前，拜辞了父亲。只见宋太公洒泪不住，又分付道："你两个前程万里，休得烦恼。"无人处却写太公洒泪，有人处便写宋江大哭。冷眼看破，冷笔写成，普天下读书人慎勿忽《水浒》无皮里阳秋也。〇自家洒泪，却分付别人休恼，老牛爱犊写来如画。宋江、宋清却分付大小庄客，早晚殷勤伏侍太公，休教饮食有缺。人亦有言：养儿防老。写宋江分付庄客伏侍太公，亦皮里阳秋之笔也。弟兄两个，各跨了一口腰刀，都拿了一条朴刀，打扮做两段写。径出离了宋家村。

两个取路登程，正遇着秋末冬初。是收租米，害痁疾时。弟兄两个行了数程，在路上思量道："我们却投奔兀谁的是？"出门后方算去处，写尽匆匆。宋清答道："我只闻江湖上人传说沧州横海郡柴大官人名字，说他是大周皇帝嫡派子孙，只不曾拜识。此一语，表出宋清不是公弟，亦复胸中自有一片。何不只去投奔他？人都说他仗义疏财，专一结识天下好汉，救助遭配的人，是个见世的孟尝君。我两个只投奔他去。"宋江道："我也心里是这般思想。他虽和我常常书信来往，无缘分上，不曾得会。”两个商量了，径望沧州路上来。途中免不得登山涉水，过府冲州。但凡客商在路，早晚安歇，有两件事不好：吃癞碗，睡死人床。七字说不尽苦。且把闲话提过，只说正话。

宋江弟兄两个不则一日来到沧州界分。问人道：“柴大官人庄在何处？”问了地名，一径投庄前来，便问庄客：“柴大官人在庄上也不？”庄客答道：“大官人在东庄上收租米，不在庄上。”忽作一折，折出下文柴进身分来。宋江便问：“此间到东庄有多少路？”庄客道：“有四十余里。”宋江道：“从何处落路去？”庄客道：“不敢动问二位官人高姓？”宋江道：“我是郓城县宋江的便是。”庄客道：“莫不是及时雨宋押司么？”信及童仆，真写得妙，可见宋江又可见柴进。宋江道：“便是。”庄客道：“大官人时常说大名，只怨怅不能相会。既是宋押司时，小人引去。”

庄客慌忙便领了宋江、宋清，柴进慌忙，何足为奇，妙在庄客慌忙也。径投东庄来。没三个时辰，早来到东庄。庄客道：“二位官人，且在此亭上坐一坐，待小人去通报大官人出来相接。”宋江道：“好。”自和宋清在山亭上，倚了朴刀，解下腰刀，歇了包裹，坐在亭子上。那庄客入去不多时，只见那座中间庄门大开，只一句，写出庄里嚷做一片。柴大官人引着三五个伴当，慌忙跑将出来，极画柴进。亭子上与宋江相见。柴大官人见了宋江，拜在地下，极画柴进。口称道：“端的想杀柴进！六个字，有喜极泪零之致，真是绝妙好辞，不知耐庵如何算出来。天幸今日甚风吹得到此，大慰平生渴仰之念，多幸！多幸！”宋江也拜在地下，答道：“宋江疏顽小吏，今日特来相投。”柴进扶起宋江来，口里说道：“昨夜灯花，今早鹊噪，不想却是贵兄降临。”绝妙好辞。满脸堆下笑来。

出色画柴进。宋江见柴进接得意重，心里甚喜，便唤兄弟宋清也相见了。柴进喝叫伴当："收拾了宋押司行李，在后堂西轩下歇处。"细。

柴进携住宋江的手，出色画柴进。入到里面正厅上，分宾主坐定。柴进道："不敢动问，闻知兄长在郓城县勾当，如何得暇来到荒村敝处？"宋江答道："久闻大官人大名，如雷贯耳。虽然节次收得华翰，只恨贱役无闲，不能够相会。今日宋江不才，做出一件没出豁的事来，弟兄二人寻思，无处安身，想起大官人仗义疏财，特来投奔。"柴进听罢，笑道："兄长放心。遮莫做下十恶大罪，既到敝庄，但不用忧心。不是柴进夸口，任他捕盗官军，不敢正眼儿觑着小庄。"宋江便把杀了阎婆惜的事，一一告诉了一遍。柴进笑将起来，说道："兄长放心。便杀了朝廷的命官，劫了府库的财物，柴进也敢藏在庄里。"此三语却不可。若果如是，柴进乃真不赦矣。〇旋风之名不虚。说罢，便请宋江弟兄两个洗浴。随即将出两套衣服、巾帻、丝鞋、净袜，教宋江弟兄两个换了出浴的旧衣裳。写柴进殷勤，累幅不尽，故特从闲处着笔，作者真正才子。两个洗了浴，都穿了新衣服，庄客自把宋江弟兄的旧衣裳送在歇宿处。细。

柴进邀宋江去后堂深处，出色画柴进。已安排下酒食了，便请宋江正面坐地，出色画柴进。柴进对席，宋清有宋江在上，侧首坐了。三人坐定，有十数个近上的庄客并几个主管，轮替着把盏，伏侍劝饮。出色画柴进。柴进再三劝宋江弟兄，宽怀饮几杯，宋江称谢不已。酒至半酣，三人各诉胸中朝夕相爱之念。看看天色晚了，点起灯烛。宋江辞道："酒止。"柴进那里肯放，直吃到初更左侧。宋江起身去净手，柴进唤一个庄客提碗灯笼，引领宋江东廊尽头处去净手。便道："我且躲杯酒。"大宽转穿出前面廊下来，俄延走着，看他蜿蜒而来。却转到东廊前面。宋江已有八分酒，脚步趄了，只顾踏去。蜿蜒而来。

那廊下有一个大汉，因害疟疾，当不住那寒冷，把一锨火在那里向。宋江仰着脸，只顾踏将去，正跐在火锨柄上，把那火锨里炭火都掀在那汉脸上。蜿蜒而来。那汉吃了一惊，惊出一身汗来。武二何必害疟？聊借作一纽头耳。宋、武既得相遇，此纽便当不用，故顺手便写一句惊出汗来。夫以武二之神威，何至炭火惊得汗出。一惊而遂出汗者，隐然害疟已好也。才子之文，随手起倒，其妙如此。那汉气将起来，把宋江劈胸揪住，有势。大喝道："你是甚么鸟人？敢来消遣我！"宋江也吃一惊，正分说不得，那个提灯笼的庄客慌忙叫道："不得无礼！这位是大官人最相待的客官。"那汉道："'客官'，'客官'，我初来时也是'客官'，也曾'最相待'过，如今却听庄客搬口，便疏慢了我，正是'人无千日好'！"却待要打宋江，有势。那庄客撇了灯笼，便向前来劝。

正劝不开，只见两三碗灯笼飞也似来，柴大官人亲赶到，说："我接不着押司，有势。〇去报便不及矣，来接故恰好也。〇又带表出柴进。如何却在这里闹？"那庄客便把跐了火锨的事说一遍，柴进笑道："大汉，你不认得这位奢遮的押司？"那汉道："奢遮杀，问他敢比得我郓城宋押司？他可能？"三字，正接下"有头有尾，有始有终"八字，却因柴进大笑，便说不完，妙妙。〇柴进大笑，在"郓城宋押司"五字中起，不等到"他可能"三字方笑也。柴进大笑道："大汉，你认得宋押司不？"那汉道："我虽不曾认得，江湖上久闻他是个及时雨宋公明，是个天下闻名的好汉。"柴进问道："如何见得他是天下闻名的好汉？"那汉道："却才说不了，正接上他可能三字。他便是真大丈夫，有头有尾，有始有终，八个字，不必檃栝宋江，正是捎打柴进，妙绝。我如今只等病好时，便去投奔他。"柴进道："你要见他么？"那汉道："不要见他说甚的！”快语，自是武二口中出。柴进道：“大汉，远便十万八千里，近便只在面前。”柴进指着宋江，便道：“此位便是及时雨宋公明。”那汉道：“真个也不是？”五字是惊出泪来语，乃至不及欢喜，与前端的想杀柴进一样。宋江道：“小可便是宋江。”那汉定睛看了看，好武二。纳头便拜，真好武二。说道：“我不信今日早与兄长相见！”古有“相见何晚”之语，说得口顺，已成烂套。耐庵忽翻作不信相见恁早，真是惊出泪来之语。俗本改作“我不是梦里么”，真乃换金得矢也。宋江道：“何故如此错爱？”那汉道：“却才甚是无礼，万望恕罪。有眼不识泰山！”跪在地下，那里肯起来？好武二。宋江慌忙扶住道：“足下高姓大名？”要问。

柴进指着那汉，说出他姓名，何处人氏。有分教：山中猛虎，见时魄散魂离；林下强人，撞着心惊胆裂。正是：说开星月无光彩，道破江山水倒流。毕竟柴大官人说出那汉还是何人，圣叹有罪了，半日已批出是武二。且听下回分解。

第二十二回
横海郡柴进留宾
景阳冈武松打虎

橫海郡柴進留賓

天下莫易于说鬼，而莫难于说虎。无他，鬼无伦次，虎有性情也。说鬼到说不来处，可以意为补接，若说虎到说不来时，真是大段着力不得。所以《水浒》一书，断不肯以一字犯着鬼怪，而写虎则不惟一篇而已，至于再，至于三。盖亦易能之事薄之不为，而难能之事便乐此不疲也。

写虎能写活虎，写活虎能写其搏人，写虎搏人又能写其三搏不中。此皆是异样过人笔力。

吾尝论世人才不才之相去，真非十里、二十里之可计。即如写虎要写活虎，写活虎要写正搏人时，此即聚千人，运千心，伸千手，执千笔，而无一字是虎，则亦终无一字是虎也。独今耐庵乃以一人，一心，一手，一笔，而盈尺之幅，费墨无多，不惟写一虎，兼又写一人，不惟双写一虎一人，且又夹写许多风沙树石，而人是神人，虎是怒虎，风沙树石是真正虎林。此虽令我读之，尚犹目眩心乱，安望令我作之耶！

读打虎一篇，而叹人是神人，虎是怒虎，固已妙不容说矣。乃其尤妙者，则又如读庙门榜文后，欲待转身回来一段；风过虎来时，叫声“阿呀”，翻下青石来一段；大虫第一扑，从半空里撺将下来时，被那一惊，酒都做冷汗出了一段；寻思要拖死虎下去，原来使尽气力，手脚都苏软了，正提不动一段；青石上又坐半歇一段；天色看看黑了，惟恐再跳一只出来，且挣扎下冈子去一段；下冈子走不到半路，枯草丛中钻出两只大虫，叫声“阿呀，今番罢了”一段。皆是写极骇人之事，却尽用极近人之笔，遂与后来沂岭杀虎一篇，更无一笔相犯也。

话说宋江因躲一杯酒，去净手了，转出廊下来，跐了火锨柄，引得那汉焦躁，跳将起来，就欲要打宋江。柴进赶将出来，偶叫起宋押司，不必与前文甚合，正是好手。因此露出姓名来。那大汉听得是宋江，跪在地下，那里肯起，说道："小人'有眼不识泰山'！一时冒渎兄长，望乞恕罪！"宋江扶起那汉，问道："足下是谁？高姓大名？"柴进指着道："这人是清河县人氏，姓武名松，排行第二，已在此间一年了。"宋江道："江湖上多闻说武二郎名字，不期今日却在这里相会。多幸，多幸！"柴进道："偶然豪杰相聚，实是难得，就请同做一席说话。"宋江大喜，携住武松的手，宋江携武松手第三。一同到后堂席上，便唤宋清与武松相见。细。柴进便邀武松坐地，宋江连忙让他一同在上面坐。武松那里肯坐。谦了半晌，武松坐了第三位。

柴进教再整杯盘，来劝三人痛饮。宋江在灯下看了武松这表人物，心中欢喜，"灯下看美人"，千秋绝调语。此却换作"灯下看好汉"，又是千秋绝调语也。〇灯下看美人，加一倍袅袅，灯下看好汉，加一倍凛凛。所以写剑侠者，都在灯下。便问武松道："二郎因何在此？"武松答道："小弟在清河县，因酒后醉了，与本处机密相争，一时间怒起，只一拳，打得那厮昏沉。小弟只道他死了，因此一径地逃来，投奔大官人处来躲灾避难，今已一年有余。后来打听得那厮却不曾死，救得活了，今欲正要回乡去寻哥哥，不想染患疟疾，不能够动身回去。却才正发寒冷，在那廊下向火，被兄长跐了锨柄，吃了那一惊，惊出一身冷汗，敢怕病倒好了。"好手。

宋江听了大喜。当夜饮至三更。酒罢，宋江就留武松在西轩下做一处安歇。真好宋江，令人心死。次日起来，柴进安排席面，杀羊宰猪，管待宋江，不在话下。过了数日，宋江将出些银两来与武松做衣裳，宋江欢喜武松，亦累幅写不得尽，只说替他做衣裳，便写得一似欢喜美人相似，妙笔。〇与前出浴新衣相映耀。柴进知道，那里肯要他坏钱？自取出一箱段匹绸绢。门下自有针工，便教做三人的称体衣裳。是。〇宋江兄弟已换过新衣，此又三人一样都做者，王孙之所以异于酸子也。

说话的，柴进因何不喜武松？半日颇不满于柴进，得此一释。原来武松初来投奔柴进时，也一般接纳管待。次后在庄上，但吃醉了酒，性气刚，庄客有些管顾不到处，他便要下拳打他们，因此满庄里庄客没一个道他好。众人只是嫌他，都去柴进面前告诉他许多不是处。柴进虽然不赶他，只是相待得他慢了。回护法。

却得宋江每日带挈他一处饮酒相陪，武松的前病都不发了。何物小吏，使人变化气质。相伴宋江住了十数日，武松思乡，要回清河县看望哥哥。四字和平之极，不想变出惊天动地事来。柴进、宋江两个都留他再住几时，武松道：“小弟因哥哥多时不通信息，只得要去望他。”宋江道：“实是二郎要去，不敢苦留。如若得闲时，再来相会几时。”武松相谢了宋江。柴进取出些金银送与武松，武松谢道：“实是多多相扰了大官人！”武松缚了包裹，拴了哨棒，要行。哨棒此处起。柴进又治酒食送路。武松穿了一领新纳红绸袄，戴着个白范阳毡笠儿，看官着眼，须知此处写个红袄白笠，正是为下文打虎绚染也。背上包裹，提了杆棒，哨棒二。相辞了便行。宋江道：“贤弟少等一等。”回到自己房内，取了些银两，赶出到庄门前来，说道：“我送兄弟一程。”此一段，非写宋江情重，只图别去柴进，便止存二宋，令武二眼中心上，一跳一跳也。

宋江和兄弟宋清两个七个字直刺入武二眼里心里。耐庵真是才子。等武松辞了柴大官人，宋江也道：“大官人，暂别了便来。”三个离了柴进东庄，行了五七里路，武松作别道：“尊兄，远了，请回。柴大官人必然专望。”宋江道：“何妨再送几步。”一别。路上说些闲话，不觉又过了三二里。武松挽住宋江手道：“尊兄不必远送。常言道：‘送君千里，终须一别。’”宋江指着道：“容我再行几步。二别。兀那官道上有个小酒店，我们吃三钟了作别。”三个来到酒店里，宋江上首坐了，武松倚了哨棒，哨棒三。下席坐了，宋清横头坐定。六字直刺入武二眼里心里。便叫酒保打酒来，且买些盘馔、果品、菜蔬之类，都搬来摆在桌子上。三人饮了几杯，看看红日半西，武松便道：“天色将晚。四字如何接入下文，写尽武二光明历落，不似今人唧唧不止。哥哥不弃武二时，就此受武二四拜，拜为义兄。”何人不应与宋江结拜，而独写向武二文中者，反衬武二手足情深，以与前文兄嫂一段相激射也。宋江大喜。武松纳头拜了四拜，宋江叫宋清五字直刺入武二眼里心里。身边取出一锭十两银子，送与武松。武松那里肯受？说道：“哥哥客中自用盘费。”宋江道：“贤弟，不必多虑。你若推却，我便不认你做兄弟。”可见武二之求为兄弟如此，都是与后文激射法，非真宋江措语唐突也。武松只得拜受了，收放缠袋里。宋江取些碎银子，还了酒钱。武松拿了哨棒，哨棒四。三个二宋眼前多却一个，武二心头尚少一个，只两个字，便将兄弟离合之际，写得出神入妙。出酒店前来作别。武松堕泪，拜辞了自去。堕泪自感宋江，固也。然多半亦为宋清在旁，刺心刺眼。盖武二一心只在哥哥，却见他人兄弟双双如此，自虽金铁为心，正复如何相遣。看上“三个”字，下“自去”字，明明可见。读书固必以神理为主，若曹听曹说，无谓也。

宋江和宋清立在酒店门前，望武松不见了，方才转身回来。写宋江又写得好。行不到五里路头，只见柴大官人骑着马，背后牵着两匹空马来接。写柴进又写得好。宋江望见了大喜，一同上马回庄上来。下了马，请入后堂饮酒。宋江弟兄两个，自此只在柴大官人庄上。

话分两头。只说武松自与宋江分别之后，当晚投客店歇了。次日早起来，打火吃了饭，还了房钱，拴束包裹，提了哨棒，哨棒五。便走上路。寻思道：“江湖上只闻说及时雨宋公明，果然不虚。结识得这般弟兄，也不枉了！”镜中花，水中月，俗笔临描不出，真是凭虚独撰之文。武松在自此以后几卷，都写武松神威。此卷饮酒作一段读，打虎作一段读。

路上行了几日，来到阳谷县地面。此去离县治还远。当日晌午时分，走得肚中饥渴，望见前面有一个酒店，挑着一面招旗在门前，上头写着五个字道："三碗不过冈。"奇文。武松入到里面坐下，把哨棒倚了，哨棒六。叫道："主人家，快把酒来吃。"好酒是武二生平，只此开场第一句，便如闻其声，如见其人。只见店主人把三只碗，奇文。一双箸，一碟熟菜，放在武松面前，满满筛一碗酒来。第一碗。〇第一番，逐碗写，第二三四番，逐番写；第五六番，两番一顿写。武松拿起碗一饮而尽，叫道："这酒好生有气力！其酒可知。主人家，有饱肚的买些吃酒。"先唤酒，次及肉，其重其轻可知。〇吾闻食肉者鄙，若好酒，未有非名士者也。酒家道："只有熟牛肉。"武松道："好的切二三斤来吃酒。"店家去里面切出二斤熟牛肉，做一大盘子，将来放在武松面前，随即再筛一碗酒。第二碗。武松吃了道："好酒！"又赞一句，其酒可知。又筛下一碗。第三碗。恰好吃了三碗酒，再也不来筛。奇文。

武松敲着桌子叫道："主人家，怎的不来筛酒？"酒家道："客官，要肉便添来。"所对非所问，绝倒。武松道："我也要酒，也再切些肉来。"酒家道："肉便切来添与客官吃，酒却不添了。"武松道："却又作怪！"便问主人家道："你如何不肯卖酒与我吃？"酒家道："客官，你须见我门前招旗，上面明明写道：'三碗不过冈。'"武松道："怎地唤做三碗不过冈？"酒家道："俺家的酒虽是村酒，却比老酒的滋味。但凡客人来我店中，吃了三碗的便醉了，过不得前面的山冈去。因此唤做‘三碗不过冈’。若是过往客人到此，只吃三碗，更不再问。”碌碌者何足挂齿。武松笑道：“原来恁地。我却吃了三碗，如何不醉？”酒家道：“我这酒叫做‘透瓶香’，好名色。又唤做‘出门倒’。好名色。初入口时，醇醲好吃，少刻时便倒。”武松道：“休要胡说！没地不还你钱，再筛三碗来我吃！”酒家见武松全然不动，又筛三碗。第四碗，第五碗，第六碗。

武松吃道：“端的好酒！又赞不住，其酒可知。主人家，我吃一碗，还你一碗钱，只顾筛来！”酒家道：“客官，休只管要饮，这酒端的要醉倒人，没药医。”武松道：“休得胡鸟说！便是你使蒙汗药在里面，我也有鼻子。”店家被他发话不过，一连又筛了三碗。第七碗，第八碗，第九碗。武松道：“肉便再把二斤来吃。”写酒量，兼写食量，总表武松神威。酒家又切了二斤熟牛肉，再筛了三碗酒。第十碗，第十一碗，第十二碗。武松吃得口滑，只顾要吃，去身边取出些碎银子，叫道：“主人家，你且来看我银子，还你酒肉钱够么？”又换一法，读之绝倒。酒家看了道：“有余，还有些贴钱与你。”妙心妙笔，见酒是不更卖矣。武松道：“不要你贴钱，只将酒来筛。”酒家道：“客官，你要吃酒时，还有五六碗酒哩！只怕你吃不得了。”武松道：“就有五六碗多时，你尽数筛将来。”酒家道：“你这条长汉，倘或醉倒了时，怎扶得你住？”无端忽从酒家眼中口中，写出武松气象来，俗笔如何临描得出。武松答道：“要你扶的不算好汉！”酒家那里肯将酒来筛？武松焦躁道：“我又不白吃你的！休要引老爹性发，通教你屋里粉碎，把你这鸟店子倒翻转来！”酒家道：“这厮醉了，休惹他。”再筛了六碗酒与武松吃了。第十三碗，第十四碗，第十五碗，第十六碗，第十七碗，第十八碗。前后共吃了十八碗。结一句。绰了哨棒，立起身来。哨棒七。○一路又将哨棒特特处处出色描写。彼固欲令后之读者，于陡然遇虎处，浑身倚仗此物以为无恐也，却偏有出自料外之事，使人惊杀。○“绰了哨棒”，第一个身分。

道："我却又不曾醉！"走出门前来笑道："却不说'三碗不过冈'！"趣。手提哨棒便走。哨棒八。○"手提哨棒"，第二个身分。酒家赶出来叫道："客官，那里去？"奇文。

写哨棒有无数身分。

武松立住了，问道："叫我做甚么？我又不少你酒钱，唤我怎地？"又作摇摆。酒家叫道："我是好意。你且回来我家，看抄白官司榜文。"奇文。武松道："甚么榜文？"酒家道："如今前面景阳冈上，有只吊睛白额大虫，晚了出来伤人，坏了三二十条大汉性命。官司如今杖限猎户擒捉发落，冈子路口都有榜文。可教往来客人，结伙成队，于巳、午、未三个时辰过冈，其余寅、卯、申、酉、戌、亥六个时辰，不许过冈。更兼单身客人，务要等伴结伙而过。这早晚正是未末申初时分，我见你走都不问人，枉送了自家性命。不如就我此间歇了，等明日慢慢凑得三二十人，一齐好过冈子。"武松听了，笑道："我是清河县人氏，这条景阳冈上少也走过了一二十遭，几时见说有大虫，你休说这般鸟话来吓我！便有大虫，我也不怕！"酒家道："我是好意救你，你不信时，进来看官司榜文。"武松道："你鸟做声！便真个有虎，老爷也不怕！你留我在家里歇，莫不半夜三更，要谋我财，害我性命，却把鸟大虫唬吓我？"酒家道："你看么，我是一片好心，反做恶意，倒落得你恁地！你不信我时，请尊便自行！”一面说，一面摇着头，自进店里去了。写酒家色变如画。

这武松提了哨棒，哨棒九。〇“提了哨棒”，第三个身分。大着步，自过景阳冈来。约行了四五里路，来到冈子下，见一大树，刮去了皮，一片白，上写两行字。武松也颇识几字，抬头看时，上面写道：“近因景阳冈大虫伤人，但有过往客商，可于巳、午、未三个时辰，结伙成队过冈，请勿自误。”奇文。武松看了，笑道：“这是酒家诡诈，惊吓那等客人，便去那厮家里宿歇。我却怕甚么鸟！”横拖着哨棒，哨棒十。〇“横拖哨棒”，第四个身分。便上冈子来。那时已有申牌时分，这轮红日，厌厌地相傍下山。骇人之景。

武松乘着酒兴，只管走上冈子来。走不到半里多路，见一个败落的山神庙。奇文。〇不因此庙，几令榜文无可贴处。行到庙前，见这庙门上贴着一张印信榜文。武松住了脚读时，上面写道：

阳谷县示：为景阳冈上新有一只大虫，伤害人命，见今杖限各乡里正并猎户人等行捕，未获。如有过往客商人等，可于巳、午、未三个时辰，结伴过冈；其余时分，及单身客人，不许过冈，恐被伤害性命。各宜知悉。政和年月日。奇文。

武松读了印信榜文，方知端的有虎，欲待转身再回酒店里来，有此一折，反越显出武松神威。不然，便是卒然不及回避，侥幸得免虎口者矣。寻思道：“我回去时，须吃他耻笑，不是好汉，难以转去。”以性命与名誉对算，不亦异乎？存想了一回，说道：“怕甚么鸟！且只顾上去看怎地！”活写出武松神威。

武松正走，看看酒涌上来，看他写酒醉，有节有次。便把毡笠儿掀在脊梁上，冬天也，偏要写得热极，后到大虫扑时，忽然惊出冷来，绝世妙手。将哨棒绾在肋下，哨棒十一。○“哨棒绾在肋下”，第五个身分。一步步上那冈子来。回头看这日色时，渐渐地坠下去了。骇人之景。○我当此时，便没虎来，也要大哭。此时正是十月间天气，日短夜长，容易得晚。自注一句。武松自言自说道：“那得甚么大虫？人自怕了，不敢上山。”又作一纵。武松走了一直，酒力发作，醉。焦热起来。热。一只手提着哨棒，哨棒十二。○又“提着哨棒”，第六个身分。一只手把胸膛前袒开，画绝。踉踉跄跄，直奔过乱树林来。骇人之景，可知虎林。见一块光挞挞大青石，奔过乱林，便应跳出虎来矣，却偏又生出一块青石，几乎要睡，使读者急杀了。然后放出虎来，才子可恨如此。把那哨棒倚在一边，“哨棒倚在一边”，第七个身分。○哨棒十三。放翻身体，却待要睡，惊死读者。只见发起一阵狂风。那一阵风过了，只听得乱树背后扑地一声响，跳出一只吊睛白额大虫来。出得有声势。

武松见了，叫声：“阿呀！”从青石上翻将下来，有此一折，反越显出武松神威。不然，便是三家村中说子路，不近人情极矣。便拿那条哨棒在手里，哨棒十四。○拿着哨棒，第八个身分。闪在青石边。一闪。○已下人是神人，虎是活虎，读者须逐段定睛细看。○我常思画虎有处看，真虎无处看；真虎死有虎看，真虎活无处看；活虎正走，或犹偶得一看，活虎正搏人，是断断必无处得看者也。乃今耐庵忽然以笔墨游戏，画出全副活虎搏人图来。今而后，要看虎者，其尽到《水浒传》中，景阳冈上，定睛饱看，又不吃惊，真乃此恩不小也。○传闻赵松雪好画马，晚更入妙。每欲构思，便于密室解衣踞地，先学为马，然后命笔。一日管夫人来，见赵宛然马也。今耐庵为此文，想亦复解衣踞地，作一扑、一掀、一剪势耶？东坡《画雁》诗云：“野雁见人时，未起意先改。君从何处看，得此无人态？”我真不知耐庵何处有此一副虎食人方法在胸中也。圣叹于三千年中，独以才子许此一人，岂虚誉哉！那大虫又饥又渴，把两只爪在地下略按一按，和身望上一扑，从半空里撺将下来。虎。武松被那一惊，酒都做冷汗出了。神妙之笔，灯下读之，火光如豆，变成绿色。说时迟，那时快，武松见大虫扑来，只一闪，闪在大虫背后。人。二闪。○那大虫背后看人最难，百忙中自注一句。便把前爪搭在地下，把腰胯一掀，掀将起来。虎。武松只一闪，闪在一边。人。三闪。○大虫见掀他不着，吼一声，却似半天里起个霹雳，振得那山冈也动，把这铁棒也似虎尾，倒竖起来只一剪，虎。武松却又闪在一边，人。四闪。○原来那大虫拿人只是一扑、一掀、一剪，三般提不着时，气性先自没了一半。百忙中注一句。○才子博物，定非妄言，只是无处印证。○此段作一束，已上只用四闪法，已下放出气力来。那大虫又剪不着，再吼了一声，一兜兜将回来。虎。武松见那大虫复翻身回来，双手轮起哨棒，"轮起哨棒"，第九个身分。○哨棒十五。尽平生气力，只一棒，从半空劈将下来。人。○此一劈，谁不以为了却大虫矣，却又变出怪事来。只听得一声响，簌簌地将那树连枝带叶劈脸打将下来。定睛看时，一棒劈不着大虫。尽平生气力矣，却偏劈不着大虫，吓杀人句。原来打急了，正打在枯树上，百忙中又注一句。把那条哨棒折做两截，只拿得一半在手里。哨棒十六。○半日勤写哨棒，只道仗他打虎，到此忽然开除，令人瞠目噤口，不复敢读下去。○哨棒折了，方显出徒手打虎异样神威来，只是读者心胆堕矣。那大虫咆哮，性发起来，翻身又只一扑，扑将来。虎。武松又只一跳，却退了十步远。人。那大虫恰好把两只前爪搭在武松面前。虎。武松将半截棒丢在一边，了却哨棒。哨棒十七。○两只手就势把大虫顶花皮胳膊地揪住，一按按将下来。人。那只大虫急要挣扎，虎。被武松尽气力捺定，那里肯放半点儿松宽。人。武松把只脚望大虫面门上、眼睛里，只顾乱踢。脚踢妙绝，双手放松不得也。踢眼睛妙绝，别处须踢不入也。那大虫咆哮起来，把身底下爬起两堆黄泥，做了一个土坑。虎。○耐庵何由得知踢虎者，必踢其眼，又何由得知虎被人踢，便爬起一个泥坑？皆未必然之文，又必定然之事，奇绝妙绝。武松把那大虫嘴直按下黄泥坑里去，人。那大虫吃武松奈何得没了些气力。虎。武松把左手紧紧地揪住顶花皮，偷出右手来，提起铁锤般大小拳头，尽平生之力，只顾打。人。打到五七十拳，那大虫眼里、口里、鼻子里、耳朵里，都迸出鲜血来，更动掸不得，只剩口里兀自气喘。虎。武松放了手，来松树边寻那打折的哨棒拿在手里。只怕大虫不死，把棒橛又打了一回。哨棒十八。哨棒余波。○眼见气都没了，方才丢了棒。哨棒此处毕。寻思道："我就地拖得这死大虫下冈子去。"第一念要提去，妙。

就血泊里双手来提时，那里提得动？原来使尽了气力，手脚都苏软了。有此一折，便越显出方才神威。

武松再来青石上坐了半歇，写出倦极，便越显出方才神威。又收到青石，妙绝。寻思道："天色看看黑了，倘或又跳出一只大虫来时，却怎地斗得他过？且挣扎下冈子去，明早却来理会。"特下此句，使下文来得突兀。就石头边寻了毡笠儿，叫声"阿呀"，翻下青石来，一时手脚都慌了，不及知毡笠落在何处矣，写得入神。转过乱树林边，收到乱树。一步步捱下冈子来。走不到半里多路，只见枯草中又钻出两只大虫来。吓杀，奇文。武松道："阿呀！我今番罢了！"吓杀，奇文。只见那两只大虫在黑影里直立起来，吓杀，奇文。武松定睛看时，却是两个人，把虎皮缝做衣裳，紧紧绷在身上。手里各拿着一条五股叉，奇文。见了武松吃一惊道："你……你……你吃了狠猛律心、豹子肝、狮子腿，胆倒包着身躯，如何敢独自一个，昏黑将夜，又没器械，走过冈子来！你……你……你是人是鬼？"打虎既毕，却于猎户口中评之。武松道："你两个是甚么人？"那个人道："我们是本处猎户。"武松道："你们上岭来做甚么？"绝倒语。〇我上岭来是打虎，你上岭来却做甚么？妙绝。两个猎户失惊道："你兀自不知哩！如今景阳冈上，有一只极大的大虫，夜夜出来伤人。只我们猎户，也折了七八个，过往客人，不记其数，都被这畜生吃了。本县知县着落当乡里正和我们猎户人等捕捉，那业畜势大难近，可知一扑、一掀、一剪，乃是非常之事。谁敢向前！我们为他，正不知吃了多少限棒，只捉他不得！今夜又该我们两个捕猎，和十数个乡夫在此，上上下下放了窝弓药箭等他。正在这里埋伏，却见你大剌剌地四字无心中写出神威。从冈子上走将下来，我两个吃了一惊。你却正是甚人？曾见大虫么？"武松道："我是清河县人氏，姓武，排行第二。百忙中带定望哥一案，故处处下此四字。却才冈子上乱树林边，正撞见那大虫，被我一顿拳脚打死了。”第一遍自叙。

两个猎户听得痴呆了，说道：“怕没这话！”武松道：“你不信时，只看我身上兀自有血迹。”可惜红袄。两个道：“怎地打来？”武松把那打大虫的本事，再说了一遍。第二遍自叙。○实是异常得意之事，不得不说了又说。○我亦要说，可怜无甚说得出的事也！两个猎户听了，又喜又惊，叫拢那十个乡夫来。只见这十个乡夫，都拿着钢叉、踏弩、刀枪，随即拢来。武松问道：“他们众人，如何不随你两个上山？”猎户道：“便是那畜生利害，他们如何敢上来？”一伙十数个人，都在面前。两个猎户叫武松把打大虫的事说向众人，第三遍自叙。○叫武二说又妙，旁人且得意，何况自家。众人都不肯信。武松道：“你众人不信时，我和你去看便了。”众人身边都有火刀、火石，随即发出火来，点起五七个火把。好。○如画。众人都跟着武松，四字如画。一同再上冈子来，看见那大虫做一堆儿死在那里。众人见了大喜，先叫一个去报知本县里正并该管上户，这里五七个乡夫，自把大虫缚了，抬下冈子来。

到得岭下，早有七八十人都哄将来。先把死大虫抬在前面，将一乘兜轿抬了武松，上文一个神人，一个活虎，尽力放对，到此虎也抬，人也抬，读之不觉失笑也。投本处一个上户家来。那上户里正，都在庄前迎接，把这大虫扛到草厅上。却有本乡上户、是一色人。本乡猎户又是一色人。三二十人，都来相探武松。众人问道：“壮士高姓大名？贵乡何处？”武松道：“小人是此间邻郡清河县人氏，姓武名松，排行第二。带定。因从沧州回乡来，昨晚在冈子那边酒店吃得大醉了，王右军云：“夜来真大醉耶？”上冈子来，正撞见这畜生。”先说一句，下方省去。把那打虎的身分、拳脚，细说了一遍。第四遍自叙。众上户道：“真乃英雄好汉！”众猎户先把野味将来，与武松把杯。一色人一色管待。武松因打大虫困乏了，要睡。有此一折，便越显出武松真正神威。大户便叫庄客打并客房，且教武松歇息。

到天明，上户先使人去县里报知，一面合具虎床，安排端正，迎送县里去。天明，武松起来洗漱罢，众多上户牵一腔羊，挑一担酒，一色人，一色管待。都在厅前伺候。武松穿了衣裳，整顿巾帻，出到前面与众人相见。众上户把盏，说道：“被这个畜生正不知害了多少人性命，连累猎户吃了几顿限棒。今日幸得壮士来到，除了这个大害。第一乡中人民有福，第二客侣通行，实出壮士之赐。”武松谢道：“非小子之能，托赖众长上福荫。”众人都来作贺，吃了一早晨酒食，抬出大虫，放在虎床上。众乡村上户，都把缎匹花红来挂与武松。武松有些行李包裹，寄在庄上，细。一齐都出庄门前来。早有阳谷县知县相公，使人来接武松。都相见了，叫四个庄客，将乘凉轿来抬了武松。抬人。把那大虫扛在前面，抬虎。也挂着花红缎匹，为之失笑。迎到阳谷县里来。那阳谷县人民，听得说一个壮士打死了景阳冈上大虫，迎喝了来，尽皆出来看，哄动了那个县治。武松在轿上看时，闲笔都好。只见亚肩叠背，闹闹穰穰，屯街塞巷，都来看迎大虫。

到县前衙门口，知县已在厅上专等。武松下了轿，扛着大虫，都到厅前，放在甬道上。知县看了武松这般模样，人。又见了这个老大锦毛大虫，虎。心中自忖道：“不是这个汉，人。怎地打得这个虎！”虎。便唤武松上厅来。武松去厅前声了喏，知县问道：“你那打虎的壮士，你却说怎生打了这个大虫？”武松就厅前，将打虎的本事说了一遍，第五遍自叙。厅上厅下众多人等都惊得呆了。知县就厅上赐了几杯酒，将出上户凑的赏赐钱一千贯，给与武松。武松禀道：“小人托赖相公的福荫，偶然侥幸，打死了这个大虫，非小人之能，如何敢受赏赐。小人闻知这众猎户，因这个大虫受了相公责罚，何不就把这一千贯给散与众人去用？”极表武松神威。〇又远远先表武松无银子。知县道：“既是如此，任从壮士。”四字待以殊礼。武松就把这赏钱，在厅上散与众人猎户。

知县见他忠厚仁德，一篇打虎天摇地震文字，却以“忠厚仁德”四字结之，此恐并非史迁所知也。有心要抬举他，便道：“虽你原是清河县人氏，与我这阳谷县只在咫尺。我今日就参你在本县做个都头，如何？”武松跪谢道：“若蒙恩相抬举，小人终身受赐。”知县随即唤押司立了文案，当日便参武松做了步兵都头。众上户都来与武松作贺庆喜，连连吃了三五日酒。武松自心中想道：“我本要回清河县去看望哥哥，谁想倒来做了阳谷县都头。”自此上官见爱，乡里闻名。

所寄行李包裹不见送来。

又过了三二日。那一日，武松走出县前来闲玩，只听得背后一个人叫声：“武都头，你今日发迹了，如何不看觑我则个？”谁耶？武松回过头来看了，叫声：“阿呀！“阿呀”者，惊心动胆之声。篇中武松凡叫三个“阿呀”，一是青石上陡然见虎，一是下冈时误认猎户是虎，一是县前撞见此人也。入后回说出其姓名，方显武松真有大过人者，今且留之。你如何却在这里？”

不是武松见了这个人，有分教：阳谷县中，尸横血染。直教钢刀响处人头滚，宝剑挥时热血流。毕竟叫唤武都头的正是甚人，且听下回分解。